Klaus Rottmann · Machtgier 4.0

KLAUS ROTTMANN

MACHTGIER 4.0

Thriller

© 2017 Klaus Rottmann
Lektorat: Klaus Söhnel
Satz und Layout: Buch&media GmbH, München
Umschlagfoto: © ra2 studio, Rückseite: © carmenbobo, beide fotolia.com
Herstellung und Verlag: BoD – Books on Demand
Printed in Germany · ISBN 978-3-7431-2374-8

DANKSAGUNG

Dieser Thriller hat neben einer dunklen Seite, die in die tiefsten Abgründe der Menschheit eintaucht, auch eine helle und positive Botschaft.

Ganz gleich, was uns während unseres Lebens auf Erden auch an negativen Dingen zustoßen sollte: Nur die Liebe und die Freundschaften, die wir erfahren, machen unser Leben überhaupt erst so richtig lebenswert. Die Story ist gleichzeitig eine Verurteilung der Ungerechtigkeiten und Untaten, die sich täglich in der Welt ereignen. Aber vor allem ist sie eine Hommage an die Liebe und die Freundschaft!

Ich möchte mich an dieser Stelle noch einmal ganz besonders bei meinen Freunden Renate, Dagmar, Karin, Laura und Bernd für unsere jahrelange Freundschaft und ein erstes Lektorat bedanken. Ein ganz besonderer Dank gilt jedoch meiner Frau Heike; sie musste fast zwei Jahre lang jeden meiner kreativen »Ausbrüche« erdulden und durfte (musste ☺) diese dann mehr als einmal lesen.

Auch meinen Kater Mr Spock möchte ich nicht unerwähnt lassen – ihm gilt mein größter Dank. Oft hat er geduldig bei mir auf den Beinen gelegen, mir nächtelang beim Schreiben Gesellschaft geleistet und mich dabei mit seinen pulsierenden Krallen (die wie kleine Nadeln in meine Haut eindrangen) wach gehalten. Als Belohnung ist er nun ein Teil der Geschichte geworden.

Auch bei meinem Lektor Klaus Söhnel möchte ich mich hier noch einmal für seine tolle Unterstützung bedanken. Wir hatten gleich die richtige »Wellenlänge« und hoffen nun, dass Sie als Leser genauso viel Freude beim Lesen haben wie wir bei der Erstellung des Buches.

Es sei noch einmal ausdrücklich darauf hingewiesen, dass es sich hier um eine rein fiktive Story handelt und es keinen Bezug zu lebenden Personen oder existierenden Unternehmen gibt.

Personen der Öffentlichkeit wurden aufgrund ihrer Funktion in diese frei erfundene Handlung integriert.

Denn wäre diese Story wahr, dann hätte ich wirklich Angst!

»*Der Teufel ist ein Eichhörnchen*«
Sprichwort

Manchmal kann aus etwas vermeintlich
Harmlosem unerwartet etwas Böses erwachsen …

Mein Name ist Paul Stern und bis vor einigen Wochen hatte ich noch ein vollkommen normales Leben …

SCHATTENWELT

Der Himmel über Düsseldorf verdunkelte sich und das Grollen des Donners ließ die Fensterscheiben an den umliegenden Häusern hörbar vibrieren. Blitze erhellten die apokalyptische Dunkelheit der Nacht. Urplötzlich öffnete der Himmel seine Schleusen und spülte den Dreck der Straßen in die Kanalisation.

Andrea Wiese klopfte völlig durchnässt an die Haustür ihrer neuen Freundin und dachte: »Welch unglaubliches Glück, dass ich ihr begegnet bin – ich hatte die Hoffnung schon fast aufgegeben, diese unglaublichen Glücksgefühle je zu erleben.«

Lange hatte sie gesucht, vieles ausprobiert, viele Enttäuschungen erfahren. Sich immer gegen ihre Neigungen, ihre Fantasien gewehrt. Unzählige Freundschaften waren bereits daran zerbrochen. Ihre Ehe – ein weiterer Versuch, diese Veranlagung zu verdrängen – war ebenso kläglich gescheitert.

»All diese Spießer, diese Scheinheiligen, die ihre intimsten, geheimsten Wünsche unterdrücken und andere verurteilen, die ihre Sehnsüchte ausleben!«, fluchte sie in Gedanken vor sich hin. Sie hatte immer empfunden, dass sie anders war und nie wirklich verstanden wurde. Unzählige Therapien hatte sie bereits über sich ergehen lassen. Schon in ihrer Kindheit hatte es angefangen. Ja, selbst die Ehe ihrer Eltern ist an ihr, ihren Neigungen zerbrochen. Immer und immer wieder hatte man auf sie eingeredet und ständig neue Behandlungen an ihr ausprobiert. Zum Schluss hatten alle aufgegeben, sie aufgegeben.

Ständig hatte man dabei versucht, ihr einzureden, dass sie krank, nicht normal sei. Doch damit war jetzt endgültig Schluss!

Seit sie Lee kennengelernt hatte, die sie gelehrt hatte, dass ihre Neigungen vollkommen normal seien, blühte sie regelrecht auf. Andreas Neigungen wurden nun akzeptiert, besser noch, Lee führte sie immer weiter, immer tiefer in die Fantasiewelt ihrer

Sehnsüchte hinein. Holte sie aus ihrer Leere heraus. Ließ ihre Fantasien wahr werden und befreite sie von ihren ständigen Selbstzweifeln. Nun ging es ihr wesentlich besser. Sie fühlte sich endlich befreit von den ihr auferlegten Zwängen. Zum ersten Mal in ihrem Leben war sie vollkommen glücklich, der Ekstase nah.

Die meisten Menschen strebten nach Liebe, Geborgenheit und Anerkennung. Andrea Wiese jedoch erfuhr ihre höchste Erfüllung und Befriedigung im Schmerz und in den Erniedrigungen, die ihr zugefügt wurden.

Welch ein Glücksgefühl durchströmte sie nun! Ein Hochgefühl, das kaum zu ertragen war. So lange hatte sie sich danach gesehnt – achtunddreißig Jahre darauf gewartet, ihren ersten tiefen, gewaltigen Orgasmus zu erleben.

Ein Beben, das ihren ganzen Körper erfasste, ja, ihn förmlich zerriss.

Atemberaubend und erfüllend war dieses Glücksgefühl, das sie so zum ersten Mal in ihrem Leben erfuhr. Mit Worten kaum zu beschreiben, wie glücklich sie nun war.

Seit drei Stunden lag sie nun schon nackt in embryonaler Stellung in dem kalten und dunklen Keller, in einem engen Metallkäfig gefangen. Dabei konnte sie sich nicht einen Zentimeter bewegen. Ihre Hautporen waren durch die Kälte angespannt und ihre Haut hatte das Muster einer fein strukturierten Raufasertapete angenommen. Ihre dünnen, feinen, fast unsichtbaren Härchen standen steil aufgerichtet von ihrer kalkweißen Haut ab. Ihr Atem ging schwer vor erregender Erwartung dessen, was Lee heute wieder mit ihr anstellen würde.

Als sie die Schritte auf der Kellertreppe hörte, hielt sie die Erregtheit kaum noch aus. Ihr Herz pochte schneller gegen die Brust, und vor lauter Lust hätte sie laut aufschreien können. Sie liebte die Demütigung, liebte den Schmerz, der ihr zugefügt wurde. Keiner zuvor hatte dies verstanden. Niemand zuvor hatte diese Erregtheit und Zufriedenheit in ihr ausgelöst. Sie liebte es, gedemütigt und benutzt zu werden.

Die unzähligen versteckten Piercings und Narben, die ihren Körper überzogen, zeugten von einem Körperkult, den viele nicht nachvollziehen konnten. Aber Lee war anders, sie war die Erste, die Andrea verstand und mit ihrer Lust nach Schmerzen umgehen konnte. Sie konnte sie an ihre Grenzen führen.

Sie war ihre erste wahre Liebe. Andrea liebte ihre Herrin bedingungslos.

Als sich die Kellertür geräuschlos öffnete, traf ein schwacher Lichtstrahl auf die Frau, die im Käfig eingeschlossen war. Auf ihren schlanken, geschundenen Körper.

Amnesty International würde das, was ihr Körper dokumentierte, als schwerste Form der Folter bezeichnen. Aber Andrea Wiese liebte ihren Körper. Sie liebte es, den Schmerz zu fühlen, diese Form der Demütigung und des Beherrschtwerdens zu erleben.

Die hochgewachsene schlanke Chinesin schritt langsam und streng blickend auf Andrea zu und befreite sie aus dem engen Metallkäfig.

»Steh auf und verneige dich vor deiner Herrin, du nichtsnutzige Sklavin!«, wies Lee Andrea streng an.

Tief gebeugt stand Andrea nun vor ihrer Herrin und genoss die Demütigung, die sie dabei erfuhr.

Neidisch auf ihre prallen Brüste – ihre eigenen waren eher Andeutungen einer leichten Erhebung –, hängte Lee nun kleine Gewichte an Andreas silberne, durch die Brustwarzen gestochene Ringe.

Leise, vor Lust und Erregtheit stöhnende Laute drangen aus Andreas Mund, als Lee die kleinen silbernen Gewichtskugeln mit einer Reitgerte in Schwingungen versetzte.

Bevor ihr Lustschmerz jedoch nachließ und zur Gewohnheit wurde, stoppte Lee die Behandlung. Sie stellte Andrea mit dem Rücken an eine kalte Kellerwand und fixierte sie mit ausgestreckten Armen durch Handfesseln. Ohne auch nur ein Wort mit ihr zu sprechen, spreizte sie Andreas Beine und schnallte ihre Fußgelenke mit ledernen Fesseln fest. In gekreuzigter Stellung mit gespreizten Beinen stand Andrea nun bewegungslos vor der Wand. Geschickt klebte Lee Elektroden auf Andreas immer noch mit Gänsehaut überzogenen Körper. Jede dieser

Elektroden brachte sie gezielt an einem speziell ausgesuchten Nervenpunkt an. Hier lagen die empfindlichsten Nervenbahnen. Selbst Andreas zahlreichen Piercings wurden von ihr mitverkabelt. Andrea wurde immer erregter, Freudentränen liefen ihr übers Gesicht.

Sie dachte im gleichen Moment daran, was für ein Glücksfall es doch gewesen war, als Lee sie im Café zufällig angesprochen hatte. Wie aufregend es war, als Lee ihr die Brustwarzenpiercings gestochen hatte. Wie erregt und feucht Andrea geworden war, als Lee ihr die äußeren Schamlippen durchstoßen und ihr gleich mehrere silberne Ringe eingesetzt hatte. Wie bei einem Schnürschuh hatte sie ihr dann mit einer kleinen Silberkette die Scham verschlossen.

Lee war die Erste, die sie verstand. Die Erste, die ihre Sehnsüchte erahnte. Die Erste, die diese Gefühle in ihr auslöste.

Um ihr neues Kunstwerk zu vollenden, ihr Symbol der Macht über Andrea Wiese zu unterstreichen, hatte Lee die beiden Enden der Kette zusammengeführt und mit einem kleinen silbernen Vorhängeschloss, auf dem ein heller Diamant glitzerte, verschlossen. Sie wusste, Andrea würde es nie wagen, es abzunehmen.

Lee blickte zufrieden auf Andrea und wusste, dass sie ihr vollkommen hörig war. Genau so, wie sie es auch von allen anderen, die ihr dienten, erwartete. Gehorsam bis zum Äußersten. Schon in dem Café hatte sie in Andreas Blick das Verlangen nach Unterwerfung und Führung gesehen. Dies war eines ihrer vielen dunklen Talente, die Schwachen auszuwählen, um sie dann zu ihren willenlosen Werkzeugen zu erziehen.

Lee trug ein schwarzes, eng geschnittenes Seidenkleid, und ihre Hände waren mit schwarzen, dünnen Latexhandschuhen bedeckt. Nie würden Lees Hände Andreas Haut direkt berühren. Viel zu erregend war diese hauchdünne Distanz von weichem Latex zwischen ihnen.

Eine notwendige Distanz zwischen Herrin und Sklavin.

Lee gab Andrea genau das, wonach diese sich ihr Leben lang gesehnt hatte.

Langsam drehte Lee am Regler des Trafos, und sofort fing Andrea an, rhythmisch, dabei immer lauter stöhnend, zu zucken.

Als Lee am nächsten Morgen über den Flur zu ihrem Büro schritt, dachte sie: »Wie genial sich doch alles zusammengefügt hat, dass ich mit Andreas Fürsprache gleich eine Anstellung als Bremers Assistentin erhielt!« Wie genial sich doch alles zusammenfügte, wenn man nur die richtigen Methoden anwendete und die Schwächen eines Menschen kannte.

»Wie naiv und gutgläubig die meisten Menschen doch sind, wenn ihre wahren Sehnsüchte angesprochen werden!«, kam ihr in den Sinn, als sie Andrea in Bremers Büro treten sah.

Andrea trug im Büro immer Kleidung, die ihre geschundene Haut völlig verdeckte – meistens langärmelige Oberteile mit Hosen oder langen Röcken dazu. So konnte sie die Spuren ihrer Veranlagung geschickt vor der Öffentlichkeit verbergen. Nie hatte Lee sie bisher direkt berührt. Nie richtig mit ihr geschlafen. Je länger sie sich kannten, desto verlangender wurden Andreas Blicke. Lee ignorierte diese Blicke und sprach mit Andrea immer nur das Notwendigste. Dies war eine wichtige Komponente in ihrer Beziehung. Lee wusste: Je mehr Schmerzen sie Andrea zufügte, je mehr sie sie seelisch und körperlich quälte, desto mehr Macht hatte sie über sie.

Bremer saß, wie an jedem Arbeitstag, an seinem großen massiven Holzschreibtisch und blickte zufrieden aus der Fensterfront seines Büros.

Unter der Oberkasseler Brücke fuhren gerade zwei Schiffe rheinabwärts, während Bremer seinen Gedanken nachhing.

Alles lief im Moment perfekt nach Plan, nach seinem Plan ...

Denn schon bald würde er ein weiteres Unternehmen sein eigen nennen. Besser noch: mit den dazugehörigen Patenten ein Vermögen verdienen.

Zwar hatte Bremer bereits ein Imperium an Unternehmen aufgebaut, aber er gehörte nicht zu den Männern, die so schnell zufrieden waren. Nein, er gehörte zu den Menschen, deren Gier nach Reichtum, aber vor allem nach noch mehr Macht schier unersättlich war.

Als Inhaber der Lohr Group hatte er Zugang zu allen wichtigen Wirtschafts- und Regierungsstellen in Europa und in weiten Teilen der restlichen Welt.

Dies alles war jedoch nur ein Teil seiner Geschäfte – der offizielle Teil. Seine wahren Aktivitäten lagen verdeckt, völlig verborgen vor der Öffentlichkeit.

Es klopfte an der Tür, und Bremer sagte, noch seinen Gedanken nachhängend: »Ja!«

Die Tür öffnete sich und seine Sekretärin trat in den Raum.

»Guten Morgen, Herr Bremer! Ich bringe Ihnen Ihre Korrespondenz«, begrüßte sie ihn höflich und legte den Stapel Post auf seinem Schreibtisch ab.

»Darf ich Ihnen Ihren Tee servieren?«, fragte Andrea Wiese ihren Chef schon fast schüchtern.

»Ja«, gab Bremer nur kurz zurück.

Bremer war mit seinen Gedanken immer noch ganz woanders.

Wie spannend war es doch, als der, den alle in der Organisation nur »die Spinne« nannten, ihn vor gut drei Wochen kontaktiert und ihm dann drei gescannte Seiten einer unglaublichen Erfindung übermittelt hatte. Selten kam es vor, dass sich Bremer für etwas begeistern konnte. Er hatte schon alles gesehen, alles erlebt, konnte sich alles leisten, was er begehrte. Es gab nichts mehr, was ihn wirklich überraschen oder gar aus der Ruhe zu bringen vermochte. Doch was die »Spinne« ihm da übermittelt hatte, war einfach unfassbar.

Malte Steinberg war ein Spitzel – ein Maulwurf in der Winter AG. Bremers Maulwurf. Bremer war einer der führenden Köpfe einer Organisation, die die ganze Welt umspannte. Bremer kontrollierte den europäischen Teil, den bis heute einflussreichsten Teil der Organisation. Über die »Spinne« wurde Bremer direkt mit Informationen versorgt, die über die einzelnen Landesvorsitzenden und die von ihnen geführten Spione gesammelt wurden.

Der Informationsfluss innerhalb dieser Organisation wurde in allen Ländern gleich geregelt: Die Spione, die auch »Maulwürfe« genannt wurden, waren in den größten und lukrativsten Unternehmen eingeschleust worden und versorgten ihre Landesvorsitzende mit den neusten Entwicklungen und wichtigsten Informationen.

Informationen, die dazu dienten, einen Technologievorsprung bei Neuentwicklungen zu erhalten – oder auch über noch nicht öffentlich bekannte personelle Veränderungen in den Vorstandsetagen der börsennotierten Unternehmen. Ebenso über Rückrufaktionen, die dazu führen konnten, dass sich der Aktienkurs eines Unternehmens schlagartig veränderte. Mit diesen Insiderinformationen konnten die Köpfe der Organisation, wie Bremer, Millionen verdienen.

Die »Spinne« war die einzige Person weltweit, die die Verbindung zwischen den Ländervorsitzenden und den Köpfen der Organisation aufrechterhielt. Die Spione selbst kannten nur ihren jeweiligen Landesvorsitzenden und die Landesvorsitzenden wiederum nur die »Spinne«.

Die »Spinne« jedoch hielt die Fäden und die Verbindung zu den Köpfen der Organisation zusammen – weltweit.

Als die »Spinne« Bremer die unglaubliche Information von Steinberg übermittelt hatte, hatte dies bei ihm wahre Begeisterungsstürme ausgelöst. Wenn das wirklich stimmte, dann hatte der Inhaber der Winter AG eine unfassbare Erfindung gemacht.

Eine Erfindung, mit der sich der Energieverbrauch aller elektrisch betriebenen Geräte um die Hälfte reduzieren ließe. Mit dieser Erfindung würden die Karten auf dem Energiemarkt ganz neu gemischt. Wer diese Erfindung kontrollierte, hatte Macht, viel Macht. Bremer hatte sofort erkannt, welch unglaubliches Potenzial in dieser Erfindung lag.

Seit Jahren unterhielt Bremer ein Netzwerk von Industriespionen. Die meisten Unternehmen investierten Unsummen in ihre Entwicklungsabteilungen. Doch Bremer hielt es wie die Chinesen und folgte damit der »Chinamethode«. Nicht ohne Grund konnte er in so kurzer Zeit ein solch riesiges Imperium aufbauen. Jahrelang hatte er in Malte Steinberg investiert. Er hatte ihn mit einem kleinen Vermögen unterstützt und damit seine Leidenschaft, seine Spielsucht finanziert. Doch nun zahlte sich auch diese Investition aus. Bremer war ein »Fuchs«, er wusste, dass nach der Zeit der Investition die Zeit der Ernte kommen würde.

Für Bremer war jetzt Zeit, zu ernten. Es war Zeit, seinen Gewinn zu machen.

Nur durch einen glücklichen Umstand war Steinberg auf die Erfindung von Horst Winter aufmerksam geworden.

Als Winter eines Tages in seinem Büro mit Steinberg die Testergebnisse eines neu entwickelten Steuergerätes besprach, klingelte das Telefon und das Krankenhaus teilte Winter mit, dass seine an Krebs erkrankte Frau während einer ihrer bereits unzähligen Chemobehandlungen einen Schwächeanfall erlitten hatte.

Voller Sorge um seine Frau war Winter sofort ins Krankenhaus geeilt und hatte nicht nur vergessen, sein Büro abzuschließen, sondern hatte auch noch seine Aktentasche liegen lassen.

Winters Sekretärin war ebenfalls nicht da – sie hatte einen Arzttermin. Dies war die Gelegenheit für Steinberg. Er wusste, dass Winter ein Erfinder war. Er kannte alle Geschichten, die im Unternehmen über Horst Winter erzählt wurden, und so wusste er auch, dass Winter irgendwo noch ein Geheimlabor betrieb. Das waren seine Informationen vom »Flurfunk«. Trotz intensiver Suche hatte er das Geheimlabor bis zu diesem Tag noch nicht gefunden.

Nachdem Winter das Büro fast schon fluchtartig verlassen hatte, um zu seiner Frau ins Krankenhaus zu fahren, ging Steinberg zurück in Winters Büro und durchsuchte dort sämtliche Unterlagen.

Neugier und Spielsucht waren Steinbergs Laster. In Winters Aktentasche fand er schließlich, was er suchte: eine Mappe mit der Aufschrift »Projekt Greenbox« und zwei grüne Plastikboxen, aus denen mehrere Kabel herausragten.

Er blätterte durch die Mappe, las die ersten Seiten und war verblüfft über das, was dort geschrieben stand.

Steinberg ärgerte sich, dass er ausgerechnet jetzt seine Kamera vergessen hatte. Er ging zum Kopierer im Vorzimmer und fing an, die ersten Seiten zu kopieren.

Gerade als der Kopierer die dritte Seite einzog, hörte Steinberg die Aufzugstür und Schritte auf dem Gang. Sofort schaltete er den Kopierer wieder aus, steckte sich die bereits kopierten Seiten unter sein Hemd und legte die Originale mit Mappe wieder in die Aktentasche zurück.

Er hatte Glück – unentdeckt schlich er aus Winters Büro und verschwand über das Treppenhaus.

Bremer wusste, dass sich mit dieser Erfindung nicht nur ein Vermögen verdienen ließ. Viel wichtiger war ihm, dass er damit seine Stellung innerhalb der Organisation noch weiter ausbauen konnte.

Besonders jetzt, da die Chinesen mehr Rechte forderten und innerhalb der Organisation immer mehr Macht beanspruchten. Selbst die Afrikaner probten den Aufstand; besonders die Nigerianer wurden immer dreister und machten in letzter Zeit richtig Druck.

Nachdem Bremer von Andrea Wiese den Tee serviert bekommen hatte, klopfte es erneut an der Tür und seine Tochter Sabrina trat ein.

Als Bremer sie erblickte, erhellten sich seine Augen zu einem Strahlen und er ließ seine gerade gehegten Gedanken sofort ziehen.

Da stand die Einzige, die er wirklich liebte, für die er wahre Gefühle hegte.

»Hallo Dad, genießt du wieder die Aussicht oder arbeitest du schon?«, sprach Sabrina flapsig und gut gelaunt ihren Vater an.

Nur sie durfte so mit ihm sprechen; eine andere Person in seinem Umfeld hätte sich das nie gewagt.

Sabrina Bremer war eine erstklassig ausgebildete Juristin und gerade mit der Übernahme der Winter AG betraut. Oft wurde sie unterschätzt. Viele sahen in ihr nur das, was sie gern sehen wollten: eine junge Frau, die auch auf den Laufstegen dieser Welt hätte Karriere machen können. Doch gerade durch ihr jugendliches Alter und ihr gutes Aussehen wurde sie bei Verhandlungen oft falsch eingeschätzt. Dies verschaffte ihr einen entscheidenden Vorteil, und so konnte sie bereits zahlreiche Erfolge vorweisen.

Sie hatte an den Eliteuniversitäten in England und den USA

studiert, praktische Erfahrungen in den Auslandsniederlassungen der Lohr Group gesammelt und leitete nun seit über einem Jahr die Rechtsabteilung in der Hauptzentrale in Düsseldorf.

»Nein, mein Schatz, ich war natürlich schon fleißig«, antwortete Bremer mit einem Lächeln.

Sabrina Bremer kannte nur die eine Seite ihres Vaters, die des liebevollen und zuvorkommenden alleinerziehenden Vaters.

Ihre Mutter hatte sie nie kennengelernt, sie war bereits kurz nach ihrer Geburt an einem Krankenhauskeim gestorben.

Die dunkle, verbrecherische Seite ihres Vaters kannte Sabrina nicht.

Lee sah, wie Sabrina Bremer das Büro ihres Vaters verließ und auf dem Flur noch mit Andrea Wiese sprach – mit Andrea, ihrer doch so nützlichen Spionin ... und gleichzeitig vollkommen hörigen Sklavin. »Welche interessanten Informationen ich bereits von ihr erfahren habe und was für gute Ohren Andrea doch hat!«, dachte Lee und beschloss, Andrea beim nächsten Mal ganz besonders zu belohnen ...

Ohne Andrea hätte sie nie Kenntnis von der »Greenbox« in der Winter AG erhalten.

KRISE IN DER WINTER AG

Es war einer dieser typischen tristen und grauen Morgen im Bergischen Land – es war März.

Nur langsam wurde es heller und auf dem kleinen Dachfenster über meinem Bett liefen aneinandergereihte Regentropfen wie Bindfäden herunter.

Montagmorgen – was für ein bescheidener Start in die neue Woche. Konnte nicht die Sonne scheinen, die Vögel heiter zwitschern? Es war halt noch nicht April und ich wohnte ja auch nicht im Süden.

Ich schloss wieder die Augen und überlegte, was mich wohl in dieser Woche alles erwarten würde.

Zuerst stand heute der Besuch bei Horst Winter auf meiner Tagesordnung.

Horst war in den letzten Jahren fast wie ein Vater für mich geworden. Da meine Eltern bei einem Autounfall ums Leben gekommen waren, als ich acht Jahre alt war, bin ich bei meiner Oma aufgewachsen. Horst und seine Frau Inge sind in den letzten Jahren fast wie richtige Eltern für mich geworden.

Als ich meinen ersten Auftrag von der Winter AG als selbstständiger Berater erhielt, hatte ich mich mit Horst von Anfang an sehr gut verstanden. Schnell wurde aus unserer anfänglichen Geschäftsbeziehung eine tief verbundene Freundschaft.

Seit gut drei Wochen war ich wieder einmal für ihn und sein Unternehmen, die Winter AG, tätig.

Die Winter AG hatte sich schon früh auf die Produktion qualitativ hochwertiger Steuergeräte für nahezu alle namhaften Automobilhersteller in der ganzen Welt spezialisiert.

Ohne diese Steuergeräte, die wie kleine Computer arbeiteten, würde sich kein Fahrzeug mehr bewegen. Kein Motor würde mehr anspringen, keine Fahrzeugtür sich schließen.

Neben diesem Unternehmen besaß Horst noch unzählige Beteiligungen an anderen Unternehmen, die seine Patente nutzten.

Ein völlig unnötiger Produktionsfehler hatte vor gut drei Wochen dazu geführt, dass einer seiner größten Kunden, ein bedeutender Automobilhersteller in Deutschland, ihm einen Austausch all seiner betroffenen Produkte angedroht hatte.

Da ich Horst schon seit Jahren als selbstständiger Berater betreute und reichlich Erfahrung mit derartigen Problemen besaß, war er natürlich sehr froh darüber, dass ich im Lande war und seinen Auftrag übernehmen konnte.

Schnell war klar, wo die Ursache für das Problem lag. Nur – wie bringt man dies seinem Kunden bei? Das Ganze natürlich auch noch möglichst so, dass die entstehenden Kosten die Winter AG nicht gleich in die Insolvenz trieben.

Müsste die Winter AG den gesamten finanziellen Schaden der Reklamation alleine tragen, so reichte die Versicherung, die sie zum Glück abgeschlossen hatte, bei Weitem nicht aus. Schnell wäre hier ein Schaden von über fünfzig Millionen Euro zusammengekommen. Fünfzig Millionen Euro, was für ein Haufen Geld – einfach so »verbrannt«.

Ich predigte es meinen Kunden ja immer wieder, mehr in die Prävention zu investieren. Würde nur ein »Bruchteil« dieser Reklamations- und Rückrufkosten in präventive Maßnahmen gesteckt, wäre das Risiko eines solchen Schadens wesentlich geringer.

Was hätte ich mit fünfzig Millionen Euro nicht alles anstellen können …

In meinen Schulungen baute ich immer gern die Story vom letzten Großbrand in unserem eher ländlichen Ortsteil von Wuppertal ein – wie der Sicherheitsberater einer Versicherung einem sturen Bauern dazu riet, dringend die Verkabelung der elektrischen Installation in seinem technisch völlig veralteten Kuhstall zu erneuern.

Der Bauer, so sparsam und geizig, wie er nun einmal war, scheute die Kosten und schickte den Berater verärgert von seinem Hof. Knapp drei Monate später kam es, wie es kommen musste: Der Stall brannte samt Kühen vollständig ab.

Die Ortsfeuerwehr war rasch zum Löschen gekommen und verhinderte dadurch, dass auch noch das Wohnhaus mit abbrannte. Der Bauer dankte der Feuerwehr für ihre schnelle Hilfe und spendierte gleich noch einen Kasten Bier.

Warum auf den Berater hören und etwas investieren, wenn noch nichts passiert ist …?

Und die Moral von der Geschichte: Prävention ist ein undankbares Geschäft!

Fünfzig Millionen Euro auf meinem Konto und ich wäre mit Sicherheit heute Morgen irgendwo im Süden aufgewacht. Blauer Himmel, blaues Meer – was für ein schöner Gedanke.

Nachdem ich mich aus meinem Bett gequält, meinen ersten Kaffee genossen und meinem alten Kater Mr Spock das Frühstück serviert hatte, machte ich mich frisch geduscht und in meinem bequemen hellgrauen Anzug auf zur Winter AG.

Mein erster Termin an diesem Morgen war mit Heinz Moll. Moll war Produktionsleiter in der Abteilung, in der die fehlerhaften Steuergeräte produziert worden waren.

An der Pforte hielt ich wie beim Einchecken am Flughafen meine ID-Karte an einen Scanner. Eine grüne Lampe leuchtete auf und die Sicherheitsschleuse öffnete sich vor mir.

Müller, der Mann vom Wachdienst, grüßte freundlich. Er saß entspannt mit seinem beleibten Körper hinter einer Glasscheibe an der Pforte.

Das Betriebsklima in der Winter AG war außergewöhnlich gut für diese Branche – eigentlich ungewöhnlich für einen Zulieferbetrieb in der deutschen Automobilindustrie. Der Preiskampf und der Zeitdruck in diesen Unternehmen waren in den letzten Jahren enorm gestiegen, und ein Ende war noch lange nicht in Sicht. In immer kürzeren Zeitabständen und zu immer günstigeren Preisen mussten neue Produkte entwickelt und in Serie gebracht werden. Dies führte sehr schnell zu steigendem Stress in der gesamten Belegschaft.

Viele Produkte in der Automobilindustrie, die vor Jahren noch in Deutschland entwickelt und produziert worden waren, wurden mittlerweile im Ausland hergestellt. Der Kostendruck auf den deutschen Zulieferermarkt war seit Jahren und in allen Sparten nur allzu deutlich zu spüren.

Fast jedes Unternehmen hatte mittlerweile mindestens einen weiteren Standort in Osteuropa oder Asien. Die Zulieferer mussten den Automobilherstellern folgen, um so wenigstens einen Teil des wachsenden Kostendruckes aufzufangen.

Wer in dieser Branche ganz vorne mitmischen wollte, kam nicht umhin, sich der Globalisierung zu stellen. Selbst kleine mittelständische Unternehmen hatten bereits mindestens einen weiteren Standort oder ein Joint Venture im Ausland.

So verschwanden in Deutschland nicht nur die eher niedrig dotierten Arbeitsplätze in den Fertigungsbereichen, sondern es floss durch den damit verbundenen Wissensaustausch auch das gesamte Know-how ins Ausland ab. Was nutzten den Firmen da noch ihre Patente. Selbst Fachleute konnten die Plagiate nicht mehr so einfach von den Originalen unterscheiden.

Horst hatte sich bis dahin immer erfolgreich gegen eine Verlagerung ins Ausland gewehrt. Aber der Druck der großen Automobilhersteller war enorm.

Nur durch seinen Technologievorsprung und seine hohe Automatisierungstiefe konnte Horsts Unternehmen bisher immer überzeugen. Umso ärgerlicher war nun das aktuelle Problem.

Trotz der aktuellen Krisenstimmung und des drohenden finanziellen Schadens, der auf die Winter AG zukommen konnte, war Horst zwar angespannt, aber seinen Mitarbeitern gegenüber nicht ungehalten. Er legt immer größten Wert auf ein persönliches und freundliches Betriebsklima. Jeder in seinem Unternehmen, der ein persönliches Anliegen hatte, konnte sich bei ihm einen Termin geben lassen. Regelmäßig ging er durch das gesamte Unternehmen und nahm sich Zeit für persönliche Gespräche mit seinen Mitarbeitern. Er sprach sowohl mit den Abteilungsleitern als auch mit den Mitarbeitern direkt an den Montageanlagen. Er kannte jeden mit Namen – was für ein Gedächtnis!

Horst nahm sich Zeit für seine Mitarbeiter, selbst wenn dies dazu führte, dass er deswegen selbst noch bis tief in die Nacht arbeiten musste.

Ich bewunderte ihn für seine Ruhe und Geduld, die er dabei immer an den Tag legte.

Bevor ich nun jedoch den eigentlichen Produktionsbereich betreten konnte, musste ich erst einmal meine bequemen Straßenschuhe gegen klobige Sicherheitsschuhe mit einer antistatischen Sohle tauschen. Ich zog einen weißen Overall über meinen Anzug und stülpte mir eine Einweg-Papiermütze über die Haare. In der spiegelnden Glasscheibe der Tür sah ich das Ergebnis – ich sah schon einmal deutlich besser aus.

Auf dem Laufsteg bei Heidi Klum hätte ich in diesem Outfit vermutlich viel Aufmerksamkeit erregt, aber mit Sicherheit wäre ich keine Runde weitergekommen …

In diesem und den meisten anderen Fertigungsbereichen, die ich nun betrat, war diese Kleidung jedoch Vorschrift. Hier wurden unter Reinraumklima hochempfindliche Elektronikteile verbaut. Die gesamte Luft wurde ständig abgesaugt und gefiltert. Die Temperatur stand konstant auf einundzwanzig Grad Celsius und ein leichter Unterdruck verhinderte ein Aufwirbeln des verbleibenden Mikrostaubs.

»Der ideale Arbeitsbereich für alle Allergiker«, schoss mir in den Sinn, als ich den Reißverschluss des Overalls zuzog.

Ein Operationssaal enthielt vermutlich mehr Staub und Keime als diese Produktionsstätte. Umso ärgerlicher war es, dass ausgerechnet hier der Produktionsfehler aufgetreten war – ein Fehler, der die gesamte Fahrzeugelektronik lahmlegen konnte.

Wieder öffnete ich eine Sicherheitsschleuse mit meiner ID-Karte und trat ein. Hinter mir schloss sich die Tür automatisch. Ziemlich laut tauschte nun ein Ventilator die gesamte Luft in der Schleuse aus, bevor sich vor mir die eigentliche Tür zur Produktionshalle öffnete.

Jede Schleuse hatte Platz für eine Person. Es gab vier Schleusen pro Produktionsbereich.

Gut, dass ich nicht jeden Tag in die Produktion musste …

In der großen Produktionshalle überkam mich in den ersten

Minuten immer ein leichtes Frösteln. Eine »Gänsehaut« überzog meine Unterarme. Erst nach einigen Minuten hatte sich mein Körper auf die immer konstante Raumtemperatur in dieser Halle eingestellt.

Ich fand Moll an einer Produktionsanlage, wo er gerade die Feinjustierung an einem automatischen Greifer vornahm. Heinz Moll war in diesem Produktionsbereich der verantwortliche Abteilungsleiter. Er war einer derjenigen, die die Winter AG seit der ersten Stunde begleitet hatten. Für ihn war die Arbeit mehr als nur ein Job.

Moll war immer noch persönlich schwer betroffen. Ausgerechnet in seinem Verantwortungsbereich war der Fehler aufgetreten, der dem Unternehmen jetzt diesen Ärger bereitete. Moll war seit fast vierzig Jahren bei der Winter AG.

Zwar hatten Horst und ich ihm schon gefühlte einhundert Mal versichert, dass es nicht sein persönlicher Fehler gewesen war, der zu diesem Problem geführt hatte. Aber Moll sah dies anders. Das Ganze »zehrte« immer noch sehr an seiner »Produktionsleiterehre«. Die eigentliche Fehlerursache war wieder einmal mehr der Tatsache geschuldet, dass ein neues Produkt viel zu schnell auf den Markt gebracht worden war. Verzögerungen in der Entwicklungsphase gingen erneut auf Kosten der Serienerprobung. Bei dem vorliegenden Problem hatte man bei der Programmierung eines Lasers vergessen, die Einzeltoleranzen der Bauteile hinreichend zu berücksichtigen. So war es ab und an vorgekommen, dass einzelne Bauteile nicht richtig mit der Hauptplatine verbunden worden waren.

Zwar wurden alle Platinen nach der Fertigung geprüft, aber dennoch fielen ungefähr zwanzig Prozent aller Steuergeräte später im Fahrzeug aus – zur Freude der Werkstätten und zum Ärger der Kunden.

Bei einer Prüftemperatur von einundzwanzig Grad Celsius war meist noch alles in Ordnung. Die Platinen wurden verpackt und bei den Automobilherstellern in den Fahrzeugen verbaut.

Stand jedoch ein Fahrzeug einmal in der Sonne oder wurde der Motor richtig heiß, so stiegen die Temperaturen im Steuergerät rasch an. Die einzelnen Komponenten dehnten sich unterschiedlich aus und die schlecht gelötete Verbindung wurde unterbrochen.

In diesem Fall lief der Motor des Fahrzeuges meist noch weiter, wenn er denn einmal an war. Andere Funktionen wie die Scheibenwischer, das Navigationsgerät, das Radio und sogar die komplette Fahrzeugbeleuchtung konnten jedoch plötzlich ausfallen. Im Regen und bei Dunkelheit konnte das im schlimmsten Fall zu folgenschweren Unfällen führen.

Zusammen mit Moll entnahm ich einige der gerade produzierten Platinen, um die Lötverbindung zu prüfen. Jede Lötstelle untersuchten wir sorgfältig am Monitor eines Röntgengerätes. Nachdem wir uns erneut davon überzeugt hatten, dass mit der geänderten Programmierung nun wieder alles in Ordnung war, gingen wir zusammen in den für uns gebuchten Besprechungsraum.

Hier wartete schon das restliche Krisenteam auf uns. In den letzten Wochen hatten wir hier intensiv an dem Problem gearbeitet. Alle wichtigen Bereiche waren durch Mitarbeiter vertreten und jedes Teammitglied war zu einhundert Prozent für dieses Problem freigestellt. Das Risiko, das in dieser Kundenreklamation lag, wurde von Anfang an richtig eingestuft. Schnell hatte Horst reagiert und konsequent gehandelt.

Im Besprechungsraum waren Sabine Petri aus der Entwicklung, Rolf Schönherr aus der Qualitätssicherung und Karin Dorr aus der Logistik. Eine wirklich attraktive Frau.

Karin war in meinem Alter, und schnell waren wir beim »Du«.

Beim Anblick ihres wohlgeformten Körpers und ihrer strahlend blauen Augen fiel es mir immer schwer, mich auf meine Aufgabe zu konzentrieren.

Was sollte ich auch machen? Ich war ja schließlich schon seit Wochen – gefühlte hundert Jahre – wieder unfreiwilliger Single. Leider verliefen jedoch all meine Annäherungsversuche bei Karin im Sande.

Wie ich später von Malte erfuhr, war Karin gerade frisch verliebt. »Du hast deine ›Balzzeit‹ bei ihr um gute zwei Wochen verpasst«, sagte mir Malte mit einem breiten Grinsen im Gesicht.

Ein echter Spaßvogel, dieser Malte. Malte Steinberg war im Testlabor beschäftigt und hatte den entscheidenden Hinweis gebracht, als wir noch auf der Suche nach der eigentlichen Fehlerursache waren. Das Schwierigste bei solchen Problemen war es meistens, die eigentliche Grundursache des Fehlers zu verstehen, den Zusammenhang zwischen »Ursache und Wirkung«.

Das war für mich immer das Aufregendste und Spannendste an solchen Aufträgen. Ich liebte die Suche nach der eigentlichen Ursache eines Problems. Das war für mich immer die größte Herausforderung in meinem Job als Krisenmanager.

Erst wenn die eigentliche Ursache verstanden und die Zusammenhänge klar waren, konnte man sich um die nachhaltige Abstellung eines Fehlers kümmern. Alles andere wäre ein Stochern im Nebel gewesen.

Hinterher hörte sich das Ganze immer einfach und leicht an: Fehler finden und abstellen.

Am Anfang, wenn ich die Ursachen eines Fehlers noch nicht kannte, die Zusammenhänge noch nicht verstanden waren, trotzdem täglich weitergeliefert werden musste, da sonst ein ganzes Automobilwerk stillstand, da lagen die Nerven schon einmal blank.

Auch Peter Sorwa aus der IT-Abteilung gehörte zu unserem Team. Ein eher stiller und zurückhaltender Typ. Ein Mann, der nur sprach, wenn er unbedingt musste. Politiker hätte er nie werden können, aber für die Programmierung der Anlagensteuerung war er ein erstklassiger Mann. Noch nie war ihm bisher ein solcher Fehler bei der Programmierung unterlaufen. Aber wie überall im Leben gab es immer ein erstes Mal.

Nach meiner Präsentation zur weiteren Vorgehensweise und Prüfung aller bisher umgesetzten Maßnahmen war ich gegen Mittag mit allen wichtigen Aufgaben fertig.

Horst rief mich an und bat mich, in seinem Büro vorbeizuschauen. Für heute war alles Notwendige besprochen, alles lief wie geplant, und so machte ich mich gut gelaunt auf den Weg zum Chef. Ich verließ Gebäude 3 über einen gläsernen Verbindungsgang, der zwei Gebäude miteinander verband. Dies war der schnellste Weg, um in das gegenüberliegende Verwaltungsgebäude zu gelangen.

Das Firmengelände bestand aus fünf modernen, mehrgeschossigen Gebäuderiegeln, die jeweils in der dritten Etage mit Glasbrücken untereinander verbunden waren. Regelmäßig ließ Horst alles modernisieren und auf den neuesten Stand bringen. Jährlich investierte er hohe Beträge in die Modernisierung. Der Lohn des Ganzen: Er besaß eines der modernsten Unternehmen im Land.

Die Verwaltung war mit ihren fünf Etagen das höchste Gebäude. Hier hatte Horst sein Büro und somit einen hervorragenden Ausblick über sein gut eingezäuntes und gesichertes Firmengelände.

Darauf, was hier alles entwickelt und produziert wurde, hätte so manch ein Konkurrent gern einmal einen Blick geworfen. Zwar hatte es schon diverse Hacker- und Spionageangriffe gegeben, aber dank eines hervorragenden und ausgeklügelten Sicherheitskonzeptes wurden bisher alle Angriffe rechtzeitig erkannt und abgewehrt.

Alleine die eigens entwickelten, hochmodernen Produktionsanlagen und -technologien, die hier zum Einsatz kamen, waren schon etwas Besonderes. Vermutlich die modernsten in Deutschland – wenn nicht sogar weltweit.

Daher war es auch nicht weiter verwunderlich, dass Fotohandys in allen Fertigungsbereichen strengstens verboten waren.

Horst investierte jährlich einen immer größer werdenden Betrag in die Aufrüstung der Sicherheitsmaßnahmen, denn die Angriffe waren in den letzten Jahren immer raffinierter geworden.

Um ein wenig Fitnesstraining vor dem Mittagessen zu betreiben, nahm ich für die letzten beiden Etagen die Treppe.

Auf dem Flur in der Chefetage kam mir eine sehr elegant gekleidete und äußerst hübsche junge Frau entgegen. Eine Frau, die ich hier bisher noch nie erblickt hatte. Ich schaute ihr in die Augen, grüßte sie mit meinem freundlichsten und charmantesten »Hallo!« und setzte dabei ein unwiderstehliches Lächeln auf.

Unsere Blicke trafen sich nur kurz, aber ich hatte das Gefühl, sie schaute mir direkt ins »Herz« und konnte jeden meiner aufkeimenden unanständigen Gedanken erahnen …

Sie hatte wunderschöne rehbraune Augen, und diese Augen passten – wie dafür gemacht – zu ihren tiefschwarzen Haaren, die sie offen trug und die bis zu den Schultern reichten.

Als Dank für meine freundliche Begrüßung erhielt ich beim Vorbeigehen ein kurzes Lächeln zurück.

Eine Frau, nach der man sich umdrehte, umdrehen musste, was ich natürlich auch gleich tat. Die Art, wie sie mit ihren hohen Schuhen, eigentlich einige Zentimeter zu hoch fürs Büro, elegant wie ein Model auf dem Laufsteg den Gang hinunterschritt, verriet, dass sie einhundertprozentig wusste, welche Wirkung sie auf Männer hatte.

Dieser Typ Frau war einfach nur schön anzuschauen, aber leider auch sehr anstrengend, denn jeder Mann würde sie gern einmal als »Trophäe« erobern …

Mit Sicherheit ahnte sie, dass ich hinter ihr herblickte, und mit Sicherheit passierte ihr dies auch nicht zum ersten Mal.

Beine wie ein Reh, ein Hüftschaukeln wie – Paul, ermahnte ich mich, konzentriere dich mal lieber wieder auf deine Aufgaben hier.

Als ich das Vorzimmer von Horst betrat, blickte seine Sekretärin Frau Lieder nur kurz zu mir auf und sagte mir in ihrer sehr eigenen und trockenen Art: »Sie können gleich durchgehen, Herr Winter erwartet Sie schon!«.

Zwar fühlte ich mich nicht unbedingt wie Bond, aber insgeheim hatte ich ihr den Spitznamen »Miss Moneypenny« gegeben. Ihr spröder Charme hatte mich dazu inspiriert. Und dann tippte »Miss Moneypenny« auch schon wieder wie wild auf ihrer PC-Tastatur herum.

Frau Lieder war so um die fünfzig, eher der Typ »graue Maus« – der absolute Kontrast zu der jungen Dame, der ich gerade auf dem Gang begegnet war. Ich kannte sie nun schon seit mehreren Jahren, seitdem ich für die Winter AG arbeitete, aber richtig warm bin ich mit ihr nie geworden. Mit einer anderen Frisur und einem moderneren Outfit könnte sie bestimmt einiges mehr aus sich machen. Sie wäre die richtige Kandidatin für diese »Vorher-Nachher-Shows«.

Bei dem Gedanken, Miss Moneypenny im TV zu sehen, musste ich innerlich lachen, und so ging ich mit einem Lächeln im Gesicht in das Büro von Horst.

Horst war ein Mann, der mit seinen achtundsechzig Jahren wesentlich jünger aussah, als er war. Er war von kleiner Statur, eher der Genießer, aber dennoch dynamisch in allen seinen Taten.

Als ich in den Raum trat, blickte er kurz von seinem Laptop auf und bot mir einen Platz in seiner Besprechungsecke an. Er beendete seinen begonnenen Satz und setzte sich dann zu mir.

Sein Büro war immer sehr aufgeräumt. Ordnung und Sauberkeit waren das, was er seinen Mitarbeitern abverlangte und selbst konsequent vorlebte. Wenn er auch sonst sehr tolerant war, bei diesem Thema war er kompromisslos.

Irgendetwas schien ihn aufgewühlt zu haben. Ich vermutete, dass dies mit dem Damenbesuch zusammenhing, und musste bei diesem Gedanken schmunzeln.

Wir sprachen über den aktuellen Stand der Kundenreklamation, und dank Maltes gezielten Hinweisen aus dem Testlabor hatten wir das eigentliche Problem in einer atemberaubenden Zeit erkannt und gelöst. »Ich muss jetzt nur noch einige Gespräche mit dem Kunden führen, um die Gesamtkosten zu verhandeln. Aber auch hier habe ich schon eine gute Strategie ausgearbeitet. Wenn alles gut verläuft, sollte bald ein für alle zufriedenstellender Abschluss erfolgen«, teilte ich Horst mit.

Horst schlug vor, dem gesamten Team für den engagierten Einsatz eine kleine Erfolgsprämie zu zahlen. Ich fand, dass dies eine gute Idee war, und bestärkte ihn darin, sie rasch umzusetzen.

Alle im Team hatten ausgezeichnete Arbeit geleistet. So konnten, innerhalb weniger Wochen sämtliche bereits ausgelieferten fehlerhaften Produkte ausgetauscht werden.

Im Nachhinein hörte sich alles immer ganz einfach an. Steht man jedoch am Anfang eines Problems und kennt den Ausgang des Ganzen nicht, ist die Anspannung sehr groß.

Je höher der mögliche finanzielle Schaden und je enger die Termine, desto größer ist die Herausforderung. Genau wegen dieser ständigen neuen Herausforderungen liebte ich meinen Job so sehr.

Horst erzählte, dass er trotz des möglichen finanziellen Schadens, der aus der Kundenreklamation nun auf die Winter AG zukommen könnte, ein lukratives Kaufangebot für sein Unternehmen erhalten hatte.

Zwar fiele es ihm immer noch schwer loszulassen und sein Lebenswerk, die Winter AG, gerade jetzt zu verkaufen. Aber er war sehr froh darüber, nun mehr Zeit mit Inge, seiner schwer an Krebs erkrankten Frau, verbringen zu können.

Im Kaufvertrag hatte Horst mit dem neuen Eigentümer vereinbart, dass keinem seiner jetzigen Mitarbeiter in den nächsten fünf Jahren gekündigt werden durfte.

Inge und Horst hatten keine Kinder, und als er mir die Firma schon einmal vor einem Jahr als Nachfolger angeboten hatte, hatte ich mich über sein Vertrauen sehr gefreut, aber dennoch abgelehnt.

Leider, so fuhr Horst fort, hatte der neue Inhaber seine eigenen Berater, sodass mein Job bei der Winter AG wohl zukünftig wegfallen würde. »Schade«, dachte ich, »ich habe mit den Mitarbeitern immer gern zusammengearbeitet.« Mit vielen von ihnen war ich bereits per Du.

Im Laufe der letzten Jahre hatte sich zwischen Horst und mir ein echtes Vater-Sohn-Verhältnis entwickelt. Wir verstanden uns von Anfang an prächtig, auch wenn wir nicht in allen Angelegenheiten immer die gleiche Ansicht teilten. Selbst bei den schwierigsten Themen kam es zwischen uns nie zu einem bösen Wort. Sachlich und meist noch mit viel Witz und Humor hatten wir gemeinsam so manches schwierige Problem gemeistert.

Horst war immer für eine Überraschung gut. Unvergessen ist für mich das Erlebnis, als er einmal auf einer Belegschaftsversammlung zur Karnevalszeit in einem Clownkostüm zum Rednerpult schritt. Ganz sachlich und ruhig präsentierte er zwanzig Minuten lang die Firmenzahlen. Einfach unglaublich, dass der

Geschäftsführer eines so großen Unternehmens in einer solchen Aufmachung vor die Belegschaft trat ...

Damals, in dieser besagten Versammlung, waren die anwesenden Mitarbeiter schon sehr irritiert als er ans Rednerpult ging. Die Geräuschkulisse in der Kantine war entsprechend laut. Als er jedoch mit seiner ruhigen und angenehmen Stimme die Rede begann, wurde es schlagartig ruhig im Saal. Alle Anwesenden hörten ihm trotz seiner irritierenden Aufmachung aufmerksam zu. Ich glaube, Horst hätte anziehen können, was er wollte – er hatte immer den ganzen Respekt seiner Mitarbeiter. Selbst wenn er vollkommen nackt am Rednerpult gestanden hätte, hätten seine Mitarbeiter ihm immer aufmerksam zugehört.

Respekt bekam man nicht geschenkt. Respekt musste man sich verdienen. Horst hatte sich seinen Respekt nicht durch schöne Worte verdient. Seine Taten hatten ihn zu dem gemacht, was er war. Ein Mann, der das tat, was er sagte.

Horst war absolut integer und ein Unternehmer mit einem sozialen Gewissen. Ein Mann, der sich seiner Verantwortung bewusst war. Ein Mann, der Verantwortung übernahm. Horst war mein großes Vorbild.

Als er mit seiner zwanzigminütigen Rede fertig war, schaute er ruhig in die Gesichter seiner immer noch irritiert dreinblickenden Mitarbeiter und kündigte dann mit einem Grinsen im Gesicht die Gruppe »Bläck Fööss« an.

Alle Mitarbeiter blickten noch irritierter zu Horst auf, der nun breit lachend am Rednerpult stand. Die Kantine war bis auf den letzten Platz gefüllt. Es herrschte eine unglaubliche Stille. Noch nie hatte ich zuvor eine solche Ruhe in diesem Saal erlebt.

Die Stille wurde plötzlich durch das Geräusch des sich öffnenden elektrischen Rolltores beendet. Ein Tor, durch das normalerweise die Warenlieferungen für die Küche transportiert wurden. Auf einer fahrbaren Bühne wurden die »Bläck Fööss« samt Instrumenten und Verstärker von einem Gabelstapler in die Halle gezogen.

Lautstark stimmte die Gruppe »De kölsche Jung« an. Der Saal bebte binnen Sekunden und aus der Belegschaftsversammlung wurde eine unvergessene Belegschaftsfeier. Erst da verstand ich, warum Horst unbedingt wollte, dass ich an dieser Versammlung teilnehmen sollte.

Bis auf »Miss Moneypenny« und Horst war niemand in diesen Show-Akt eingeweiht gewesen. Umso größer waren die Überraschung und die Freude für alle Mitarbeiter, als die »Bläck Fööss« den Saal zum Überkochen brachten. An diesem Tag herrschte Ausnahmezustand in der Winter AG. Dies war Horsts Art, seinen Mitarbeitern für ihre geleistete Arbeit zu danken.

Horst war ein Typ, der sich nicht leicht in eine bestimmte Schublade stecken ließ. Er hatte sich seinen Erfolg hart erarbeitet. Seine ersten Millionen hatte er mit Erfindungen gemacht, die er in seinem Keller entwickelte und anschließend patentieren ließ. Die Lizenzen vermarktete er äußerst gewinnbringend und legte so den Grundstock für die Gründung seiner Firma.

Noch heute zog er sich, wenn seine knapp bemessene Zeit es zuließ, in sein »Geheimlabor« zurück. Manchmal nächtelang. In seine, wie er es nannte, »Wunderkammer«.

Selbst ich hatte dieses »Geheimlabor« nie von innen gesehen. Und ich wusste, dass Horst mir hundertprozentig vertraute. Nie hätte er mir sonst seine Firma als Nachfolger angeboten.

Einmal, während eines schönen Grillabends bei Inge und Horst im Garten, brachte ich das Thema zur Sprache, dass ich doch unbedingt einmal in seine »Wunderkammer« schauen möchte, der Neugier wegen. Horst lächelte nur und schwieg.

Lachend meinte Inge, dass nicht einmal sie – und sie wären ja schließlich schon mehr als vierzig Jahre miteinander verheiratet – je seine »Wunderkammer« zu Gesicht bekommen hätte.

Damit war das Thema abgehakt und ich wusste, dass meine Neugier nie befriedigt werden würde.

Noch immer in seinem Büro sitzend, versprach ich Horst, das aktuelle Problem zur Zufriedenheit aller schnell zum Abschluss zu bringen. Riskante Aufträge wie dieser reizten mich immer sehr. An solchen Aufträgen konnte man sich schnell die Finger verbrennen und seinen guten Ruf ruinieren. Bei derartigen Schadenssummen ging es meist hoch her, und genau diese Anspannung brauchte ich nun einmal.

Die einen pflegten riskante Hobbys, um einen Nervenkitzel zu erleben, ich suchte mir halt solch kritische Aufträge aus.

Klar wollte der neue Eigentümer nicht die »Katze im Sack« kaufen. Wäre der Käufer der Winter AG nicht clever, würde seine Unternehmensgruppe mit Sicherheit nicht zu den TOP 100 in Europa zählen.

Plötzlich hörten wir, wie von dem firmeneigenen Heliport her ein lautes Dröhnen durch das geschlossene Fenster drang. Wir standen auf, schauten aus dem Fenster und sahen, wie die hübsche junge Dame, die ich zuvor auf dem Flur getroffen hatte, nun in einen Hubschrauber stieg. Auf dem seitlich angebrachten Firmenlogo stand »Lohr Group«.

Ich schaute Horst fragend an, und er antwortete mit einem verzückten Lächeln im Gesicht: »Sabrina Bremer, die Tochter des neuen Inhabers. Sie wird wohl die Geschäftsführerin der Winter AG werden.«

Ich staunte nicht schlecht über den Auftritt beziehungsweise Abgang dieser wirklich attraktiven und noch recht jungen Dame.

Ich bat Horst, doch bei dem neuen Inhaber unbedingt ein »gutes Wort« für mich einzulegen – mit dem Ausblick auf eine solche Chefin –, schließlich sei ich doch sein bester Berater …

Horst legte seine Hand auf meine Schulter und lachte dabei herzlich.

Plötzlich, während der Helikopter mit einem lauten Dröhnen aufstieg, klingelte das Telefon.

Fast hätten wir es überhört.

Es war Stein. Er war der Leiter der IT-Abteilung und gleichzeitig verantwortlich für die Werkssicherheit.

Horst möge dringend ins Testlabor kommen, es sei etwas Schreckliches passiert. Horst bat mich, ihn zu begleiten, und wir machten uns eilig auf den Weg. Stein wollte trotz Nachfrage nicht sagen, was passiert ist. Entsprechend neugierig waren wir.

Die im Testlabor beschäftigten Mitarbeiter waren sichtlich verstört und zeigten in Richtung des Raumes, in denen die Produkttests durchgeführt wurden.

Um einzutreten, musste normalerweise auch hier jeder seine ID-Karte an den Eingangsterminal halten.

Nur wenige hatten für diesen Raum eine Zutrittsberechtigung. Diesmal stand die Tür jedoch weit offen. Wir traten ein und sahen Stein.

Er stand völlig geschockt und kreidebleich im Gesicht vor einer offenen Klimakammer.

Die übrigen fünf Klimakammern, die so groß waren, dass ein ganzes Auto in ihnen Platz hatte, waren verschlossen.

Wir gingen auf ihn zu und schauten nun auch in die Klimakammer hinein.

Peter Sorwa saß auf einem Stuhl in der Mitte der Klimakammer.

Ich schaute ihm ins Gesicht und blickte in seine weit aufgerissenen toten Augen. Sein Mund war leicht geöffnet und fast schien es so, als wollte er noch etwas sagen. Er war komplett mit einer dünnen Eisschicht überzogen. Er war erfroren.

Uns bot sich ein grausames Bild, das ich wohl nie wieder vergessen werde. Horst und ich waren genauso geschockt wie Stein. Zwar hatte es schon einmal den ein oder anderen Werksunfall gegeben, aber einen Toten, den hatte es in der Winter AG bisher noch nie gegeben.

Horst wies Stein an, die Polizei zu rufen, und dann verließen wir den Raum. Immer noch völlig blass im Gesicht, setzte Horst sich erschöpft auf einen Stuhl, blickte mich an und sagte noch vollkommen mitgenommen: »Was hatte Sorwa in dem Testlabor zu suchen? Er hatte doch eigentlich gar keinen Zutritt für diesen Bereich.«

Sorwa gehörte zu den IT-Spezialisten, deren Arbeitsbereich im Gebäude 5 auf der zweiten Etage lag. Hier bei den Klimakammern hatte er eigentlich nichts verloren.

Die Polizei traf ein; ein Hauptkommissar Braun leitete die Ermittlungen. Braun schien vom Alter her kurz vor der Pensionierung zu stehen, und mit seinen längeren, ergrauten Haaren wirkte er wie einer, der dem Modetrend der sechziger Jahre treu geblieben ist.

Trotz seines Alters und seines modisch total veralteten Anzuges strahlte er die Gelassenheit und Souveränität eines erfahrenen Tatort-Ermittlers aus.

Als Erstes sichtete er den Fundort von Sorwa und fing dann sofort an, die Anwesenden zu befragen.

Die drei Mitarbeiter der Spurensicherung, die zusammen mit Braun eingetroffen waren, liefen in ihrer weißen Schutzkleidung durch den Raum und untersuchten alles äußerst sorgfältig. Auch der Terminal für die Zutrittsberechtigung wurde gründlich von einem Techniker der Spurensicherung untersucht.

Nach gut vier Stunden war die Spurensicherung abgeschlossen und der Raum wurde wieder freigegeben.

Horst und ich hatten uns während der Untersuchung in sein Büro zurückgezogen und warteten dort auf Hauptkommissar Braun.

Der Kommissar wurde von Miss Moneypenny ins Büro geführt.

Wir saßen wieder in der Besprechungsecke und Miss Moneypenny schenkte allen einen Kaffee ein, als uns Braun seine ersten Erkenntnisse mitteilte. Braun wusste, dass Horst nicht irgendjemand in Wuppertal war. Horst war einer der größten Arbeitgeber der Stadt. Entsprechend sorgsam wählte er seine Worte.

Nach Lage und Sichtung der ersten Spuren konnte eine Fremdeinwirkung ausgeschlossen werden, erklärte er.

Bei dem Wort »Fremdeinwirkung« schaute ich Braun recht irritiert an. Was sollte es denn sonst gewesen sein?

Es konnte sich doch nur um einen Unfall oder Selbstmord handeln. »Wer sollte denn hier, in der Winter AG, Sorwa so etwas antun wollen?«, fragte ich mich, ohne dies jedoch laut zu äußern.

Auch nach weiteren zwei Wochen gab es keine neueren Erkenntnisse über Sorwas Todesumstände.

Sorwa hatte allein und zurückgezogen in einem Mehrfamilienhaus in Cronenberg gelebt. Seine Nachbarn beschrieben ihn als unauffälligen, zwar stillen, aber immer höflichen Mitbewohner.

Auch technisch war mit der Klimakammer alles in Ordnung gewesen. Die Notentriegelung war in einem ordnungsgemäßen Zustand. Jederzeit hätte er die Kammer verlassen können ...

Einzig in seiner Wohnung fanden die Beamten sehr viele Firmenunterlagen, die mit der Programmierung der fehlerhaften Anlage in Zusammenhang standen. Sorwa hatte alle Programmversionen ausgedruckt und an die Wand geklebt.

Mit einem gelben Markierungsstift hatte er das Speicherdatum und die Uhrzeiten hervorgehoben.

Dies war das einzig Merkwürdige, was Braun gefunden hatte.

Merkwürdig deshalb, weil es Sorwa nicht erlaubt war, Firmenunterlagen mit nach Hause zu nehmen, und er sich sonst immer sehr strikt an Anweisungen gehalten hatte.

Die Polizei stellte ihre Untersuchungen ein, da auch die Autopsie keine weiteren Erkenntnisse geliefert hatte.

Die Akte Sorwa wurde mit dem Vermerk »Selbstmord« geschlossen.

Hatte er sich das Problem etwa so zu Herzen genommen? Niemand, nicht einmal Horst, hatte ihm je einen persönlichen Vorwurf wegen der falschen Programmierung des Lasers gemacht.

Ganz gleich, in welcher Branche: Fehler passierten nun einmal. Besonders dann, wenn man unter extremem Zeitdruck steht.

Die ganzen letzten Wochen hatte Sorwa, wie sonst auch, gemeinsam mit uns an der Lösung des Problems gearbeitet. Bei unseren gemeinsamen Besprechungen war er meist ruhig und zurückhaltend gewesen. Aber er war ja grundsätzlich eher der stillere Typ. Und so machte ich mir natürlich auch keine Gedanken darüber, dass er sich das Problem so zu Herzen hätte nehmen können.

Es gibt im Leben meist mehr Fragen als Antworten. Viele Fragen beantworten sich mit der Zeit von selbst, aber einige werden wohl für immer unbeantwortet bleiben. Welche Probleme und Sorgen Sorwa auch hatte – wir werden seine Beweggründe wohl nie erfahren ...

Im Schadensfall mit dem Kunden wurde zwischenzeitlich eine für alle beteiligten Parteien tragbare und zufriedenstellende Lösung gefunden. Ein Rückruf wurde verhindert und die verbleibende Schadenssumme, die noch zur Diskussion stand, belief sich jetzt »nur« noch auf viereinhalb Millionen Euro.

Davon wurden rund zweieinhalb Millionen Euro von der Versicherung abgedeckt, und die restlichen zwei Millionen Euro wurden über eine eigens für solche Fälle gebildete Rückstellung der Winter AG gezahlt.

Die höhere Versicherungsprämie, die nun auf die Winter AG zukommen würde, konnte durch zwei neue Kundenaufträge kompensiert werden.

Ich konnte den Auftrag nun auch für mich erfolgreich abschließen und erhielt von Horst meine versprochene Prämie.

Vollkommen zufrieden freute ich mich nun auf meinen bevorstehenden und wohlverdienten Urlaub in der Provence.

URLAUB IM SÜDEN

Als ich am Abend von meinem wöchentlichen Kickbox-Training nach Hause kam, klingelte auch schon das Telefon. Es war mein Freund René. Dieses Mal wollte er sichergehen, dass ich auch wirklich zu ihm nach Frankreich kam.

Zu oft hatte ich ihn in den vergangenen Jahren schon vertröstet. Mehr als einmal musste ich ihm bereits kurz vor unserem geplanten Urlaub absagen. Immer kam bei mir ein neuer Auftrag dazwischen.

Mein Beruf als selbstständiger Berater gefiel mir zwar ganz gut, ich war unabhängig, hatte viel Abwechslung bei der Arbeit und lernte dabei noch die unterschiedlichsten Branchen kennen. Neue Leute, neue Länder und ja, die Bezahlung war auch nicht übel.

Aber wo viel Licht ist, da ist auch meist der Schatten nicht weit entfernt, und einer dieser Schatten war nun einmal der Tatsache geschuldet, dass, wenn ein Kunde anrief, man sehr schlecht Nein sagen konnte – zum Beispiel dann, wenn es Sonntag war oder ein bereits eingeplanter Urlaub vor der Tür stand. Einmal ein Nein, und der Kunde ist meist weg.

Ich bin in meinem Job zwar ganz gut und habe mir auch einen Namen gemacht. Aber ich bin nun einmal nicht alleine auf dem Markt, und ein Teil meiner Mitstreiter sind ebenfalls nicht schlecht in dem, was sie tun.

Die Millionenverträge erhielt ich sowieso nicht. Dieser Markt war von den wirklich großen Beratungsgesellschaften besetzt, und diese Aufträge wurden immer noch auf den Golfplätzen verteilt. Eine Jahresmitgliedschaft in einem dieser Clubs würde glatt schon einmal den Wert eines Sportwagens ausmachen. Ganz zu schweigen von den Kosten drum herum.

Der richtige Anzug musste her und bei Männern schaute

»Mann« auch als Erstes auf die Schuhe und die Uhr. Und wenn diese dann aus einem Kaufhaus stammten, kam »Mann« erst gar nicht an dem Portier im Nobelclub vorbei.

Mit Grauen denke ich dabei noch an meine Zeit bei einer dieser großen Gesellschaften zurück – zu einer Zeit, als ich noch am Anfang meiner eigenen Karriere stand und für eine der weltweit größten Beratungsgesellschaften unterwegs war. Dieser Global Player unter den Beratungsgesellschaften hatte über Jahrzehnte hinweg ein unglaubliches Netzwerk aufgebaut. Dessen Beziehungen reichten nahezu in alle großen Unternehmen.

Die Top-Berater akquirierten die Aufträge und hatten freien Zugang zu den Chefetagen. Anfänger in diesem Business wie ich damals, die frisch von der Uni kamen, mussten die eigentliche Arbeit leisten.

Die Strukturen dieser großen Gesellschaften sind nach dem Pyramidenprinzip aufgebaut. Ganz oben stand der »Big Boss«, der mit dem größten Verdienst und den geringsten Arbeitszeiten. Am untersten Ende standen die Berufsanfänger mit den geringsten Einkommen und den längsten Arbeitszeiten.

Damals war ich natürlich sehr froh und stolz darauf, einen Job bei diesem renommierten Unternehmen erhalten zu haben. Bereits vor Studienabschluss wurden die besten unseres Jahrgangs umworben und erhielten sofort einen Anstellungsvertrag.

Am Anfang – so naiv, wie wir nun einmal waren – fühlten wir uns wie die neuen Superhelden. Eine der größten Gesellschaften wollte uns haben! Diese Naivität verflog jedoch recht schnell. Rasch holte uns die Realität des Alltags ein.

Meine eigene persönliche Läuterung erhielt ich, als ich in Frankreich an der Restrukturierung eines größeren Industrieunternehmens, das Armaturen für Bäder herstellte, beteiligt war.

Wir hatten den Auftrag, die Prozesse zu optimieren und die Produktionskosten zu senken. Auf gut Deutsch: schlankere Prozesse entwickeln und Leute entlassen.

Eigentlich wollte ich bei diesem Auftrag gar nicht dabei sein. Jedoch machte mir mein damaliger Chef sehr deutlich, was dann passieren würde. Er ließ keinen Zweifel aufkommen.

Zwar hatte ich mittlerweile schon einige Aufträge erfolgreich abgeschlossen, hatte aber noch kein eigenes Netzwerk aufgebaut, um so als Einzelkämpfer am Beratermarkt zu agieren – und vor allem zu überleben.

Eine negative Beurteilung meines damaligen Arbeitgebers hätte meine weitere Zukunft in diesem Business schon früh beendet. Beendet, bevor sie überhaupt richtig angefangen hatte. Und auf Golf und Tennis hatte ich definitiv einfach keine Lust.

Als einer der wenigen, der fließend Französisch sprach, blieb mir damals nichts anderes übrig, als mit dem insgesamt sechsköpfigen Team mit nach Frankreich zu reisen.

Drei Monate lang analysierten und diskutierten wir. Nach unzähligen Überstunden stand nun fest, welche Prozesse geändert werden mussten, damit in diesem Unternehmen wieder Gewinne erwirtschaftet werden konnten. Auch stand jetzt fest, wer alles von der Entlassungswelle betroffen sein würde. Die Stimmung im gesamten Unternehmen war verständlicherweise nahe an der nächsten Eiszeit.

Als externe Berater und mit sämtlichen Vollmachten der Eigentümer ausgestattet, standen uns alle Türen im Unternehmen offen. Keine Dokumente, keine Abläufe blieben uns verborgen. Willkommen waren wir nicht … Dies war zwar verständlich, aber trotzdem war unser Ziel ja die Rettung dieses Unternehmens, um wenigstens den größten Teil der Arbeitsplätze zu erhalten.

Als ich eines Morgens, noch recht müde von der zuvor eingelegten Nachtschicht, die große Empfangshalle betrat, rief plötzlich jemand von der oberen Galerie aus ganz laut: »Ihr Verbrecher! Louise, ich liebe dich!«

Noch völlig in Gedanken versunken, drehte ich mich erschrocken um und sah, wie sich ein jüngerer Mann auf dem Geländer stehend von der fünften Etage aus in die Tiefe stürzte. Die Gespräche in der belebten Halle verstummten sofort und es herrschte eine bedrückende Stille. Binnen Sekunden schlug der Körper des Mannes, nicht einmal zwei Meter weit von mir entfernt, auf die weiß polierten Fliesen auf.

Die Frauen, die sich zu diesem Zeitpunkt in der Eingangshalle aufhielten, und die, die auf den oberen Etagen am Geländer standen, fingen sofort an zu schreien, und einige bekamen hysterische Heulkrämpfe. Den meisten anwesenden Männern stand, wie auch mir, das Entsetzen ins Gesicht geschrieben.

Ich erinnere mich noch genau, so als ob es gestern erst passiert wäre, wie ich zusammenzuckte und sich mein Magen bei dem Anblick des auf dem Boden liegenden verdrehten Körpers förmlich zusammenschnürte. Nie werde ich dieses Bild wieder aus meinem Kopf heraus bekommen. Ich sehe immer noch, wie das Blut und vermutlich die Gehirnmasse aus seinem durch den Sturz aufgeplatzten Kopf herausliefen. Dunkelrot verfärbten sich die weißen Fliesen. Wieder eins dieser Bilder, die mich wohl für den Rest meines Lebens verfolgen werden.

Wie ich später erfuhr, war es einer jener Angestellten aus der Verwaltung, der von der Kündigungswelle betroffen waren.

Er sah für sich wohl keinen anderen Ausweg mehr, als seinem Leben auf so spektakuläre Weise ein Ende zu setzen. Zwei Kinder mussten nun ohne Vater aufwachsen. Seine Frau musste nun stark sein und die Last der Schulden, die durch einen Hauskauf entstanden waren, alleine bewältigen.

Auf der einen Seite empfand ich natürlich Mitleid mit diesem Mann und seiner Familie. Jedoch mischte sich in mein Mitleid auch eine Art Verärgerung – ein Unverständnis darüber, dass er seine Frau und seine Kinder im Stich gelassen hatte.

Eine Entlassung war schlimm. Die finanziellen Folgen grausam. Aber das Ganze rechtfertigte es doch nicht, so einen Schritt zu gehen und sein Leben einfach wegzuwerfen. Ich konnte das nicht nachvollziehen! Wie konnte er nur aus diesem Grund seine Frau und seine Kinder alleine lassen?

Dieses Erlebnis bedeutete jedoch für mich, dass ich kündigte und mich endlich selbstständig machte. Solche Aufträge wollte ich definitiv nicht mehr übernehmen. Nach diesem Ereignis wollte mein damaliger Chef auch keinen Rechtsstreit mehr mit mir. Negative Presse hatte er durch den Vorfall schon reichlich erhalten.

So konnte ich mich dann doch ohne weitere Probleme von meinem damaligen Arbeitgeber trennen und erhielt zum Glück auch recht schnell einen ersten eigenen Auftrag.

Einen ersten Auftrag von Horst bei der Winter AG.

Als ich am Telefon, noch im Gespräch mit René, anfing zu jammern, dass mir noch alles vom Kickbox-Training schmerzte, fing René nur laut und herzhaft an zu lachen: »Du warst ja immer schon ein Weichei!« Er spielte damit immer gern auf den Tag an, als wir uns das erste Mal in Düsseldorf auf einem Kickbox-Turnier trafen und er mich im finalen Kampf glatt besiegte. Es machte René immer noch und jedes Mal aufs Neue viel Freude, mich daran zu erinnern.

Trotz meiner Niederlage haben wir uns von Anfang an gut verstanden und noch am gleichen Abend seinen Sieg in der Düsseldorfer Altstadt ausgiebig gefeiert.

Puh, was war das für ein Abend! Mir brummt heute noch der Kopf, wenn ich an den Morgen danach denke. Zu reichlich war das süffige Altbier in der gemütlichen Kneipe geflossen.

In der ganzen Zeit, in der wir uns kannten – und das waren mittlerweile acht Jahre – hatte er es auch nur dieses eine Mal geschafft, mich auf die »Bretter« zu schicken. Und das Ganze auch nur, weil ich für den Bruchteil einer Sekunde unaufmerksam war und seiner Schwester, die auch am Turnier teilnahm, schöne Augen machte. Blöd daran war nur, dass ich dies ausgerechnet mitten im Kampf tat und mich René daraufhin ausknockte. Seitdem werfe ich ihm natürlich vor, dass er seine Schwester bewusst als Ablenkung eingesetzt hätte. Darüber lacht er sich heute immer noch halb tot.

Frauen – irgendwann bringen die mich wirklich noch einmal um. Und dabei bin ich, wenn ich einmal verliebt bin, wirklich treu. Anders als Sabine, meine letzte Freundin.

Bloß jetzt nicht an Sabine denken, denn das würde mir dann doch noch den bevorstehenden Urlaub völlig vermiesen.

Toll, wie sie mir vor einigen Wochen nur kurz am Telefon mitteilte, dass sie nun mit Bernd zusammen sei.

Ausgerechnet mit Bernd …

Bernd kannte ich noch aus meiner Schulzeit. Arrogant ohnegleichen, und das auch nur, weil seine Eltern Geld hatten. Er selbst ist zu blöd zum Autofahren …

Mit seinem Porsche 911 4S ist er gern und meistens zu schnell unterwegs. Mit dem dritten, wohlgemerkt. Zwei von den Dingern hatte er schon zerlegt. Was soll es, die Eltern zahlen es ja.

Mit Sabine war ich fast acht Monate zusammen. Bis, ja bis ich ihr den Vorschlag machte, mit dem Motorrad in den Urlaub nach Frankreich zu fahren. Ihr Gesicht wurde schlagartig länger.

Eigentlich hätte mir das ja klar sein müssen – Motorrad fahren war halt nicht so ihr Ding.

Nun gut, besser ein Ende nach acht Monaten als eins nach acht Jahren, versuchte ich mich selbst nach dem besagten Telefonat zu trösten.

Ich war ganz schön in Sabine verknallt gewesen. Sie sah gut aus, wir haben viel zusammen gelacht und – nicht zu verachten – der Sex mit ihr war nicht »von schlechten Eltern«.

Was haben wir nicht alles angestellt! Nie zuvor hatte ich eine Freundin, die so gelenkig und ausdauernd war. Alleine bei dem Gedanken daran wird mir schlagartig wieder ganz heiß …

Paul, vergiss es – freu dich auf den Urlaub! Und den Blick immer fest nach vorne richten!

»Ja, ja, René, ich bin morgen pünktlich bei dir in Lyon, und hoffentlich hast du dann den versprochenen Kaffee und die leckeren französischen Croissants wieder auf dem Tisch stehen. Falls nicht, fahre ich einfach ohne dich weiter in die Provence«, scherzte ich noch am Telefon.

René wusste, dass ich Kaffee und Croissants liebte – zur Entspannung und zu jeder Tag- und Nachtzeit.

René versprach mir ganz geheimnisvoll, dass er morgen noch etwas Besonderes für mich hätte. So war René halt, immer für eine Überraschung gut.

Meine Neugier war geweckt, und so freute ich mich schon auf einen entspannten Urlaub im Süden Frankreichs. Wir verabschiedeten uns am Telefon, und morgen früh sollte es endlich wieder losgehen – ab in den wohlverdienten Urlaub mit, so hoffte ich, viel Sonnenschein und einem strahlend blauen Himmel.

Am nächsten Morgen war das Wetter in Wuppertal, wie so oft, kein »Highlight« – aber immerhin war es trocken. Nicht dass mir eine Motorradfahrt im Regen etwas ausgemacht hätte, aber wenn die Straßen trocken sind, macht es einfach mehr Spaß.

Schnell waren meine wenigen Sachen in den Seitenkoffern meines Motorrades verstaut. Schnell noch das Navi mit Renés neuer Adresse programmiert, und schon stand ich abfahrbereit auf der Straße.

Mein Nachbar hatte sich wieder einmal bereit erklärt, sich um Mr Spock zu kümmern, meinen alten Kater mit den viel zu langen Ohren. Immer wenn ich verreiste, ließ er sich am Morgen nicht blicken. Wenn ich die Koffer packte, protestierte er und zeigte mir durch seine morgendliche Abwesenheit seinen Unmut darüber. Unglaublich, was in so einem kleinen Köpfchen alles vor sich geht!

Als meine Oma vor gut zwei Jahren sechsundachtzigjährig gestorben war, bin ich zurück in ihr Haus am Rande von Wuppertal gezogen und habe den Kater gleich zusammen mit dem Haus geerbt.

Hier in Beyenburg, einem ländlichen Stadtteil von Wuppertal, war die Welt noch in Ordnung.

Schön war die Gegend ja, aber mit dreiunddreißig Jahren und als Single nicht unbedingt ein Eldorado, um schnell wieder eine neue Freundin zu finden. Aber ich musste zugeben, zum Joggen und zum Biken waren die bergischen Wälder einfach super.

Das Haus war umgeben von einer sattgrünen Landschaft, so weit das Auge blicken konnte – ein idealer Ausgangspunkt für meine Motorradtouren ins Sauerland und durch das Bergische Land.

Auch die am Stausee gelegene Klosterkirche aus dem vierzehnten Jahrhundert, die über Alt-Beyenburg mit seinen wunderschönen Fachwerkhäusern thronte, war ein tolles Fotomotiv. Sie liegt entlang eines alten Pilgerweges, des bergischen Jakobsweges, der über den Altenberger Dom bis hin zum Kölner Dom führt.

Auch ein Blickfang und typisch für diese Gegend waren die Fachwerkhäuser im ältesten Teil von Beyenburg gleich unterhalb der Klosterkirche.

Die grün gestrichenen Holzschlagläden an den weiß gestrichenen Fenstern gaben den zumeist geschieferten Fachwerkhäusern eine ganz besondere Ausstrahlung.

Die Farbe der Schlagläden hatte sogar einen eigenen Namen, »bergisch grün«.

Als einzige lebende Verwandte, die ich noch hatte, zog mich meine Oma wohlbehütet in Beyenburg auf – eine wirklich liebe Frau, die es mit mir jedoch nicht immer einfach hatte. Meine Hobbys waren halt nicht Schach oder Halma.

Bei meinen Hobbys gab es öfters einmal ein paar blaue Flecken und kleinere Narben – nichts wirklich Ernstes, aber für eine besorgte Oma ernst genug. Das einzige Mal, als es wirklich kritisch wurde, war, als ich mit dem Pferd einer Freundin alleine ausgeritten bin. Wie das halt so ist: Ich hatte das Handy am Ohr und hörte daher nicht, wie sich von hinten ein Jogger näherte. Das Pferd hatte einen schlechten Tag, und ich war – schneller, als mir lieb war – um eine Erfahrung reicher.

Sammy, so hieß der alte Gaul, kriegte einen Schrecken und gab plötzlich Vollgas. Ich verlor zuerst mein Handy, dann den Halt. Und schon flog ich in einem hohen Bogen einen Abhang hinunter. Nie hätte ich es für möglich gehalten, dass Sammy noch eine solche Beschleunigung entwickeln könnte.

Ein Baum stoppte meinen weiteren Fall. Mit der rechten Schulter schlug ich an und mit einem leichten Krachen, so als ob ein kleiner Ast bricht, gab mein rechtes Schlüsselbein nach.

Als ich aus dem Krankenhaus zurückkam, hatte ich einen schönen Streckverband um und eine großflächige Prellung, die sich über meine gesamte Brust verteilte.

Im Grunde hatte ich noch Glück gehabt. Eine OP war nicht erforderlich, da der Bruch nur leicht versetzt war und beide Knochen wieder von selbst aneinanderwachsen konnten.

Seit diesem Vorfall machte sich meine Oma natürlich noch mehr Sorgen um mich.

Aber ich habe ihr natürlich auch Freude bereitet – wahrscheinlich mehr Kummer als Freude, aber immerhin manchmal auch Freude.

Nein, meine Oma war schon wirklich in Ordnung. Für ihr Alter hatte sie eine aufgeschlossene und tolerante Einstellung. Nie war sie wirklich böse auf mich. Sie liebte mich bedingungslos. So wuchs ich wohlbehütet bei ihr auf und sie tat ihr Bestes, um mir meine fehlenden Eltern zu ersetzen.

Mittlerweile war ich fast vier Stunden auf der Autobahn unterwegs, als ich die erste Raststätte zum Tanken anfuhr. Das war ja das Schöne an meinem Motorrad, einer BMW GS 1200 Adventure: der 33-Liter-Tank. Dieser Tank erlaubte es mir, fast sechshundert Kilometer nonstop zu fahren. Perfekt zum Reisen. Sie war zwar kein Leichtgewicht, aber einmal in Bewegung – und der Spaß fing an.

Als ich am frühen Nachmittag in Lyon in der Rue Octave Mirbeau einbog, fand ich schnell Renés Haus. Er hatte es mir am Telefon bereits gut beschrieben und, wie angekündigt, auf einer kleinen grünen Wiese im Vorgarten einen blauen Sonnenschirm aufgestellt. Mit dem Navi wäre es eigentlich auch sonst kein Problem für mich gewesen, aber so war René halt.

Der Rasen im Vorgarten bestand aus mehr Unkraut als Gras und war mit allerlei bunt gemischten Blumen durchzogen. Das ganze Grundstück war, bis auf wenige Ausnahmen, umsäumt von einer fast drei Meter hohen Bambushecke. Also kein typischer deutscher Vorgarten. Als René mein Motorrad hörte, kam er auch gleich fröhlich, mit den Armen wild winkend, auf die Straße gerannt und lotste mich in die schmale Einfahrt bis vor sein Garagentor.

Ich spürte all meine Knochen von der langen Autobahnfahrt. Etwas erschöpft und leicht verschwitzt, kippte ich die Maschine auf den Seitenständer und machte sie aus. Seitlich glitt ich von der Sitzbank und nahm den Helm ab. Da stürmte René auch schon auf mich zu und umarmte mich wild und herzlich, wie die Franzosen halt so sind. Unser letztes Treffen war schon fast wieder zwei Jahre her. »Schönes Haus!«, sagte ich zu René, als ich nach seiner stürmischen Begrüßung wieder zu Atem kam.

Gleich vor dem Garagentor stand ein überdimensional großer, fast fünfzig Zentimeter hoher Plastikgartenzwerg, der die Hose halb heruntergelassen hatte und so seinen zur Hälfte freiliegenden Hintern in meine Richtung herausstreckte. »Danke für die freundliche Begrüßung und die versprochene Überraschung«, sagte ich zu René mit einem Lächeln im Gesicht.

»Ja, ja, mein lieber Paul, wir Franzosen tun alles, damit sich die Deutschen in Frankreich wohlfühlen – aber bitte bleibt nicht mehr so lange wie vor 1945!« Und dabei lachte er sich selbst fast halb tot über den aus seiner Sicht gelungenen Spruch. Rasch und stürmisch zog mich René nun in Richtung des Sonnenschirms.

Er war total aufgedreht – fast so wie ein kleiner Junge, der sein Geburtstagsgeschenk überreicht bekommt.

René kam kurz an mein rechtes Ohr und flüsterte mir zu: »Die richtige Überraschung kommt doch noch!«

Und was für eine Überraschung! Da saß Ines unter dem Sonnenschirm, Renés »kleine Schwester«. Klein ist gut, Ines war ungefähr 1,75 m groß, kräftig gebaut, aber nicht dick, eher sehr sportlich durchtrainiert. Meine Verspannungen waren mit einem Schlag wie weggeflogen.

Mit ihren zweiunddreißig Jahren war Ines eine tolle Erscheinung, blonde lange Haare, ein Gesicht wie eine Elfe und Augen, in denen man sich verlieren konnte – musste.

Schon vor acht Jahren auf dem Kickbox-Turnier in Düsseldorf hatte ich meine Schwäche für sie entdeckt. Sie war jedoch damals schon verlobt und hatte dann auch noch im gleichen Jahr geheiratet.

Unser letztes Wiedersehen war vor gut vier Jahren auf dem zweiunddreißigsten Geburtstag von René gewesen, leider jedoch mit ihrem Mann. Wenn ich auch nicht viele Prinzipien hatte, aber ein Prinzip hatte ich, und dem bin ich bis heute treu geblieben: »Nie etwas mit einer verheirateten Frau anfangen«.

Zwar kann man seine Prinzipien ändern, aber noch war ich nicht so weit.

Als wir den Sonnenschirm erreichten, stand Ines auf, kam auf mich zu und umarmte mich sehr herzlich und intensiv – intensiver, als es selbst für gute Freunde üblich ist.

Für einen kurzen Moment war ich etwas irritiert, aber ich wusste ja von René, dass auch Ines mich sehr sympathisch fand, und so genoss ich natürlich unsere innige Begrüßung sehr.

René stand etwas im Hintergrund und grinste breit über sein ganzes Gesicht. Ines sagte zu mir, dass René ihr unter »Strafandrohung« verboten hatte, mich schon vorher zu begrüßen. Sie musste als »Überraschung« unter dem Sonnenschirm warten. Ines lachte dabei und schaute mich erfreut an.

Sie war in Lyon, da sie René versprochen hatte, während unserer Motorradtour durch die Provence auf sein Haus aufzupassen und sich um Renés Hund Otto zu kümmern.

Das war typisch René. Welcher Franzose würde seinen Hund schon freiwillig Otto nennen! Otto war ein Mischling, und keiner wusste genau, was alles in ihm steckte.

Halb Dobermann und halb … viele, viele Fragezeichen.

Eines Tages hatte er vor Renés Haus gesessen und war einfach geblieben, ganz zu Renés Freude. Nachdem Otto mich intensiv beschnuppert hatte, legte er sich friedlich und ruhig in den Schatten unter dem Sonnenschirm.

Mit ihrer so eigenen und lockeren Art stellte Ines mir gefühlte tausend Fragen. Was ich gerade beruflich machte. Ob ich noch regelmäßig Sport trieb. Und ob ich gerade in einer Beziehung war. Bei dieser Frage schaute sie mir tief in die Augen …

René lachte bei dieser Frage und schenkte sich noch einen Kaffee nach.

Als ich ihr alle Fragen beantwortet hatte und auch bei der Frage zu meinem aktuellen Beziehungsstatus wahrheitsgemäß eine Antwort gab, meinte ich eine gewisse Erleichterung in ihrem Gesichtsausdruck zu erkennen.

Eins hatten René und ich gemeinsam: Die Frau fürs Leben hatten wir beide noch nicht gefunden.

Es wurde ein lustiger und vor allem feuchtfröhlicher Abend.
Neben dem versprochenen Kaffee und den leckeren frischen französischen Croissants gab es am Abend reichlich zu essen und viel zu viel von dem tiefroten französischen Wein, einem Wein von Renés Familiengut – einem Wein, den es nicht im Supermarkt zu kaufen gab. Den bekamen nur Freunde, sehr gute Freunde.

Das Familienweingut lag im Burgund und war weit über Frankreich hinaus für seine köstlichen Weine bekannt. »Dieser Wein wird sogar in den Königshäusern dieser Welt serviert«, erwähnte René immer sehr stolz und so oft er konnte. Zahlreiche Fotos, die dies belegten, säumten sein Büro. René war im Familienunternehmen für den weltweiten Vertrieb zuständig.

Nachdem mir dann doch irgendwann am späten Abend die Augen zufielen – und dies, obwohl Ines ein so zauberhaftes Lächeln hatte –, zog ich mich ins Gästezimmer zurück. In Jeans und T-Shirt schlief ich sofort auf dem Bett ein.

Als es am nächsten Morgen im Zimmer zum Schlafen zu hell wurde, wachte ich auf. Da war er, der perfekte Start in den Tag. Die Sonne war da und schien bereits kräftig durch das Fenster. Der Himmel war wolkenlos, und mit dreiundzwanzig Grad war es angenehm warm. Der Geruch von frisch aufgebrühtem Kaffee zog in mein Zimmer.

Und das Allerbeste war: Ich hatte Urlaub.

Ich folgte noch etwas verschlafen dem angenehmen Duft, der mich in die gemütliche Küche im Erdgeschoss führte.

Ines saß bereits am Tisch und sagte: »René schnallt gerade seinen Tankrucksack auf sein Motorrad.«

Sie sah einfach toll aus – und dann dieser wohlklingende Akzent. Ich hätte ihr stundenlang zuhören können …

Zwar hatte ich schon einige Frauen kennen und lieben gelernt, aber Ines Aussehen in Kombination mit dieser Aussprache war der Hammer. Sie war trotz ihres tollen Aussehens in ihrer Art total natürlich geblieben – ein Charakter und eine Ausstrahlung, auf die ich voll abfuhr. Ines lächelte mich an und schenkte mir einen weiteren Kaffee ein.

Nach dem vierten Croissant sprachen René und ich noch die erste Etappe unserer Tour durch. Wir wollten nicht über die Autobahn in den Süden fahren, sondern schön gemütlich über Nebenstraßen in die Provence touren.

So sehr ich mich auch auf diese Motorradtour gefreut hatte, so schwer fiel mir nun der Abschied von Ines. Wieder nahm sie mich sehr herzlich in den Arm und küsste mich auf beide Wangen. Ich spürte ihre weichen Lippen und sog ihren erotisierenden Duft tief ein.

Sie flüsterte mir noch ins Ohr: »Passt gut auf euch auf!« Dieser Akzent – ich bekam jedes Mal weiche Knie und eine Gänsehaut dazu.

Ich blickte in den Rückspiegel meiner GS und sah, wie sie mit beiden Armen und einem Lächeln hinter uns herwinkte. Dann bog ich schweren Herzens hinter René am Ende der Straße ab und Ines verschwand aus meinem Rückspiegel.

TERROR IM
GRAND CANYON DU VERDON

Erst fuhren wir noch einige Kilometer über reichlich überfüllte Schnellstraßen aus Lyon heraus. Doch dann ging es gemütlich weiter und ohne viel Verkehr über kleinere Landstraßen zu unserem Ziel nach Castellane.

Castellane, das Tor zum Grand Canyon du Verdon – ein Eldorado für Kletterer, Wanderer und natürlich für uns Biker. Hier hatten wir uns für die nächsten zwei Wochen in ein schönes, aber nicht gerade günstiges Landhotel eingebucht.

Als wir unser Hotel am frühen Abend erreichten, waren wir beide doch sehr froh, wieder aus dem Sattel unserer Motorräder gleiten zu können.

Als wir noch regelmäßig mit dem Motorrad unterwegs waren, war das alles noch wesentlich leichter und vor allen Dingen wesentlich schmerzfreier. Seitdem wir aber beide seit Jahren einem festen Job nachgingen, bei dem wir zumeist mehr hinter dem Schreibtisch saßen und nicht unbedingt mit einem Motorrad vorfahren konnten, reduzierten sich unsere Touren meist nur noch auf das Wochenende. Und selbst am Wochenende ergaben sich für uns oft noch andere Verpflichtungen.

Das Hotel in Castellane lag in einer kleinen und ruhigen Seitenstraße unweit des Zentrums. Es war ein schönes Viersterne-Landhotel mit einer exzellenten Küche sowie einem liebevoll angelegten, großen, parkähnlichen Garten. Schon die Fahrt zum Hoteleingang entlang einer Pinienallee war ein Genuss für mich. Tief sog ich den angenehmen Pinienduft durch mein offen stehendes Helmvisier ein. Als wir vor einigen Jahren von einer gemeinsamen Motorradtour zurückgekehrt waren, hatten wir hier schon einmal eine Übernachtung eingelegt.

Das Hotel hatten wir nur durch Zufall entdeckt, als wir völlig übermüdet einen Zwischenstopp einlegen mussten. Als ich noch über mehr Freizeit verfügte, bin ich meistens spontan verreist. Dort wo es mir gefiel, bin ich einfach geblieben.

Schon damals hatten wir die Vorzüge des Hotels lieben gelernt. Die Inhaber, ein sympathisches Pärchen um die fünfzig, waren sehr um ihre Gäste bemüht, und es machte ihnen Freude, wenn sich ihre Gäste bei ihnen wohlfühlten.

Gleich am ersten Abend genossen wir ein vorzügliches Vier-Gänge-Menü. »Puh, ist das ein hartes Leben!«, sagte René, und wir prosteten uns mit unseren gefüllten Weingläsern zu. »Ein Leben wie Gott in Frankreich«, antwortete ich mit einem Lachen im Gesicht.

Am nächsten Morgen trafen wir uns auf der gemütlichen und wundervoll begrünten Terrasse zum Frühstück. Von hier aus hatten wir einen fantastischen Ausblick in den Hotelgarten, mit unzähligen exotischen Pflanzen, hohen Palmen und einem schönen großen Naturpool.

Es sah schon irgendwie eigenartig aus, wie wir so lässig und entspannt, mit unseren Motorradhosen und unseren T-Shirts bekleidet, neben den Tagungsmitgliedern einer französischen Bank auf der Terrasse saßen. Jedem das, was er verdient, dachte ich mir im gleichen Moment, und wir hatten uns definitiv einen erholsamen Urlaub verdient.

Am dritten Urlaubstag brachen wir gegen zehn Uhr und nach einem viel zu reichhaltigen Frühstück zu einer weiteren Tour auf – das Ganze wieder bei herrlichem Sonnenschein und einem strahlend blauen Himmel.

Die heutige Tour hatten wir extra etwas kürzer eingeplant. Zuerst über die D 102 nach Comps-sur-Artuby und von dort weiter nach La Matre. Früh am Abend wollten wir auf jeden Fall wieder pünktlich im Hotel in Castellane sein, denn heute wurde auf der Terrasse gegrillt.

Als wir auf der D 252 über die Brücke fahren wollten, die den Fluss Le Jabron überspannt, sahen wir auf einmal einen im

Tiefflug auf uns zukommenden größeren französischen Militärhubschrauber.

Durch das breite Tal schlängelte sich der Fluss und wurde rechts und links von den Erhebungen einer Felslandschaft eingebettet. Nicht umsonst nannte man diese Gegend auch den kleinen Grand Canyon, den kleinen Bruder des großen Canyons in Amerika.

In den Schluchten des Grand Canyon du Verdon konnten wir recht gut die Erdgeschichte in Form der verschiedenen Gesteinsformationen betrachten.

Rasch und laut dröhnend näherte sich der Hubschrauber von Osten her – dicht über den Fluss fliegend und die Sonne hinter sich.

Wir stoppten unsere Motorräder, um den unglaublich tief fliegenden Hubschrauber genauer zu betrachten, und dann passierte es auch schon. Die Szenen, die sich nun innerhalb von nur wenigen Sekunden abspielten, waren so unwirklich, dass man sie nur glauben konnte, wenn man sie mit eigenen Augen gesehen hatte. Hätte mir dies jemand erzählt, ich hätte ihn glatt als Spinner ausgelacht.

Ich hatte das Gefühl, mitten in die Aufnahmen für einen Kinofilm geraten zu sein. Es waren spielfilmreife Szenen, die nun direkt vor unseren Augen abliefen. Aber das, was nun kam, war kein Film, es war bitterböse Realität.

Als der Hubschrauber fast die Brücke erreicht hatte und wieder an Höhe gewinnen wollte, um sie so sicher zu überfliegen, wurden auf einmal von einem Felsvorsprung aus mehrere Schüsse auf ihn abgefeuert. Plötzlich entwickelte sich Rauch unter dem Hauptrotor und der Hubschrauber verlor dabei rasch an Höhe. Binnen nur weniger Sekunden stürzte er auf die Brücke.

Der Heckrotor drehte sich noch, als der Hubschrauberrumpf mit einem ungeheuren Krach von berstendem Metall auf die Straße aufschlug. Mitten auf der Brücke blieb er liegen, und die noch rotierenden Rotorblätter schlugen daraufhin laut gegen die Brückenmauer. Alle vier Blätter zerbrachen sofort in unzählige Einzelstücke.

Diese Mischung aus Gesteinssplittern der Brückenmauer und den zersplitterten Rotorblättern flog nun wie Geschosse durch die Gegend. Nur äußerst knapp verfehlte uns dieser tödliche Mix. Auch verbreitete sich gleichzeitig ein stechender Öl- und Kerosingeruch in der Luft.

Von dem gegenüberliegenden Felsvorsprung abgefeuert, schlugen weitere Kugeln in den Hubschrauber und die Straße ein. Ich schätzte anhand des Mündungsfeuers, dass sich dort oben ungefähr drei bis vier Schützen verschanzt haben mussten.

Die Schützen selbst konnten wir von unserer Position aus nicht entdecken. Sie wurden durch Sträucher verdeckt, die fast den kompletten Berghang überzogen.

René und ich ließen uns fast zeitgleich von unseren Motorrädern gleiten und unsere Helme in den Straßengraben fallen. Obwohl ich mich noch keinen Meter bewegt hatte, erhöhte sich meine Pulsfrequenz, und mein Atem wurde vor Aufregung schneller.

Mein Verstand sagte mir unentwegt, dass ich weglaufen, eine möglichst große Distanz zwischen mich und dieses lebensbedrohliche Geschehen bringen sollte. Mein Herz jedoch sagte mir etwas völlig anderes …

Wir schauten uns kurz an, nickten einander zu und liefen in gebückter Haltung und im Schutz einer Steinmauer, die die Brücke als Geländer rechts und links säumte, zum qualmenden Hubschrauber.

Da eine der seitlichen Schiebetüren beim Aufprall herausgebrochen war, konnten wir so ohne größere Probleme in das Innere schauen. Der Anblick, der sich uns bot, verhieß nichts Gutes.

In der Kabine war ein »Knäuel« von Armen und Beinen zu sehen – wie viele Soldaten es waren, war dabei schlecht auszumachen. Der Pilot und der Co-Pilot lagen nicht wesentlich besser im Cockpit der Maschine.

Der Rauch der brennenden Turbine zog in den Innenraum der Kabine, wo die Soldaten lagen. Laut stöhnten die Männer vor Schmerzen, und wegen des eindringenden Qualms mussten sie heftig husten. Sie versuchten bereits, sich trotz ihrer Verletzungen gegenseitig aus der unglücklichen Lage zu befreien. Obwohl alle ihre Sicherheitsgurte angelegt hatten, waren sie bei dem harten Aufprall schwer durchgeschüttelt worden. Dabei hatten sie sich vermutlich zahlreiche Verletzungen zugezogen.

Wir riefen ihnen zu, dass wir ihnen helfen wollten. Unterdessen wurde unaufhörlich weitergeschossen.

Die gesamte Situation war völlig unwirklich und hätte glatt aus einem amerikanischen Actionfilm stammen können.

Aber der Geruch von verbranntem Kerosin und Öl sowie meine Anspannung sagten mir etwas völlig anderes. Wir waren mittendrin – mittendrin im vermeintlichen Film, hautnah dabei.

Der Pilot war im Gegensatz zum Copiloten noch bei Bewusstsein. Er griff zum Funkgerät und gab seiner Leitzentrale die letzten Koordinaten und die Lage durch.

Unterdessen fingen René und ich an, ohne weiter darüber nachzudenken und unter permanentem Kugeleinschlag, die Soldaten aus dem Hubschrauber zu bergen.

Immer wenn die Kugeln in die Brückenmauer einschlugen, gaben sie unschöne, gefährlich zischende Geräusche von sich. Kleine Gesteinssplitter flogen zusammen mit den Kugeln umher. Wir zuckten jedes Mal zusammen und hofften nur, dass uns keine traf.

Wir kümmerten uns zuerst um den Soldaten, den wir als ersten erreichen konnten. Dann ging es weiter zum nächsten.

Fünf der Soldaten konnten uns noch unterstützen, der Copilot war immer noch bewusstlos. Ihn mussten wir über den Boden und im Schutz der Brückenmauer zum sicheren Straßengraben schleifen.

So schnell wir konnten, brachten wir alle in der Nähe unserer Motorräder in einem tiefer gelegenen Teil des Straßengrabens in Sicherheit. Dieser Graben war für die Schützen nicht erreichbar.

Immer weiter wurden wir von den Heckenschützen beschossen.

Mein Schweiß lief mir nicht nur über die Stirn in die Augen, wo er unangenehm brannte und meine Augen ziemlich reizte – nein, mein ganzer Rücken war unter meiner viel zu warmen Motorradjacke nass geschwitzt. Wenn das so weiterginge, hätte ich gleich Hochwasser in meinen Motorradstiefeln.

Dies war einer der wirren Gedanken, die mir in dieser, mir völlig unwirklich vorkommenden Situation in den Kopf schoss.

Meine Motorradkleidung mit all den Sicherheitsprotektoren war bei höheren Außentemperaturen und bei Fahrtwind so gerade noch in Ordnung, aber sie war nicht geeignet für diese schweißtreibende körperliche Anstrengung.

Mein T-Shirt konnte keine Feuchtigkeit mehr aufnehmen, es war bereits klatschnass. An Renés Gesichtsausdruck konnte ich erkennen, dass es ihm gerade auch nicht viel besser erging.

Mit Schweiß auf der Stirn und laut stöhnend, robbten wir mit dem letzten Soldaten und im Schutz der Mauer zum sicheren Straßengraben. Wir waren gerade aus dem Hubschrauber heraus, als ihn eine weitere Kugelsalve traf.

Das ausgelaufene Kerosin entzündete sich und in einer heftigen Explosion flog der schwere Hubschrauber ein paar Meter hoch in die Luft. Eine heiße Flamme mit einer schwarzen Rauchwolke stieg in den bis dahin strahlend blauen Himmel auf.

Die Druckwelle der Explosion schleuderte uns direkt in den Straßengraben. Mit einem heftigen Aufprall kamen wir wieder auf dem Boden auf.

In diesem Moment waren wir froh über unsere Motorradkleidung mit den Schutzprotektoren. Nur der Copilot zwischen uns stöhnte vor Schmerzen laut auf.

Wir hatten das Gefühl, das Ganze würde unendlich lange dauern, dabei waren gerade einmal zehn Minuten vergangen – eine gefühlt schier endlose Zeit vom ersten Schuss, bis wir alle im Schutz des Straßengrabens in Sicherheit waren.

Wie durch ein Wunder hatte keine der Kugeln uns oder einen der Soldaten getroffen. Geschützt im Straßengraben konnten sie uns nicht mehr erreichen. Mit ihrem Beschuss hörten sie dennoch nicht auf.

So viel Munition kann man doch gar nicht in diese gottverlassene Gegend schaffen, dachte ich mir, als ich gerade einem der Soldaten am Bein einen Druckverband mit meinem Halstuch anlegte.

Auf einmal hörten wir Kampfjets am Himmel.

Dann sahen wir sie auch schon.

Zwei Jets des französischen Militärs.

Präzise lenkten zwei Raketen ins Ziel.

Dort, wo zuvor noch Maschinengewehrsalven aufblitzten, brannte binnen Sekunden der ganze Hügel. Der Beschuss verstummte sofort unter einer riesigen Flamme.

Das ganze Buschwerk brannte lichterloh.

Es dauerte noch einige weitere Minuten, bis plötzlich vier Militärhubschrauber im Tal auftauchten. Diese landeten nacheinander auf der breiten Straße vor der Einmündung zur Brücke. Der abgeschossene Helikopter brannte unterdessen immer noch unter einer schwarz aufsteigenden Rauchwolke. Die Türen der gelandeten Hubschrauber wurden fast zeitgleich aufgerissen, Soldaten sprangen heraus und sicherten mit ihren Gewehren im Anschlag den ganzen Bereich.

Aus dem dritten, dem größeren Hubschrauber kamen die Sanitäter auf uns zugerannt und kümmerten sich sofort um die Verletzten. René und ich standen auf und schauten dem ganzen Treiben nur ungläubig zu. »Wo sind wir da nur hineingeraten …?«, sagte ich wohl mehr zu mir selbst.

Ich drehte mich um und suchte immer noch den Regisseur, damit dieser »Cut!« rief – aber da war keiner. Und dabei hatte dieser Tag doch eigentlich so klasse angefangen …

Plötzlich standen der Pilot des abgeschossenen Hubschraubers und einer der Soldaten hinter uns.

Der leicht verletzte Pilot streckte mir die Hand entgegen und legte mir dabei seine andere Hand auf die Schulter. Sie bedankten sich bei René und mir ohne viele Worte – Militär halt. Wären es Politiker gewesen, sie hätten uns vermutlich einen »Knopf an die Backe« gelabert: Da waren mir diese Militärs doch viel lieber.

Es war ein fester Händedruck und ein dankbarer Blick. Jeder der Soldaten, die auch nicht viel älter als René und ich waren, wusste, dass er gerade nur ganz knapp und mit viel Glück überlebt hatte.

Es bedurfte ja auch nicht vieler Worte – was sollte man da auch schon groß sagen …

Uns allen steckte der Schrecken noch tief in den Knochen. Die verletzten Soldaten wurden rasch ausgeflogen, und nachdem unsere Befragungen abgeschlossen, unsere Personalien festgestellt waren, gingen wir total verschwitzt von der Anstrengung zurück zu unseren zum Glück unversehrten Motorrädern.

Mein T-Shirt unter meiner Motorradjacke klebte vom Scheiß unangenehm am Körper. Meine Unterhose war nass wie ein Schwamm. Jeder meiner Schritte kostete mich so eine ungeheure Überwindung. Am liebsten wäre ich zur Erfrischung gleich nackt in den Fluss vor uns gesprungen.

Als wir die Helme aus dem Straßengraben aufsammeln wollten, merkte ich plötzlich, dass meine Knie weich wie Butter wurden. Schnell reichte mir René seine Hand und ich ließ mich langsam auf einen Felsvorsprung nieder.

Ich spürte, wie auch Renés Hände zitterten. Erst jetzt bemerkten wir, wie angespannt unsere Nerven wirklich waren. Nie zuvor in unserem bisherigen Leben waren wir in einer solch riskanten Lage gewesen, nie zuvor so dicht am Tod.

René ging zu seinem Motorrad und holte für uns zwei Wasserflaschen aus seinem Tankrucksack heraus. Zwar war das Wasser mittlerweile durch die Sonne aufgewärmt, aber trotzdem hatte ich das Gefühl, ich hätte nie besseres Wasser getrunken – das beste Wasser, das je meinen ausgetrockneten Hals herunterlief.

Ungewöhnlich für René und mich war, dass wir kaum miteinander gesprochen hatten, alles lief wie in einem Film ab. Wir reagierten nur … Reagierten so, als ob wir einem Drehbuch folgten. Fast so, als ob wir für einen solchen Fall trainiert hätten.

Der ganze Spuk dauerte gerade einmal knapp eine Stunde, und nun saßen wir da, tranken unser Wasser und schauten zu, wie die Polizei die gesamte Straße absperrte. Auf der Straße vor der Brücke bildete sich langsam ein kleiner Fahrzeugstau.

Trotz der protestierenden Autofahrer blieb die Straße für den gesamten Verkehr komplett gesperrt. Drei schwer bewaffnete Militärpolizisten waren zurückgeblieben und bewachten das immer noch qualmende Hubschrauberwrack. Da die Straße aufgrund des Ereignisses schon kurz nach Castellane von der örtlichen Polizei gesperrt worden war, konnten wir zügig und ohne Gegenverkehr zurück zu unserem Hotel fahren. Immer noch hatte ich weiche Knie und freute mich schon riesig auf eine erfrischende Dusche in unserem Hotel.

Die Polizeisperre ließ uns ohne Probleme passieren. Sicherlich hatte man sie bereits per Funk über unser Kommen informiert.

Im Hotel angekommen, zog ich meine Sachen aus. Ich hatte große Mühe und kämpfte gefühlte zehn Minuten lang, um mir das nasse, am Körper klebende T-Shirt über den Kopf zu ziehen – so sehr klebte es an meinem Rücken fest.

Nachdem ich den Kampf mit dem T-Shirt gewonnen hatte, sprang ich sofort unter die erfrischende und sehnlichst herbeigewünschte Dusche. Ich spülte den Schweiß und meine Anspannung herunter. Danach ging es mir schlagartig besser.

Am Pool traf ich René wieder und wir genossen ein herrlich erfrischendes kühles Bier. Entspannung!

So langsam fingen wir an, das gerade Erlebte zu verarbeiten …

»Unwirklich, einfach unwirklich, das Ganze – so etwas liest man nicht einmal in der Zeitung, so etwas sieht man höchstens im Kino«, sagte ich zu René.

Wir prosteten uns mit den Gläsern zu und tranken einen weiteren Schluck des erfrischenden Bieres. Im Pool schwammen einige Tagungsteilnehmerinnen der Bank, und unsere Augen erfreuten sich an dem netten Anblick.

Eine wirklich angenehme Art, sich abzulenken, und so im Bikini sahen die Damen gar nicht übel aus. Schon am ersten Urlaubstag hatten wir intensiven Blickkontakt gehalten, und so allmählich spürten wir die Anspannung des Erlebten schwinden. Spontan sprangen wir zu den reizenden Damen in den Pool. René fing auch sofort an, seinen französischen Charme spielen zu lassen, und recht schnell spielten wir ein enges Wasserballspiel mit vier nicht gerade unattraktiven Damen. Das

Ganze wurde von den männlichen Bankern am Poolrand argwöhnisch betrachtet.

Wir hatten auf jeden Fall unseren Spaß und vergaßen für einen Moment den Stress vom Morgen. Zwei der Badenixen fanden uns anscheinend auch nicht so übel, und so entwickelten sie eine enge und nicht unangenehme »Manndeckung«. Für den Abend verabredeten wir uns dann auch gleich für einen Drink an der Hotelbar.

Als René aus dem Pool stieg, traten zwei wohl eifersüchtige Banker auf ihn zu und wollten ihn mit einem bösen Seitenhieb zurück in den Pool befördern.

Aber blöd gelaufen – da waren sie bei René an den Falschen geraten. Geschickt wich er aus, und schneller, als die beiden Möchtegernrambos schauen konnten, flogen sie nun selbst unter lautem Beifall der Damen in ihren Anzügen in den Pool.

Unser Date für den Abend war schon einmal klar, und wir zogen uns zurück. Ich genoss nochmals eine ausgiebige Dusche und traf danach René zu einem Aperitif auf der Terrasse. Der Grill war bereits angezündet, und so freuten wir uns beide schon sehr auf unsere großen und saftig gegrillten Steaks.

Nicht weit von uns entfernt, zum Glück jedoch außer Hörweite, hatten die Banker ihren Empfang mit Champagner und Shrimps. Dem Gesichtsausdruck unserer beiden Pool-Bekanntschaften nach zu urteilen, waren es wohl eher langweilige Reden, die dort gerade gehalten wurden.

Die beiden Damen lächelten uns jedenfalls freudig und verheißungsvoll zu. Nur die beiden Herren, die im Anzug schwimmen waren, schauten immer noch recht verärgert drein.

Wir erhoben unseren Pastis, prosteten den Damen mit einem Lächeln zu und freuten uns schon auf das, was heute Abend noch alles passieren könnte.

Plötzlich wieder ein Dröhnen von Rotoren in der Luft. René und ich zuckten gleichzeitig zusammen. Zu präsent waren uns noch die Geräusche und Eindrücke vom Morgen. Für heute hatten wir definitiv genug Action gehabt.

Das Dröhnen wurde immer lauter, und dann landete auch

schon eine französische »Gazelle« auf der großen Hotelwiese unweit der Terrasse, wo wir standen. Der Luftzug der Rotorblätter wirbelte einigen Staub auf, und die am Rand stehenden Bäume wurden heftig durchgeschüttelt. Den Luftstrom spürten wir bis zur Terrasse.

Die völlig verwirrten Banker unterbrachen ihre Reden und schauten ebenfalls irritiert zu dem gelandeten Helikopter. Dort stieg gerade der Pilot aus, gekleidet in einer olivfarbenen Fliegerkombi.

Auf dem Kopf trug er noch seinen weißen Helm mit einem heruntergeklappten getönten Visier. Wie ein Außerirdischer wirkte er in seiner Montur in diesem doch sehr durchgestylten Hotelgarten.

Der Pilot blickte zur Terrasse, nahm den Helm ab und kam dann zielstrebig auf uns zu. Beim Näherkommen erkannten wir unsere Bekanntschaft vom Morgen wieder. Es war der Pilot, den wir aus dem abgestürzten Hubschrauber gerettet hatten. Unter dem Blick der verwirrten Banker bat er uns, ihn zu begleiten. Es wäre wichtig, aber mehr könnte und dürfte er uns nicht sagen. Auch wir blickten uns nun etwas verwirrt an, nickten uns aber wieder kurz zu.

Immer noch irritiert und mit einem nicht beschreibbaren Gefühl im Magen folgten wir Claude über den Rasen zum Helikopter. »Schade«, dachte ich nur, »das mit dem netten Date für den heutigen Abend und das saftige Steak fallen damit wohl ins Wasser …«

Die übrigen Gäste auf der Hotelterrasse blickten uns verwundert hinterher. Die Turbine des Helikopters lief noch und die Rotorblätter drehten sich langsam in ihrer neutralen Stellung. Obwohl die Rotorblätter hoch genug über unseren Köpfen kreisten, zogen wir instinktiv den Kopf ein und gingen so in leicht gebückter Haltung zu den hinteren Türen.

Als wir im Helikopter Platz genommen hatten, verschloss Claude die Türen von außen und setzte sich dann auf den Pilotensitz. Er ließ die Turbine wieder auf Drehzahl kommen und zog den Hubschrauber recht zügig in die Höhe.

Aus dem Seitenfenster heraus konnte ich beim Aufsteigen erkennen, wie sich durch die Druckwelle der Rotoren die Bäume und Sträucher im Hotelgarten bogen. Ich hoffte nur, dass wir keinen Ärger mit den Hotelbesitzern bekamen – gern würde ich hier noch einmal einen Urlaub verbringen.

Durch die schnelle horizontale Beschleunigung spürte ich, wie mein nur mit Bier und Pastis gefüllter Magen anfing, sich zu drehen. Ein Blick zu René verriet, dass es ihm gerade auch nicht viel besser ging.

Was für ein Auftritt, beziehungsweise Abgang, kam mir in den Sinn, um mich ein wenig von meinem unangenehmen Magengefühl abzulenken. Im Hotel werden sie wohl noch Jahre davon sprechen.

Claude zeigte mit der Hand auf sein Headset – wir sollten uns diese auch aufsetzen. Ohne diese Kopfhörer der Gegensprechanlage war ein vernünftiges Gespräch hier oben kaum möglich. Viel zu laut lief die Turbine hinter uns. Wir griffen hinter unsere Köpfe und setzten die dort hängenden Headsets auf.

René wollte von Claude wissen, was passiert war, doch Claude zeigte weiterhin einen ernsten Gesichtsausdruck und sagte, dass er uns nichts sagen dürfte. Das wäre eine geheime Mission.

René und ich schauten uns erschrocken und noch irritierter an. Mein Magen zog sich unangenehm zusammen. Bloß sich jetzt nicht übergeben, schoss mir in den Sinn ...

Geheime Mission! Eigentlich hatten wir für unseren Geschmack in diesem Urlaub und für unser restliches Leben bereits genug Abenteuer erlebt.

René und ich waren uns nach dem Erlebten einig, dass wir doch sehr froh darüber waren, einer eher friedlichen beruflichen Beschäftigung nachzugehen. Das Abenteuer und die Action, die wir für unser Leben benötigten, besorgten wir uns bei unseren doch recht kalkulierbaren Freizeitbeschäftigungen wie dem Kickboxen und dem Motorradfahren.

Oder ich beim Hubschrauberfliegen. Das Fliegen an sich ist für mich kein Problem. Schließlich habe ich schon eine größere Anzahl von Flugstunden im Helikopter hinter mir. Immer, wenn ich Zeit hatte, ging ich meiner zweiten, etwas kostspieligeren Leidenschaft nach, dem Hubschrauberfliegen. Aber unter diesen Umständen hier beruhigte sich mein Magen nur sehr langsam.

Ob wir wohl besser im Hotel geblieben wären? Aber Claudes Gesichtsausdruck hatte keinen Zweifel zugelassen. Er erwartete, dass wir mit ihm flogen. Und warum sollten wir es uns mit ihm und dem französischen Militär verscherzen?

Als wir nach einer drei viertel Stunde Flugzeit und ohne dass wir weitere Auskünfte von Claude erhielten, unser Ziel, einen Militärstützpunkt, erreicht hatten, konnten wir unseren Augen kaum trauen. Schon von oben sahen wir die Menschenansammlung auf dem Flugfeld.

Als die Kufen des Helis den Boden berührten, ließ Claude die Turbine langsam herunterlaufen, setzte den Helm ab und schaute uns mit einem Lächeln im Gesicht an.

Als wir ausstiegen, stand ein älterer Herr mit reichlich Orden an der Brust an der Tür und begrüßte uns sehr freundlich. Eine Militärkapelle spielte die französische Nationalhymne und die deutsche gleich hinterher.

Wir schritten wie bei einem Staatsempfang eine Ehrenformation ab und staunten nicht schlecht, als am Ende der englische Prinz Harry stand. »Das alles glaubt uns doch nun wirklich keiner mehr …«, sagte ich immer noch vollkommen erstaunt zu René, als wir uns dem Ende des Teppichs und dem Prinzen näherten.

Als wir näherkamen, bemerkte ich, dass Prinz Harry genauso natürlich und locker dastand, wie ich ihn schon einige Male zuvor im TV bei seinen öffentlichen Auftritten gesehen hatte.

Später erfuhren wir, dass Harry ein sehr guter Freund von Claude war. Beide kannten sich von ihrem nicht ganz ungefährlichen Einsatz am Hindukusch.

Auf Bitten von Claude und mit Zustimmung des französischen Präsidenten hatte sich Harry, wie wir ihn seit diesem Abend nennen durften, diese Ehrung nicht nehmen lassen und sogar einen Empfang im Élysée-Palast spontan um einen Tag verschoben.

Wir beide erhielten von ihm – nach einer zum Glück recht

kurzen Dankesrede – den Orden der französischen Ehrenlegion verliehen und wurden so zu Ehrenmitgliedern des französischen Militärs ernannt. Was für ein Tag! Was andere in einem ganzen Leben nicht erlebten, passierte uns an nur einem einzigen Tag.

Da soll noch mal einer sagen, ein gemeinsames Europa wird nicht gelebt – und dies sogar von den »Inselbewohnern«. Einem Deutschen wird auf französischem Boden der höchste Orden Frankreichs verliehen – von einem englischen Prinzen. Da sagte ich doch nur: »Auf ein vereinigtes Europa!« und musste dabei selber lachen. René schaute mich irritiert an und ich hätte bei seinem komischen Blick fast einen Lachkrampf bekommen.

Wir feierten mit Harry und den anderen einen zünftigen Abend und erfuhren so mehr über die Hintergründe des heutigen Geschehens. Das Militär hatte auf der Suche nach einer Gruppe, die dem IS sehr nahe stand, eine Spezialeinheit in die Provence geschickt. Diese und weitere Terroristen planten Anschläge in ganz Frankreich. Nur durch Zufall war man auf diese Gruppe aufmerksam geworden. In dem Tal hatten sie an diesem Morgen die Gruppe eingekreist und wurden dann doch von deren Feuerkraft überrascht.

Unser Pilot Claude, so stellte sich heraus, war der Sohn eines hohen Generals. Alle, bis auf zwei der Soldaten, saßen mit uns am Tisch und wollten natürlich mehr über die Jungs erfahren, die ihnen heute Morgen das Leben gerettet hatten. Wir erzählten ihnen einiges über uns, und an nur einem Abend hatten wir eine ganze Truppe neuer Freunde gefunden.

Nicht mehr wirklich nüchtern, verabschiedete sich Harry zu später Stunde von uns. Nach einem freundschaftlichen Händedruck flog er zurück nach Paris. »Ein echt netter Typ!«, dachte ich bei mir, als ich hinter ihm her blickte, wie er zurück zu seinem auf dem Vorfeld stehenden Learjet wankte.

Er hatte sich gleich zu uns und den anderen am morgendlichen Gefecht beteiligten Kameraden an den Tisch gesetzt und ganz ungezwungen mit uns geplaudert – so locker, als ob wir uns schon seit Jahren kennen würden. Zwar hatte Harry in seiner Jugend für einiges Aufsehen gesorgt und kaum eine Party und Gelegenheit ausgelassen, um zu rebellieren. Ich jedoch traf an diesem Abend auf einen anderen, einen reiferen Harry, einen völlig sympathischen Prinzen – einfach einen echt netten Kerl.

Nicht einmal ein Selfie mit ihm konnten wir schießen. Vor lauter Aufregung hatten wir doch glatt unsere Handys im Hotel vergessen. Wer rechnete denn auch schon mit so etwas …

Zwei der Soldaten aus Claudes Truppe lagen noch im Krankenhaus, waren aber auf dem Wege der Besserung. Wir wurden von dem General mit den Orden noch zum Stillschweigen verpflichtet, da noch andere Terrorzellen im Visier standen und unser Leben sonst in Gefahr geraten könnte.

Die Kameraden am Tisch waren klasse, total nette Kerle. Sie wussten, dass sie einen gefährlichen Job machten, und hatten sich freiwillig zu diesem Spezialkommando gemeldet. Aber auch diese Männer blickten nicht jeden Tag direkt in die Augen des »Sensenmannes«. Wie sich herausstellte, hatte diese Einheit schon einige solch riskante Aufträge durchgeführt, wurden jedoch noch nie so böse überrascht.

Bin ich froh, dass es in meinem Job meist nur um technische, »tote Dinge« ging und im Extremfall einmal um viel »Kohle«, aber nie ernsthaft um Menschenleben.

Am anderen Morgen flog uns Claude, noch leicht müde und nicht wirklich nüchtern, zurück in unser Hotel.

Ich schaute ihn fragend an und er sagte nur: »Hey, wer will uns denn hier oben schon kontrollieren?«, lachte und zog den Hubschrauber, als die Rotoren die richtige Drehzahl erreicht hatten, wieder einmal recht zügig in die Höhe.

René verdrehte nur die Augen; viel geschlafen hatten wir in der letzten Nacht wirklich nicht. Wie auch – bei der ausgelassenen Stimmung im Militärkasino vom Stützpunkt!

Ich hatte den Fehler begangen und Claude von meinen bisherigen Flugstunden erzählt … Die Quittung dafür kam prompt. Als wir eine Höhe von knapp dreihundert Metern erreicht hatten, übergab mir Claude die Steuerung des Hubschraubers – schneller, als mir lieb war.

Claude hielt plötzlich beide Hände in die Luft, und schon

kippte der Helikopter über die rechte Seite weg und wir fielen wie ein Stein der Erde entgegen.

»Jetzt zeig mal, was du gelernt hast!«, sagte er und lachte dabei übers ganze Gesicht. René schrie erschrocken: »Um Gottes willen!« und war mit einem Schlag hellwach und stocknüchtern.

Klar konnte ich fliegen, aber jeder Hubschrauber hatte nun einmal seine Besonderheiten. Nicht ohne Grund musste auf jedem Flugzeugtyp und Hubschraubertyp eine gesonderte Prüfung abgelegt werden. Mit einer Musterberechtigung durfte man daher auch nur genau diesen Typ fliegen.

Ich saß auf dem Copilotensitz, ergriff schnell den Pitch und den Stick und ging sofort mit beiden Füßen in die Pedale. Nun hatte ich die drei Steuerorgane des Hubschraubers vom Copilotenplatz aus übernommen. Der Hubschrauber trudelte noch ein wenig hin und her und verlor dabei weitere Meter an Höhe. Mit leichten und wohldosierten Bewegungen in der Steuerung schaffte ich es, ihn recht schnell zu stabilisieren. Ich war selbst überrascht, wie schnell ich den Helikopter unter Kontrolle hatte. Instinktiv reagierte ich richtig und war froh und zufrieden über meine bisherigen Flugstunden. Anscheinend hatte ich doch etwas gelernt!

Einmal stabilisiert, flog sich die »Gazelle« recht angenehm. Mit ihren drei Rotorblättern lag sie ruhig und stabil in der Luft. Nur wenige Korrekturen in den Pedalen waren notwendig, und ich hatte sie schnell auf Kurs. René räusperte sich trotz allem verstimmt und beunruhigt von der hinteren Sitzbank. Glücklich und zufrieden sah er nicht gerade aus. Schließlich ist er mit mir auch noch nie geflogen – wie auch, so ohne Flugschein? Ich lachte und sagte, um ihn zu beruhigen: »Claude kann ja kurz vor dem Absturz immer noch eingreifen « Claude und ich lachten herzhaft, und so flog ich unter seinen Anweisungen zurück zum Hotel.

Die Landung auf dem Hotelrasen überließ ich dann doch lieber wieder Claude, schließlich hatte er wesentlich mehr Routine mit diesem Heli. René kommentierte dies von seinem hinteren Sitzplatz aus mit einem erleichterten Seufzer.

Nach der Landung verabschiedete sich Claude und versprach

mir, mich beim nächsten Mal mit einer »Tiger« abzuholen. Die Tiger war ein Kampfhubschrauber, mit dem sich sogar Loopings fliegen ließen. Sie war die europäische Antwort auf die amerikanische »Apache«.

René schüttelte nur verständnislos den Kopf und machte sich, erleichtert darüber, wieder festen Boden unter den Füßen zu haben, auf den Weg zur Terrasse. Dort wartete bereits das üppige Frühstücksbuffet auf uns.

Als wir an einem freien Tisch Platz genommen hatten, schauten wir uns an und mussten lachen. Erneut stellten wir uns die Frage: »Ist das alles wirklich passiert, oder haben wir das Ganze nur geträumt?« Nahezu zeitgleich fassten wir in unsere Hosentaschen und legten den uns am Abend zuvor verliehenen Orden auf den Tisch – der einzige Beweis dafür, dass wir nicht geträumt hatten und das Erlebte doch real war.

Der Kellner schenkte uns einen Kaffee ein, und dann setzten sich auch schon unsere beiden Poolbekanntschaften vom Vortag zu uns an den Tisch.

Beim Anblick dieser reizenden Damen verflog unsere Müdigkeit rasch und wir hofften, dass wir das Verpasste doch noch nachholen könnten. Mit einer kleinen Lügengeschichte, dass es sich um einen Irrtum gehandelt hätte, erklärten wir unseren Abgang vom Vorabend.

Der Ärger mit den Hotelbesitzern blieb zum Glück auch aus. Wie wir später erfuhren, hatte der französische Innenminister höchstpersönlich bei ihnen angerufen und um die Genehmigung der Außenlandung in ihrem Hotelpark gebeten. Unser Hotelierpärchen waren französische Patrioten durch und durch, und so hatten sie natürlich sofort zugestimmt.

Die restlichen Urlaubstage verbrachten wir noch mit sehr schönen, aber Gott sei Dank nicht mehr so spektakulären Ausflügen – wie nach Gap, zur Côte d'Azur, nach Cannes und Grasse.

Da Grasse nicht gerade unbekannt für seine edlen Parfüms ist, kaufte ich gleich noch ein sehr sinnlich duftendes für Ines. Ich stellte fest, dass ich Ines in den letzten Jahren nie wirklich vergessen hatte.

Die restlichen Tage in der Provence waren klasse – so, wie Urlaub sein sollte. Der Duft der Provence war einmalig und unverwechselbar. Ich genoss unsere Fahrten durch die abwechslungsreichen Landschaften und die schönen, noch ursprünglichen Dörfer.
Oft hielten wir direkt am Marktplatz, tranken einen Kaffee und ließen die französische Lebensart auf uns wirken. Gerade dies machte beim Motorradfahren ja solch einen Spaß. Man ist dicht an der Natur und kann dabei die verschiedenen Gerüche der Landschaft hautnah erleben – wie die wohlriechenden Pinienwälder, deren Geruch ich so liebte.

Am vorletzten Abend unseres Aufenthaltes erhielt ich einen schockierenden Handyanruf von Horsts Anwalt und Notar Werner Heise.
Horst und seine Frau hätten sich gemeinsam das Leben genommen, und ich müsste unbedingt zur Testamentseröffnung in Wuppertal erscheinen, da mich beide in ihrem Testament bedacht hatten. Diese Nachricht traf mich wie ein Schlag.
Heise hatte in den letzten Tagen verzweifelt versucht, mich zu erreichen. Klar war das schwierig, weil der Handyakku leer war und ich seit Tagen vergessen hatte, ihn wieder aufzuladen.
Ich war geschockt und musste mich erst einmal setzen. Das konnte doch nicht sein! Das konnte einfach nicht wahr sein! Inge und Horst, Selbstmord? Nie! Sollte Inges Krankheit Horst doch so verändert haben? War es Inge möglicherweise so schnell schlechter gegangen?
Ich spürte plötzlich ein Gefühl, das ich schon lange nicht mehr hatte, zuletzt bei dem Tod meiner Oma. Ein Gefühl des Verlassenwerdens.
Erneut durchströmte mich ein Gefühl der Hilflosigkeit. Es war förmlich so, als ob mir gerade der Boden unter den Füßen weggezogen würde. Wieder wurde ich vor eine vollendete Tatsache gestellt – eine Tatsache, die ich nicht beeinflussen und erst recht nicht mehr ändern konnte.
Mein Hals schnürte sich zu und mein Rachen war trocken. Ich

musste schlucken und mir wurde innerlich kalt. Kalt, trotz einer immer noch vorhandenen Außentemperatur von nahezu fünfundzwanzig Grad.

Ich versprach Heise, zur Testamentseröffnung am nächsten Tag in seinem Büro zu erscheinen, und beendete immer noch völlig verwirrt das Gespräch.

Eigentlich hatte ich geglaubt, dass ich das Abenteuer meines Lebens schon hinter mir hätte. Was sollte da noch kommen? Wer konnte von sich schon behaupten, eine militärische Spezialeinheit vor Terroristen gerettet zu haben? Aber es sollte alles noch ganz anders kommen und mir noch viel mehr abverlangen.

Zum Glück hatte ich Freunde – gute Freunde. Denn ohne diese Freunde wäre ich bei dem, was alles noch auf mich zukommen sollte, verloren gewesen.

Ich war zwar selbstständig in meinem Beruf und konnte mich auch ganz gut alleine durchschlagen, aber ab und zu braucht jeder einmal Freunde – wirklich gute Freunde – in seinem Leben.

DER EINBRUCH

Horst saß nachdenklich im Büro seiner Villa und blickte gedankenversunken aus dem Fenster. Die Pflegekraft, die er zur Unterstützung für Inge eingestellt hatte, war bereits gegangen.

Heute hatte er nur bis mittags gearbeitet, um mit Inge einen schönen Nachmittag im Wuppertaler Zoo verbringen zu können. Inge liebte es, die Tiere zu beobachten.

Trotz ihrer fortgeschrittenen Krankheit kämpfte sie mutig jeden Tag gegen ihre Schmerzen an. Er bewunderte sie für ihren Mut und ihren Lebenswillen. Sie war die Frau, die er liebte, die einzige Frau, mit der er sich sein Leben hatte vorstellen können. Offen konnte er mit ihr über alles reden. Er liebte ihren scharfen Verstand und ihre charmante Art – ihr großes Herz.

Warum musste es ausgerechnet sie treffen? Warum nur? Gern hätte er ihr die Krankheit abgenommen, das Leiden der unzähligen Therapien und Operationen für sie übernommen. Er wäre für sie gestorben, wenn sie dadurch nur weiterleben könnte. Der Krebs hatte ihr bereits sehr viel ihrer einst so unerschöpflich erscheinenden Lebensenergie geraubt. Sichtbar hatte er seine Spuren hinterlassen.

Wie sehr hatte sie sich über den heutigen Zoobesuch gefreut, übers ganze Gesicht vor Freude gestrahlt, als sie den jungen Orang-Utan in der Aufzuchtstation mit der Flasche füttern durfte. Gar nicht mehr trennen wollte sie sich von dem kleinen »Wollknäuel« – ein besonderes »Highlight«, das Horst extra für sie arrangiert hatte. Er wollte unbedingt noch so viel Zeit wie möglich mit ihr verbringen, ihr noch möglichst viel von seiner Liebe schenken.

Ja, es war ihm schwergefallen, sein Unternehmen zu verkaufen. Nicht einfach war es gewesen, so schnell einen passenden Käufer zu finden. Wie schade es doch war, dass Paul das Unternehmen nicht fortführen wollte! Aber er konnte ihn gut verstehen; Horst hatte ja sehr viel seiner eigenen Lebenszeit in den Aufbau dieses Unternehmens gesteckt – Zeit, die er nicht mit Inge verbracht hatte. Im Nachhinein bereute er dies nun …

Beide hatten ja gedacht, dass sie im Alter immer noch genug Zeit füreinander hätten. Dachten sie. Aber es kam anders. Ganz anders …

Seit Inges Diagnose »Brustkrebs« war nichts mehr so, wie noch am Tag davor. Alles hatte sich schlagartig verändert.

Alles hatten sie seitdem versucht, jede Therapie durchgeführt, jeden Spezialisten aufgesucht. Aber selbst die Spezialisten in den USA und in der Universitätsklinik in Tübingen konnten ihr nur noch die Schmerzen lindern. Mehr war nicht mehr möglich. Zu sehr hatte der Krebs bereits gestreut. Ihr Krebs war aggressiv. Einer, der sich nicht heilen, sondern nur verzögern ließ.

Warum ausgerechnet Inge? Warum nur sie?

Horst senkte den Kopf, nahm sein Glas in die Hand und genehmigte sich einen weiteren Schluck Cognac.

Beide hatten sich immer eigene Kinder gewünscht, konnten jedoch keine bekommen. Eine geplante Adoption war im letzten Moment noch fehlgeschlagen. Trotz ihres unerfüllten Wunsches hatten sie eine gute Ehe geführt. Sich geliebt, verstanden und viel miteinander gelacht. Welch unglaubliches Glück war es doch, dass sie Paul kennenlernten. Paul, der ihn bei einem Gewährleistungsfall in der Winter AG unterstützte und mit dem er sich von Anfang an gut verstanden hatte.

Schnell wurde aus einer zunächst nur rein beruflichen Verbindung weit mehr. Paul, der schon früh seine Eltern verloren hatte und sich immer nach einem Familienleben sehnte, wurde schnell fast wie ein eigener Sohn für sie. Einen Sohn, den sie sich immer so sehr gewünscht hatten.

Wie glücklich Inge war, wenn sie ihn bemuttern konnte! Wie sehr Horst seinen scharfen Verstand und sein Organisationstalent schätzte!

Horst wusste, wie sehr auch Paul unter Inges Diagnose litt. Oft musste er ihn aufmuntern und animieren, etwas für sich selbst zu unternehmen. Selbst den Urlaub mit seinem französischen Freund René wollte er wegen Inges Krankheit verschieben. Erst als er ihm gehörig ins Gewissen geredet hatte, ihn motivierte, sich den Urlaub zu gönnen, war Paul schließlich doch gefahren.

Inge und Paul verstanden sich prima, so wie sich eine Mutter mit ihrem Sohn verstehen sollte. Ein Herz und eine Seele waren die beiden. Obwohl es Paul gelegentlich schwerfiel, über seine Gefühle zu sprechen, konnte Horst doch deutlich erkennen, wie sehr auch Paul unter Inges Krankheitszustandes litt. Er mochte Paul sehr, war froh, dass er ein wichtiger Teil in ihrem Leben geworden war.

Plötzlich wurde es dunkel im Haus, alle Lichter erloschen schlagartig, es war stockfinster im Raum. Horst stand auf und tastete sich langsam zum Lichtschalter, fluchte leise vor sich hin, als er mit dem rechten Knie gegen eine Tischkante stieß. Drückte den Lichtschalter mehrmals, ohne Wirkung. Es blieb dunkel. »Die Sicherung«, dachte er im gleichen Moment.

Als seine Augen sich etwas an die Dunkelheit gewöhnt hatten, fand er die Taschenlampe in der Flurkommode und machte sich auf den Weg in den Keller zum Sicherungskasten. An der Kellertreppe drückte er mehrmals den Lichtschalter im Treppenaufgang. Aber auch hier blieb es dunkel. Noch bevor er den Sicherungskasten erreichte, ging die Beleuchtung im ganzen Haus wieder an und die Lampe erleuchtete die Kellertreppe in einem hellen Schein. Horst schaute in den Sicherungskasten, keine Sicherung war herausgesprungen, alles schien in Ordnung zu sein. »Merkwürdig «, schoss es ihm in den Sinn, als er den Kasten wieder verschloss.

Horst stieg die Treppen hinauf, und als er die Tür hinter sich verschließen wollte, wurde er plötzlich fest an beiden Armen gepackt. Völlig unvorbereitet traf es ihn. Zwei Gestalten ergriffen ihn und zogen ihn in sein Büro. Horsts Herzrhythmus erhöhte sich sofort, und wild pochend schlug sein Herz in der Brust.

Horst wurde auf einen Stuhl gedrückt und mit einem Klebeband fixiert. Sein Puls raste und sein Atem ging schneller …

Wie hatten die Einbrecher nur unbemerkt in das Haus eindringen können? Warum hat die Alarmanlage nicht reagiert? Hatten sie auch Inge schon entdeckt? Fragen, die ihm in den Kopf kamen, als sich plötzlich eine Person vor ihm aufbaute.

Horst traute seinen Augen nicht. Es war Steffen Freitag, sein neuer Gebäudemanager in der Winter AG. Vor Wochen hatte er ihn eingestellt, da sein Vorgänger ohne zu kündigen einfach von einem Tag auf den anderen verschwunden war. Völlig überrascht fragte er: »Freitag, was machen Sie hier? Was haben Sie vor?«

Freitag baute sich vor Horst auf und hatte gar nicht die Absicht, dessen Fragen zu beantworten, sondern kam direkt auf den Punkt: »Wo ist die ›Greenbox‹, Winter? Wo sind die Unterlagen zu Ihrer Erfindung?«

Horst war von dieser Frage völlig überrascht und fragte: »Woher wissen Sie davon?« Freitag lächelte ein wenig und nickte dann kurz mit dem Kopf. Im gleichen Moment nahm ein zweiter Mann, der hinter Horst stand, seinen Kopf in den »Schwitzkasten« und würgte ihn. Horst konnte nicht mehr atmen und musste husten, als der Griff wieder gelockert wurde. Er rang nach Luft. Zu allem Überfluss wurde ihm auch noch übel von dem widerlichen Mundgeruch des Mannes, der ihn gewürgt hatte.

Die Greenbox war eine Erfindung, von der eigentlich niemand etwas wusste, nicht einmal mit Inge und Paul hatte er bis jetzt darüber gesprochen. Freitag wiederholte ganz ruhig seine Frage: »Wo ist die Erfindung, Winter?« Horst merkte schnell, dass es ihnen ernst war. Um jedoch Zeit zu gewinnen und sie aus dem Haus zu locken, log er: »In meinem Büro in der Firma.«

Erneut verzog Freitag sein Gesicht und ein fieses hinterhältiges Lächeln war zu sehen. Er sagte nur: »Winter, Winter …« Freitag nickte kurz und der Typ, der Horst zuvor gewürgt hatte, löste die Fesselung, ergriff ihn und führte ihn aus dem Büro heraus.

Als Horst sah, dass sie ihn in die erste Etage führen wollten, dorthin, wo Inge schlief, knickte er ein und sagte schnell: »Wartet, wartet, ich gebe sie euch!« – doch zu spät. Als sie Inges hell erleuchtetes Schlafzimmer betraten, saßen dort bereits zwei weitere finster dreinblickende Gestalten, die Inge auf dem Krankenbett sitzend festhielten.

Inge hatte weit geöffnete Augen; Angst und Schrecken lagen in ihrem Blick. Ihr Mund war mit einem Knebel verschlossen. Tränen schossen Horst in die Augen, als er seine Frau so verängstigt und von diesen Verbrechern eingekeilt erblickte.

»Wartet, wartet, ich gebe euch alles, aber lasst meine Frau in Ruhe!« Horst versuchte, Freitag zu besänftigen.

»Dann los, Winter!«, sagte Freitag und blickte äußerst ernst.

Horst führte Freitag in den Keller und schob ein Werkzeugregal zur Seite. Ein mannshoher Safe kam zum Vorschein. Feuersicher lagerte Horst hier seine wichtigsten Unterlagen. Horst wusste, dass seine Chancen äußerst schlecht standen – keiner der vier Eindringlinge war maskiert …

Horst war in seinem Leben nie ängstlich gewesen, aber die letzten Wochen waren äußerst anstrengend für ihn. Der Verkauf der Winter AG hatte ihn sehr gefordert. Hart waren die Verhandlungen mit der Tochter des neuen Inhabers. Jung und gut aussehend, aber äußerst clever und geschickt in der Formulierung des Übernahmevertrages. Dann auch noch dieser Produktionsfehler, der zu einer ernsten Krise mit einem seiner wichtigsten und größten Kunden geführt hatte. Und nicht zu vergessen Inges Zustand, der sich in den letzten Tagen deutlich verschlechtert hatte. All dies ließ seine Hände nun zittern, als er den Code in den Safe eintippte.

Als seine Sekretärin ihm vor ein paar Tagen die dritte Seite aus seiner Projektmappe zur »Greenbox« gegeben hatte, war er schon sehr überrascht gewesen und hatte sofort gewusst, dass er sie nicht im Kopierer vergessen hatte. Nie hatte er die Unterlagen je kopiert.

Er war gewarnt und hatte bereits einige Vorkehrungen getroffen, aber mit einem solch brutalen Überfall hatte er nicht gerechnet.

DAS ERBE

Um pünktlich am nächsten Tag in Wuppertal bei Heise im Büro zu erscheinen, musste ich noch am gleichen Abend losfahren. René wollte mich noch bis Lyon begleiten, aber ich lehnte ab. Er sollte den letzten Abend noch in Ruhe im Hotel verbringen. Es reichte ja schließlich, wenn einer durch die Dunkelheit der Nacht, nach Deutschland rasen musste.

Ich gab ihm noch mein Geschenk für Ines mit – mit vielen lieben Grüßen von mir. Wir verabschiedeten uns noch herzlicher als bei unserer Begrüßung vor knapp zwei Wochen in Lyon. Was hatten wir nicht alles erlebt, und vor allem überlebt. Das schweißt zusammen.

Ich startete meine GS durch einen leichten Druck auf den Starterknopf. Mit einem Vibrieren und dem einmaligen Sound eines Boxers sprang der Motor an. Jedem sein Ding – für mich kam halt immer nur eine BMW infrage.

Zwar durfte man auf den französischen Autobahnen nur einhundertdreißig fahren, aber ich ließ meine Tachonadel zwischen einhundertsechzig und einhundertachtzig pendeln. Es war Nacht, und eine Nachtfahrt auf einer leeren französischen Autobahn war einfach zu langweilig, um langsam zu fahren.

Ich hoffte darauf, dass auch die Polizei lieber schlief, als auf einer leeren Autobahn zu schnell fahrende Motorräder zu jagen. Um jedoch nicht einzuschlafen, genehmigte ich mir bei meinem ersten Tankstopp noch ein Stück von meiner »Scho-Ka-Kola« – eine Schokolade, deren Koffeingehalt mich schnell wieder etwas belebte. Ein Muntermacher für Fahrten wie diese.

Nie werde ich eine Fahrt mit Horst vergessen …

Horst hatte zwei jüngere japanische Projektmanager von einem der größten Automobilhersteller weltweit zu Besuch. Wir fuhren auf der A 3 in Richtung Nürnberg zum ersten Lieferantenbesuch. Zunächst musste ich mich wegen der Geschwindigkeitsbegrenzung noch etwas zurückhalten. Als jedoch das »weiße Freizeichen« kam, beschleunigte ich Horsts getunten VW-Bus langsam. Je schneller ich fuhr, desto munterer wurden die beiden auf der Rückbank. Vielleicht sei noch erwähnt, dass man in Japan auf den Autobahnen höchstens einhundert Stundenkilometer fahren durfte. Als die Tachonadel dann von einhundertfünfzig auf einhundertachtzig kletterte, wurden die beiden hellwach.

Erst redeten sie noch leise, dann immer lauter – auf Japanisch. Als die Tachonadel jedoch auf über zweihundertzehn stieg, gab es auf der Rückbank kein Halten mehr. Laut und wild, aufgeregt wie zwei kleine Jungs, rutschten sie nun auf der Rückbank hin und her. Ihr Japanisch wurde dabei immer lauter und schriller.

Da drehte sich Horst, in seiner ihm eigenen, ruhigen und vor allem lockeren Art, zu den beiden um und sagte im reinsten Oxford-Englisch: »This is Germany – the country of Michael Schumacher.«

Ich sah in den Rückspiegel und blickte in zwei völlig begeisterte Gesichter. Über meine Schulter blickend, hatten sie die Tachonadel fest im Blick und drehten vor Begeisterung fast durch, als die Nadel bei zweihundertdreißig zum Stillstand kam.

Das war Horst, wie ich ihn kannte: immer die richtigen Worte zur rechten Zeit auf den Lippen.

Während der ganzen Nachtfahrt auf dem Motorrad zurück nach Wuppertal schossen mir tausend Dinge durch den Kopf.

Was war nur passiert?

Was war mit Inge und Horst geschehen?

Hätte ich ihnen mehr zur Seite stehen müssen?

Hätte ich meinen Urlaub doch verschieben sollen?

Ging es Inge und Horst so schlecht?

Horst war immer stark, zwar nicht körperlich, dafür aber mental.

Auch wenn es Inge nach ihren zahlreichen Chemobehandlungen schlecht ging, so stand er ihr immer zur Seite und baute sie wieder auf. Auch wenn andere, wie ich selbst, oft darunter litten, dass es ihr so schlecht ging, machte Horst immer allen Mut. Selbst noch am Abend vor meiner Abfahrt nach Lyon hatte er mich immer wieder darin bestärkt, in den Urlaub zu fahren. Es schien doch alles in Ordnung zu sein!

Inge ging es den Umständen entsprechend gut und Horst war eigentlich wie immer. Er sagte mir noch, dass ich mir keine Sorgen machen sollte. Inge bekäme die beste medizinische Versorgung. Die beste Versorgung, die möglich ist, und er käme damit klar.

Ja, Horst schien stark zu sein. Aber war er es wirklich? Hatten wir ihn alle überschätzt? Hatte er seine Kraft verloren?

Solche und andere Dinge gingen mir während der gesamten Fahrt durch die dunkle Nacht im Kopf umher.

Gegen sieben Uhr am nächsten Morgen bog ich müde und erschöpft in meine Garageneinfahrt in Beyenburg ein. Ich stellte die GS auf dem Seitenständer ab und ging verspannt und völlig müde ins Haus. Mein erster Weg führte direkt ins Bad unter die Dusche. Dann stellte ich den Wecker auf ein Uhr am Nachmittag ein. Um drei Uhr war der Termin mit Heise.

Wegen der schrecklichen Nachricht und meiner angestrengten Gedanken der letzten Nacht, schlief ich vor Erschöpfung schnell ein. Selbst fürs Träumen war ich viel zu müde. Eine halbe Stunde, bevor der Wecker klingeln sollte, sprang mir plötzlich Mr Spock, mein alter Kater, auf die Brust.

Bei seinem Gewicht von gut acht Kilogramm konnte ich ihn einfach nicht ignorieren – und vor allem nicht weiterschlafen. Mr Spock brummte wie immer vergnügt vor sich hin, während er, sich um sich selbst drehend, mir mit seinen Tatzen die Brust massierte. Mr Spock ging es immer gut, wenn nur sein Futter pünktlich im Futternapf war. Deutlich spürte ich seine scharfen Krallen, die wie kleine spitze Nadeln, durch mein dünnes T-Shirt in meine Haut drangen.

Ich stand auf und er lief mit mir in die Küche – seinen Schwanz dabei vergnügt in die Höhe gestreckt. Als Mr Spock mit seinem Lieblingsfutter versorgt war, machte ich mir einen Kaffee. So ein Mist, kein Toast mehr im Haus … »Ah«, da waren doch noch ein paar Schokoriegel im Vorratsschrank – gerettet. Nach dem Termin mit Heise musste ich unbedingt einkaufen gehen.

Ich zog mir einen dunklen Anzug an und fuhr mit dem Wagen zu Heises Büro, das im Zentrum von Barmen lag. Hier in einem Hochhaus unweit der Schwebebahn, die gerade mit einem leichten Grollen und Quietschen über der Wupper hängend an mir vorbeifuhr, hatte er sein Büro.

Im Ausland hatte ich oft Schwierigkeiten, zu erklären, was die Wuppertaler Schwebebahn eigentlich ist. Meist erklärte ich es den Leuten so, dass dies eine über den Fluss Wupper verkehrt herum aufgehängte Straßenbahn ist. Die Schwebebahn fährt fast durch die ganze Stadt. Der Stadtname selbst setzte sich einmal durch die geografische Lage der Stadt und dem Namen des Flusses zusammen, der durch die ganze Stadt fließt – zusammengefügt: Wuppertal.

Aus wirtschaftlichen Gründen schlossen sich 1929 die bis dahin autonomen Städte Elberfeld und Barmen zusammen. Im Laufe der Zeit kamen weitere Dörfer hinzu. Heute besteht Wuppertal aus sechs Stadtteilen, und fragt man einen Wuppertaler nach seiner Herkunft, so antwortet dieser meistens zuerst mit dem Namen seines Stadtteiles, dann erst mit Wuppertal.

Die Schwebebahn fährt je nach Tageszeit im Fünfminutentakt vom Stadtteil Oberbarmen im Osten bis hin zum Stadtteil Vohwinkel im Westen. Die Gesamtlänge beträgt etwas über dreizehn Kilometer mit insgesamt zwanzig Haltestationen. Als öffentliches Verkehrsmittel ist sie bereits seit 1901 im Einsatz. Oft ernte ich für meine Erklärungsversuche unverständliche Blicke. Aber der größte Teil der Schwebebahn verläuft wirklich über dem Fluss und nur wenige Streckenabschnitte über Straßen. Die bekannteste Teilstrecke davon liegt in Vohwinkel.

Hier wurden bereits wegen der besonderen Kulisse öfters Filme gedreht. Nah an den Häusern vorbei fährt sie hier über einer Straße hängend bis zu ihrer Endstation. Selbst der Kaiser ist noch mit der Schwebebahn gefahren. Zum Glück wurde sie seitdem regelmäßig modernisiert – zum Glück für Wuppertal.

Ich parkte meinen Wagen im Parkhaus, das ein Teil des Bürokomplexes war, und gelangte so direkt über den Aufzug in das Büro von Heise. Am Empfang wurde ich von einer älteren, sehr freundlichen Dame begrüßt. »Guten Tag, Herr Stern, mein aufrichtiges Beileid! Herr Heise erwartet sie schon.« Sofort geleitete sie mich in sein Büro.

Als Heise mich sah, stand er auf, kam auf mich zu und gab mir die Hand. In seinem Gesicht konnte ich sehen, wie betroffen auch er noch von dem plötzlichen Tod der beiden war. Auch er drückte mir sein Beileid aus.

Lange Jahre war Heise der Anwalt und Notar von Horst gewesen. Beide waren im Laufe der letzten Jahre gute Freunde geworden und gingen oft, wenn es Horsts Zeit zuließ, zusammen zum Golfen.

Heise bot mir einen Platz am großen ovalen Kirschbaumtisch an und ich schaute mich um. Wir waren alleine im Raum. Heise sah wohl meinen überraschten Gesichtsausdruck und sagte: »Herr Stern, sie sind als Alleinerbe in dem Testament eingesetzt.« Zum Glück saß ich bereits …

Inge und Horst waren in den letzten Jahren wie Ersatzeltern für mich geworden. Oft war ich bei ihnen zum Essen eingeladen. Regelmäßig habe auch ich Inge im Krankenhaus und später zu Hause besucht. Es hatte mir jedes Mal im Herzen wehgetan, wenn ich sah, wie Inge sich körperlich veränderte. Die Krankheit nagte an ihr und raubte ihr die Lebenskraft. Inge war jedoch wie Horst eine Kämpfernatur. Sie wusste, was auf sie zukam. Sie kämpfte. Kämpfte so, wie sie immer gelebt hat – stark. Stark gegen ihre Krankheit.

Heise verlas das Testament. Nur dumpf vernahm ich seine Stimme. Vor meinen Augen sah ich vielmehr die vielen schönen Momente und die gemeinsame Zeit, die ich mit Inge und Horst verbracht hatte. Wie in einem Film zogen diese Szenen vor meinem geistigen Auge vorbei. Ein Grillabend im Garten, ein Geschäftsempfang in der Werkskantine, die eher einem Restaurant glich als einer Kantine. Ein gemütlicher Abend bei ihnen zu Hause.

Wie durch Watte im Ohr hörte ich Heises Worte. Auf einmal war ich Besitzer einer Millionen-Villa und verfügte über ein Barvermögen von nahezu zweihundertachtzig Millionen Euro. Ich staunte bei diesem Betrag nicht schlecht. Ich wusste zwar, dass Inge und Horst nicht arm waren, aber mit einem solchen Vermögen hatte ich nicht gerechnet.

Ich hätte gern auf das ganze Vermögen verzichtet, wenn Inge und Horst dafür nur weiterleben würden. Für mich sind die beiden viel zu früh gestorben. Ich vermisste sie schon jetzt, sehr.

Nach dem Tod meiner Oma waren sie zu einem Anker in meinem Leben geworden. Ein Anker, an dem ich mich immer festhalten konnte. Sie waren immer für mich da gewesen. Da, wenn ich einmal einen Rat oder auch nur ein Gespräch brauchte. Jetzt machte ich mir schwere Vorwürfe. Als sie mich anscheinend am dringendsten brauchten, war ich für sie nicht da gewesen …

Heise schritt zu seinem Safe, öffnete ihn und stellte einen kleinen Karton auf dem Tisch vor mir ab. Ich war erstaunt und neugierig zugleich. Ich öffnete den Deckel des Kartons und blickte auf zwei grüne Plastikkästen, aus denen mehrere verschiedenfarbige Drähte herausragten und drei weiße Briefumschläge.

Ich öffnete den ersten Brief und las.

Mein lieber Paul,
wenn Du diesen Brief liest, dann leben wir nicht mehr. Wir wissen, dass du uns im Herzen nie vergessen wirst.
Da wir keine eigenen Kinder bekommen konnten und du uns beiden in den letzten Jahren immer wie ein eigener Sohn warst, haben Inge und ich schon früh beschlossen, dich als unseren Erben einzusetzen. Mit Inges Krankheit und dem Firmenverkauf haben wir unser Testament noch einmal erneuert und wünschen dir, lieber Paul, alles Liebe und hoffen, dass auch du bald deine große Liebe findest, um dann eine eigene Familie zu gründen.

Ich war nie ein Mensch der großen Worte, viel wichtiger waren mir die Taten. Meine Taten sind getan.
Viel Liebe und ein langes und glückliches Leben wünschen wir dir von Herzen, lieber Paul.
Inge und Horst

Diese Zeilen berührten mich tief und ein flaues Gefühl machte sich wieder in meiner Magengegend breit. Mir liefen Tränen übers Gesicht. Schnell wischte ich sie mit dem Handrücken weg.

Ich hatte gar nicht bemerkt, dass Heise das Zimmer verlassen hatte. Wie sehr ich die beiden doch vermisste! Beide waren ein Teil von mir geworden, fast wie eine richtige Familie. Eine Familie, die ich nie hatte.

Ich spürte den Schmerz, der in mir hochstieg, und den Verlust, der mich ergriff. Ich wurde wieder von Menschen, die mir sehr nahe standen, verlassen – zuerst meine Eltern, dann meine Oma und nun auch noch Inge und Horst.

Neben diesem Gefühl der Hilflosigkeit stieg aber auch das Gefühl in mir auf, dass hier etwas nicht zusammenpasste. Natürlich standen wir uns sehr nahe. Auch war es irgendwie klar, dass ich in ihrem Erbe bedacht wurde. Aber doch nicht schon jetzt!

Trotz Inges Krankheit war ihre Prognose immer noch so, dass sie mit den Medikamenten eine längere und relativ schmerzfreie Zeit vor sich hatte. Auch Horst war ein Kämpfer, nie hätte er so schnell aufgegeben. Es war doch alles recht merkwürdig und ich beschloss, gleich am nächsten Morgen auf das Kommissariat zu gehen, um die genaueren Umstände zu erfragen.

Ich nahm die beiden sehr leichten grünen Plastikboxen aus dem Karton heraus und legte sie vor mir auf dem Tisch ab.

In dicken Blockbuchstaben stand auf dem zweiten Umschlag nur »Greenbox«. Meine Neugier wuchs. Ich öffnete ihn und hielt zwei verschiedene Papiere in der Hand. Der eine, dickere Teil bestand aus mehreren aneinandergehefteten Blättern, auf denen für mich unverständliche Formeln standen, und dann war da noch ein weiterer Brief ...

Lieber Paul,
zuerst war ich natürlich schon sehr enttäuscht von deiner Entscheidung, nicht meine Nachfolge im Unternehmen anzutreten. Aber ich habe auch verstanden, was dich dazu bewegt hat, meinem Wunsch nicht zu folgen.
Zu viel Lebenszeit habe auch ich in diese Firma gesteckt und darüber fast vergessen, was das Leben eigentlich ausmacht.
Umso dankbarer sind Inge und ich dir, dass du auch unseren sehnlichsten Wunsch nach einem Familienleben mit erfüllt hast. Wie schön war doch unsere gemeinsame Zeit! Du warst für uns immer wie ein eigener Sohn und dafür möchten wir dir danken.
Ich möchte dir mit dieser »Greenbox« eine meiner vielleicht größten Erfindungen vertrauensvoll in die Hände legen. Da ich dich gut kenne, weiß ich auch, dass du damit verantwortungsvoll umgehen wirst.
Eines Tages wird wohl jedes Elektrofahrzeug und auch viele andere elektrische Geräte mit dieser Box ausgestattet sein. Diese »Greenbox« transformiert eine geringe Eingangsspannung in eine wesentliche höhere Ausgangsspannung und reduziert dabei auch noch den Energieverbrauch – bei gleicher Leistung. Zum Beispiel wird die »Greenbox« bei einem E-Bike einfach zwischen dem Akku und dem Motor angeschlossen, und schon verdoppelt sich die Reichweite.
Nutze diese Erfindung so, wie du es für richtig erachtest. Achte auf die Zahlen, sie zeigen dir den richtigen Weg!
Horst

Ich musste erneut schlucken und mein Rachenraum wurde noch trockener. Gut, dass ich immer noch saß.

Nicht nur, dass mich Inge und Horst von einem Moment zum anderen zum mehrfachen Millionär gemacht hatten. Nein, jetzt gab mir Horst auch noch diese unglaubliche Erfindung mit auf den Weg. Warum jetzt, warum hatte er nicht schon längst einmal mit mir darüber gesprochen? Und was sollte das heißen: »Die Zahlen zeigen dir den richtigen Weg«? Was wollte mir Horst nur damit sagen? Ich hatte doch noch so viele Fragen … Vermutlich hatte Horst seine Gründe gehabt, auch wenn ich diese im Moment nicht nachvollziehen konnte.

Mit leicht zittrigen Händen öffnete ich den dritten, unbeschrifteten Umschlag. Ich fand einen Grundbuchauszug, eine Wegbeschreibung und eine Sicherheitskarte. Es war die Beschreibung zu Horsts Geheimlabor. Diesen Unterlagen nach besaß Horst noch ein kleines Fabrikgebäude im Industriegebiet am Blaffertsberg in Ronsdorf.

Als ich mich einigermaßen gefangen hatte, atmete ich noch einmal tief durch und öffnete die Tür zum Vorzimmer. Hier stand Heise mit einer Tasse Tee in der Hand und sprach gerade mit seiner Sekretärin.

Als ich eintrat, blickten beide zu mir. Heise kam auf mich zu und fragte, ob ich noch weitere Fragen hätte. Ich verneinte, bat ihn jedoch, die Plastikboxen samt Brief weiter in seinem Safe aufzubewahren – so lange, bis ich ein geeignetes Plätzchen gefunden hätte.

Ich verließ Heises Büro und mein Kopf brummte nun noch mehr. Nicht, dass ich Kopfschmerzen gehabt hätte, nein, mir schossen einfach viel zu viele Fragen durch den Kopf. Dinge, die ich nicht verstand und wo auch im Augenblick keine vernünftigen Antworten in Sicht waren.

Eine »Greenbox« – was für eine Erfindung!

Wie sie wohl funktionieren mag? Was werde ich nur damit anstellen?

Bevor ich aber weiter darüber nachdenken wollte, stand erst einmal das Kommissariat auf meinem Terminplan.

Konnte das überhaupt funktionieren? Mehr Energie herausholen, als man hineingibt? Ich hatte in Physik nicht unbedingt die besten Noten, aber so etwas konnte doch, nach meinen bisherigen Erkenntnissen, gar nicht funktionieren. Oder doch? Ich beschloss, sobald ich mir mehr Klarheit über die Todesumstände von Inge und Horst verschafft hatte, dies einmal genauer zu recherchieren. Aber zuerst gab es wichtigere Fragen zu klären.

Am Abend telefonierte ich noch mit René und teilte ihm mit,

was ich bei Heise erfahren hatte. Er war sehr erstaunt und äußerte erneut sein Bedauern über den Tod von Inge und Horst. Er wusste, wie sehr ich die beiden mochte und wie nahe mir beide gestanden hatten.

René erzählte mir noch, dass Ines sehr traurig gewesen sei, weil ich nicht noch mit nach Lyon kommen konnte, und dass sie auch sehr betroffen wäre. Über mein Geschenk hätte sie sich unglaublich gefreut und war umso glücklicher, dass wir beide unseren Abenteuerurlaub heil und gesund überstanden hatten.

Erst wollte Ines Renés Geschichte gar nicht glauben – was er ihr da wieder alles so erzählte. Ich verstand Ines nur zu gut. Oft und gern ging René schon einmal die Fantasie durch.

Aber als er ihr den Orden zeigte und sie – misstrauisch, wie sie ihm gegenüber nun einmal war – bei Google ein Foto dieses Ordens fand, musste sie sich erst einmal mit offen stehendem Mund hinsetzen.

Ich hatte ein Bild von Ines mit offenem Mund vor Augen und musste trotz des für mich bewegten Tages lachen.

René meinte nur noch, da ich ja nun nicht gerade unvermögend wäre, dass ich doch nun meinen Wohnsitz zu ihm nach Frankreich verlegen könnte. Ich antwortete ihm: »Eigentlich gar keine schlechte Idee!«

Wir verabschiedeten uns und ich versprach René, ernsthaft über seinen Vorschlag nachzudenken. Aber zuerst gab es hier in Wuppertal noch einige Dinge, die ich regeln und erledigen musste.

ZWEIFEL

Nachdem ich eine unruhige Nacht mit total verrückten Träumen hinter mich gebracht hatte, wurde ich wieder einmal sehr unsanft von Mr Spock geweckt. Halb sechs Uhr morgens in Deutschland ...

Dieses Mal setzte er sich gemütlich auf meine Brust und stupste mir mehrmals mit seiner rechten Pfote – zum Glück mit eingezogenen Krallen – auf die Wange. Wieder einmal zeigte er mir sehr deutlich, dass es Zeit fürs Frühstück war – für sein Frühstück natürlich.

Noch recht abgekämpft von den wilden Träumen der letzten Nacht genoss ich meinen belebenden schwarzen Kaffee mit einem Brötchen, das ich dick mit Erdbeermarmelade bestrichen hatte. Ich liebte diese Kombination am Morgen – vor allem den Geruch von frisch aufgebrühtem, heißem Kaffee.

Den Kaffeebecher noch halb voll, saß ich vor meinem PC und arbeitete meine E-Mails der letzten Wochen durch. Einige Anfragen meiner bisherigen Kunden waren dabei, der Rest war Werbung.

Nur eine E-Mail war wirklich interessant. Es war ein neuer Kunde, der mir einen sehr lukrativen Auftrag anbot. Ich kannte die Firma, hatte aber bisher noch nicht für sie gearbeitet. Horst hatte mich einmal dem Inhaber vorgestellt: Erkan Özer. Er war der Inhaber der Özer Ltd. in der Türkei.

Ich antwortete nicht gleich, sondern wollte mich erst einmal auf mein Gespräch bei der Polizei konzentrieren. Als ich um zehn Uhr auf dem zuständigen Revier in Elberfeld erschien, musste ich noch einen Moment in einem schlichten Warteraum mit sehr unbequemen Holzbänken warten. Nach ungefähr zehn Minuten wurde ich von einem Beamten aufgefordert, ihn in sein Büro zu begleiten.

Ich erkannte ihn sofort – zu auffällig waren seine langen grauen Haare und sein altmodischer Anzug. Es war Hauptkommissar Braun, der ja bereits den Tod von Peter Sorwa in der Winter AG untersucht hatte. Er erkannte mich anscheinend nicht wieder, und so beließ ich es auch dabei.

Mit seiner ID-Karte öffnete er eine Sicherheitstür, durch die wir aus dem Warteraum heraus zu seinem Büro gelangten. Ich folgte ihm und es sah so aus, als ob er immer noch den gleichen Anzug wie einige Wochen zuvor trug – genauso zerknittert und abgenutzt.

Wie sich herausstellte, hatte Braun auch die Untersuchungen zu dem für ihn vermeintlichen Selbstmord von Inge und Horst geleitet. Da ich ja kein direkter Angehöriger der beiden war, wollte Braun mir zuerst keine Auskünfte geben. Erst nachdem Heise meine Angaben telefonisch bestätigt hatte, erzählte mir Braun nun in seiner ruhigen, fast schon einschläfernden Art von seinen Untersuchungsergebnissen.

In seinen Schilderungen war für mich zunächst nichts Auffälliges oder gar Widersprüchliches zu erkennen. Alles schien so, als ob Inge und Horst sich wirklich das Leben genommen hätten. Bis, ja bis zu dem Moment, als Braun mir die näheren Todesumstände beschrieb.

Nach seinen Ausführungen hätte sich Horst, nachdem er Inge eine Spritze mit einem Giftcocktail injiziert hatte, mit einer Pistole in den Kopf geschossen. Ich war geschockt! Und ich schaute Braun völlig erstaunt an.

Mir wurde schlagartig klar: Das hätte Horst nie getan. Nie!

Ich erinnerte mich spontan an ein Gespräch mit Horst, bei dem wir uns beide im Zusammenhang mit Inges Krankheit einmal darüber unterhalten hatten, wie wir selbst mit einer solchen Diagnose umgehen würden. Wir hingen beide sehr am Leben und wussten, wie man glücklich leben konnte. Wir hatten beide eine grundpositive Einstellung zum Leben, und wirklich wichtige Entscheidungen hatten wir immer bewusst selbst getroffen.

Frei nach dem Motto und aus dem Film »Ghost Rider« mit Nicolas Gage geklaut: »Entscheide stets selbst, sonst entscheiden andere für und über dich.«

In diesem Gespräch hatte Horst ganz klar betont, dass er nie einen Gewalttod wählen würde – sich nie von einer Brücke stürzen, sich nie vor einen Zug schmeißen und sich schon gar nicht erschießen würde.

Horst hatte immer betont, dass es ihm gar nicht so schlecht gehen könnte, dass er einen solch schrecklichen Freitod wählen würde. Für ihn kamen, wenn überhaupt, immer nur Tabletten oder eine Spritze infrage.

Ich erzählte Braun von meinem Gespräch mit Horst und meiner Vermutung, dass hier etwas nicht stimmen konnte – dass Horst sich nie erschossen hätte! Daraufhin schaute mich Braun fragend an und zeigte mir nun seine restlichen Untersuchungsergebnisse.

Nichts deutete auf Fremdverschulden hin, aber auch rein gar nichts. Mein Gefühl und meine innere Stimme sagten mir jedoch etwas völlig anderes: Hier passte etwas nicht zusammen. Ich konnte mir im Moment, jedoch nicht erklären, was es war.

Braun gab sich alle erdenkliche Mühe, meine Fragen ausführlich zu beantworten, und versicherte mir, dass nichts auf ein Fremdverschulden hingedeutet hätte. Es gab keine Spuren für einen Einbruch und keine Hinweise darauf, dass zum Todeszeitpunkt weitere Personen mit in der Villa gewesen wären. Die ganze Villa wäre von innen verschlossen gewesen.

Ich glaubte ihm, dass er davon überzeugt war, aber ich wusste, dass hier trotzdem etwas nicht zusammenpasste. Es passte einfach nicht zu Horst.

Als Braun die Villa erwähnte, wurde mir plötzlich bewusst, dass ich mich auch noch darum kümmern musste. Ich verabschiedete mich von Braun und verließ das Polizeirevier mit einem ungutem Gefühl. Denn eins wurde mir immer klarer: So, wie die Polizei den Ablauf dokumentiert hatte, konnte sich das Ganze auf keinen Fall abgespielt haben.

Für Braun war der Vorgang, wie er es nannte, abgeschlossen. Und nur aufgrund meiner Vermutung und meines Gefühls würde er den Fall so kurz vor seiner Pensionierung bestimmt nicht mehr aufrollen.

DIE VILLA

Ich fuhr zur Villa und kam mit meinem Funköffner für das große Zufahrtstor und meinem Haustürschlüssel in die Villa hinein. Ich kannte mich hier schließlich bestens aus.

Dieses Mal hatte ich jedoch ein eigenartiges und schwermütiges Gefühl, als ich mit meinem Wagen durch das Tor fuhr. Klar war ich schon öfter allein hier gewesen. Immer wenn Inge und Horst im Urlaub waren, hatte ich nach dem Rechten gesehen und mich um die Pflanzen gekümmert.

Doch diesmal war es völlig anders. Inge und Horst würden nie mehr zurückkommen.

Ich öffnete die Eingangstür und gab den Sicherungscode in die Alarmanlage ein. Mit einem leisen Piepton und einer kleinen Lampe, die dreimal kurz grün aufleuchtete, war die Alarmanlage deaktiviert.

Wieder so etwas Merkwürdiges, was für die Theorie der Polizei sprach, die ja von Selbstmord ausging. Als die Putzfrau die beiden tot in der Villa auffand, war die Alarmanlage noch aktiviert gewesen. Ich wusste, dass Horst die Anlage an den Putztagen immer frühzeitig ausgeschaltet hatte. Die Dame hatte sich nicht schlecht erschrocken, als der Alarm beim Eintreten ins Haus losging. Zwar hatte sie einen Schlüssel für die Haustür, aber den Alarmcode kannte sie nicht. Bis auf die Haustür waren beim Eintreffen der Polizei alle Fenster und Türen verschlossen. Nichts deutete darauf hin, dass jemand Fremdes ins Haus eingedrungen war.

Ich ging durch das ganze Haus und konnte im Schlafzimmer noch das Blut an der Wand und auf dem Boden erkennen. Meine Beine wurden weich, mein Pulsschlag ging schneller und ich bekam ein beklemmendes Gefühl.

Unweigerlich startete mein Kopfkino und ich stellte mir vor, welche grausamen Szenen sich hier vor wenigen Tagen abgespielt haben mussten. Rasch schloss ich die Tür wieder. Die Pflanzen im Haus brauchte ich nicht mehr zu gießen – sie hingen verkümmert in ihren Töpfen.

Ich rief Heise an und bat ihn, sich um den Verkauf der Villa zu kümmern. In den nächsten Tagen sichtete ich alle Unterlagen und das Inventar im Haus. Den persönlichen Teil nahm ich mit zu mir und den Rest spendete ich einer sozialen Einrichtung.

Natürlich hatte ich darüber nachgedacht, die Villa zu behalten. Zuviel würde mich hier jedoch an den schrecklichen Tod von Inge und Horst erinnern. Nicht nur, dass die Villa viel zu groß für mich alleine war – ich wollte auch nicht in dem Haus wohnen, in dem Inge und Horst auf so merkwürdige Weise gestorben waren.

Nach nur drei weiteren Wochen war die Villa zu einem guten Preis verkauft. Ich beschloss, den Verkaufserlös der Wuppertaler Hilfsorganisation »Kindertal« zu spenden – einer Organisation, bei der sich Inge und Horst schon zu Lebzeiten stark engagiert hatten. Besonders Inge hatte hier viel Zeit und Geld investiert, um die Not der bedürftigen Kinder zu lindern.

Gleich am nächsten Tag informierte ich Heise über meine Entscheidung und bat ihn, die nötigen Schritte zu veranlassen, damit der Verkaufserlös der Organisation recht schnell zur Verfügung stand. Heise wirkte am Telefon zuerst erstaunt, dann jedoch doch sehr erfreut über meine Entscheidung. Er versprach mir, sich direkt um die Angelegenheit zu kümmern.

Mit meinem restlichen Erbe hatte ich für mich selbst ja mehr als genug. Weit mehr als das, was ein einzelner Mensch je in einem Leben benötigen würde.

Tage später rief Heise an und erkundigte sich, ob ich für ein Interview mit der örtlichen Zeitung zur Verfügung stünde. Sie wollten einen Bericht über die Spende drucken, zumal Inge und Horst in Wuppertal ja sehr bekannt waren. Ich lehnte ab.

Mit dem Gefühl, das Richtige getan zu haben, beschloss ich, mich nun erst einmal wieder meinen eigenen Geschäften zu widmen. Zumindest so lange, bis ich mir darüber Klarheit verschafft hatte, was ich in Zukunft mit dem geerbten Geld anfangen wollte.

Da die Polizei die Untersuchungen eingestellt hatte und weiterhin von Selbstmord ausging, war es für mich das Vorrangigste, die wahren Umstände des Todes von Inge und Horst aufzuklären. Nur leider sah ich im Moment nicht den kleinsten Ansatz, den ich hätte weiterverfolgen können.

Ich sichtete meine E-Mails und hatte dabei einen zufriedenen laut brummenden Mr Spock auf dem Schoß liegen. Mit der linken Hand kraulte ich seine viel zu lang geratenen Ohren, und vor lauter Freude massierte er mir mit seinen vorderen Krallen die Oberschenkel.

Leicht pulsierend drangen die Krallenspitzen wieder wie kleine Nadelstiche durch meine Jeans hindurch in meine Haut ein. Man musste ihn einfach lieben …

Ich hatte bereits mehrere E-Mails von Bremers Sekretärin, Frau Wiese erhalten; sie bat mich um einen Rückruf. Ich wusste, dass Bremer der neue Inhaber der Winter AG war, aber heute hatte ich keine Lust, mit ihm zu sprechen. Darum wollte ich mich morgen kümmern.

Auch hatte ich ja eine interessante Anfrage aus der Türkei erhalten. Erkan Özer bat mich um Unterstützung, da es in einem Projekt mit einem seiner deutschen Kunden gerade nicht wie geplant lief. Das hörte sich doch interessant an, und um diese Zeit war das Wetter in der Türkei doch wesentlich besser als hier in Wuppertal. Und bestimmt wäre dieser Auftrag auch sehr hilfreich, mich erst einmal ein wenig abzulenken. Daher beschloss ich, mich gleich morgen um die Anfrage von Özer zu kümmern.

Ich schubste Mr Spock sanft von meinem Schoss, und er erwiderte dies auch gleich mit einem lauten, protestierenden Miauen.

Heute plante ich als Allererstes, in Horsts »geheime Hallen« zu schauen. Etwas, was ich natürlich viel lieber mit Horst gemeinsam getan hätte.

Rasch zog ich meine Motorradkleidung an, schob meine GS aus der Garage und fuhr nach Ronsdorf, zu dem Gebäude, das Horst vor allen verborgen gehalten hatte.

Mit großer Neugier trat ich ein und war überrascht, was ich alles vorfand ...

Bei einer anschließenden Motorradtour durchs Bergische Land verarbeitete ich meine Eindrücke und dachte nach ...

BREMERS ANGEBOT

In der vergangenen Nacht schlief ich erneut sehr unruhig, und das, obwohl ich einen entspannten Tag hinter mir hatte. Die Motorradtour war klasse gewesen und das, was ich in Horsts Geheimlabor alles entdeckt hatte, begeisterte mich.

Mitten in der Woche waren die oberbergischen Straßen recht leer und somit waren schöne Kurvenfahrten fast ohne Risiko möglich. Herrlich waren die kleinen Nebenstraßen zwischen den Talsperren zu fahren. Nur der immer schlechter werdende Zustand der Straßen forderte meine volle Aufmerksamkeit.

Mr Spock saß am nächsten Morgen mit seinem beachtlichen Gewicht auf meinem Rücken und brummte mir laut und vergnügt ins Ohr. Er wusste genau, wie er mich wach bekam ...

Leicht stupste er mir seine feuchte Nase ins Ohr und seine Barthaare taten dabei ein Übriges. Wieder einmal hatte er es geschafft: Ich war wach. Ich liebte den alten Kater trotz all seiner Macken. Wahrscheinlich gerade wegen seiner ganzen Eigenheiten.

Mr Spock schmatzte genüsslich das Futter aus seinem Fressnapf in sich hinein und ich genoss auf der Holzterrasse meinen heißen und wohlduftenden Kaffee.

Die Sonne arbeitete sich gerade langsam hervor und verdrängte die Kühle der Nacht. Ich genoss die ersten Sonnenstrahlen am Morgen und atmete die frische unverbrauchte Luft tief ein. Es war Ende April und die Temperaturen stiegen erfreulicherweise langsam wieder an.

Ich rief die Sekretärin von Bremer zurück und war überrascht, dass ich gleich für den Nachmittag einen Termin erhielt – ganz unüblich für den Inhaber eines solch großen Unternehmens.

Auf meine Frage, worum es ginge, antwortete die Sekretärin nur knapp, aber äußerst höflich: »Das hat mir Herr Bremer leider nicht mitgeteilt. Nur, dass er sie gern heute noch sprechen würde.«

Nach diesem Anruf telefonierte ich noch mit Erkan Özer und sagte ihm meine Unterstützung zu. In fünf Tagen ging mein Flug nach Istanbul, und die Flugtickets wollte er mir bis dahin per E-Mail zusenden.

Als ich das Gespräch mit Özer beendet hatte, ging ich zu meinem Nachbarn. Dieser versprach wieder einmal, sich während meiner Abwesenheit um Mr Spock zu kümmern. Der Kater hatte ein super Leben – er wurde von allen Seiten nur geliebt und verwöhnt.

Um drei Uhr am Nachmittag erreichte ich das beeindruckende Bürogebäude der Lohr Group im Hafenviertel von Düsseldorf. Es lag direkt am Rheinufer, unweit des Funkturmes. Hier in einem prächtigen modernen Glashochhaus war der Hauptsitz der Lohr Group.

Ich parkte meinen Wagen auf dem Besucherparkplatz, der dicht am Haupteingang lag. Am Empfang meldete ich mich bei einer sehr zierlich aussehenden Empfangsdame an. Eine weitere, äußerst schlicht und hochgeschlossen bekleidete Frau führte mich zu Bremers Büro. Ich vermutete, dass sie die freundliche Dame vom letzten Telefonat war. Die dünnen, dunkelblonden Haare trug sie schulterlang, und mit ihrer schwarz eingefassten Brille wirkte sie fast so wie eine Sekretärin aus dem letzten Jahrhundert.

Als ich in Bremers Büro eintrat, saß er hinter einem großen massiven Holzschreibtisch. Dieser war mit einigen Ornamenten verziert, und von seinem riesigen Büro aus hatte Bremer einen spektakulären Ausblick auf den Rhein und die Oberkasseler Brücke.

Manfred Bremer war ein hochgewachsener, schlanker Mann so um die fünfzig. In seinem eleganten dunklen Anzug wirkte er wie jemand, der es gewohnt war, den Ton anzugeben.

Er gab mir freundlich die Hand. »Guten Tag, Herr Stern – schön, dass Sie für mich so kurzfristig Zeit gefunden haben. Darf ich Ihnen einen Tee anbieten?«

Ich lehnte dankend ab und sagte, dass ich, wenn es keine Umstände bereitete, gern einen Kaffee nähme. Er wies seine Sekretärin an, sich darum zu kümmern. Sie lächelte höflich und zog sich zurück.

Kurz erzählte mir Bremer nun von der vollzogenen Übernahme der Winter AG und sprach mir sein Mitgefühl zum Tod von Inge und Horst aus. Er wusste anscheinend, dass mir beide sehr nahegestanden hatten.

Bremer sprach nicht lange drum herum und kam recht schnell auf den Punkt. »Wir suchen immer noch einen geeigneten Betriebsleiter für die Winter AG, und meine Tochter und ich sind uns einig, dass Sie der Richtige für diese Position sind. Zurzeit hat einer unserer eigenen Berater diese Aufgabe übernommen, aber wir können uns gut vorstellen, dass dies eine interessante Aufgabe für Sie sein könnte. Auch meine Tochter würde sich sehr über eine Zusammenarbeit mit Ihnen freuen. Schließlich kennen Sie das Unternehmen und seine Mitarbeiter ja bereits bestens.«

Bremer war ein Profi in Gesprächsführung und ein ausgezeichneter Manipulator. Sein Imperium mit diversen Unternehmen, die alle global ausgerichtet waren, kam ja schließlich nicht von ungefähr.

Er bot mir die Stelle so an, dass ich kaum noch Argumente fand, um abzulehnen. Aber etwas, was ich im Laufe der letzten Jahre während meiner Selbstständigkeit gelernt hatte, war, wirklich wichtige Entscheidungen nie sofort zu treffen.

Verlockend war sein Angebot ja. Ich kannte das Unternehmen gut, musste so nicht die ganze Verantwortung für die Beschäftigten alleine tragen, und der Ausblick, für eine solch attraktive Chefin zu arbeiten, war schon recht verlockend.

Bremer fehlten vermutlich jedoch einige wichtige Informationen. So zum Beispiel die über die Höhe meines gerade geerbten Vermögens. Hätte er dies gewusst, hätte er mir sicherlich nicht ein solches Angebot unterbreitet. Ich hielt jedoch meinen Mund und schwieg. Warum sollte ich Bremer auch so viele Informationen über mich preisgeben? Im Grunde kannte ich ihn ja gar nicht. Persönlich waren wir uns heute zum ersten Mal begegnet.

Die Verhandlungen zur Übernahme der Winter AG hatte Horst immer direkt mit seiner Tochter und den Anwälten geführt.

Die Tür öffnete sich, die Sekretärin trat ein und servierte mir einen vorzüglichen Kaffee.

Bremer sprach von Zukunftprojekten in der Winter AG und über die Neuausrichtung der Entwicklungsabteilung. Er könne sich gut vorstellen, sich zukünftig noch stärker mit der Produktion von Elektrokomponenten für E-Fahrzeuge zu beschäftigen. Bei seinen Ausführungen schaute er mich mit seinen durchdringenden Augen sehr intensiv an.

Er führte seine Ideen und Visionen noch weiter aus und erklärte mir, dass ich hundertprozentig der Richtige für diese Aufgaben und Umstrukturierungen sei. Hätte ich ihm noch weiter zugehört, hätte er mich vermutlich noch überredet. So geschickt konnte er einen umwerben.

Nachdem ich meinen Kaffee ausgetrunken und noch einige Pseudofragen gestellt hatte, verabschiedete ich mich freundlich und versprach ihm, mir das Ganze ernsthaft durch den Kopf gehen zu lassen. Im Grunde hätte ich gleich ablehnen können, denn ich wollte auch in Zukunft unabhängig bleiben und mir meine Aufgaben selbst aussuchen. Bremer gegenüber blieb ich höflich und sagte ihm, dass ich mich in einigen Tagen bei ihm melden würde.

Bei seinen noch so überzeugenden Argumenten hätte ich diese Anstellung nie angenommen. Mit dem Erbe von Inge und Horst hatte sich meine Unabhängigkeit mehr als deutlich verbessert. Mit diesem Erbe hätte ich sofort in den Ruhestand gehen können, aber dafür fühlte ich mich definitiv noch viel zu jung. Ich wollte in meinem Leben unbedingt noch etwas bewegen.

Mich beschäftigten zurzeit ganz andere Dinge viel mehr. Vor allem die für mich ungeklärten Todesumstände von Inge und Horst ließen mich nicht wirklich zur Ruhe kommen.

Es klopfte erneut an der Tür, und eine hochgewachsene Chinesin mit einer Mappe in der Hand trat ein. Mit ihren kurz geschnitten Haaren und einem schwarzen, eng anliegenden Kleid schritt sie auf mich zu und überreichte mir eine Mappe.

Bremer sagte: »Herr Stern, darf ich Ihnen meine Assistentin Lee Wu verstellen?« Ich wollte ihr die Hand geben, doch sie verbeugte sich nur kurz vor mir. Ich zog meine Hand etwas irritiert zurück, verbeugte mich ebenfalls kurz und sagte: »Ich bin erfreut, Frau Wu.«

Ohne einen ihrer strengen Gesichtszüge zu verziehen, sagte sie: »Wir hoffen, dass Sie das Angebot annehmen, und haben für Sie schon einmal einen Vertragsentwurf vorbereitet.«

Ihre kühle Erscheinung und die dunklen Augen führten unweigerlich dazu, dass sich eine unsichtbare Wand zwischen uns aufbaute. Dieser kalte Blick und ihr emotionsloser Gesichtsausdruck schafften Distanz. Sie nickte nur kurz und schritt genau so, wie sie hereingekommen war – schon fast über dem Boden schwebend –, wieder aus dem Raum heraus.

Als ich am späten Nachmittag nach Hause kam, sah ich, dass die Terrassentür aufgebrochen war. Im Wohnzimmer war alles durchwühlt und im Flur, auf dem Boden liegend, fand ich Mr Spock schwer verletzt und übel zugerichtet vor. Mein Puls stieg schlagartig und mir wurde vor Aufregung ganz übel. Nur ein klägliches, leises Miauen war von ihm noch zu hören, als ich ihn mit zittrigen Händen und sehr behutsam in sein Schlafkörbchen legte. Es ging ihm gar nicht gut. Zorn und die Sorge um seinen Zustand stiegen in mir auf. Ich fuhr, so schnell es ging, zu unserem Tierarzt nach Lüttringhausen. Während der Fahrt vermied ich es, Mr Spock zu großen Erschütterungen auszusetzen, die von den Schlaglöchern der Straße ausgingen. Selbst in Afrika hatten sie mittlerweile bessere Straßen … Ich fluchte auf die verdammten Politiker und umfuhr die größten Schlaglöcher auf der Allee sehr vorsichtig. Normalerweise brauchte ich zwanzig Minuten bis zur Tierarztpraxis. Diesmal schaffte ich es in der Hälfte der Zeit.

Kaum war ich in der Tierarztpraxis angekommen, rief das junge Mädchen vom Empfang sofort den Arzt. Für lange Diskussionen war keine Zeit mehr! Aufgewühlt sagte ich dem Arzt nur kurz: »Vermutlich getreten oder geschlagen …«

Sofort brachte er Mr Spock in einen freien Behandlungsraum. Die Tür schloss sich, und ich setzte mich aufgeregt und völlig fertig ins Wartezimmer. Meine Wut stieg weiter und vermischte sich gleichzeitig mit meiner Sorge um den Kater.

Hilflos musste ich warten. Ich hasste diese Hilflosigkeit! Mr Spock war ein sehr liebes Tier. Immer wenn es bei mir an der Haustür klingelte, lief er wie ein Hund zur Tür und freute sich über jeden Besucher. Er unterschied nicht zwischen Einbrecher und Freunden. Für ihn gab es nur Freunde.

Nach endlosen fünfzig Minuten des Wartens kam der Arzt schließlich zu mir ins Wartezimmer. An seinem zuvor noch reinweißen Kittel waren nun reichlich Blutspuren von der Operation zu sehen.

Ich hatte weiche Knie und einen trockenen Hals. Der Arzt teilte mir mit, dass Mr Spock – wie vermutet – äußerst übel getreten worden war. Er hatte schlimme Prellungen und eine schwere innere Blutung davongetragen, die er jedoch rechtzeitig stoppen konnte. Zehn Minuten später, und er wäre mit großer Wahrscheinlichkeit innerlich verblutet.

Sicherlich auch, um mich zu beruhigen, sagte er noch: »Er hat die Operation gut überstanden, der kleine Kämpfer!« Vorsichtshalber musste er jedoch die nächsten Tage noch zur Beobachtung dableiben.

Ich ging mit dem Arzt ins Behandlungszimmer und sah Mr Spock mit einem dicken weißen Verband um den Bauch auf dem Operationstisch liegen. Eine junge Tierarzthelferin war gerade dabei, das ganze Operationsbesteck wegzuräumen. Der ganze Raum roch noch nach Blut und Desinfektionsmittel. Auf dem Boden lagen einige Blut- und Fellreste.

Mr Spock war noch in Narkose und lag auf der Seite auf dem silbernen Operationstisch. Ich streichelte ihm sanft mit der Hand über den Kopf.

Sein kleiner Brustkorb hob und senkte sich nur sehr langsam, aber er lebte. Ich spürte, wie der Tränendruck in meinen Augen größer wurde und meine Augenflüssigkeit anfing, meinen Blick zu trüben. Ich bedankte mich bei dem Arzt und seiner Assistentin und verabschiedete mich dann rasch. Ich wollte nicht, dass sie sahen, wie mir die Tränen der Erleichterung über die Wangen liefen …

Ich fuhr über die landschaftlich sehr schöne Baumallee zwischen Lennep und Beyenburg zurück nach Hause. Die Sonne ging an diesem Tag langsam unter und überzog die bergische Landschaft mit einem wunderschönen Abendrot. Obwohl ich dieses Farbenspiel liebte und es sonst immer sehr genoss, hatte ich heute keinen Blick dafür.

Ich spürte auf einmal, wie sehr ich an diesem alten Kater hing, und wischte mir die Tränen mit dem Handrücken aus den Augen.

Meist begreifen wir erst richtig, was uns lieb und teuer ist, wenn wir im Begriff sind, es zu verlieren – oder schlimmer noch: es bereits verloren haben.

Als ich wieder zu Hause ankam, informierte ich die Polizei über das Geschehen. Nach ungefähr einer Stunde kamen zwei Beamte, die den Einbruch recht nüchtern aufnahmen.

Nach einer zweistündigen und erfolglosen Spurensuche verabschiedeten sich die beiden Herren. Zurück blieben nur Unordnung und das schwarze Pulver von der vergeblichen Suche nach Fingerabdrücken. Der Einbruch erschien mir äußerst merkwürdig – nicht einmal meine Wertgegenstände wurden gestohlen. Videokamera, Laptop, ja sogar mein neuer LED-Fernseher waren noch da.

Nachdem die Polizisten verschwunden waren, öffnete ich mir eine Flasche Rotwein – rasch war sie leer. Ich schlief an dem Abend schnell, aber äußerst unbequem direkt auf meinem Sofa ein.

Am nächsten Tag erwachte ich verkatert und mit Muskelschmerzen wegen meiner unbequemen Schlafhaltung. Nach der zweiten Tasse Kaffee ging es mir wieder etwas besser und ich beauftragte als Erstes eine Firma mit der Reparatur der Terrassentür. Raum für Raum beseitigte ich die Unordnung, die die Einbrecher hinterlassen hatten.

Am Vorabend meiner Türkeireise konnte ich Mr Spock wieder vom Tierarzt abholen. Jeden Tag hatte ich ihn kurz besucht, und Gott sei Dank erholte sich der kleine alte Racker sehr gut von seiner komplizierten Operation. Am Tag meines Abfluges brachte ich ihn wie verabredet zu meinen Nachbarn und wusste, dass er dort wieder einmal in guten Händen war.

Was Mr Spock jedoch gar nicht gefiel, war, dass er nun vorerst nicht in seinen geliebten Garten durfte. Armer Kater!

AUSGELIEFERT

Gegen Mittag landete ich nach einem ruhigen Flug in Istanbul. Erkan Özer war höchst persönlich zum Flughafen gekommen, um mich mit seinem Fahrer abzuholen. Als ich durch die Glastür trat, die den Sicherheitsbereich vom Ausgang trennte, erkannte ich ihn sofort in der wartenden Menge. Sein Kopf ragte bei einer Körpergröße von einem Meter und neunzig deutlich über die der restlichen Wartenden hervor.

Viele Frauen holten ihre in Deutschland arbeitenden Männer ab, und entsprechend laut war die Akustik in der Empfangshalle. Für meinen Geschmack deutlich zu laut. In diesem Flieger waren aber auch sehr viele deutsche Geschäftsleute in ihren Businessanzügen unterwegs. Sie waren in die Türkei gereist, um hier ihre Geschäfte zu tätigen. Alle wollten am Wirtschaftsboom der Türkei teilhaben, keiner wollte zu spät kommen. Wenn es um knallharte wirtschaftliche Interessen geht, stehen die teils kontroversen Haltungen zur aktuellen Politik im Land einfach einmal hinten an.

Da mich Özer höchstpersönlich vom Flughafen abholte, war das vermeintlich kleine Problem vermutlich doch wesentlich größer, als er es mir noch tags zuvor am Telefon beschrieben hatte. Aber auch das kannte ich schon: Erst war das Problem klein, eigentlich gar nicht vorhanden. Im Grunde gab es kein Problem. Dann schickte ich mein Angebot, und im zweiten Gespräch, nach der Auftragserteilung, wurde das kleine Problem plötzlich immer größer …

Wir fuhren mit seiner S-Klasse direkt zum gebuchten Hotel ins Zentrum von Istanbul, und ich war überrascht, als der Wagen vor dem Ciragan Palace Hotel hielt – einem Nobelhotel der Kempinski-Gruppe. Hier stiegen normalerweise nur Prominente, Stars und Staatspräsidenten ab; entsprechend hoch waren hier auch die Übernachtungspreise.

Das Problem, das Özer hatte, musste schon ganz ordentlich sein, wenn er mich in diesem Hotel unterbrachte. Alleine die Eingangshalle des stilvoll renovierten historischen Gebäudes faszinierte durch Helligkeit und Größe. Ein unglaublich riesiger Deckenleuchter ließ die ganze Halle erstrahlen. Wie mir die Dame an der Rezeption stolz erklärte, war dies der zweitgrößte in ganz Europa.

Als wir auf der Hotelterrasse bei einem Kaffee und süßen türkischen Köstlichkeiten den Ablauf der nächsten Tage besprachen, wunderte ich mich auch gar nicht mehr, als wir auf der Restaurantterrasse Madonna samt Gefolge sahen. Sie gab am nächsten Tag in Istanbul ein Konzert, wie mir der Kellner – noch ganz beeindruckt – erzählte.

Ich hatte von meinem Platz aus einen fantastischen Ausblick auf die Bosporus-Brücke, die Asien und Europa verbindet. Alleine schon dieser Ausblick wäre es wert gewesen, in diesem Hotel einzuchecken.

Als ich auf die Brücke blickte und noch im Gespräch mit Özer war, beschlich mich auf einmal ein eigenartiges Gefühl – ein Gefühl, das ich nicht richtig einordnen konnte. Viel zu viel war in der letzten Zeit passiert. Zu viel für meinen Geschmack ... Wo war nur mein eigentlich doch so ruhiges und beschauliches Leben geblieben?

Davon erzählte ich Özer natürlich nichts. So gut kannte ich ihn ja auch nicht. Umso verwunderter war ich jedoch, als er mich für den Abend zum Essen zu sich nach Hause einlud. Eine große Ehre in diesem Land! Normalerweise wurde ich zum Geschäftsessen am Abend ins Restaurant eingeladen, eigentlich nie nach Hause.

Am Abend um neunzehn Uhr stand sein Fahrer wie verabredet pünktlich vor dem Hoteleingang. Nach über einer Stunde Fahrt durch die vom Verkehr verstopften Straßen der Istanbuler Innenstadt erreichten wir einen Vorort mit prächtigen Villen und riesigen, parkähnlichen Gärten.

Özer wohnte in einer stattlichen weißen Villa mit mehreren großen Palmen im Vorgarten. Als ich ankam, öffnete mir schon ein Hausangestellter die Wagentür. Er hatte eine schicke Uniform an und trug auf dem Kopf einen Fes, eine topfähnliche Filzkappe. Der Angestellte führte mich durch das große, hölzerne Eingangsportal direkt in eine Bibliothek.

Özer stand vor einem deckenhohen Regal voller Bücher und drehte sich zu mir um, als der Dienstbote mich anmeldete. Er trat auf mich zu und gab mir zur Begrüßung lächelnd die Hand. Ich bedankte mich erneut und höflich für die freundliche Einladung.

Wir waren gerade im Smalltalk, als plötzlich mein Handy klingelte. Ich entschuldigte mich bei ihm und nahm das Gespräch an, als ich sah, dass es mein Nachbar war; ich machte mir natürlich immer noch große Sorgen um Mr Spock. Zum Glück stellte sich jedoch heraus, das mein Nachbar nur die Polizei erneut zur Spurensuche in mein Haus gelassen hatte. Er wollte mich lediglich darüber in Kenntnis setzen.

Mit Mr Spock wäre alles in Ordnung, er fing sogar langsam wieder an, Unfug anzustellen. So hatte er gleich die ersten Blumen von der Fensterbank abgeräumt, nachdem er zuvor laut maulend darauf hingewiesen hatte, dass er nun gern wieder in seinen Garten möchte. Als ihn trotz seines Protestes keiner die Terrassentür aufgemacht hatte, griff der alte Kater zu radikaleren Methoden. Ich war nur froh, dass ich solche Nachbarn hatte – Nachbarn, die so etwas mit Humor nahmen und den kleinen alten Kerl genauso in ihr Herz geschlossen hatten wie ich.

Ich beendete das Gespräch und entschuldigte mich erneut bei Özer. Ich erzählte von dem Einbruch und was mit meiner Katze geschehen war. »Merkwürdig«, sagte er, »vor ungefähr zwei Tagen erhielt ich einen Anruf von einer Person, die sich erkundigte, ob Sie schon in Istanbul eingetroffen seien. Als ich ihn nach seinem Namen fragte, legte der Mann sofort auf.«

»Merkwürdig …«, sagte ich kurz.

Wen interessierte es nur, dass ich nach Istanbul reise?, fragte ich mich in Gedanken selbst. Vor Özer ließ ich mir nichts anmerken, aber beunruhigend waren die Ereignisse schon.

Er führte mich durch das Haus und zeigte mir voller Stolz

auch sein riesiges Schwimmbad. »Nicht schlecht«, staunte ich, »davon könnte so manches Fünfsternehotel nur träumen«, und dann fügte ich noch hinzu: »Da darf aber niemand zu weit hinausschwimmen, sonst schafft er den Rückweg nicht mehr!«

Özer lachte und wir gingen gut gelaunt in den Speisesaal, wo auch schon die restliche Familie zusammensaß: seine wesentlich jüngere Frau, seine beiden hochgewachsenen Söhne und seine Tochter. Seine Söhne waren sechzehn und achtzehn Jahre alt und seine Tochter gerade einmal vierzehn, wie sich später herausstellte.

Die Tochter war der Augenstern des Vaters. Der Gedanke amüsierte mich. Überall auf der Welt das Gleiche: der Stolz der Väter auf die hübschen Töchter.

Ändern wird sich das mit dem Stolz meist schlagartig, wenn der erste Freund vor der Haustür steht. Erneut konnte ich mir ein leichtes innerliches Lachen nicht verkneifen.

Alle in der Familie sprachen ein exzellentes Oxford-Englisch, und so kam es dazu, dass sich recht schnell eine lockere und ungezwungene Gesprächsrunde entwickelte.

Auch mein Gastgeschenk, ein stilvoller Blumenstrauß für die Hausherrin, kam gut an. Die Tochter erzählte aufgeregt und mit einem Funkeln in den Augen, dass sie morgen zum Madonna-Konzert ginge. Ihr Vater hätte noch zwei der letzten Karten für sie und ihre Freundin organisiert. Ein Strahlen überzog das Gesicht der Tochter, als sie dabei ihren Vater ansah.

Im Laufe der Unterhaltung und nach meiner Heimatstadt gefragt, versuchte ich wieder einmal, die Wuppertaler Schwebebahn zu beschreiben. An den Gesichtern erkannte ich sofort, dass dies wieder eher erfolglos war. Gerade als ich meinen Kugelschreiber nehmen wollte, um eine Skizze anzufertigen, griff die Tochter zu Ihrem I-Pad und googelte. In weniger als zwei Sekunden sahen wir die Schwebebahn auf der Wuppertaler Webseite. Alle waren höchst interessiert, und vermutlich hatte ich gerade unbewusst ihr nächstes Urlaubsziel mitbestimmt.

Es war ein entspannter Abend in einer angenehmen Atmosphäre. Das Essen war äußerst schmackhaft und es gab einen wirklich vorzüglichen Wein dazu. An diesem Wein hätte sogar René seine Freude gehabt. Und dies, obwohl er natürlich stets behauptete, einen besseren Wein als seinen gäbe es einfach nicht.

Nachdem ich den Kaffee, einen türkischen Mokka, mit einigen sehr süßen, aber schmackhaften türkischen Köstlichkeiten genossen hatte, verabschiedete ich mich bei meinen Gastgebern und bedankte mich für den schönen Abend. Es war für mich ein Abend in einer sichtlich intakten Familie – einem Familienleben, das ich selbst so nie erlebt hatte.

Morgen war Mittwoch und ich wollte meinen neuen Auftrag ausgeschlafen und ausgeruht starten.

Auch bei Özer hatte wieder einmal ein Produktionsfehler dazu geführt, dass einer seiner Kunden eine vermutlich nicht ganz unbeträchtliche Anzahl von Teilen erhalten hatte, die zum Ausfall des gesamten Bremssystems im Fahrzeug führen konnten. Für mich wieder eine Routineaufgabe: Die eigentliche Grundursache finden und abstellen, damit schnellstens wieder gute, fehlerfreie Produkte zum Kunden gelangten.

Ganz zum Schluss hieß es erneut – und das war zumeist der schwierigste Teil meines Jobs: Wie verkauft man das Ganze seinem Kunden? Und natürlich auch noch so, dass nicht zu viel Geld für den entstandenen Schaden gezahlt werden musste.

Als wir nahe der Altstadt waren und ich mich wieder auskannte, bat ich den Fahrer zu stoppen. Ich wollte unbedingt noch ein paar Schritte durch die angenehme Nacht zurück zum Hotel laufen. Zu gut und zu reichhaltig war das Essen gewesen.

Der Fahrer stoppte den Wagen und ich verabschiedete mich freundlich und kurz auf Türkisch mit »Güle, güle« und stieg aus.

Die Temperaturen waren immer noch sehr angenehm warm und das geschäftige Treiben auf den Straßen hatte nur unmerklich nachgelassen. Langsam schlenderte ich durch eine ruhigere Seitengasse und grübelte so vor mich hin, als plötzlich wie aus dem Nichts heraus zwei dunkel gekleidete Gestalten vor mir auftauchten. Beide waren groß und kräftig gebaut. Sie traten so unerwartet aus einem engen und dunklen Durchgang in die Gasse hinein, dass ich keine Chance hatte, rechtzeitig zu reagieren. So wie sie mich anschauten und an ihren unfreundlichen Gesichtszügen erkannte ich sofort, dass sie mich nicht zu einem Kaffee einladen wollten. Reflexartig ging ich in Abwehrstellung.

Doch zu spät – etwas Hartes traf mich von hinten am Kopf. Die Person hinter mir hatte ich nicht bemerkt – mein Fehler. Ich sackte zusammen und mein letzter Gedanke war nur noch: »Bloß nicht mehr so viel Rotwein.« Danach wurde es dunkel vor meinen Augen.

Vermutlich hatten sie mich bereits seit meiner Ankunft verfolgt und nur auf eine Gelegenheit gewartet. Als ich langsam wieder zu mir kam, schmerzte nicht nur mein Kopf, auch in meinen Händen und Armen spürte ich heftige Schmerzen – Schmerzen, die ich jedoch noch nicht richtig zuordnen konnte.

Nur langsam schaffte ich es, meine Augenlider wieder zu öffnen – bleischwer fühlten sie sich an. Ich sah, dass ich mich in einem geschlossenen Raum befand und nicht mehr in der Gasse war. Der Raum war nur spärlich beleuchtet. Ich nahm wahr, dass ich, an den Handgelenken gefesselt, an einem Deckenhaken inmitten eines heruntergekommenen großen Kellerraumes hing.

Mit nacktem Oberkörper hing ich am Haken wie ein Schwein im Schlachthof. »Blöder Vergleich«, dachte ich noch im gleichen Moment. Meine Schuhsohlen berührten so gerade noch den Boden und mein Kopf schmerzte unerträglich von dem hinterhältigen Schlag.

Ein Gefühl durchströmte meinen Kopf, so als ob tausend kleine Männchen mit einem Presslufthammer mein Gehirn bearbeiteten. Meine Handgelenke schmerzten genauso unerträglich wie die restlichen Glieder meines gestreckten Körpers. Langsam fing ich an, meine Gedanken zu sortieren und mich mit einem Umfeld vertraut zu machen. Meine Augenlider fühlten sich unglaublich schwer an und mein Schädel brummte heftig.

Direkt vor mir standen die beiden nicht gerade freundlich dreinblickenden Typen aus der Gasse, und ein weiterer stand unmittelbar hinter ihnen.

Freundliche Menschen sahen irgendwie anders aus. Wohl noch nicht bei vollem Bewusstsein, musste ich leicht grinsen. Vermutlich trübten die üblen Kopfschmerzen gerade meinen Blick und meine Wahrnehmung.

»Was gibt es da zu Grinsen?«, sprach mich plötzlich der Anzugtyp an. Er nickte kurz und ein vierter Mann, der wohl schon die ganze Zeit hinter mir gestanden hatte und den ich aus meiner Perspektive nicht sehen konnte, schlug mir sofort mit der Faust kräftig in die Nieren.

Wie vom Blitz getroffen und unter einem lautem Aufstöhnen zuckte ich zusammen. Die Schmerzen rasten durch meinen gesamten durch das Seil gestreckten Körper, von den Handgelenken bis in die Zehenspitzen.

Nachdem ich wieder etwas Luft bekam, fragte mich dieser hässliche Typ nun, ob er jetzt meine volle Aufmerksamkeit hätte. Ich sagte, vermutlich noch immer nicht ganz bei Bewusstsein: »Wenn nicht Sie, wer dann?«, woraufhin ich auch gleich den nächsten Schlag erhielt. Diesmal noch härter.

Ich zuckte noch stärker zusammen und wieder blieb mir für einige Sekunden die Luft weg. Zwischendurch wurde es dunkel vor meinen Augen. Diese feigen Arschlöcher ...

Aber was sollte ich machen? Meine Situation war einfach und auf den Punkt gebracht mehr als bescheiden. Ich musste dringend meine Strategie ändern und beschloss daher, so gut es ging, zu kooperieren. Also fragte ich ihn so freundlich, wie ich es gerade noch herausbekam: »Was kann ich für Sie tun?«

»Ganz einfach«, sprach er in einem fast akzentfreien Deutsch, und das, obwohl er sehr türkisch aussah. Ich sollte ihm verraten, wo ich Winters Erfindung, die echte Greenbox, versteckt hätte.

»Winters Erfindung?«, wiederholte ich seine Worte voller Erstaunen. Wieder bekam ich einen Schlag in die Nierengegend. Noch länger als bei den vorherigen Schlägen blieb mir nun die Luft weg. Unerträgliche Schmerzen durchströmten erneut meinen ganzen Körper. Meine Arme wurden dabei so gestreckt, als ob jemand versuchen würde, sie mir auszureißen.

»Wenn ich hier loskomme«, dachte ich mir, um mir selbst ein wenig Trost und Mut zu machen, »werde ich es ihnen alles heimzahlen«. Wenn ...

Meine Chancen dafür standen im Moment jedoch nicht allzu gut. Im Gegenteil, in mir stieg ein beängstigendes Gefühl auf. Ein Gefühl, das mir sagte, dass ich hier vermutlich nicht mehr lebend herauskommen würde.

Angst vermischte sich nun mit den Schmerzen. Angst führt immer dazu, dass jemand nicht mehr klar denken konnte. Ich versuchte, meine Angst durch Wut zu ersetzen, und konzentrierte mich noch stärker auf meine wirklich miese Situation.

Nachdem ich wieder Luft zum Reden hatte und mir erneut tausend Dinge gleichzeitig durch den Kopf schossen, antwortete ich so ruhig, wie ich nur konnte: »In meiner Bank in Deutschland im Tresor.«

Ich sah, dass mein Peiniger nun äußerst überrascht blickte. Ich hatte ihn anscheinend wirklich verblüfft. Mit dieser Antwort hatte er wohl nicht gerechnet.

Der Anzugtyp wurde nun energischer im Ton und trat dichter an mich heran. Sein Gesicht verzog sich unter seiner Anspannung zu einer fiesen und üblen Fratze. Er stand bestimmt auch unter Druck.

»Warum der Besuch bei Özer, wenn du die Erfindung nicht verkaufen willst?«, schoss es nun aufgebracht aus ihm heraus.

»Verkaufen? Die Erfindung an Özer verkaufen?«, tat ich erstaunt, und das war ich ja auch.

Ich sagte ihm, dass Özer nicht einmal etwas von Winters Erfindung wüsste. Er schaute mich noch finsterer und ernster an und fragte sich vermutlich, ob ich log oder doch die Wahrheit sagte.

Er wurde noch ernster, und erneut spürte ich gleich zwei feste Schläge in meinem Rücken. Wenn das so weiter ginge, hätte mein Physiotherapeut wohl einiges zu tun, um das alles wieder zu richten. Falls ich hier je wieder lebend herauskommen sollte … Die Schmerzen in meinem gesamten Körper wurden noch heftiger.

»Ich habe diese Erfindung nicht dabei, und meine Geschäfte mit Özer beziehen sich nur auf eine Beratung und nichts anderes«, brachte ich unter größter Kraftanstrengung heraus. »Er hat keine Kenntnis von der Box; selbst ich habe erst nach dem

Tod von Winter davon erfahren.« Ich versuchte, meine Worte so überzeugend wie möglich klingen zu lassen. Schließlich war es die Wahrheit.

Eine von vielen Fragen, die nahezu zeitgleich in mir aufstiegen, war natürlich die: Woher wussten diese Typen nur von der Erfindung? Ich selbst habe ja erst kurz nach dem Tod von Horst davon erfahren. Wer wusste außer mir noch von dieser Erfindung?

»Die Erfindung ist in meiner Bank in Deutschland«, wiederholte ich energisch.

Der Raum war nicht gerade hell beleuchtet, aber auch nicht so dunkel, dass ich nicht in seinem Gesicht hätte erkennen können, dass er ernsthaft nachdachte – darüber nachdachte, wie er nun mit der neuen Information umgehen sollte.

Er überlegte sichtlich angestrengt und sagte dann wütend: »Stell eine Bankvollmacht auf meinen Namen aus!«

»Tolle Idee!«, dachte ich.

»Das geht nicht«, erklärte ich ihm so ruhig, wie es mir gerade noch möglich war. »Dieses Schließfach kann nur von mir persönlich geöffnet werden. Wenn ich nicht persönlich erscheine und mich ausweise, wird das Fach nicht geöffnet. Eine Vollmacht kann nur in der Bank ausgestellt werden – und zwar nur dann, wenn beide Personen anwesend sind: der Inhaber des Faches und derjenige, auf den die Vollmacht übertragen werden soll«, erklärte ich ihm.

Dieses System soll mit am sichersten sein; deshalb hatte ich es von Horst übernommen …

Gut, dass ich vor meiner Reise in die Türkei noch die Plastikboxen von Heises Büro in die Bank geschafft hatte, und dies, obwohl mir Heise überzeugend versicherte, dass aus seinem Tresor noch nie etwas verschwunden sei. Bei meinem Besuch sah ich, dass Heise deshalb verstimmt war. Vermutlich sah er dies als eine Art Vertrauensbruch ihm gegenüber an. Gut, dass ich es trotzdem getan hatte! Vielleicht rettete mir dies jetzt mein Leben …

Das Ganze stimmte meine Peiniger nicht unbedingt zufriedener. Laut fluchend zogen sie sich zurück. Vermutlich wollten sie ihre Optionen neu überdenken und planen, wie sie nun weiter vorgehen wollten. Ich hörte eine laute und hitzige Diskussion in einem Nebenraum. Deutlich hörte ich ihre Schritte und aufgeregte Diskussion in türkischer Sprache. Mehrere Personen entfernten sich über eine Treppe.

Einer der Typen kam zurück zu mir in den Raum. Es war der, der die ganze Zeit hinter mir gestanden hatte und dem es sichtlich Freude bereitete, andere zu quälen. Trotz des schwachen Lichtes im Raum konnte ich sein verschlagenes Gesicht nur allzu gut erkennen, als er lässig auf mich zu schritt.

Dieser Typ genoss es sichtlich, Macht über andere Menschen zu besitzen. Dieser Typ war ein Sadist durch und durch. Er kam so dicht an mein Gesicht heran, dass ich seinen widerlichen Mundgeruch nur zu deutlich riechen konnte. Mir wurde übel. Er grinste mich breit an und fragte mich nun unvermittelt, ob mein alter stinkender Kater noch leben würde.

Mit allem hatte ich gerechnet, aber nicht damit!

Diese Worte trafen mich völlig unvorbereitet, und nun wurde mir schlagartig klar, wen ich hier vor mir hatte und in welchem Zusammenhang der Einbruch in mein Haus stand. Ein kalter Schauer lief mir den Rücken herunter. Aber es kam noch schlimmer.

Plötzlich sagte er: »Wie jämmerlich hat Winter doch um das elende Leben seiner Frau gebettelt!« Nun rühmte er sich vor mir und beschrieb mir detailliert, wie Horst mit ansehen musste, wie er Inge die Giftspritze setzte und sie ihre Augen für immer schloss. Und dies, obwohl Horst ihnen zuvor den Safe geöffnet und ihnen die geforderte »Greenbox« ausgehändigt hatte! Geweint und gejammert hätte er, gejammert wie ein kleines Kind. Bis er schließlich eine Kugel von ihm in den Kopf bekam.

Was diese Mörder zum Zeitpunkt ihrer Tat nicht wissen konnten, war, dass Horst ihnen ein Imitat der »Greenbox« ausgehändigt hatte – nichts weiter als eine kleine leere grüne Plastikbox mit ein paar Kabeln daran. Die Konstruktionsunterlagen, die Horst ihnen dazu gab, gehörten zu einem bereits auf dem Markt befindlichen Steuergerät.

Den Tod vor Augen, hatte Horst diese Verbrecher noch ausgetrickst.

Dieses Geständnis traf mich völlig unerwartet und noch wesentlich härter als die Schläge, die ich zuvor einstecken musste. Es traf mich mitten ins Herz und schmerzte tausendfach stärker. Meine Augen wurden feucht …

Wut, Zorn, Verzweiflung und Angst vermischten sich gerade bei mir und stiegen gleichzeitig in mir auf. Nahezu vergessen waren die unerträglichen Schmerzen der Schläge und die Position, in der ich hier gefangen war.

Vermutlich sollte und durfte er mir dies alles gar nicht erzählen. Aber er war nicht gerade der Hellste im Kopf, zum Glück.

Mit dem Zorn, der in mir aufkam, wuchs nun aber auch mein Entschluss, mich hier nicht länger quälen zu lassen. Mir schmerzten die Arme, der Rücken, der Kopf, im Grunde eigentlich alles. Ich überlegte angestrengt, welche Möglichkeiten mir in meiner ausweglosen Situation noch blieben.

Es war nur noch eine Person mit mir im Raum, ein Punkt für mich. Ungewiss war jedoch, wann die anderen zurückkehren würden.

Wenig hilfreich war, dass meine Bewegungsfreiheit so stark eingeschränkt war. Ich blickte erneut hoch zu der Stelle an der Decke, wo das Seil aufgehängt war. Es hing über einen offenen Deckenhaken, und gut vier Meter trennten mich davon.

Ich überlegte angestrengt: Wenn ich alleine im Raum wäre, könnte ich mich doch mit den Händen hochziehen und so befreien. Ich war schließlich nur an den Handgelenken gefesselt, meine Füße und Hände waren immer noch frei. Aber wie sollte ich diesen Kerl aus dem Raum herausbekommen?

Was er mir gerade alles erzählt hatte, ließ nur den einen Schluss zu: Diese Typen würden mich nie lebend gehen lassen. Ganz gleich, was sie mir zusicherten: Am Ende würden sie mich töten. Auch wenn die Situation in Frankreich gefährlich gewesen war, auch wenn René und ich bei der Rettung der Soldaten hätten sterben können – im Moment fühlte ich mich noch wesentlich dichter am Tod.

Ich war alleine und ich wollte nicht in diesem verdreckten Keller sterben. Plötzlich fiel mir einer der letzte Bond-Filme ein. Hatte hier nicht Daniel Craig in einer vergleichbaren Situation seinen Widersacher mit den Beinen in den Schwitzkasten genommen und konnte sich anschließend selbst befreien?

Das eine war der Film, aber das hier war die Realität, und es gab keine Chance, die Szene noch einmal zu drehen.

Noch waren wir alleine. Ich entschloss mich zum Handeln, jetzt oder nie! Ich umklammerte das Seil mit beiden Händen, so fest ich nur konnte, und zog ich mich vom Boden hoch, so hoch, dass ich Spannung in meinen Körper bekam. So ein Mist, was schmerzte der Rücken!

Nicht denken, handeln … »Stopp, halt, Paul! Das funktioniert nicht!«, sagte ich zu mir selbst. Zu stark waren die Schmerzen in meinem Rücken, zu stark die Schmerzen in den Handgelenken. Die Gelenke schmerzten und der Kopf brummte immer noch äußerst heftig.

Es gab keine Chance für mich, so schnell an dem Seil hochzukommen, dass mich dieser Typ dabei nicht aufhalten konnte. Mein Kopf sagte mir zwar, dass mein Plan funktionieren könnte – mein Körper mit all seinen Schmerzen sagte mir jedoch etwas völlig anderes.

Plötzlich und kurz vor meiner Resignation hatte ich eine Eingebung, ich sah eine Alternative …

Als der Typ auf mich zutrat und im richtigen Abstand vor mir stand, hielt ich mich erneut mit den Händen an dem Seil fest, brachte die größtmögliche Spannung in meinen Körper und umklammerte das Seil mit den allerletzten Kräften – den letzten Kräften, die ich noch mobilisieren konnte. Schnell zog ich meine Knie gegen die Brust und stieß die Füße dann blitzartig nach vorn gegen seinen Brustkorb.

Für ihn kam meine Reaktion völlig unerwartet. Zu sicher hatte er sich gefühlt.

Er prallte, wie geplant, durch meinen Tritt hart gegen die hinter ihm befindliche Steinwand. Sein Kopf schlug dabei heftig an. Ich hoffte, dass er wenigstens für einige Minuten das Bewusstsein verlor. Doch urplötzlich färbte sich sein helles Hemd im Brustbereich rot ein. Ich erkannte ein Eisenrohr, das ihm wie eine Lanze aus der Brust ragte. Trotz des schwachen Lichtes konnte ich in seinen weit aufgerissenen Augen das blanke Entsetzen sehen.

Nie hätte er diesen Ausgang für möglich gehalten, geschweige denn kommen sehen. Auch ich war im ersten Moment völlig überrascht von der Wirkung meiner Kraftanstrengung. Damit hatte ich nicht gerechnet.

Er schaute mit weit aufgerissenen Augen zuerst auf das Rohr, das aus seiner Brust ragte, und dann zu mir. Ohne auch nur einen Laut von sich zu geben, sackte er in sich zusammen. Er rührte sich nicht mehr, er war tot. Leblos und aufgespießt hing er an der Wand fest. Sein Blut rann über das Rohr und tropfte auf den Boden; schnell bildete sich dort eine größere Blutlache.

Ich durfte keine Zeit verlieren, und Mitleid hatte ich auf keinen Fall mit ihm. Eigentlich starb dieser Sadist für meinen Geschmack noch viel zu schnell. Schließlich war er für den Tod von zwei Menschen verantwortlich, die mir sehr nahe gestanden hatten und die ich sehr geliebt hatte. Grund genug, nicht nachsichtig mit ihm zu sein.

Er war der erste Mensch, den ich mit meinen eigenen Händen getötet hatte – um korrekt zu bleiben, mit meinen eigenen Füßen. Das Ganze ist bestimmt kein Grund, stolz zu sein.

Aber vermutlich hatte er noch mehr Menschen als nur Inge und Horst auf dem Gewissen. Und wahrscheinlich hatte er schon unzählige Menschen gequält und gefoltert. So versuchte ich jedenfalls für den Moment, meine Tat vor mir selbst zu rechtfertigen.

Ich grübelte nicht weiter nach, sondern zog mich mit meinen freien Händen unter heftigen Schmerzen langsam an dem Seil weiter nach oben. Stück für Stück kämpfte ich mich so dem Deckenhaken entgegen. Ich hoffte nur inständig, dass die anderen Typen nicht zu früh zurückkehrten.

Meine Kräfte ließen um so mehr nach, je dichter ich an mein Ziel, den Haken an der Decke, herankam. Normalerweise wären diese knapp vier Meter kein Problem für mich gewesen. Unter normalen Umständen hätte ich diese Distanz in nur wenigen Sekunden überwunden. In meiner jetzigen körperlichen Verfassung jedoch war der Haken für mich kilometerweit entfernt.

Schweiß drückte sich aus all meinen Poren heraus und kleine Schweißperlen liefen mir von der Stirn in die Augen hinein und reizten diese. Durch festes Schließen und Öffnen der Augenlider versuchte ich, sie wieder herauszudrücken.

Ich mobilisierte meine letzten Kräfte und war nur froh, dass ich recht gut durchtrainiert war. Völlig erschöpft erreichte ich die Decke. Schnell umklammerte ich mit meiner rechten Hand den großen Haken und hob das Seil mit meiner noch freien Hand aus dem Haken heraus.

Vor Erschöpfung ließ ich mich auf den Boden fallen. Meine Kräfte waren am Ende. Mit dem Aufprall auf dem Boden spürte ich die Schmerzen noch deutlicher, noch intensiver als zuvor. Ich fiel in eine kleine Pfütze meines eigenen Schweißes.

Der Dreck vom Boden vermischte sich nun mit meinem Körperschweiß.

So schnell ich konnte, raffte ich mich wieder auf und durchtrennte meine Handfessel mit einem Messer, das ich bei dem Toten fand. Außer dem Messer hatte er auch noch einen Revolver mit ganzen sechs Schuss in der Trommel bei sich.

Der Typ hing immer noch leblos und wie festgenagelt an der Wand. Das Ganze sah in diesem halb dunklen Raum äußerst gespenstisch aus.

Jetzt kam der nächste und vielleicht noch schwierigere Teil: Ich musste an den anderen vorbeikommen und mich in Sicherheit bringen.

Was jedoch war Sicherheit? Die Polizei? Das Hotel? Erkan Özer? Mir war klar, ich musste dringend das Land verlassen. Aber wie sollte ich ohne Papiere ausreisen? Mein Geld und die Papiere lagen ja immer noch im Hotelsafe.

Auf die türkische Justiz hatte ich definitiv keine Lust. Ich wollte hier nicht einen Toten erklären. Nicht in einem Land, wo ein jugendlicher Deutscher, ich glaube, er war gerade einmal sechzehn oder siebzehn Jahre alt, wegen der angeblichen Vergewaltigung einer dreizehnjährigen Britin angeklagt wurde und dafür mehrere Jahre hinter Gittern verschwinden sollte. Zu präsent waren mir noch die Berichte aus den Medien. Auf keinen Fall würde ich hier zur Polizei gehen.

Das Hotel war auch keine Option. Hier würden sie bestimmt als Erstes nach mir suchen. Erkan Özer war eine Option. Jedoch mit dem Risiko, dass auch er in diese Sache verwickelt sein könnte. Ich kannte ihn im Grunde ja gar nicht richtig.

Wem konnte ich noch vertrauen? Mir fiel nur ein Name ein: René!

Eines war jedoch auch klar: Alle diese Typen, mit denen ich es hier zu tun hatte, waren Handlanger: Auch der Typ im Anzug. Die Fäden zogen andere. Aber wer? Erkan Özer? Oder vielleicht dieser Bremer? Bremer hatte schließlich die Winter AG gekauft. Oder steckte noch jemand ganz anderes dahinter? Und wenn ja, wer?

Tausend Fragen quälten mich. Alle Knochen und Muskeln schmerzten, aber jetzt musste ich erst einmal einen Weg finden, um hier heil herauszukommen.

Ich fand bei dem Typen noch einen Motorradschlüssel, ein Handy sowie ein Bündel Fünfzig-Euro-Scheine. Dann machte ich mich auf den Weg in Richtung Treppe – dorthin, wo zuvor auch die anderen Typen verschwunden waren. Alle weiteren Ausgänge waren zugemauert oder führten noch tiefer in das Kellergewölbe hinunter.

Bei jeder Bewegung, die ich machte, schmerzte mir irgendetwas anderes in meinem Körper. Als ich das Erdgeschoss erreichte, wurde das Licht heller. Das erste Licht des Tages schien durch einige kaputte Glasscheiben in das heruntergekommene Treppenhaus hinein. Mir wurde plötzlich klar, dass ich fast die ganze Nacht lang nicht bei Bewusstsein gewesen sein musste.

Ich befand mich in einem alten, verlassenen Fabrikgebäude. Trotz meiner misslichen Lage musste ich lachen. Das Ganze war wie in einem schlechten Film. Wo versteckte man die Geiseln? Natürlich in einem alten, verlassenen Fabrikgebäude.

Das Grinsen verging mir jedoch schlagartig, als ich draußen

Stimmen hörte. Schlimmer noch, die Stimmen kamen immer näher – in meine Richtung. Mein Adrenalinspiegel konnte nicht mehr steigen, mehr war nicht möglich – er war bereits am Anschlag.

Ich dachte an Inge und Horst. Ich dachte an Mr Spock, wie er so schwer verletzt auf dem OP-Tisch gelegen hatte. Dann stürmte ich auch schon wütend und aufgebracht durch die verrostete Gebäudetür. Ich riss die Tür auf und schoss mit dem Revolver, ohne weiter nachzudenken und rasend vor Wut auf den ersten der Männer, der sich mir in den Weg stellte.

Es waren die beiden Typen, die auch schon zuvor mit in dem Keller waren. Beide waren so um die vierzig Jahre alt. Sie blickten völlig überrascht und erschrocken drein, als sie mich durch die Tür stürmen sahen. Ihr überraschter Gesichtsausdruck verriet mir, dass sie mit allem gerechnet hätten, aber nicht mit mir. Ich war total verschwitzt und dreckverschmiert – eigentlich hätten sie schon allein durch meinen bloßen Anblick tot umfallen müssen.

Ich ließ beiden keine Zeit, um zu reagieren. Den Ersten traf ich mit einer Kugel in den Oberkörper.

Der Zweite wollte noch zu seiner Waffe am Gürtel greifen, als ich auch ihn mit einem weiteren Schuss in die Brust traf. Beide fielen wie vom Blitz getroffen zu Boden.

Aufgewühlt, heftig atmend und völlig in Rage schoss ich beiden noch je eine Kugel in den Kopf. Ich war außer mir, meine ganze aufgestaute Wut und Angst mussten raus. Alles entlud sich in diesem einen Moment.

Völlig erschöpft sank ich auf meine Knie. Immer noch war ich mit einer Art »Schnappatmung« belegt. Keuchend hockte ich so neben den beiden Toten.

Ich versuchte nun tief ein- und auszuatmen, so wie nach einem Marathon, um meinen Puls möglichst schnell wieder unter Kontrolle zu bekommen.

Sicher waren die beiden schon von der ersten Kugel tödlich getroffen. Aber mit der zweiten Kugel in den Kopf war ich mir hundertprozentig sicher. Das mit dem Kopfschuss hatte ich einmal in einem Film gesehen – nach dem Motto »Lass deine Feinde, die dich töten wollen, bloß nicht am Leben. Eines Tages finden sie dich, und dann werden sie sich bitterlich an dir rächen«.

Da sollte mal einer sagen, aus Filmen könnte man nichts lernen! Diese drei finden mich nicht mehr. Aber auch dies löste mein aktuelles Problem zunächst nur wieder zum Teil.

Ich wunderte mich so langsam gar nicht mehr über mich selbst. Wenn erst einmal eine Grenze überschritten war, der Hormonspiegel verrückt spielte und das ganze Adrenalin sich im Körper verteilt hatte, reagierte man nicht mehr rational und normal.

Aber was war in letzter Zeit schon normal? Der IS in Frankreich, Tod und Mord in Deutschland, meine Entführung in der Türkei …

Ich redete mir immer wieder ein, dass nicht ich es war, der angefangen hatte, und dass es hier nur hieß: »Die oder ich.« Und das »Ich« war mir definitiv wesentlich näher und viel lieber als das »Die«.

Ich drehte mich um und sah keine weiteren Personen mehr. Der Anzugträger war vermutlich weggefahren, um sich mit seinem Boss zu beratschlagen und neue Instruktionen abzuholen.

Ich schaute auf das Handydisplay und sah, dass es hier keinen Netzempfang gab. Manchmal auch etwas Gutes, so ein abgelegener Ort. Hätte der Anzugtyp ein Netz gehabt, wäre er vermutlich geblieben. Ob ich dann eine solche Fluchtmöglichkeit erhalten hätte, war fraglich. Bis jetzt hatte ich jedenfalls unglaubliches Glück gehabt. Ich hoffte inständig, dass dies auch weiterhin so blieb. Aber noch war ich nicht in Sicherheit.

Ich sah das Motorrad, zu dem der Schlüssel gehörte. Es stand nicht weit entfernt an eine Wand angelehnt – eine Harley, irgendwie passend für den Typen …

Ich drückte den E-Starter, und sie sprang sofort mit dem Harley-klassischen Sound an. Schnell fuhr ich los – erst einmal weg von hier, nur weg! An einem sicheren Ort wollte ich mich erst einmal in Ruhe sammeln und mich orientieren.

Ich fuhr einige Kilometer und sah dann die ersten Häuser einer Ortschaft, dann ein Schild »Maslak«, noch fünfzehn Kilometer.

Ich fuhr einfach in diese Richtung weiter in der Hoffnung, keinem zu begegnen, der das Motorrad oder mich erkannte.

Ich hatte mir einen Jethelm aufgesetzt, den ich am Motorrad gefunden hatte, und ein Tuch über Nase und Mund gezogen. Auch die Jacke, die ebenfalls an dem Motorrad hing, hatte ich mir übergezogen. Schließlich konnte ich ja nicht mit nacktem Oberkörper auf einem Motorrad durch die Türkei fahren.

Eigentlich mochte ich dieses Land und die Leute sehr. Schon zweimal war ich hier im Urlaub gewesen und hatte die herzliche Gastfreundschaft der Menschen kennen und lieben gelernt. Einmal ein Badeurlaub mit Sabine in Marmaris und einmal eine Motorradrundreise bis zur Grenze nach Armenien.

Jetzt aber wollte ich nur heil wieder hier heraus!

Als ich in Maslak ankam, fuhr ich in eine ruhige Seitenstraße, nahm das Handy und hatte Gott sei Dank ein Netz. Ich rief René an und erklärte ihm in der Kurzversion meine Lage.

Während der Fahrt hatte ich mir einen Plan überlegt …

René sollte eine Privatmaschine organisieren, nach Istanbul fliegen und dem Piloten seinen Pass geben, damit mich dieser dann im Bereich der Privatflieger abholen konnte. Mit Renés Pass würde ich versuchen, durch die Kontrolle zu gelangen. Der Vorteil der Privatmaschinenabfertigung war der, dass die Kontrollen hier wesentlich lockerer waren.

Zum Glück unterhielt die Gesellschaft, bei der ich Flugstunden nahm, auch eine Fluglinie mit kleineren Learjets. Ein Stützpunkt der Flotte lag in Frankreich. Ich gab René den Namen der Fluggesellschaft durch, die Telefonnummern für Frankreich konnte er sich via Internet und »Google sei Dank« heraussuchen.

Wenn alles gut ging, konnte er in vier bis fünf Stunden in Istanbul landen. In der Zwischenzeit würde ich über Nebenstrecken zum Flughafen fahren, um dann hoffentlich zeitgleich mit René einzutreffen.

Auf der nächsten größeren Tankstelle besorgte ich mir eine Straßenkarte, tankte die Maschine voll, kaufte noch einen Schokoriegel und eine Flasche Mineralwasser.

Etwas erstaunt blickte mich der Tankwart beim Bezahlen an.

Als ich mich in der spiegelnden Ausgangstür sah, wusste ich warum: Meine Haare waren ganz fettig und verklebt. Im Gesicht hatte ich Dreck und Blut, und meine Hose war völlig verschmutzt. Ich sah aus wie ein Verbrecher auf der Flucht.

Irgendwie fühlte ich mich auch so – wie jemand, der auf der Flucht war. Mir fiel spontan Harrison Ford ein – in dem Film »Dr. Kimble auf der Flucht«.

Mir war klar, dass ich so auf keinen Fall durch die Passkontrolle kommen würde. Ich ging noch rasch auf die Toilette der Tankstelle und wusch mir erst einmal den gröbsten Dreck aus dem Gesicht. Der Rest musste warten.

Kurz bevor ich den Flughafen nach einer fast dreistündigen Motorradfahrt über Nebenstrecken erreichte, hielt ich an einem größeren Kaufhaus an. Ich war nur froh, dass ich daran gedacht hatte, dem Typen noch das Geld aus der Tasche zu nehmen, sonst wäre ich jetzt aufgeschmissen gewesen. Wenn ich etwas hätte klauen müssen, wäre das Risiko für mich, dabei erwischt zu werden, einfach viel zu groß gewesen. Schließlich habe ich im Stehlen keine Erfahrung.

Schnell fand ich in dem recht großen Warenhaus die richtige Kleidung. Ich kaufte einen dunklen Anzug und ein weißes Hemd, die passenden Schuhe, eine Krawatte und eine schwarze Aktentasche. Als ich mich vor dem Spiegel sah, fiel mir auch prompt wieder ein Spruch meiner Oma ein: »Kleider machen Leute«. Recht hatte sie – wie immer!

Nun sah ich nicht mehr wie ein Verbrecher auf der Flucht aus, sondern wie ein seriöser Geschäftsmann auf einem Businesstrip.

Nun noch etwas Gel für die Haare, Seife sowie Make-up zur Gesichtsbräunung. Schließlich war René ein wesentlich dunklerer Typ als ich. Ich packte alle Sachen, nachdem ich bezahlt hatte, rasch in den ebenfalls gekauften Rucksack und fuhr weiter zum Flughafen.

Schon aus einiger Entfernung konnte ich beobachten, wie die Flugzeuge vom Meer her einschwebten und zur Landung ansetzten. Je näher ich dem Flughafen kam, umso dichter und unübersichtlicher wurde der Straßenverkehr.

Im Flughafengebiet bog ich in Richtung der Privatfliegerabfertigung ab. Das Motorrad versteckte ich zwischen einer Häuserwand und einem Container.

Gerade, als ich mich zu einem der Servicegebäude aufmachen wollte, klingelte plötzlich das Handy. Ich sah im Display eine mir unbekannte Nummer und nahm den Anruf an.

Eine mir bekannte Stimme meldete sich mit leicht ironischem Unterton: »Nicht schlecht, mein lieber Paul, nicht schlecht, gleich drei meiner besten Männer zu töten, Respekt!« Es war die Stimme des Anzugtyps aus dem Keller.

Nachdem ich mich wieder gesammelt hatte, antwortete ich respektlos und mit kräftiger Stimme: »Wenn das deine besten waren – was glaubst du, mache ich mit den anderen!«

Seine Stimme änderte sich schlagartig im Ton, und er wurde ernster und lauter. Mit Nachdruck forderte er mich auf, dass wir uns im Hotel treffen sollten. »Wie blöd muss man denn sein?«, sagte ich und legte auf.

Schnell schritt ich ins Flughafengebäude und gelangte, ohne auf weitere Personen zu stoßen, unentdeckt in einen Toilettenraum. In diesem Raum hielten sich zum Glück keine weiteren Personen auf, und so reinigte ich mich gründlich, so gut es halt ohne Dusche möglich war, und stylte mich ungestört zum Geschäftsmann um. Mit Haargel und dem Make-up veränderte ich mein Aussehen so, dass ich nach ungefähr zwanzig Minuten mit viel Fantasie fast wie René aussah, aber eben nur fast – der Rest war Risiko.

Als ich meine neue Kleidung anhatte – und ich achtete peinlichst darauf, kein Preisschild zu übersehen –, packte ich meine alten Kleider, die Pistole und das Messer in den Rucksack. Zuvor hatte ich sorgsam alle Fingerabdrücke von der Pistole und den übrigen Gegenständen entfernt.

Das Gebäude verließ ich, ohne aufzufallen, auf dem gleichen Weg, wie ich hineingelangt war. Dort, wo ich zuvor das Motorrad versteckt hatte, befanden sich auch die Abfallcontainer. Hier entsorgte ich den Rucksack und schritt nun zügig als Geschäftsmann in die Abfertigungshalle der Privatflieger, diesmal jedoch durch den Haupteingang.

Nach weiteren zehn Minuten klingelte mein Handy erneut. Diesmal erkannte ich die Nummer – es war René. Er teilte mir mit, dass er gerade gelandet wäre und dass der Pilot in wenigen Minuten in die Abfertigungshalle käme, um mich abzuholen. Bis jetzt lief alles wie geplant. »Perfektes Timing«, dachte ich und legte auf.

Nach weiteren acht Minuten erschien der Pilot in der kleinen Empfangshalle. Er kam direkt auf mich zu, streckte mir zur Begrüßung die Hand entgegen, kam dicht an mich heran und gab mir unauffällig mit der anderen Hand Renés Pass. Wir kannten uns ja nicht, und so wunderte ich mich im ersten Moment ein wenig darüber, dass er so zielstrebig auf mich zuschritt. Zuerst glaubte ich noch, es wäre mein perfektes Umstyling in René gewesen; später stellte sich jedoch zu meiner Ernüchterung heraus, dass René ihm einfach nur ein Foto von mir gezeigt hatte. Keiner der Umstehenden hatte etwas bemerkt; alle waren mit anderen Dingen beschäftigt. Eine ganz normale Situation: Ein Pilot holte seinen Kunden ab.

Jetzt kam der spannendste Teil meines Plans. Ich wusste: Wenn die Beamten gründlich kontrollieren würden, hätte ich keine Chance. Ich spekulierte auf die südländische Gelassenheit.

Der Pilot führte mich zur Passkontrolle, legte seine Flugpapiere vor und teilte dem Beamten mit, dass ich sein Fluggast sei, den er bereits vor zwei Tagen nach Istanbul geflogen hätte. Ich legte Renés Pass vor, der Beamte blätterte lustlos die Seiten um, schaute flüchtig auf das Foto, auf mich und winkte uns durch.

Geschafft!

Jetzt schnell in den Flieger und nichts wie weg hier. Wir gingen recht zügig, aber auch nicht zu schnell, zu einem Learjet, der unweit des Gebäudes stand. Ich war nur froh, dass der Pilot diskret und verschwiegen war. Er stellte mir überhaupt keine Fragen, und wir erreichten bald die Maschine.

Der Pilot ging gleich ins Cockpit und machte die Maschine wieder startklar. Ich war erleichtert, als ich in der Kabine René sah. Voller Freude umarmte ich ihn. Langsam spürte ich, wie die

Anspannung aus meinem Körper wich. Nur die Schmerzen blieben.

Nachdem ich die SIM-Karte aus dem Handy herausgenommen hatte, erzählte ich René die Einzelheiten meines Türkeiaufenthaltes. Mir wurde wieder einmal bewusst, wie viel Glück ich gehabt hatte und wie froh ich war, einen solchen Freund zu haben.

Nach knapp vier Stunden Flugzeit landeten wir in Marseille. Hier konnten wir den Flughafen ohne weitere Kontrollen verlassen und fuhren mit dem geliehenen Wagen eines Freundes von René nach Lyon. Selbst wenn es jemand schaffen sollte, meine Spur bis Marseille zurückzuverfolgen, so würde er sie jedoch spätestens hier verlieren.

Als wir Renés Haus erreichten und ich den Flur betrat, stürmte auch schon Ines auf mich zu und drückte mich so fest, dass ich meinen Rücken wieder deutlich spürte. Egal, das war diese Umarmung wert!

Sie spürte, dass ich kurz zusammengezuckt war, und fragte nach. Ich erklärte ihr nur kurz, was mit meinem Rücken passiert war. Sie küsste mich daraufhin leicht auf den Mund, etwas, was sie bisher noch nie gemacht hatte. Wir waren noch nicht über den freundschaftlichen Wangenkuss hinausgekommen.

Als Ines dicht bei mir war, registrierte ich den verführerischen Duft des Parfüms, das ich ihr in Grasse gekauft hatte – der Duft nach Vanille. Ich bekam sofort eine Gänsehaut.

Aus der Küche vernahm ich einen weiteren Duft, den Geruch von frisch aufgebrühtem Kaffee und von Croissants, die gerade aus dem Ofen kamen. Ich liebte die selbst gemachten Croissants von Ines; wenn ich ehrlich war: Ich liebte Ines!

Am Abend erzählte ich ihr etwas ausführlicher, was mir in der Türkei passiert war, nur die drei Toten ließ ich bei meiner Schilderung weg. Aus meiner Sicht reichte es völlig aus, dass ich und jetzt auch René damit klarkommen mussten.

Schon während des Rückfluges bestärkte mich René darin, dass ich überhaupt keine andere Wahl gehabt hätte. Hatte ich nicht? Hätte ich den Typen vielleicht nur ins Bein schießen sollen? Hätte, hätte … Ich hatte zum Zeitpunkt meiner Entscheidung anders entschieden und musste nun damit klarkommen.

Nachdem ich das sehr leckere Essen, das Ines extra für mich auf den Tisch gezaubert hatte, genüsslich und viel zu schnell in mich hineingeschlungen hatte, bekam ich auch gleich schon ein schlechtes Gewissen. Sie hatte sich solche Mühe mit dem Essen gemacht und ich verschlang es so gierig und schnell. Ines schien es aber sichtlich zu gefallen, wie mir ihr Essen schmeckte. Sie lächelte mich zufrieden an.

Nach dem dritten Glas Wein merkte ich dann doch, wie meine Augenlider immer schwerer wurden. Ich stand auf und bedankte mich mit einem leichten Kuss auf ihre Wange für das schmackhafte Essen. Dann zog ich mich ins Gästezimmer zurück und fiel wie ein Stein ins Bett. Nicht einmal meine Prellungen und Schürfwunden spürte ich noch. Mit Sicherheit lag dies auch an der liebevollen Verarztung durch Ines. Ich dachte an ihr zauberhaftes Lächeln und schlief zufrieden ein.

Am nächsten Morgen wurde ich von Otto, Renés Hund, sehr unsanft geweckt. Er stürmte mit einem lauten Bellen ins Zimmer, sprang mit einem Satz ins Bett und steckte mir unvermittelt seine feuchte Schnauze laut schmatzend in mein Ohr. Ich war sofort hellwach.

Nie wieder würde ich mich über das unsanfte Wecken durch Mr Spock beschweren – nun wusste ich: Es kann immer noch schlimmer kommen.

Nachdem ich nun wach war, genoss ich eine erfrischende Dusche und machte mich in Boxer-Shorts und einem T-Shirt bekleidet auf zur Terrasse, wo bereits Ines und Rene beim Frühstück saßen.

Als ich mich zu ihnen setzte, lachten mich beide an. René tätschelte Ottos Kopf und lobte ihn für seine erfolgreiche Weckaktion.

Jetzt hier, zusammen mit Ines und Rene im Garten auf der Terrasse, erschien mir das vor nur wenigen Stunden Erlebte wie ein böser Traum. Einzig meine Schmerzen sagten mir deutlich, dass es real gewesen war.

Ich genoss das gemeinsame Frühstück, und nachdem sich Ines zum Einkauf verabschiedet hatte, besprach ich mit René, wie wir nun weiter vorgehen sollten, um die Hintermänner des Mordes von Inge und Horst zu ermitteln. Denn eines war mir nun klar geworden: Verstecken wollte ich mich nicht, und sich nur auf die Polizei zu verlassen, war auch keine vielversprechende Option.

Ich wollte auf keinen Fall für den Rest meines Lebens in der ständigen Angst leben, irgendwann wieder eins über den Kopf zu bekommen, und das Gefühl mit mir herumschleppen, ständig verfolgt zu werden.

Inge und Horst wurden von Auftragsmördern umgebracht, auch wenn Hauptkommissar Braun immer noch von einem Selbstmord ausging. Ich kannte nun die Wahrheit. Nur konnte ich mir noch nicht erklären, wer hinter all dem steckte. Der einzig mögliche Ansatz, den ich im Augenblick sah, war Bremer in Düsseldorf oder Erkan Özer in der Türkei.

Für mich stand jedoch auch fest, dass ich fürs Erste nicht wieder in die Türkei reisen wollte. Ich wollte mich erst einmal auf Bremer in Düsseldorf konzentrieren. Seine Fragen und die intensive Art, wie er mich in unserem Gespräch angeschaut hatte … eigentlich hätte mir sofort auffallen müssen, dass er irgendetwas zu verbergen hatte.

Und was für ein merkwürdiger Zufall: Ausgerechnet, als ich mit ihm einen Termin hatte, wurde bei mir eingebrochen und Mr Spock übel zugerichtet. An Zufälle glaubte ich so langsam nicht mehr – zu viel war in der letzten Zeit passiert.

René musste für ein paar Tage nach Bordeaux fahren, um sich um seine eigenen Geschäfte zu kümmern. Ich beschloss, noch einige Tage zur Erholung meines ramponierten Körpers in Renés Haus zu verbringen. Gegen Mittag fuhr René ab und nahm zum Glück Otto mit.

Für den heutigen Abend hatte ich als kleine Überraschung einen Tisch in einem Restaurant für Ines und mich reserviert. Das »Archange« war ein kleines gemütliches Restaurant mit einer exzellenten Küche im Zentrum von Lyon.

Gegen achtzehn Uhr fuhren wir mit Ines' Wagen, einem älteren Land Rover Discovery, der seine besten Tage bereits hinter sich hatte, in die Rue Hippolyte Flandrin. Wir hatten Glück und konnten gleich dicht am Restaurant parken.

Ines hatte sich über die Einladung sehr gefreut, meinte jedoch, dass sie auch gern wieder für mich gekocht hätte. Nur über die Essenszeiten wunderte sie sich – trotz eines Schüleraustauschjahres in Deutschland – immer noch. Sie musste herzhaft lachen, als ich ihr erklärte: »Wir fangen in Deutschland nicht um einundzwanzig Uhr mit dem Essen an, sondern sind dann schon fertig.« Lächelnd schüttelte sie den Kopf und sagte: »Ihr Deutschen seid schon wirklich komisch!« Was für ein Lächeln!

Wir gingen ins Restaurant und waren neben einem älteren Ehepaar die einzigen Gäste. Ines lachte noch und sagte: »Vermutlich auch Deutsche ...«

Wir genossen das Essen und den Wein und hatten eine fröhliche und beschwingte Unterhaltung über »Gott und die Welt« – genau das Richtige, was ich im Moment brauchte, um das gerade Erlebte zu verdrängen.

Ich hatte immer noch ein flaues und unangenehmes Gefühl im Magen wegen der drei Menschen, die ich getötet hatte – eine Tatsache, die mich nun für den Rest meines Lebens begleiten würde; eine Tatsache, die sich jedoch auch nicht mehr ändern ließ.

Als wir nach gut drei Stunden wieder bei Renés Haus ankamen, genossen wir auf der Terrasse einen Pastis. Es war ein schöner, warmer und sternenklarer Frühsommerabend. Ich zog mir spontan die Schuhe aus, warf mein T-Shirt auf den Stuhl und rannte zum Pool. Am Rand zog ich noch schnell meine Jeans aus und sprang mit einem Satz und nur noch mit meinen Boxershorts bekleidet ins Wasser.

Die Unterwasserstrahler erhellten den Pool und ließen das Wasser stimmungsvoll türkisblau erstrahlen.

Ines kam langsam hinter mir her, zog sich ihr leichtes Sommerkleid über den Kopf, öffnete ihren BH, zog ihren Slip aus und sprang völlig nackt zu mir in das angenehm warme Wasser.

Renés Garten war glücklicherweise nicht einsehbar. Eine fast drei Meter hohe Bambushecke hielt neugierige Blicke der Nachbarn fern. Ich schwamm sofort auf Ines zu und konnte meine Gefühle nicht länger zurückhalten: Wir küssten uns leidenschaftlich.

Sie umklammerte mich sofort mit ihren Beinen und ich war nur froh, dass ich im Pool stehen konnte.

Für einen kurzen Moment löste sie ihre Umklammerung und zog mir dann rasch meine Boxershorts aus. Erneut und noch enger umklammerte sie mich nun mit ihren Beinen. Wir küssten uns voller Leidenschaft und Hingabe so intensiv, dass mir fast schwarz vor Augen wurde.

Vergessen waren meine Sorgen, Schmerzen und Prellungen.

Die Küsse verfehlten ihre Wirkung nicht. Sanft drang ich in Ines ein und vernahm dabei einen erregten und zustimmenden Seufzer an meinem Ohr. Tief ließ sie mich in ihren Schoß gleiten. Rhythmisch bewegten wir uns weiter, so als ob nur für uns eine Liebesmelodie gespielt wurde. Das Wasser erzeugte kleine Wellen, die um uns herum Kreise bildeten.

Zu lange hatten wir beide unsere Gefühle füreinander unterdrückt. Zu lange nur voneinander geträumt. Nun entlud sich unser jahrelanges Verlangen in dieser einen Nacht – ein Verlangen nach dieser innigen Vereinigung. Alles um uns herum ignorierten wir in diesem Moment, es gab keine Sorgen, keine Probleme. Es gab in diesem Moment nur uns.

Als wir am nächsten Morgen gemeinsam im viel zu engen Gästebett erwachten, hatte ich meine Nase immer noch tief in ihre Haare vergraben. Ich sog ihren wohlriechenden Duft in mich ein. Ines drehte den Kopf auf meiner nackten Brust, lächelte mich an und wir küssten uns erneut voller Leidenschaft.

Ines stand auf und hüpfte vergnügt unter die Dusche. Ihre muntere Art machte einfach Spaß. Sie war kein Morgenmuffel, sie war keine Zicke. Sie hatte so gut wie nie schlechte Laune. Selbst wenn das Wetter noch so verregnet war und ich selbst schon kurz vor einer Depression stand, hatte Ines immer eine gleichbleibend gute Laune.

Sie duschte und summte dabei eine Melodie, die ich nicht kannte. Nachdem ich mich und meinen immer noch schmerzenden Körper im Bett gestreckt und sortiert hatte, sprang ich mit unter die Dusche. Wir seiften uns gegenseitig ein und küssten uns.

Für mehr als Küssen reichte es jedoch nicht mehr; zu wenig Schlaf hatte ich in der letzten Nacht bekommen.

Als ich noch beim Rasieren war, vernahm ich auch schon wieder den wohlriechenden Duft von frisch aufgebrühtem Kaffee. Wir frühstückten auf der Terrasse und genossen den schönen Morgen. Ines erzählte mir nun von ihrer Trennung und dass es mit ihrem Mann schon seit gut zwei Jahren nicht mehr richtig funktionierte.

Ihr Mann war vor einem Jahr in eine andere Stadt gezogen, angeblich wegen seines neuen Jobs. Seitdem hatten sie, mehr schlecht als recht, eine Wochenendbeziehung geführt. Vor vier Monaten hatte Ines ihn spontan besucht und dabei entdeckt, dass er wohl schon länger eine Affäre mit seiner dortigen Vorgesetzten hatte.

Auch sprachen wir noch über unser erstes Treffen in Düsseldorf, über unsere unterdrückten Gefühle und wie blöd man doch eigentlich ist, diese so lange zu ignorieren. Wir lachten uns an und ich war so glücklich wie nie zuvor.

Nach dem Frühstück telefonierte ich noch mit meinem Nachbarn und erkundigte mich nach Mr Spock. Ausführlich schilderte er mir, wie gut es ihm ging und welchen Blödsinn er in der Zwischenzeit schon wieder angestellt hatte.

Seine Wunden waren gut verheilt, und dies, obwohl er immer wieder versucht hatte, sich an der Operationsnarbe zu lecken. Um dies jedoch zu verhindern, so sagte mir mein Nachbar, hätten sie einen Katzenbody gekauft. Ich fragte nach: »Einen Katzenbody?« Mein Nachbar versprach, mir sofort ein Foto auf mein Handy zu schicken.

Eine Minute später summte dieses und ich öffnete die Whats-App mit Anhang. Das beigefügte Foto zeigte einen ziemlich angesäuert dreinblickenden Kater. Er steckte mit seinem recht voluminösen Körper in einem viel zu eng wirkenden, grauen

Katzenbody. Auf der rechten Seite des wie ein Strampelanzug wirkenden Bodys war sogar ein kleines Fellherz aufgenäht.

In diesem Body sah er völlig albern aus, und obwohl mir mein Rücken immer noch schmerzte, musste ich mich vor Lachen krümmen. Aus dem Body ragten der Kopf mit den großen Ohren, die vier Pfoten und sein viel zu langes Schwänzchen hervor. Ich zeigte das Bild Ines, und auch sie konnte sich vor Lachen kaum noch halten. »Ihr Deutschen seid schon wirklich verrückt«, sagte sie und verschwand lachend in Richtung Haus.

Zwei Tage waren seit meiner hastigen Ausreise aus der Türkei bereits vergangen und alles war ruhig, auffallend ruhig. Ich durchsuchte regelmäßig das Internet nach entsprechenden Hinweisen und Meldungen. Es gab jedoch nirgends eine Meldung über die Toten in der Türkei.

Die Sache mit Özer hatte mir auch keine Ruhe gelassen, sodass ich ihn auch gleich, am Tag nach meiner reichlich überstürzten Abreise anrief. Er war am anderen Ende der Leitung sehr aufgebracht und schien glaubwürdig verärgert, über mein plötzliches Verschwinden zu sein. Schließlich hatte er mir ja nicht ohne Grund einen Auftrag erteilt.

Seiner Reaktion nach zu urteilen, glaubte ich nicht länger, dass er irgendetwas mit meiner Entführung zu tun hatte. Ich entschuldigte mich aufrichtig und schilderte ihm die Umstände meiner Entführung. Alle Details schilderte ich ihm verständlicherweise nicht. Ich beließ es bei der Geschichte von Erpressern, die Geld aus einem Erbe wollten. Die »Greenbox« erwähnte ich nicht.

Ich gab ihm noch die Kontaktdaten eines Beraterkollegen, der bei seinem Problem ebenso gut weiterhelfen konnte wie ich. Mit diesem besagten Kollegen arbeitete ich schon seit mehreren Jahren eng zusammen. In unserem kleinen Netzwerk vermittelten wir uns, wenn nötig, gegenseitig die Aufträge.

Ich bat Özer noch, sich um meine Sachen im Hotel zu kümmern, und bat ihn, mir diese an meine Wuppertaler Adresse zu senden. Er versprach, sich darum zu kümmern.

Zu schade – in diesem tollen Hotel hätte ich gern einmal ein paar Nächte verbracht.

Nach dem Telefonat war ich sehr erleichtert; zu sympathisch war mir diese Familie. Ich wäre tief enttäuscht gewesen, wenn er in diese Sache verwickelt, oder noch schlimmer: der Drahtzieher des Ganzen gewesen wäre.

ÜBERNAHME DER WINTER AG

Da die Verträge nach dem Tod von Horst bereits rechtsgültig waren, war Bremer nun der neue Eigentümer der Winter AG. Seine Tochter Sabrina führte die Geschäfte, und im Unternehmen lief alles wie gewohnt reibungslos weiter. Nur Frau Lieder tat sich immer noch schwer mit ihrer neuen Chefin und überlegte ernsthaft, ob sie das Unternehmen verlassen sollte.

Malte Steinberg suchte im Auftrag seines Landesvorsitzenden immer noch fieberhaft nach Horsts Geheimlabor. Seit Tagen streifte er durch das gesamte Unternehmen – bisher jedoch vergebens. Er studierte die Baupläne gründlich, konnte jedoch nirgends einen Hinweis auf das Labor entdecken. Je länger es dauerte, desto größer wurde der Druck auf ihn. Und dieser Druck, so hatte man ihm zu verstehen gegeben, kam dieses Mal von ganz oben.

Bremer wusste nichts von der wahren Identität seiner Assistentin, nichts von ihren Plänen, nichts von den Neigungen seiner Sekretärin und dass ausgerechnet sie seiner neuen Assistentin hörig war.

Das erste Mal in seinem Leben hatte er Spione im eigenen Unternehmen, die »Chinamethode« hatte auch ihn eingeholt. Auch wusste Bremer nicht, dass seine vermeintliche Assistentin bereits einen eigenen Maulwurf in die Winter AG eingeschleust hatte, der – wie Steinberg – bereits auf der Suche nach der Greenbox war.

Es hatte nicht lange gedauert und Andrea hatte genau die Dinge in Erfahrung gebracht, die für Lee wichtig waren. So hatte Andrea ein persönliches Gespräch zwischen der »Spinne« und Bremer belauscht, in dem der Name der Winter AG gefallen war und Bremer sich lautstark über einen gewissen Malte Steinberg geärgert hatte. Er wollte endlich einen Erfolg sehen, schrie Bremer förmlich in den Hörer.

Winter selbst konnte er nicht mehr befragen; dieser hatte sich ja zusammen mit seiner Frau selbst umgebracht, so wurde es ihm zumindest von seiner zuverlässigen Quelle aus dem zuständigen Polizeirevier berichtet.

Seit Wochen war Steinberg nun schon auf der Suche nach Winters Erfindung und kam dabei keinen Schritt weiter.

Aber Bremer lief die Zeit davon ... Seine Tochter wurde gestern entführt und die Entführer forderten zum Austausch Winters Erfindung. Wie sollte er seine Tochter nur auslösen? Er hatte diese Erfindung ja noch nicht einmal...

Bremer rief seine Sekretärin zu sich ins Büro. »Sagen Sie all meine Termine für heute Nachmittag ab!«, wies er sie streng und gereizt an. Er sah nur noch eine Möglichkeit, seine Tochter aus den Händen ihrer Entführer zu befreien.

Als Steffen Freitag, der Leiter des Gebäudemanagements der Winter AG, spät am Abend nach einer erneuten und erfolglosen Suche das Firmengelände verließ, verfolgten ihn bereits zwei unscheinbare Schatten. An seiner Wohnungstür überraschten sie ihn und betäubten ihn mit einem in Chloroform getränkten Tuch. Innerhalb nur weniger Sekunden sackte Freitag bewusstlos zusammen.

Zwei Stunden später erwachte er, nackt auf einer Holzstange sitzend, gefesselt. Die Stange selbst war gut einen Meter und fünfzig über dem Boden angebracht, wobei die Fesselung so geschickt durchgeführt worden war, dass er sich nicht bewegen konnte. Beide Hände waren mit an der Stange festgebunden. Die aus Brasilien stammende Foltermethode wurde in Fachkreisen »Papageienschaukel« genannt.

Nach recht kurzer Zeit verlor Freitag den Halt und hing nun mit dem Kopf nach unten im Raum, immer noch mit seinem nackten Hintern an der Stange festgebunden.

Was er wegen seiner verbundenen Augen nicht sehen konnte, war, dass Lee sich ihm, mit einem eleganten Seidenkleid und Latexhandschuhen bekleidet, näherte. Durch seinen Mundknebel drangen nur unverständliche Laute heraus.

Lee Wu war mehr als verärgert, nicht nur, dass Bremer ihr Schwierigkeiten bereitete, nein, nun hatten diese Dilettanten auch noch Winter und seine Frau getötet, ohne zuvor die Echtheit der »Greenbox« zu prüfen.

Was sie ihr gebracht hatten, war nur eine billige Kopie. Nichts weiter als eine leere grüne Plastikbox hatten sie ihr zu überreichen gewagt. Und um das Ganze noch zu krönen, ließen sich diese Amateure auch noch von diesem Paul Stern in der Türkei umbringen. Nun jedoch hatte sie sich für Bremer und auch für Stern etwas einfallen lassen. Von einem der beiden würde sie die »Greenbox« schon erhalten

Um ihre Verärgerung zu lindern, hatte sie sich heute erst einmal Steffen Freitag bringen lassen. An ihm wollte sie nun ihren Frust auslassen – sich ihre Form der Befriedigung gönnen.

Hinter Freitag stehend, holte sie mit einer kurzen Strafpeitsche zum Schlag aus; ohne Unterbrechung schlug sie wütend und fest fast zwanzig Mal auf seinen nackten Hintern ein.

Als sie unter Freitags Gewimmer und Gestöhne ihre Züchtigung stoppte, stand ihr wahre Freude in ihr sonst so emotionsloses Gesicht geschrieben. Das war ihre Leidenschaft, ihre Berufung. Sie liebte es, andere Menschen zu quälen, ihre Macht auszuleben. Jeder in ihrem Umfeld gehorchte, jeder diente ihr.

Freitags Hintern war nun gerötet, und aus einigen Striemen lief bereits Blut aus der aufgerissenen Haut heraus. Sie sprach leise und ohne Emotion in der Stimme: »Steffen, mein lieber Steffen.« Freitag wusste, wer hinter ihm stand.

»Ich dulde kein weiteres Versagen mehr«, sagte sie deutlich und bestimmend. Gleichzeitig umschlangen die langen und schlangen Finger ihrer rechten Hand seine Hoden. Langsam erhöhte sie den Druck und verdrehte sie dabei. Freitag versuchte vor Schmerz zu schreien, doch mehr als ein unverständliches Gestöhne drang aus seinem geknebelten Mund nicht heraus. In dieser demütigenden Haltung liefen ihm vor Schmerz Tränen aus den Augen. Als

Meisterin ihres Faches wusste sie genau, wo die Schmerzgrenze ihrer Opfer lag. Bevor Freitag in Ohnmacht fiel, unterbrach sie die Schmerzzufuhr rechtzeitig – für einen kurzen Moment …

Die Tür öffnete sich und Andrea betrat den Raum. Sie war völlig nackt und hatte ein silbernes Tablett in der Hand.

Sie schritt langsam auf Lee zu und ihr kleines silbernes, mit einem Diamanten verziertes Vorhängeschloss glitzerte im Schein der Kerzen. Als sie Lee erreichte, senkte sie demütig ihren Kopf. Freitag hing kraftlos und immer noch mit dem Kopf nach unten festverschnürt an der Stange fest.

Lee ergriff eine Hohlnadel von dem Tablett und stieß diese, ohne zu zögern, professionell durch Freitags linke Brustwarze. Er zuckte am ganzen Körper zusammen, als ihm die Nadel durch die Haut drang. Sein Schrei verstummte im Knebel und Speichel lief ihm aus den Mundwinkeln heraus.

Gekonnt setzte sie ihm ein Brustpiercing ein. »Das wird dich an deinen Auftrag erinnern«, flüsterte sie ihm ins Ohr. Erregt von Freitags Behandlung verließ Lee, gefolgt von Andrea, den Raum. Menschen zu quälen und zu demütigen erregte sie im höchsten Maße.

Halb bewusstlos wurde Freitag von der Stange gebunden und zu seiner Wohnung zurückgebracht. Er wusste, dass nun sein eigenes Leben auf dem Spiel stand, wenn er erneut versagen sollte. Er kannte seine Aufträge nur zu gut …

ENTFÜHRT

Um die Spur nach dem oder den Drahtziehern des Mordauftrages aufzunehmen, musste ich erst einmal zurück nach Wuppertal, dorthin, wo alles begann. Aber eigentlich wollte ich hier gar nicht mehr weg, nicht mehr weg von Ines.

Warum nicht einfach Mr Spock nach Frankreich holen? Warum nicht einfach hierbleiben und das Geschehene vergessen? Nein, auch wenn es schmerzte und sich überhaupt nicht gut anfühlte, Ines für einige Zeit zu verlassen, so konnte ich nicht bleiben – noch nicht.

Inge und Horst bedeuteten mir sehr viel. Mir war es immer noch so, als ob man mir meine Eltern zum zweiten Mal entrissen hätte. Ich fühlte mich den beiden verpflichtet. Verpflichtet, die wahren Umstände ihrer Ermordung aufzuklären. Vorher hatte ich keine Ruhe und würde es mir für den Rest meines Lebens vorwerfen, wenn ich nicht wenigstens versucht hätte, die Hintergründe der Tat vollständig aufzuklären. Die Schuldigen zu finden!

Natürlich konnte ich es auch den Behörden überlassen, sich darum zu kümmern. Schließlich ist dies ja deren Aufgabe und nicht meine. Doch, wie schon so oft in meinem Leben, wenn ich mich einmal in etwas verbissen hatte und wenn es persönlich wurde, konnte ich einfach nicht mehr zurück. Es war wie ein Zwang, der mich trieb.

Kommissar Braun machte sicherlich einen guten Job, aber mich alleine darauf verlassen, das wollte ich nicht. Für ihn waren Inge und Horst nur ein Fall. Einer wie jeder andere auch. Für mich war es wesentlich mehr.

Und wie sollte ich Braun davon überzeugen, den Fall wieder aufzunehmen? Natürlich konnte ich ihm von meiner Entführung erzählen und wiederholen, was mir der Typ gestanden hatte. Aber einen Beweis hatte ich nicht. Und ob Braun mir nur aufgrund meiner Aussage glauben würde, war mehr als fraglich.

Ich telefonierte mit René. Er hatte bereits all seine Geschäfte erledigt und plante, noch in der gleichen Nacht wieder in Lyon einzutreffen.

Ich erzählte Ines von meiner Entscheidung, morgen nach Deutschland zu fahren, und dass ich, sobald alles geklärt wäre, wieder zu ihr zurückkommen würde. Ich sah Sorge und Traurigkeit in ihren Augen, und für einen Moment zweifelte ich an meiner Entscheidung.

Wir liebten uns fast die ganze Nacht, bis wir schließlich völlig erschöpft, aber glücklich einschliefen.

Plötzlich wurde ich von einem leisen, klirrenden Geräusch geweckt. Ich öffnete die Augen und konzentrierte mich. Mein Körper war noch schlaff und reagierte nicht. Meine Sinne waren jedoch hellwach.

Es war jemand im Haus. Ich hörte Schritte und dachte zuerst, René sei angekommen. Aber es waren Schritte mehrerer Personen zu hören, und außerdem hörte ich Otto nicht – Otto, der, gleich zu welcher Zeit, immer bellend ins Haus stürmte. Ich streckte meinen immer noch sehr müden Körper, um Spannung aufzubauen. Der war jedoch noch vollkommen erschlafft von der Liebesnacht.

Es dauerte einige Sekunden, bis ich wieder Herr über all meine Körperteile war. Leise weckte ich Ines und löste mich langsam aus ihrer engen Umklammerung. Völlig verschlafen und irritiert schaute sie mich an.

Ich hielt den Zeigefinger vor meinem Mund und flüsterte leise: »Es sind Leute im Haus.« Erschrocken schaute sie mich nun an, verhielt sich aber ruhig. Lautlos nahm ich Renes Baseballschläger vom Schrank und schlich nackt die Treppe hinunter.

Als ich die letzte Stufe genommen hatte, blitzte es auf einmal kurz aus Richtung der Küchentür auf und ich spürte unmittelbar einen brennenden Schmerz an meinem rechten Oberschenkel.

Sofort rann Blut aus der Schusswunde. Ich drehte mich zur

Seite, doch schon wieder, wie in Istanbul, stand jemand hinter mir und schlug mit einem harten Gegenstand, zu. Mir wurde schwarz vor Augen und ich sackte auf den Boden. Was ich nun nicht mehr mitbekam, war, dass fast zeitgleich zum Einbruch René eintraf. Er sah, wie die Männer mich durch den Vorgarten über die Wiese schleiften und in einen am Rande des Grundstückes parkenden Transporter laden wollten.

René überlegte nicht lange, zog seine Waffe aus dem Handschuhfach und feuerte auf die Person, die einzeln und nah am Wagen stand. Die beiden, die mich über den Rasen schleiften, ließen mich daraufhin sofort fallen und rannten zum Wagen, um dort Deckung zu suchen.

Einige Male schossen sie in Richtung René. Sie verfehlten ihn jedoch. Die ersten Nachbarn, aufgeschreckt durch die Schüsse, machten das Licht an. Aus der Ferne ertönte eine Polizeisirene.

Die drei dunkel gekleideten und maskierten Gestalten sprangen, als sie die Sirene hörten, sofort in den Transporter, feuerten noch einige Schüsse aus dem offenen Autofenster in Renés Richtung und verschwanden mit quietschenden Reifen in einer Seitenstraße.

Langsam wachte ich aus meiner Bewusstlosigkeit auf, nackt und blutend lag ich auf dem Rasen. René kam auf mich zugerannt und half mir auf.

Die Schussverletzung brannte höllisch, so als ob ich mich an einem Feuer verbrannt hätte. Ich stammelte, noch benommen von dem Schlag: »Ines, Ines.«

René verstand und rannte daraufhin sofort ins Haus. Ich humpelte eiligst und unter Schmerzen hinterher. In der Küche angekommen, trat ich auch gleich noch in eine kleine Glasscherbe, die von der beschädigten Terrassentür stammte. Ich fluchte laut vor Schmerz.

René kam auch schon im gleichen Moment wieder die Treppe heruntergestürzt. Wortlos reichte er mir meine Boxershorts und ein T-Shirt.

Mit versteinerter Mine sagte er nur: »Ines ist weg!«

Bei diesen Worten sackte ich kraftlos auf einer der Küchenstühle zusammen. Mir war gerade so, als würde mir bei diesen Worten förmlich das Herz herausgerissen.

Wieder stieg in mir dieser unglaubliche Zorn, schlimmer noch, Hass auf. René ging wie in Trance zum Telefon, informierte die Polizei und bestellte gleich einen Krankenwagen für mich mit.

Wir verabredeten, nichts über die Hintergründe und nichts über Ines' Entführung zu sagen. Der Polizei gegenüber stellten wir dies als brutalen Einbruch dar.

Wir waren uns schnell einig, dass wir die Kontrolle über die Entscheidungen verlieren würden, wenn wir die Polizei einweihten. Und um Ines' Leben nicht zu gefährden, wollten wir die Kontrolle unbedingt behalten.

Zwar hatten wir noch keinen Beweis, aber mit Sicherheit hing der heutige Überfall mit meiner Entführung in der Türkei zusammen. Und bestimmt ging es ihnen wieder um die »Greenbox«. Nur: Wie haben sie mich hier in Lyon gefunden?

René hatte zum Glück einen Waffenschein. Die Waffe hatte er sich zugelegt, nachdem er einmal Zeuge eines Banküberfalls geworden war. Vor gut einem Jahr war er zufällig in seiner Hausbank, als diese überfallen wurde. Nur mit viel Glück hatte er das Ganze ohne einen Kratzer überstanden. Ein Wachmann hatte da wesentlich mehr Pech. Er wurde mit einer ernsthaften Schussverletzung ins Krankenhaus eingeliefert.

Die Täter konnten unerkannt entkommen und wurden bis heute nicht gefasst. Nie wieder wollte René in eine solche Situation geraten, sich nie wieder so ausgeliefert füllen. Ich konnte dies gut nachvollziehen.

Die Polizei befragte uns und die Nachbarn. Ein Notarzt desinfizierte und versorgte meine Schussverletzung am Bein und legte mir einen Verband an. Es war zwar nur ein Streifschuss, der an meinem rechten Oberschenkel die obersten Hautschichten aufgerissen hatte, aber es brannte höllisch.

Die Wunde war nicht tief und musste daher nicht genäht werden. Ich bekam eine Spritze und eine Tablette gegen meine Kopfschmerzen. Der Glassplitter in meinem Fuß wurde mit einer Pinzette herausgezogen, nur ein kurzer Schmerz. Auch diese

Wunde wurde von dem Notarzt gründlich desinfiziert und mit einem Verband geschützt.

Eigentlich sollte ich zur Beobachtung mit ins Krankenhaus fahren, aber ich lehnte ab. Es gab Wichtigeres zu erledigen. Aber das konnte der Notarzt ja nicht wissen.

Als die Polizei nach gut zwei Stunden ihre Befragung und die Spurensicherung endlich abgeschlossen hatte, saßen René und ich immer noch in der Küche. René hatte eine Flasche Wein geöffnet und Otto, der die ganze Zeit noch im Wagen war, lag nun friedlich auf seiner Hundedecke nahe der beschädigten Terrassentür. René hatte zwischendurch die Tür provisorisch mit ein paar Brettern zugenagelt.

Als wir das erste Weinglas recht zügig geleert hatten, fassten wir einen Plan. An Schlaf war in dieser Nacht sowieso nicht mehr zu denken. Viel zu groß waren unsere Sorgen um Ines.

Ein Blick auf die Uhr zeigte, dass es kurz nach vier Uhr am Morgen war. Wir wollten nicht warten, bis Ines' Entführer sich bei uns meldeten. Daher beschlossen wir, in die Offensive zu gehen und unseren mutmaßlichen Gegner ein Angebot zu unterbreiten.

Zuerst humpelte ich jedoch die Treppe hinauf und zog mich an. Während der ganzen Untersuchung und Befragung durch die Polizei hatte ich, nur mit T-Shirt und Boxershorts bekleidet, in der Küche gesessen. Nachdem ich angezogen war, packte ich meine wenigen Sachen zusammen und machte Renés Tiger startklar. Schnell waren meine Sachen in dem großen Tankrucksack des Motorrades verstaut.

Wir saßen am Küchentisch und gingen unseren Plan noch einmal Stück für Stück durch. Es war aus unserer Sicht das Einzige, was jetzt möglich war.

Ich steckte die SIM-Karte, die ich ja noch aus dem Handy aus der Türkei hatte, in mein Handy und wählte die Nummer, mit der ich zuletzt in der Türkei telefoniert hatte. Am anderen Ende klingelte es dreimal, dann meldete sich die mir bekannte Stimme.

Selbstsicher und wissend, welchen Trumpf sie nun in Händen hielten, war der Typ noch arroganter in seinen Forderungen. Wir hatten nun Gewissheit, wer hinter dem nächtlichen Überfall und Ines' Entführung steckte.

Sein Ton war fordernd und bestimmend. Er forderte mich auf, die »Greenbox« morgen in Kairo im Hotel Four Seasons zu übergeben.

Ich war völlig erstaunt, und um meine Überraschung deutlich zu machen, wiederholte ich seine Worte. »Morgen in Kairo? Wie soll ich das denn schaffen? Morgen ist Sonntag«, hakte ich nach.

Er antwortete kurz und knapp mit einem sarkastischen Unterton: »Wer es schafft, ohne Papiere aus der Türkei auszureisen, für den sollte das doch wohl kein Problem sein.«

Ich erklärte ihm – und versuchte dabei, mit fester Stimme zu sprechen, obwohl ich in Wahrheit natürlich sehr aufgeregt und in großer Sorge um Ines war –, dass ich die Box frühestens am Montag aus meiner Bank in Deutschland herausholen könnte. Heute war schließlich Samstag, und da hat nun einmal keine Bank in Deutschland geöffnet.

René saß mit versteinerter Miene neben mir. Für einen Moment herrschte Stille in der Leitung. Dann meldete er sich wieder und sagte nun noch aggressiver als zuvor: »Morgen um zwanzig Uhr im Four Seasons in Kairo!«

Ich sagte resigniert: »Ok!« und fügte energisch hinzu: »Wenn Ines auch nur ein Haar gekrümmt wird, bekommt ihr gar nichts!« Mit einem überheblich klingenden Lachen legte er auf.

Nun kam der nächste Teil unseres Planes. Was wir jetzt dringend brauchten, war die Unterstützung von Profis. René rief Claude an.

Eigentlich hätten wir besser diesen Teil unseres Plans vor den anderen gesetzt, aber jetzt war es definitiv zu spät dafür. Nach einer kurzen Schilderung des bisher Geschehenen sagte Claude sofort seine Unterstützung zu.

Nach Claudes Zusage fühlten wir uns wesentlich besser und optimistischer, Ines gesund aus den Händen ihrer Entführer zu befreien. Nun waren wir mit der Situation nicht mehr ganz allein auf uns gestellt. Aber wir wussten auch, dass es trotz allem riskant werden würde und der Ausgang noch völlig ungewiss war.

René und ich machten uns wahnsinnige Sorgen um Ines. Nur zu gut wussten wir ja, wie brutal und skrupellos unsere Gegenspieler waren. Zu deutlich hatte ich ihre Brutalität am eigenen Leib zu spüren bekommen. Mein Magen zog sich bei diesen Gedanken förmlich zusammen und ich spürte deutlich, wie sehr ich mich doch in Ines verliebt hatte und wie viel sie mir bedeutete.

Nur – wie sollte ich an einem Sonntag die »Greenbox« von meiner Bank bekommen? Dafür hatten wir noch keine Lösung …

Kurz nach unserem Gespräch mit Claude war ich auch schon mit Renés Motorrad auf der Autobahn unterwegs, zurück nach Wuppertal.

Gegen acht Uhr am Morgen klingelte mein Handy, und dank Bluetooth konnte ich das Gespräch in meinem Helm annehmen. Mein Nachbar war dran. Noch völlig aufgeregt von seiner Entdeckung erzählte er mir, dass in der vergangenen Nacht in meine Garage eingebrochen worden war. Er hätte dies gerade festgestellt. Soweit er es beurteilen konnte, wäre alles noch da, nur das Navi meines Motorrads wäre verschwunden.

Plötzlich wurde mir klar, wie sie mich in Lyon gefunden hatten. Ich hatte ja Renés neue Adresse ins Navi eingegeben, als ich vor einigen Wochen zu ihm in den Urlaub gefahren war. So ein Mist – das hatte ich völlig vergessen. Jetzt war es jedoch definitiv zu spät, um sich Vorwürfe zu machen. Aber es ärgerte mich trotzdem!

Ich beruhigte meinen Nachbarn und erkundigte mich noch nach Mr Spock. Er versicherte mir, dass es ihm sehr gut ginge und er sich von seiner schweren Operation prima erholt hätte. Wenigstens ihm ging es wieder gut.

Wie konnten unsere Widersacher nur nahezu gleichzeitig in Wuppertal bei mir einbrechen und dann in Lyon bei René erscheinen? Sie waren anscheinend wirklich gut vernetzt. Ich überlegte angestrengt und versuchte, mit meinen eigentlich sonst so guten analytischen Fähigkeiten das Rätsel zu entpuzzeln.

Was mir jedoch Schwierigkeiten bereitete, war, dass ich dieses Mal persönlich betroffen war. Hier waren Gefühle im Spiel – meine Gefühle.

VERBÜNDETE

Das Wetter in Wuppertal war wieder einmal typisch für diese Jahreszeit: Es war ungemütlich kalt und leicht am Nieseln, als ich mit Renés Motorrad gegen zehn Uhr am Samstagmorgen eintraf.

Ich wuchtete gerade die schwere Tiger auf den Hauptständer in meiner Einfahrt, als gleichzeitig zwei Männer aus einem auf der gegenüberliegenden Straßenseite geparkten Renault Transporter ausstiegen.

Ich war sehr erfreut – es waren Claude und sein Kamerad Mike. Die Begrüßung war herzlich und ich war äußerst erleichtert, dass beide pünktlich eingetroffen waren, denn viel Zeit hatten wir nicht mehr.

Unsere Gegenspieler wussten zwar, wo ich wohnte, aber eine ständige Überwachung in dieser kleinen Siedlung wäre auch für sie sehr schwierig gewesen. Zu wachsam waren meine Nachbarn am Tage. In der Regel sind die Hausfrauen und Rentner in dörflichen Gegenden Fremden gegenüber äußerst misstrauisch. Meist geschieht hier nichts Aufregendes – umso dankbarer sind sie daher über jede willkommene Ablenkung. Fremde Fahrzeuge und Personen fallen hier sofort auf.

Gelegentlich ging mir dies zwar schon einmal auf die Nerven, so ständig unter Beobachtung zu stehen. Aber nun war ich sehr froh darüber, dass es so war.

Ich bot Claude und Mike einen Kaffee an und sprang selbst schnell unter die Dusche. Am Küchentisch besprachen wir den Plan für den nächsten Tag.

Es dauerte nicht lange und Mr Spock kam vergnügt ins Haus gerannt und sprang mit einem Satz auf meinen Schoß. Hier machte er es sich auch gleich ganz selbstverständlich bequem und ließ sich ausgiebig von mir kraulen. Lustig war der Katzenbody, den er noch immer tragen musste. Bei diesem witzigen Anblick krümmten sich Claude und Mike vor Lachen. Nachdem sich beide wieder etwas beruhigt hatten, stellte sich Mr Spock nun auch bei ihnen vor. Vergnügt sprang er auf den Tisch und stupste beide nacheinander mit dem Kopf an – eine klare Aufforderung, ihn zu kraulen. Für ihn gab es keine Probleme und Sorgen …

Am Sonntagmorgen standen wir alle sehr früh auf. Viel geschlafen hatte ich in der Nacht nicht. Zu groß war meine Sorge um Ines und die Ungewissheit über den Ausgang unseres Planes. Mit Claude und Mike ging ich noch einmal alle Schritte unseres heutigen Planes durch.

Direkt nach dem Frühstück telefonierte ich mit René. Er war, um keine Zeit zu verlieren, schon nach Kairo vorausgeflogen. Hier sollte er alles für unser Eintreffen vorbereiten. Er traf sich dort mit Niklas, Philippe, Logan und Jack, vier weiteren Elitesoldaten aus Clauds Team. Alle vier waren auch in dem abgeschossenen Helikopter dabei gewesen. Für jeden von ihnen war es Ehrensache, jetzt uns zu helfen – ganz gleich, wie gefährlich dies auch für jeden Einzelnen, werden könnte. Sie waren Spezialisten im Aufstöbern von Terroristen. Also bestens ausgebildet, für das, was wir vorhatten.

René buchte ein Zimmer im Four Seasons in der Giza Street mit direktem Blick auf den Nil. Niklas und Jack mieteten sich mit Philippe zusammen in ein kleineres, nahegelegenes Hotel ein. Logan zog als geheimer Gast bei René mit ins Hotel ein. Er sollte René vor unerwarteten Überraschungen schützen.

Einen Geländewagen und ein Geländemotorrad hatten sie schnell gekauft. Fahrzeuge zu mieten wäre viel zu auffällig gewesen. Man hätte dabei zu viele elektronische Spuren hinterlassen.

Seit die Wirtschaft in Ägypten am Boden lag und die Touristen ausblieben, gab es hier für wenig Geld fast alles problemlos zu kaufen. In Kairo war somit alles vorbereitet. Nun kam der Zeitpunkt für unseren Teil des Planes.

Es war noch sehr früh am Sonntagmorgen in Deutschland. Meine Uhr zeigte an, dass wir gerade erst fünf Uhr hatten. Nach dem Frühstück fuhren wir mit Claudes Transporter los und machten uns auf den direkten Weg zu Bremers Wohnsitz.

Er wohnte in einer kleinen Seitenstraße in Düsseldorf-Benrath, unweit des Schlosses und mit einem herrlichen Ausblick auf den Rhein. Schon auf der Fahrt durch das Wohnviertel war klar, dass hier keine armen Menschen wohnten.

Es war noch früh am Morgen, und bis auf zwei einsame Jogger am Rheinufer war es ausgesprochen ruhig. Für Claude war es ein Leichtes gewesen, Bremers Adresse herauszufinden. Er wohnte allein, und schnell hatten Claude und Mike die Türschlösser und die Alarmanlage überwunden.

Rasch drangen wir ins Haus ein und überraschten den schlafenden Bremer in seinem Schlafzimmer. Jäh wurde er aus seinen Träumen gerissen und blitzschnell mit Plastikkabelbindern fixiert. Für eine Gegenwehr blieb ihm keine Zeit. Zu schnell lief die Aktion ab. Zügig trugen wir ihn nun zu unserem dicht am Haus geparkten Transporter. So schnell, wie wir gekommen waren, verschwanden wir auch wieder.

Eine wirklich perfekte Blitzaktion! Ich hatte mit wesentlich mehr Schwierigkeiten gerechnet. Überraschenderweise gab es keine Bodyguards im Haus. Hatten wir wirklich die richtige Person erwischt? Zweifel kamen in mir auf. Und wenn, dann musste sich Bremer vollkommen sicher gefühlt haben, so sicher wie die Unschuld vom Lande.

Wir bogen, aus dem Wohnviertel kommend, links in die Uferstraße ab und sahen, wie ein mit Kies beladener Lastenkahn auf dem Rhein flussaufwärts fuhr. Wenn wir einmal davon absahen, dass wir gerade einen Menschen gekidnappt hatten, so hätte man beim Anblick des vor sich hintuckernden Kahnes an einen friedlichen Sonntagmorgen denken können.

»Ob Bremer mir jetzt noch einen Job in seinem Konzern anbieten würde?«, kam mir in den Sinn, als ich in den fünften Gang hochschaltete und den Transporter beschleunigte.

So weit wir blicken konnten, war keine Menschenseele und auch kein weiteres Fahrzeug unterwegs. Für einen Moment dachte ich, wie eigenartig es doch war, hier so ganz allein auf der Straße unterwegs zu sein. Im ländlichen Beyenburg ist das geringe Verkehrsaufkommen ja völlig normal, aber nicht unbedingt hier in Düsseldorf-Benrath.

Aber es war schließlich noch früh am Tag, und außerdem war ja Sonntag. Ich schob den Gedanken sofort beiseite, denn schließlich hatten wir zurzeit andere Sorgen als die morgendliche Verkehrssituation in Benrath.

Ich hatte den Gedanken kaum aus dem Kopf, als wir auch schon von einem sehr niedrig fliegenden Polizeihubschrauber aufgeschreckt wurden. Er war wie aus dem Nichts vor uns aufgetaucht.

Mit einer deutlich zu verstehenden Lautsprecherdurchsage wurden wir eindringlich aufgefordert anzuhalten. »Stoppen Sie sofort den Wagen!« Instinktiv schaltete ich einen Gang runter, um dann jedoch sofort wieder zu beschleunigen.

Ich trat das Gaspedal bis zum Anschlag durch und der Motor heulte förmlich auf. Fest umklammerte ich das Lenkrad des Transporters. Die Knöchel meiner Faust verfärbten sich dabei hell.

Das konnte doch nicht sein! Verzweiflung und Ärger stiegen in mir auf. Frust und Resignation machten sich bei mir breit, als ich plötzlich hinter der nächsten Kurve eine massive Straßensperre der Polizei vor mir sah.

Auch Claude und Mike, die neben mir saßen, fiel nur ein Wort ein: »Merde!« Wir sprachen es fast gleichzeitig aus.

Wir waren am Morgen alle Eventualitäten durchgegangen, aber diese Situation stand definitiv nicht auf unserem Plan.

Ich blickte in die Rückspiegel, erst rechts und dann links. Auch hinter uns hatten sich wie aus dem Nichts heraus mehrere Polizeiwagen mit Blaulicht postiert.

Rechts war der Rhein und links ein viel zu tiefer Abgrund mit einer Wiese dahinter. Selbst mit einem Geländewagen wären wir da vermutlich nicht durchgekommen. Mit unserem Transporter gab es kein Entkommen.

Binnen Sekunden hatte sich die zuvor so friedliche und ruhige Vorstadtsiedlung in einen Schauplatz verwandelt, der in einem Krimi nicht besser hätte inszeniert werden können.

Ich trat mit aller Kraft auf die Bremse. Meine Verletzung durch den Glassplitter im rechten Fuß war nur zu deutlich zu spüren. Wie ein Nadelstich schoss der Schmerz durch meinen Körper. Mit laut quietschenden und qualmenden Reifen kamen wir zum Stehen.

Ich dachte an Ines, an René … Bis jetzt war der Plan doch so gut und wie am Schnürchen abgelaufen – bis jetzt. Vor meinem geistigen Auge sah ich uns für die nächsten Jahre hinter Gittern verschwinden. Das wäre das Todesurteil für Ines!

Wir stiegen aus und legten uns sofort resigniert auf den Boden vor den Transporter hin. Auf keinen Fall wollten wir einem nervösen Beamten einen Grund zum Schießen geben.

Bremer lag immer noch laut stöhnend auf der hinteren Ladefläche. Sicherlich hatte er sich bei meinem heftigen Bremsmanöver einige blaue Flecken zugezogen. Mitleid hatte ich nicht mit ihm.

Dann ging alles recht schnell. Dunkel gekleidete Beamte vom SEK stürmten auf uns zu und fixierten uns die Hände mit Plastikkabelbindern auf dem Rücken. Ehe wir etwas sagen konnten, saßen wir auch schon in einem abgedunkelten VW-Bus. Jeder getrennt in einem anderen.

Schmerzhaft schnitt sich das Plastikband in meine Handgelenke ein. Eingekeilt zwischen zwei vermummten und durchtrainierten Beamten saß ich völlig frustriert und resigniert auf der Rückbank. Keiner im Wagen sprach ein Wort.

Wie sollte ich René je wieder in die Augen blicken, wenn Ines wegen dieser missglückten Aktion sterben sollte? Wie sollte ich je wieder selbst in den Spiegel schauen? Unser Plan war aufgeflogen. Aber wodurch? Wie konnte die Polizei nur so schnell ein solches Aufgebot auffahren? Hatte man mal einen Unfall, brauchte die Polizei meist eine kleine Ewigkeit, um am Unfallort zu erscheinen …

Tausende Fragen schossen mir wieder durch den Kopf. Was war nur schiefgelaufen? Was hat uns verraten? Oder wer hat uns verraten? Wie oder wodurch sind wir nur aufgeflogen?

Mit Blaulicht und in einem irren Tempo fuhr der Fahrer über die Kreuzungen. Ich konnte gerade noch erkennen, dass es in Richtung des Düsseldorfer Zentrums ging.

Als er die Fahrt verlangsamte, konnte ich kurz ein Straßenschild lesen: Fürstenwall. Wir waren am Polizeipräsidium angekommen. Der Wagen fuhr zügig durch eine große Tordurchfahrt und stoppte abrupt im Innenhof, sehr knapp vor einer Hauswand.

Sofort sprangen die Beamten heraus und sicherten das Fahrzeug. Ich fühlte mich gerade wie der meist gesuchte Verbrecher Deutschlands – nein, der Welt. Auch die beiden Fahrzeuge mit Claude und Mike hielten kurz darauf im Hof. Dort spielten sich dann die gleichen Szenen ab.

Sofort sprangen die Beamten heraus und sicherten das Fahrzeug. Zusammen wurden wir zügig in ein Gebäude geführt und getrennt in einen Aufzug verfrachtet. Ich landete auf der dritten Etage in einem fensterlosen Verhörraum.

Bevor ich mich überhaupt richtig sammeln und mit dem Raum vertraut machen konnte, stürmten auch schon eine drahtige Beamtin mit finsterem Gesichtsausdruck und ein eher dicklicher und wenig ausstrahlungsstarker Beamter mit einer Hornbrille auf der Nase in den Raum herein.

»Super Plan – herzlichen Glückwunsch, Paul!«, fasste ich für mich die Situation gedanklich zusammen.

Die beiden ließen mir keine Zeit zum Nachdenken. Die Beamtin mit dem strengen Blick fing sofort an, mir sehr aggressiv Fragen zu stellen, und dies, ohne sich vorzustellen. Ich dachte nur: »Wohl eine schlechte Kinderstube gehabt!« Aber was wir heute mit Bremer abgezogen hatten, war auch nicht gerade normal, und erst recht nicht gesetzeskonform.

»Warum haben Sie Bremer entführt? Wer hat Sie beauftragt?«, schoss es aus der unfreundlichen Beamtin heraus.

Mir war völlig klar, dass das, was wir heute durchgeführt hatten, eine schwerwiegende Straftat war. Eine Straftat, für die wir vermutlich mehrere Jahre hinter Gittern landen würden. Aber wie sollte ich nur diesen beiden Beamten erklären, warum wir Bremer entführen wollten? Wie sollte ich ihnen klar machen, dass Ines' Leben an einem seidenen Faden hing? Wie sollte ich jetzt noch rechtzeitig die Übergabe in Kairo durchführen?

Ich hatte nicht den Eindruck, dass diese beiden meine Geschichte hören wollten, geschweige denn glauben würden. Ohnmacht und Verzweiflung machten sich in mir breit.

Mitten in ihrem aggressiven Wortschwall öffnete sich plötzlich die Tür, und ein Mann, so um die sechzig, betrat den Raum. Als er eintrat, erfüllte seine Aura den Raum und die namenlose Beamtin verstummte sofort. Er strahlte Ruhe und Gelassenheit aus, kam auf mich zu und deutete wortlos an, mir die Kabelbinder abzunehmen, die ich seit unserer Kapitulation am Rhein immer noch trug. Sofort schnitt der Beamte mit der Hornbrille sie mit einem kleinen Seitenschneider durch.

Der ältere Mann reichte mir daraufhin die Hand und stellte sich als Markus von Oppenheim vor, Leiter einer BND-Spezialeinheit. Ich stellte mich ebenfalls vor: »Paul Stern« – obwohl dies sicherlich nicht notwendig war. Er kannte mich bereits bestens, wie sich herausstellte. Besser, als mir lieb war …

Er gab der Beamtin und dem Hornbrillenträger ein Zeichen. Daraufhin verließen beide schweigend und etwas verärgert den Raum. Von Oppenheim stellte mir keine Fragen, sondern fing an zu erzählen. Er begann beim Tod von Inge und Horst – zu meinem Erstaunen kannte er alle Details.

Er wusste deutlich mehr als Hauptkommissar Braun. So erzählte er mir alles über meine letzten Reisen, Kontakte und auch darüber, was in der Türkei passiert war. Unglaublich – er wusste einfach über alles bestens Bescheid.

Während er erzählte, schaute ich ihn die ganze Zeit nur ungläubig und mit weit aufgerissenen Augen an. Ich war völlig überrascht. Überrascht darüber, wie viel er wusste, und dies, obwohl ich einige Dinge nur René anvertraut hatte. Und mit Sicherheit hatte René nichts weitererzählt. Mit Sicherheit nicht! Dafür würde ich beide Hände ins Feuer legen.

Fast war es so, als ob von Oppenheim die ganze Zeit wie ein Schatten an meiner Seite dabei gewesen wäre. Woher kannte er nur all diese Details?

Ich hatte den BND bis heute immer für so eine Art »Alibi-Verein« Deutschlands gehalten – einen Verein, der, wenn überhaupt, nur auf dem Papier existierte. Aber mit dieser Annahme sollte ich mich noch gewaltig täuschen.

Von Oppenheim holte noch weiter aus und erklärte mir nun, dass sich Bremer unter dem Schutz des BND befände und in ein Zeugenschutzprogramm kommen sollte. Im Gegenzug würde der BND seine entführte Tochter Sabrina aus den Händen einer Terrororganisation befreien.

Terrororganisation – ich staunte wieder nicht schlecht. Entführungen, Terrororganisationen, davon hatte ich eigentlich genug. Nur allzu gerne würde ich wieder mit Ines im Pool schwimmen und mit René am Abend auf der Terrasse entspannt eine Flasche Weine genießen.

Als von Oppenheim seine Ausführungen beendet hatte, öffnete sich die Tür erneut und Claude und Mike traten ein. Nachdem er die beiden begrüßt hatte und sie saßen, fuhr von Oppenheim mit seinen Ausführungen weiter fort.

Er wusste sogar schon über den Überfall in Lyon Bescheid und dass Ines nach Ägypten entführt worden war. Aber nicht im Auftrag von Bremer, wie ich vermutet hatte, sondern von einem Gegenspieler von ihm. Der BND hatte auch mit einer Entführung oder einem Anschlag auf Bremer gerechnet, und jetzt verstand ich natürlich, warum das Einsatzkommando so schnell vor Ort war.

»Was hat Bremer mit Terrorismus zu tun?«, fragte ich von Oppenheim. »Bremer ist ein hochrangiges Mitglied einer geheimen Organisation, die sich selbst ›Rock Invest‹ nennt. Das ist nach außen eine solide, fast schon konservative Investment-Firma, die sich auf Beteiligungen und auf das Beratungsgeschäft spezialisiert hat«, fuhr er mit seiner ruhigen Stimme fort. »Auf den ersten Blick ein ganz harmloses und seriöses Unternehmen – auf den ersten Blick. Die Lohr Group und jetzt auch die Winter AG dienen Bremer nur als Tarnung«, fügte von Oppenheim noch hinzu.

Ich unterbrach ihn erneut und fragte ganz naiv nach: »Was hat das Ganze denn mit uns zu tun?«

Er bremste mich und fuhr mit seinen Ausführungen fort:

»Diese Organisation hat sich unter anderem auch auf Industriespionage spezialisiert und seit Jahrzehnten weltweit ein unglaubliches Netzwerk aufgebaut. Geschickt haben sie ihre Berater in den global agierenden Unternehmen platziert. Die Strukturen sind clever aufgebaut und von außen nur schwer zu durchschauen.«

Deshalb war der BND auf Bremer angewiesen, und wir hatten rein zufällig dazwischengefunkt – ohne auch nur zu erahnen, wie groß das Ganze mittlerweile geworden war.

Ich hatte zwar schon befürchtet, dass wir es mit einem einflussreichen und mächtigen Gegenspieler zu tun hatten, aber musste es gleich ein Global Player sein – einer, an dem sich selbst der BND in den letzten Jahren schon die Zähne ausgebissen hatte!

Na, toll – ich bekam wieder dieses flaue Gefühl im Magen. »Ich muss dringend weniger Kaffee trinken«, dachte ich. Wie sollten wir Ines da nur wieder heil herausbekommen?

Anscheinend sah von Oppenheim an meinem Gesichtsausdruck, worüber ich angestrengt nachdachte, und so sprach er mit ruhiger Stimme weiter. Es wurde vermutet, dass Ines und Sabrina Bremer am gleichen Ort in Ägypten gefangen gehalten würden. Ich schaute von Oppenheim immer überraschter an.

Er fuhr weiter fort: »Als BND können wir wegen der angespannten Situation in Ägypten derzeit nicht offiziell aktiv werden. Auch können wir nicht auf die Unterstützung der örtlichen Behörden bauen, denn die haben im Moment ganz andere Probleme. Die Zuständigkeiten im Land sind mehr als unklar.«

Gerade sah ich noch den Hoffnungsschimmer, Ines mithilfe des BND zu befreien, und schon war er auch gleich wieder erloschen. Claude, Mike und ich schauten uns an, dann schaute ich zu von Oppenheim. »Was können wir tun, und was passiert mit uns wegen Bremers Entführung?«

Obwohl Menschen wie von Oppenheim nie lächelten, meinte ich zu erkennen, wie sich seine Mundwinkel zu einem leichten Lächeln verzogen. Er antwortete ruhig, dass wir für diese Aktion unter normalen Umständen wohl für mehrere Jahre hinter Gitter müssten, aber:

»Da Bremer im Grunde bis auf einige blaue Flecken nichts Schlimmes passiert ist und er selbst die öffentliche Aufmerksamkeit, die bei einem Prozess entstehen würde, im Moment vermeiden will« – wieder hatte ich das Gefühl, dass sich seine Mundwinkel zu einem leichten Lächeln verzogen – »müssen Sie mit keinen Konsequenzen rechnen.«

Er erzählte weiter und hatte sofort meine ganze Aufmerksamkeit, als er anfing, uns Informationen zu geben, die wohl nicht einmal die unfreundlichen Beamten kannten, die mich wenige Minuten zuvor noch gern etwas härter verhört hätten. Bremer hatte sich, nachdem seine Tochter entführt worden war, dem BND als Kronzeuge anvertraut. Aus seinen bisherigen Aussagen und Informationen hatte der BND mittlerweile einen recht guten Einblick in die Struktur dieser weltweit operierenden Organisation erhalten.

»Nach außen gibt sich Rock Invest als seriöses Investmenthaus mit eigener Unternehmensberatungsgesellschaft. Jedes Land hat seine eigenen Unterorganisationen, und die einzelnen Länder sind über Kuriere vernetzt. Jedoch nur ein Kurier berichtet direkt an die Obersten der Organisation, und alle Fäden laufen laut Bremer in Kanada zusammen«, sagte uns von Oppenheim.

Ich war erstaunt und wiederholte von Oppenheim wie ein Papagei: »Kanada!« Ich hätte hier eher Russland, Südamerika, Afrika und, wenn überhaupt, Italien erwartet. Die russische Mafia, die italienische Mafia, die chinesischen Triaden, der IS oder irgendetwas Vergleichbares, aber doch nicht in Kanada. Und dann sollte auch noch eine Unternehmensberatung und Investmentgesellschaft die weltweit größte und gefährlichste kriminelle Vereinigung sein?

Für einen Moment war es ganz ruhig in dem klimatisierten Raum. Nur das leise Summen der Klimaanlage war noch zu hören. Nachdem ich mein Erstaunen zum Ausdruck gebracht hatte, fuhr von Oppenheim weiter fort.

Das Investmentgeschäft und die Unternehmensberatung waren nur Tarnung – obwohl Rock Invest alleine damit schon Millionen verdiente. Aber das Investmentgeschäft und die Beratungsgesellschaft erlaubten dieser Organisation, ihre Klienten unbehelligt auszuspionieren und Daten zu sammeln. Das Geniale und Perfide an diesem Geschäftsmodell war, dass die betroffenen Unternehmen auch noch für die Beratung bezahlten. Sie bezahlten dafür, selbst ausspioniert zu werden.

Es gab nicht nur eine Beratungsgesellschaft. Es gab ein sehr kompliziert angelegtes Netzwerk von Beratungsgesellschaften, die nur darauf ausgelegt waren, Insiderinformationen aus den unterschiedlichsten Branchen zu sammeln, auszuwerten und weiterzuverkaufen. Das Kerngeschäft dieser Beratungsgesellschaften war Industriespionage.

Was nutzen da schon die besten Geheimhaltungsvereinbarungen, die mit den Beratungsgesellschaften geschlossen wurden! Dies waren schließlich nur Wörter auf einem Stück Papier. Neunundneunzig Prozent der angestellten Berater dieser Gesellschaften gingen einer seriösen Tätigkeit nach. Diese neunundneunzig Prozent waren nicht involviert und gaben der Rock Invest den seriösen Anschein. Ein Prozent der Berater war jedoch speziell ausgebildet. Sie waren die »Eingeweihten«, die Maulwürfe in den Unternehmen. Ihre gefilterten Informationen übermittelten sie dann an ihre jeweilgen Landesvorsitzenden.

Der Landesvorsitzende hatte nur einen Ansprechpartner, und dieser wurde die »Spinne« genannt. Das gesamte System war wie eine Pyramide aufgebaut, an deren Spitze die Köpfe der Organisation standen. Nur die »Spinne« hielt die Verbindung zwischen den einzelnen Ländervorsitzenden und den Köpfen der Organisation.

Natürlich hatte das digitale Zeitalter auch diese Organisation erreicht. All ihre Daten wurden ausgewertet, gefiltert, digitalisiert und gespeichert. Aber die Übermittlung und Weitergabe erfolgte traditionell per Kurier. Wir waren, ohne es auch nur zu erahnen, in das Netz dieser Organisation geraten. Bremer war nach seinen eigenen Angaben ein Landesvorsitzender, er war nicht einer der Köpfe.

All diese Erkenntnisse hatte von Oppenheim von Bremer erfahren. Verständlich also, wie wichtig Bremer für von Oppenheim war. Diese Organisation beschäftigte sich weltweit mit Industriespionage in der Rüstungsindustrie, Luft- und Raumfahrt, Automobilindustrie, in der Chemieindustrie, im Bankenwesen – im Grunde in allen Geschäftsbereichen, die lukrative Gewinne versprachen. Mit diesen Informationen ließen sich über die Börsen der Welt Milliarden verdienen.

Ich hatte schon immer vermutet, dass es eine Parallelwelt zu der normalen Welt gab – eine Welt, in der es keine Grenzen und Gesetze gab, so wie wir sie kannten. Eine Welt, in der Geld überhaupt keine Rolle mehr spielte. Eine Welt voller Gier nach Macht und Einfluss. Ich vermutete es, aber ich wusste es natürlich nicht.

Heute jedoch erhielt ich durch von Oppenheim Gewissheit. Eine Gewissheit, die schlimmer war als meine schlimmsten Vermutungen. Während die amerikanische NSA noch mühsam die Millionendaten aus dem Internet auswertete und mit neunundneunzig Prozent der Daten nichts anfangen konnte, war die Rock-Invest schon wesentlich effektiver. Nahezu unbehelligt von der Öffentlichkeit agierte sie wie eine große Sekte. Niemand kannte bis heute ihre obersten Köpfe und Lenker. Es war ein elitärer Club.

Umso größer war natürlich für von Oppenheim der Glücksfall Bremer. Und den wollte er sich auf keinen Fall vor der Nase wegschnappen lassen. Schon gar nicht von uns.

Je mehr von Oppenheim erzählte, umso mehr verstand ich das Ausmaß des Ganzen. Dieses Wissen machte mich nicht zuversichtlicher und es beruhigte mich überhaupt nicht, im Gegenteil.

Mensch Horst, was hast du da nur erfunden ... Wenn selbst der BND, der sich schon mit einigen anderen Geheimdiensten zusammengeschlossen hatte – mit dem amerikanischen, dem französischen, ja selbst dem russischen FSB – nicht weitergekommen war, wie sollten wir da Erfolg haben?

Als wir planten, Bremer zu entführen, gingen wir noch von einer simplen Entführung aus. Nicht im Geringsten hatte ich damit gerechnet, dass ich durch das Erbe in Konflikt mit einer global agierenden Geheimorganisation geraten könnte – einer

Organisation, die auch noch so gerissen war, dass selbst Geheimdienste bisher an ihr gescheitert waren.

Bisher hatte ich immer lösungsorientiert gedacht. Wenn andere noch mit dem Problem beschäftigt waren, war ich schon dabei, das Problem zu lösen. Aber jetzt fiel mir einfach nichts Gutes ein Ich dachte an Ines und hoffte so sehr, dass es ihr gut ging und dass diese Verbrecher sie nicht anrührten. Ich schwor mir, dass ich jeden, der ihr auch nur ein Haar krümmte, dafür zur Verantwortung ziehen würde.

In diesem Moment öffnete sich die einzige Tür des Raums und eine zierliche Frau trat dynamisch ein. Trotz Claudes und Mikes eher militärischer Ausbildung und der nicht gerade glücklichen Umstände, in denen wir uns hier befanden, sprangen die beiden nahezu zeitgleich vom Stuhl auf, strahlten sie an und gaben der jungen Dame, die sich als Sabine Fern vorstellte, höflich die Hand – Franzosen halt.

Trotz der ernsten Lage musste ich etwas lachen. Um meinen beiden französischen Freunden nicht nachzustehen, stand auch ich auf und gab ihr zur Begrüßung die Hand. Von Oppenheim blieb sitzen.

Fern setzte sich zu uns an den Tisch und nahm neben von Oppenheim Platz. Wie wir erfuhren, war Fern eine Agentin und trotz ihres jungen Alters von gerade einmal fünfundzwanzig Jahren, einer der hellsten Köpfe innerhalb des BND. Sie fing sofort an zu berichten und setzte genau dort an, wo zuvor von Oppenheim seine Ausführungen unterbrochen hatte. Ich vermutete, dass Fern die bisherige Unterhaltung in einem Nebenraum mitverfolgt hatte.

Fern fuhr fort: »Diese Organisation hat nie zuvor solche Anstrengungen unternommen, um an eine technische Neuentwicklung zu gelangen, wie dieses Mal. Nie zuvor so viel riskiert und auch nie zuvor solche Fehler gemacht.«

Fern sprach es zwar nicht aus, schaute mich jedoch dabei direkt an. Mit »Fehlern« meinte Fern, dass sie mich in der Türkei am Leben gelassen hatten. »Herzlichen Dank«, dachte ich, sagte aber nichts.

»Und genau diese Fehler und die Informationen von Bremer können uns jetzt helfen, endlich die wirklichen Drahtzieher zu enttarnen und unschädlich zu machen«, fügte sie noch hinzu.

Meine Sorgen und Bedenken wurden nicht weniger, denn es war auch klar, dass es Fern und von Oppenheim hier vorrangig um die Enttarnung und Zerschlagung dieser Organisation ging. Knallharte wirtschaftliche Interessen standen hier im Vordergrund. Zu stark hing Deutschland an seinem Export – zu stark an seinem »Technologie- Know-how«, das es unbedingt zu schützen galt.

Ich wusste: Ines war für den BND nur zweitrangig. Fern fuhr mit ihren Ausführungen fort, wohl ahnend, was ich dachte. Irgendwie beschlich mich das unangenehme Gefühl, dass beide, von Oppenheim und Fern, meine Gedanken nur allzu gut lesen und meine Gesten deuten konnten. Beide waren Profis und gut ausgebildet in Verhörtechniken. Nicht umsonst waren sie beim BND in Führungspositionen. Ich wusste, dass ich kein Pokerface hatte – woher auch, ich hasste Kartenspiele. Dringend und schnellstens musste ich aber an meiner Körpersprache arbeiten … »Wir haben uns auch schon einen Plan überlegt, wie wir mit Ihrer Mitwirkung beide Frauen gleichzeitig befreien können«, schloss Fern dann ihre Ausführungen ab.

Mir war bewusst, dass von Oppenheim und Fern uns nur deshalb so bereitwillig Auskunft gaben, weil sie dringend die »Greenbox« und mich für die Übergabe brauchten, um Sabrina Bremer in Ägypten zu befreien. Diese Box wurde jetzt zu meiner besten und einzigen Trumpfkarte in diesem bösen Spiel. Selbst der BND hätte meine »Greenbox« nicht ohne Weiteres und vor allem nicht ohne einen richterlichen Beschluss so schnell aus meiner Bank heraus bekommen. Und selbst wenn sie die Box hätten, könnte der BND nicht so einfach Kontakt zu der Organisation aufnehmen. Zu auffällig und offensichtlich wäre dies gewesen. Jetzt kamen wir ins Spiel …

»Der Plan«, fuhr von Oppenheim fort, »ist der, dass Sie mit der Box nach Ägypten reisen, um im Hotel den Austausch durchführen. Nur ohne Bremer.«

Bremer hätten wir sowieso nicht mit nach Ägypten genommen. Die Informationen, die wir von Bremer benötigten, hatten wir ja nun erhalten, und das noch wesentlich ausführlicher.

Nie hätte ich am Morgen, kurz nach unserer Festnahme, geglaubt, dass wir so schnell und auch noch mit solch unglaublichen Informationen wieder aus dieser Nummer herauskommen würden. Auch bei Claude und Mike, die eigentlich wesentlich cooler waren als ich, konnte ich die Erleichterung über die plötzliche Wendung spüren.

Wir besprachen mit Fern und von Oppenheim noch die Einzelheiten unserer nun gemeinsamen Aktion. Von Oppenheim verabschiedete sich und Fern begleitete uns noch aus dem Gebäude heraus und brachte uns in den Innenhof zurück. Dorthin, wo wir zuvor eher unfreiwillig angekommen waren. Hier parkte auch schon Claudes Transporter. Fern übergab mir die Fahrzeugschlüssel und ging.

Ich schwang mich schnell auf den Fahrersitz, atmete vor Erleichterung einmal tief durch und startete den Wagen. Langsam fuhr ich durch das schwere Stahltor, das sich vor uns öffnete. Recht zügig fuhr ich aus der Düsseldorfer Innenstadt heraus auf die A 46 Richtung Wuppertal. Es war Sonntag und die Autobahn in Richtung Wuppertal war ausnahmsweise einmal staufrei.

In Beyenburg angekommen, stoppte ich den Wagen vor dem Eiscafé im kleinen Zentrum, unweit des Stausees. Die Bedienung, eine junge freundliche Studentin, servierte gerade den bestellten Kaffee und wir besprachen die nächsten Schritte.

Obwohl Claude und Mike Profis waren und schon mehr als einmal ihr Leben riskiert hatten, konnte ich doch auch bei ihnen die weichende Anspannung des gerade Erlebten spüren. Für die beiden als Angehörige des französischen Militärs hätte diese Aktion schlimm enden können. Eine mittelschwere diplomatische Krise wäre normalerweise die Folge gewesen – normalerweise.

Aber hier hatten wir einmal mehr das Glück auf unserer Seite, denn nun war auch der französische Geheimdienst involviert. Claude, Mike und auch seine kleine Truppe, die schon mit René in Ägypten war, waren nun ein offizieller Teil dieser Befreiungsaktion. Nur René und ich waren hier die Zivilisten.

Ich rief René an und erkundigte mich nach dem Stand seiner Vorbereitung. Seine Stimme klang zwar ruhig, aber die Sorge um seine Schwester konnte ich deutlich heraushören. Er erzählte mir, dass bei ihnen bisher alles nach Plan verlaufen sei, aber die Situation in Kairo selbst äußerst chaotisch war und sie daher einige Gegenden meiden mussten. Unter Mithilfe eines Kontaktmanns von Claude hatten sie bereits alles vorbereitet. Ohne diesen Kontakt wäre das Ganze in so kurzer Zeit nie möglich gewesen. Ein größeres Schnellboot sei gut versteckt bei einem ahnungslosen Fischer geparkt. Mit der »Parkgebühr«, die der Fischer für Renés Boot erhalten hatte, brauchte er wohl nie wieder fischen zu fahren. Und was uns viel wichtiger war: Wir konnten sichergehen, dass er den Mund halten würde.

Dank seiner örtlichen Kenntnisse und Beziehungen konnte Claudes Kontaktmann das Boot schnell und ohne viele »Spuren« zu hinterlassen organisieren. So hatten wir uns eine recht unauffällige Fluchtmöglichkeit geschaffen, bei der wir uns nicht wie am Flughafen ausweisen mussten.

In der Kurzfassung schilderte ich nun, was uns während und nach Bremers Entführung passiert war und welche unglaublichen Neuigkeiten wir nun hatten. Mike orderte während meines Telefonates gleich noch eine Runde Kaffee bei der freundlichen Bedienung. Die Sonne schien noch intensiv, an diesem schönen Sonntagnachmittag, und das Eiscafé füllte sich langsam mit Spaziergängern, die vermutlich einen Rundgang um den schönen Beyenburger Stausee unternommen hatten. Noch während meines Telefonats grüßte ich durch leichtes Kopfnicken einige vorbeigehende Nachbarn und Freunde, die mich erkannten. Beyenburg ist halt ein kleiner Ort. Dieses Jahr hätte wirklich, ein so schöner Sommer werden können

René erzählte mir weiter, wie unübersichtlich die Lage in Kairo wäre. Viele Splittergruppen zogen bewaffnet durch die Straßen. Nie konnte man wirklich sicher sein, ob es sich hier um Kriminelle oder eher politisch Motivierte handelte. Er war daher äußerst froh darüber, dass Claude ihm vier seiner Kameraden zur Unterstützung mitgeschickt hatte.

Da war zum einen Logan. Logan war Amerikaner, der lange in der französischen Legion gedient hatte und dann in Claudes Spezialeinheit wechselte. Niklas war eher der ruhige Typ, er sprach von sich aus nur selten; seine Stärken lagen woanders – etwas, was wir noch erfahren und wovon wir profitieren sollten.

Mike war der Clown der Truppe und immer für einen Spaß zu haben. Jack hieß eigentlich Jakob und stammte aus dem belgisch-französischen Grenzgebiet; er war der Planer, der Stratege in der Truppe. Und zum guten Schluss war da noch Philippe. Er war das genaue Gegenteil von Niklas. Philippe war nur ruhig, wenn er schlief, und er schlief selten. Aber Philippe konnte jeden überzeugen, so oder so.

Bei dem, was wir planten, hatten wir nun die offizielle Rückendeckung des BND und des französischen Geheimdienstes – vermutlich noch einiger anderer Geheimdienste, von denen wir jedoch bis zum jetzigen Zeitpunkt keine Kenntnis hatten. Mich hätte es auch nicht mehr gewundert, wenn jetzt 007 vom britischen Geheimdienst mit einem Fallschirm hier vor dem Eiscafé gelandet wäre. Bei diesem Gedanken verformten sich meine Lippen trotz meiner Anspannung und Sorge um Ines zu einem Lächeln.

Claude hatte bereits einen offiziellen Anruf aus Paris erhalten, der ihn nun zu dieser Aktion offiziell legitimierte. Was mit einem Freundschaftsdienst anfing, entwickelte sich nun zu einer internationalen Verwicklung – mit zwei Amateuren wie René und mir mittendrin.

Wir hätten diese Aktion zwar sowieso durchgeführt, aber vieles wurde durch von Oppenheims Unterstützung wesentlich einfacher, und unsere Erfolgsaussichten erhöhten sich dadurch beträchtlich. Das verbleibende Risiko war jedoch nicht zu unterschätzen und trübte meine Freude über die neu gewonnene Allianz.

Jahrelang hatte ich doch recht naiv geglaubt, vermutlich durch die vielen Bondfilme, dass die Geheimdienste dieser Welt jeden und alles schützen könnten. Nun zeigte sich, und das dämpfte meine Euphorie ein wenig, dass diese Geheimdienste, wenn es darauf ankam, nicht einmal eine offensichtlich bekannte Geheimorganisation zerschlagen konnten.

Die Begründung lautete, man müsse sich ja schließlich an Gesetze halten – schöne Gesetze! Gesetze, die es diesen miesen Verbrechern erlaubten, ihre Aktivitäten auch noch unter dem Deckmantel der Legalität und vor den Augen der Öffentlichkeit abzuwickeln.

Nicht nur, dass der Wirtschaft eines Landes durch Industriespionage ein millionenschwerer, vermutlich eher milliardenschwerer Schaden entstand. Nein, schlimmer: Die gesamtwirtschaftliche Lage eines Landes konnte dadurch in Schieflage geraten. Die Summe der ausspionierten Neuerungen konnte ein Land wirtschaftlich stark beeinträchtigen.

Wie gut durchdacht das Ganze doch war! Je mehr ich darüber nachdachte, umso mehr regte ich mich darüber auf. Von Oppenheim hatte uns einen tiefen Einblick gewährt. Zu meinem Erstaunen auch einen sehr tiefen Einblick in die Struktur der Rock Invest. Eigentlich sehr unüblich für einen Geheimdienst.

Bei der Rock Invest handelte es sich nicht um dubiose Gestalten, die nachts durch die Firmen schlichen und das Firmen-Know-how scannten und kopierten. Nein, diese Organisation hatte über Jahre hinweg in vielen wichtigen Schlüsselunternehmen hochrangige Mitarbeiter und Berater eingeschleust. Diese Personen konnten die Informationen gleich richtig filtern und an ihre Kontaktleute weitergeben.

Diese Organisation verdiente mit Sicherheit mit diesen Informationen weit mehr, als mit Drogenhandel, Menschenhandel und Zwangsprostitution zusammen verdient wurde. Die Drogenbarone dieser Welt waren im Vergleich zu den Köpfen dieser Organisation eher »Kleinkriminelle«. Wenn überhaupt, so ließ diese Organisation die Drogenhändler für sich arbeiten, und zwar immer dann, wenn es für sie nützlich war.

Irgendjemand, der für diese Organisation arbeitete und aus Horsts näherem Umfeld stammte, musste Kenntnis von der »Greenbox« erhalten haben. Vor meinem geistigen Auge tauchten die Gesichter der Mitarbeiter in der Winter AG auf und ich überlegte angestrengt, wer von ihnen wohl die undichte Stelle war?

Ich sah die Personen aus meiner letzten Besprechung. Alle waren langjährige Mitarbeiter und ich kannte viele von ihnen schon seit Jahren. Doch kannte ich sie wirklich? Was wusste ich denn schon von ihnen? Im Grunde nichts. Unglaublich unangenehm, wenn man Menschen auf einmal aus einer sehr angespannten und kritischen Situation heraus betrachtete. Da bewahrheitete sich wieder einmal mehr ein weiterer Spruch meiner Oma: »Man kann jedem Menschen nur vor den Kopf schauen«.

Jeder Straftäter leugnet ein Verbrechen so lange, bis es ihm zweifelsfrei und einhundertprozentig nachgewiesen wird, und selbst dann leugnen die meisten noch beharrlich weiter.

Ein wirklich mieser Job bei der Kripo und den Geheimdiensten! Man musste immer misstrauisch sein, jedem alles zutrauen, jedem alles unterstellen, und durfte niemals jemanden vertrauen. Das war definitiv kein Job für mich. Ich sah viel lieber das Gute im Menschen und war viel lieber positiv eingestellt. So konnte ich bisher immer unbefangen und offen auf Menschen zugehen, jetzt hatte sich jedoch alles verändert…

Nun fing auch ich an, alles wesentlich misstrauischer zu betrachten, und wie sich herausstellte, war dies ja nicht ganz unbegründet…

Nachdem mir René erzählte, dass alles vorbereitet sei, beendeten wir unser Gespräch mit einem kurzen »Bis später!« Normalerweise beendeten wir unsere Telefonate wesentlich herzlicher, aber zu ernst war die Situation und zu groß unsere Sorge um Ines. Aber auch Bremers Tochter hatte in den Händen dieser skrupellosen Verbrecher nichts zu suchen.

Ein silberner Mercedes, ein CLK-Cabrio, hielt direkt vor dem Eiscafé. Ich erkannte den Leiter der örtlichen Filiale meiner Bank, Herrn Ebel. Von Oppenheim hatte dieses Treffen organisiert. Ich zahlte den Kaffee und wir folgten in unserem Transporter dem Cabrio. Etwa fünfhundert Meter weiter, stoppten wir vor dem Bankgebäude. Immer noch vollkommen überrascht von dem Anruf seines Vorstandsvorsitzenden an einem Sonntag, begrüßte uns Ebel.

Sabine Fern stieg ebenfalls mit zwei weiteren Herren aus einem dicht vor dem Gebäude geparkten schwarzen Audi aus und folgte uns schweigend. Als alle in der Bank waren, schloss Ebel die Türe wieder hinter uns. Wir folgten ihm über eine Treppe in die unterste Etage, dorthin, wo sich die Schließfächer befanden. Nachdem er zwei weitere gepanzerte Türen aufgeschlossen hatte, standen wir vor einer Wand mit Schließfächern.

Als ich meinem Schließfach die metallische Safebox entnommen hatte, legte ich die beiden unscheinbar wirkenden und sehr leichten grünen Plastikboxen auf einen Tisch ab. Die beiden Techniker vom BND, die mit Fern eingetroffen waren, öffneten zunächst sehr vorsichtig eine der beiden Plastikboxen.

Als der Deckel der Plastikbox entfernt war, blickten wir alle völlig überrascht in eine leere Box. Die grüne leere Plastikbox in meiner Hand, war keine Milliarden wert, sondern höchstens 10 Cent.

Schnell, aber dennoch genauso sorgsam, öffneten die beiden Techniker nun auch die zweite Box. Das gleiche Ergebnis – wir blickten wieder in eine leere grüne Plastikbox.

Horst, was tust du mir hier gerade an? Was hast du dir dabei nur gedacht?

Ich musste mich erst einmal setzen und meinen Kopf mit beiden Händen stützen. Wieder hatte ich dieses sehr unangenehme Gefühl der Ohnmacht in mir. Mein ganzer Magen zog sich förmlich zusammen. Ich sollte unbedingt weniger Kaffee trinken …

Wenn wir hier versagten, hätten wir nichts mehr in Händen, um Ines und Sabrina auszulösen. Während ich mir gerade das Schlimmste für Ines ausmalte, meldete sich jedoch plötzlich einer der beiden Techniker mit einem erstaunten »Ja, hier!« zu Wort.

Nachdem er die Boxen weiter untersucht hatte, erschien unter UV-Licht eine Ziffernfolge. Der Techniker las laut vor »H-1375«, und auf der zweiten Box stand »354678934«.

Was sollten uns diese Ziffern sagen? Was konnten sie nur bedeuten?

Laut vor mich hin sprechend: »Achte auf die Zahlen, sie zeigen dir den Weg«, zitierte ich die Zeilen aus Horsts Brief. Was wollte Horst mir nur damit sagen? Fern wiederholte noch einmal ebenso ratlos: »H-1375«.

Da meldete sich plötzlich Ebel zu Wort: »H-1375 ist eine Schließfachnummer – eines unserer älteren Fächer. Hier im Nebenraum ist der Safe.«

Horst, du alter Fuchs!

Wir fanden schnell das Schließfach mit der richtigen Nummer. Schließlich gab es insgesamt auch nur zwanzig der älteren Fächer in dem eher kleinen Raum. In der Mitte des Raumes stand ein kleiner runder Glastisch. Ich drehte am Drehrad des Schließfaches und gab die Nummernkombination »354678934« ein.

Leicht öffnete sich das Fach.

Aufgeregt wie bei einer Schatzsuche zog ich die Metallkassette heraus. Hoffentlich nicht wieder nur ein weiterer Puzzlestein auf der Schnitzeljagd zum Schatz! Wäre Horst jünger gewesen, hätte er vermutlich GPS-Daten verwendet und wir würden hier »Geocaching« spielen.

Nein, ein Spiel war das Ganze wahrlich nicht. Ich stellte die Metallkassette etwas zu schnell und mit zu viel Schwung auf dem Glastisch ab. Es gab ein unschönes Geräusch, aber zum Glück hielt das Glas. Ebel sagte nur kurz: »Panzerglas!«

Nervös und mit zitternden Händen klappte ich den zweigeteilten Deckel der Metallbox um und fand wieder zwei gleich aussehende grüne Plastikboxen. Beide sahen völlig identisch aus zu denen, die wir zuvor schon geöffnet hatten. Wieder nur Attrappen?

Einer der beiden Techniker, ein ruhiger älterer Mann, hantierte sorgsam mit einem Skalpell an dem Plastikdeckel herum. Wir alle blickten gespannt auf seine Hände und seine geschickten Bewegungen. Im Gegensatz zu meinen, waren seine Hände vollkommen ruhig.

Vorsichtig entfernte er nun den Deckel von dem Gehäuse – Erleichterung! Glück gehabt: Das waren eindeutig die Originalboxen. In dieser und der zweiten Box befand sich eine Menge Elektronik und eine in einer Art Glaskörper eingeschlossene grünliche Flüssigkeit. In diese Flüssigkeit führten zwei Drähte hinein, und aus dem gesamten Gehäuse ragten fünf verschiedenfarbige Drähte heraus.

Unter den beiden Boxen gab es noch einen kleinen Stapel an Dokumenten. Dies waren die echten Aufzeichnungen mit unzähligen Formeln und Beschreibungen, die ich auch bei näherer Betrachtung nicht verstand. Auf den ersten Blick unterschieden sich diese Aufzeichnungen nicht von denen, die ich bereits in dem Umschlag in Heises Büro gesehen hatte. Entweder war Horst nur sehr vorsichtig gewesen oder er ahnte bereits, dass jemand hinter seiner Erfindung her war.

Ich schaute noch einmal sorgsam in die metallische Schutzbox. Doch sie war leer. Wir hatten nur die beiden grünen Plastikboxen und die besagten Aufzeichnungen gefunden. Insgeheim hatte ich gehofft, dass Horst mir noch mehr Antworten hinterlassen hätte.

Die Techniker präparierten eine der Boxen mit einem kleinen GPS-Sender und verschlossen die Box wieder mit der gleichen Vorsicht und Sorgfalt wie zuvor beim Öffnen.

Diesmal jedoch verklebten sie den Deckel mit einem Spezialkleber. Bei einer noch so sorgfältigen Prüfung konnte niemand mehr erkennen, dass die Box bereits einmal geöffnet worden war.

Ein gewaltsames Öffnen würde mit Sicherheit die in ihr befindliche Elektronik zerstören. Ein Öffnen war jetzt nur noch mit speziellem Werkzeug und in einem Labor möglich. Das sollte uns in Kairo einen Vorteil verschaffen, falls sich schon jemand während der Übergabe zu intensiv mit dem Inhalt der Box beschäftigen wollte.

Die zweite Box wurde von dem Techniker ebenso sorgfältig, jedoch ohne den Deckel zu verkleben, verschlossen.

Fern wollte gerade die zweite, nicht präparierte Box zusammen mit den Dokumenten in einen Aktenkoffer packen, als ich sie am Handgelenk festhielt. Gleichzeitig entnahm ich ihr wieder die grüne Plastikbox und legte sie zusammen mit den Aufzeichnungen in das Schließfach zurück. Fern schaute verärgert, sagte aber nichts.

»Noch ist das mein Erbe und noch habe ich nicht entschieden, was ich damit machen werde!«, sagte ich ihr knapp, aber deutlich. Dann verschloss ich den Safe wieder, aber nicht, ohne eine neue Zahlenkombination einzugeben.

Sicherlich könnte Fern versuchen, das Schließfach öffnen zu lassen, wenn wir in Ägypten sind. Aber von Oppenheim und auch Fern mussten sich an die geltenden Gesetze halten, und ob sie eine Genehmigung erhalten würden, war eher unwahrscheinlich. Da hatten Gesetze doch einmal etwas Gutes, und in diesem Fall einmal zu meinen Gunsten.

Ich wollte nicht riskieren, dass die Organisation mich hier, wo ich lebte und wohnte, aufspürte. Also beschloss ich schweren Herzens, ohne Mr Spock zu besuchen auf dem direkten Weg zum Dortmunder Flughafen zu fahren. Claude, Mike und ich stiegen schweigend und in Gedanken versunken wieder in den vor der Bank geparkten Transporter. Ich fuhr zügig los.

Der Dortmunder Flughafen war überschaubar, und ich hoffte, dass dieser nicht von der Organisation überwacht wurde. Bei dem Netzwerk, gegen das wir hier antraten, mussten wir jedoch mit allem rechnen.

In Dortmund wartete schon ein ziviler Learjet, den von Oppenheim organisiert hatte und der uns – als Geschäftsflug getarnt – nonstop nach Kairo brachte.

DER AUSTAUSCH

Noch während des Fluges rief ich René an und teilte ihm unsere Ankunftszeit mit. Wieder einmal musste er mich vom Flughafen abholen, und die Umstände waren erneut nicht die besten.

In meinem Rucksack und gut geschützt in einem Metallbehälter verpackt hatte ich eine der beiden von allen so begehrten »Greenboxen« dabei. Kein Imitat, sondern die echte.

Auf dem Flughafen in Kairo gab es keine Probleme bei der Einreise. Rasch kamen wir durch den Zoll. René parkte bereits vor dem Flughafen und stand mit Philippe an einem älteren Nissan Patrol – eingekreist von zerbeulten Taxis und ihren laut gestikulierenden Fahrern, die um die wenigen Kunden buhlten.

Wir waren sehr froh, dass unser kleines Team nun komplett war. Nach einer kurzen Begrüßung stiegen wir in den Wagen und besprachen sofort die nächsten Schritte unserer geplanten Befreiungsaktion.

Obwohl ich während des gesamten Fluges versucht hatte zu schlafen, war es mir nicht gelungen. Immerzu musste ich an Ines denken. Es war schwer einzuschätzen, wie die Entführer hier mit einer europäischen Frau umgehen würden. Ich wusste, dass Ines eine selbstbewusste Frau war. Sie konnte sich ihrer Haut ganz gut erwehren, aber auch sie war nie zuvor in einer solch kritischen Situation gewesen. Diese Gedanken äußerte ich nicht gegenüber René und den anderen. Ich vermutete, dass sie ähnliche Gedanken hegten. Warum sollten wir uns gegenseitig auch noch mehr hineinsteigern?

Als wir in dem zerbeulten Nissan saßen, reihte sich René hupend und laut schimpfend in den chaotischen Straßenverkehr ein und fuhr, so schnell es möglich war, ins Zentrum von Kairo zurück.

Wir setzten Philippe und Mike vor ihrem Hotel ab; sie sollten uns während des Austausches den Rücken freihalten. Als sie die Türen zum Aussteigen öffneten, drangen von außen eine ungeheure Hitze und die stickige Großstadtluft ins Fahrzeuginnere. Die Klimaanlage und das Gebläse im Fahrzeug hatten reichlich Mühe, gegen diese Hitze anzuarbeiten. Es war unüberhörbar, dass die Klimaanlage ihre besten Tage schon hinter sich hatte.

In Ägypten war bereits Hochsommer und das Thermometer stand am frühen Abend immer noch auf zweiunddreißig Grad. Gerade als die Sonne am Horizont unterging, riefen die Muezzins der umliegenden Moscheen zum nächsten Gebet auf. Schrill und laut drangen ihre Gebetsrufe aus den Lautsprechern durch die Straßen Kairos. Wir waren hörbar in einer »anderen« Welt gelandet – und das Ganze nicht einmal viereinhalb Flugstunden von Wuppertal entfernt. Definitiv ist die Welt enger zusammengerückt.

Als Mike die Tür zugeschlagen hatte, gab René auch schon wieder Gas und drängelte sich zwischen einem überfüllten Linienbus und einem zerbeulten Taxi in den abendlichen und chaotischen Straßenverkehr dieser Millionenmetropole ein – einen Verkehr, in dem es alles gab: Fußgänger, Fahrräder, Kutschen und unzählige alte stinkende Autos. Nur eins gab es nicht – Verkehrsregeln.

Die stickigen und dunkel gefärbten Abgase stiegen aus den Auspuffrohren gen Himmel. Hier fuhren unsere alten vom TÜV ausgemusterten Fahrzeuge herum. Das war Recycling auf Ägyptisch. Fuhren die Fahrzeuge hier nicht mehr, so wurden sie weiter verfrachtet, tiefer hinein nach Afrika.

Nach einer Fahrt mit mehr »Stop« als »Go« erreichten wir zehn Minuten später auch unsere Unterkunft. Das Hotel Four Seasons war nun wirklich kein Hotel für arme Leute. René fuhr den alten Nissan direkt in die Tiefgarage des Hauses. Neben den hier geparkten Nobelkarossen wirkte unser alter Patrol wie ein Fahrzeug von einem anderen Planeten.

Claude hielt sich noch eine Zeit lang hinter dem Beifahrersitz versteckt auf. Nur René und ich stiegen aus. Den Fahrzeugschlüssel ließ René stecken, die zweite Zimmerkarte hatte er Claude schon vorher zugesteckt.

René und ich fuhren direkt mit dem Aufzug in die vierzehnte Etage der angemieteten Suite. Eine halbe Stunde später öffnete sich unsere Zimmertür und Claude trat ein.

Wir wollten auf jeden Fall auf Nummer sicher gehen, dass Claude nicht mit uns zusammen gesehen wurde. Claude und seine Kameraden waren ja schließlich unsere Rückendeckung – wenn man so wollte: unsere Lebensversicherung.

Wir hofften, dass unsere Gegenspieler immer noch davon ausgingen, dass sie es nur mit zwei Amateuren zu tun hatten – zwei Amateure, die ihnen zwar schon mächtig Ärger verursacht hatten, aber trotz allem Amateure blieben. Wir nutzen die Zeit, um zu duschen. Schließlich wollten wir möglichst frisch und ausgeruht auf unsere Widersacher treffen.

Nach weiteren, schier endlos erscheinenden zwei Stunden klingelte das Handy, das am Empfang von den Entführern für uns hinterlegt worden war.

»Ja«, meldete sich René kurz. Er drückte die Freisprechtaste, sodass wir alle mithören konnten. René und ich wurden aufgefordert, sofort mit der Box in den achtzehnten Stock des Hotels zu fahren. Dort würde der Austausch stattfinden.

Ich nahm den Metallbehälter mit der Box an mich, und so schritten René und ich zügig aus dem Zimmer in Richtung der Aufzüge. Nach für uns endlos erscheinenden Minuten ertönte ein leiser dumpfer Gong und eine der vier Aufzugstüren öffnete sich mit einem leichten Quietschen.

Wir waren beide nervös und die Anspannung veränderte unseren sonst so entspannten Gesichtsausdruck erheblich. Im Aufzugspiegel sahen wir zwei Typen, die um Jahre gealtert schienen. Die Musik, die im Aufzug eingespielt wurde, beruhigte uns überhaupt nicht – im Gegenteil, sie nervte nur.

Ich hatte eine kleine Knopfkamera an meiner Jacke versteckt. So konnten Claude und Logan vier Stockwerke tiefer alles mithören und mitverfolgen. Claude stand in Funkverbindung mit unserem kleinen Außenteam, das sich bereits vor dem Hotel und in der Hotellobby postiert hatte.

Mit dem Wissen, ein kleines Team im Rücken zu haben, schritten René und ich etwas selbstbewusster den Flur entlang und klopften nun gegen die Tür der Suite 1816.

Zwei mit dunklen Anzügen bekleidete Männer öffneten die Tür. Einer der Typen richtete sofort eine Maschinenpistole auf uns. Wir traten ein und wurden sofort auf Waffen durchsucht. Nachdem sie keine gefunden hatten, auch nicht die gut im Knopf meiner Jacke versteckte Kamera, führten sie uns in einen größeren Raum, das Wohnzimmer der Suite.

Der Raum hatte eine große Fensterfront mit einer riesigen Dachterrasse davor. Von hier aus hatten wir einen unglaublichen Ausblick auf die unzähligen Lichter der Millionenmetropole.

Wir bekamen die Anweisung, uns auf ein breites Sofa zu setzen. Sofort folgten wir der Aufforderung, die in Englisch mit einem stark arabischen Akzent kam. Ein weiterer Mann, in traditionelle ägyptische Kleidung verhüllt, betrat nun den Raum, und obwohl es draußen bereits dunkel war, trug er eine Sonnenbrille. In fast akzentfreiem Englisch wies er uns sofort und energisch an, ihm die Box zu übergeben. Es war deutlich zu spüren, dass er mächtig unter Druck stand.

Ich versuchte, ebenso energisch zu wirken, und sagte knapp: »Zuerst wollen wir Ines sehen.« Er zögerte einen Moment und überlegte. Dann drehte er sich zu einem der beiden Typen im schwarzen Anzug um und wies ihn an, eine Zimmertür zu öffnen. Da konnten wir Ines im Türrahmen sehen. Sie hatte eine schwarze Augenbinde um und einen Kopfhörer auf. Als René Ines sah, wollte er gleich aufspringen; ich hielt ihn kurz, aber kraftvoll am Arm fest. René schaute mich daraufhin leicht irritiert an, ließ sich dann aber schnell wieder auf das Sofa sinken.

Einer der maskierten Typen fuchtelte bereits übernervös mit seiner Maschinenpistole herum. Er wusste bestimmt, was mit seinen Kollegen in der Türkei passiert war …

Ich war erleichtert, dass sich Ines in unserer Nähe befand und wir nicht noch auf eine »Schnitzeljagd« durch Kairo geschickt wurden. Die Tür wurde wieder geschlossen und Ines verschwand aus unserem Blick.

Nun übergab ich ihm etwas beruhigter die Metallbox. Er klopfte daraufhin an eine andere Tür, und ein westlich gekleideter Mann betrat den Raum. Er nahm die Box an sich und setzte sich an einen modernen Glasschreibtisch. Der Schreibtisch stand nahe am Fenster mit direktem Ausblick über das nächtliche Kairo und den durch die Stadt fließenden Nil.

Nun kam der spannendste Moment. Sorgsam öffnete er die Metallbox und entnahm sehr vorsichtig die grüne Kunststoffbox. Unter einer größeren Lupe, die er aus seiner Tasche gezogen hatte, wurde nun jeder Millimeter der Box untersucht. Es schien so, als ob er alle Zeit der Welt hätte.

Ich drehte meinen Oberkörper die ganze Zeit langsam so hin und her, dass Claude über die Kameralinse vier Etagen tiefer möglichst viel mitverfolgen konnte.

Unsere Rechnung ging auf und die spezielle Verklebung erfüllte ihren Zweck. Der Typ, der die Plastikbox untersuchte, fand keine Möglichkeit, sie zu öffnen, ohne sie dabei zu beschädigen.

Doch zu früh gefreut …

Zuerst nahm er eine Waage und wog die Box. Sichtlich zufrieden mit dem Ergebnis, öffnete er einen größeren Koffer und zog einen schwarzen Kasten mit einem Stromanschluss heraus. Das ließ nichts Gutes erahnen.

Er steckte den Stecker in eine Steckdose, öffnete eine Klappe und legte die grüne Plastikbox sehr vorsichtig hinein. Sofort verschloss er sie wieder. Ein USB-Kabel wurde mit einem Laptop verbunden.

Es traf mich wie ein Schlag. Verdammt! Sie hatten doch tatsächlich ein mobiles Röntgengerät dabei. Damit hatten wir nicht gerechnet … Ich wurde innerlich völlig unruhig, und mein Pulsschlag stieg schlagartig. Mir wurde plötzlich ganz heiß.

So gut es ging, ließ ich mir jedoch nichts anmerken, aber all meine Nervenstränge waren auf ein unerträgliches Maß angespannt. Auch René rutschte nun leicht auf dem Sofa hin und her. Ich stieß ihn unauffällig mit dem Ellenbogen an, damit er wieder ruhig sitzen blieb.

Wenn das jetzt schiefging und er den GPS-Sender entdeckte, standen wir ganz schön auf dem »Schlauch« ... Dann wären wir geliefert gewesen, und nicht einmal Claude und Logan hätten uns hier so schnell heraushauen können.

Wir wussten, dass dies der riskanteste Teil unseres Planes war. Für diesen Teil unserer Aktion gab es keinen »Plan B«. Viel zu kurz war unsere Vorbereitungszeit gewesen.

Zu unserer Erleichterung nickte der Typ am Laptop dem Anzugtypen zufrieden zu. Für ihn war anscheinend alles in Ordnung. Erleichterung! Sofort packte er das Röntgengerät wieder in den Koffer, und verstaute den Laptop in eine Umhängetasche. Die grüne Plastikbox wurde wieder genau so sorgsam und vorsichtig in dem Metallkasten verpackt, wie er sie zuvor entnommen hatte.

Der Typ in der traditionellen Kleidung nahm die Metallbox nun an sich und verließ zügig, ohne auch nur ein weiteres Wort zu äußern, den Raum. Der Kerl mit dem Laptop folgte ihm rasch.

Alles lief plötzlich so schnell ab, dass ich nicht einmal die Gelegenheit hatte, etwas zu sagen. Als ich aufstehen wollte, um in den Raum zu gehen, wo wir zuvor Ines gesehen hatten, deutete mir der Typ mit der Maschinenpistole jedoch energisch an, sitzen zu bleiben.

Entweder bringen die uns jetzt hier um oder wir sollten noch warten, damit die anderen beiden einen Vorsprung erhielten.

Glück für uns: Es war die zweite Möglichkeit. Nach weiteren endlosen Minuten öffnete sich die Tür, durch die wir zuvor schon Ines gesehen hatten. Ines trat mit einem angespannten Gesichtsausdruck in den Raum – dieses Mal ohne Augenbinde und Kopfhörer.

Der Kerl hinter ihr hatte immer noch seine Pistole im Anschlag. René war jedoch nicht mehr zu bremsen; er stürmte sofort auf seine Schwester zu und schloss sie in die Arme. Unsere Bewacher verließen zügig den Raum und ließen uns in der Suite alleine zurück.

Nachdem René seinen Gefühlen freien Lauf gelassen hatte und Ines mit einem Strahlen im Gesicht wieder losließ, fielen nun auch wir uns in die Arme und küssten uns leidenschaftlich.

Bis das Zimmertelefon klingelte … Es war Claude, der uns daran erinnerte, dass das Ganze hier noch nicht zu Ende war. Mit einem Lachen im Unterton sagte er dann: »Das kann ja niemand mit anhören!« Ich hatte die Kamera mit dem Mikrofon völlig vergessen und lachte erleichtert. Ich war überglücklich, denn der für René und mich wichtigste Teil unserer Mission war erfolgreich verlaufen. Jetzt kam der nächste und hoffentlich besser geplante Teil.

Dass Ines' Befreiung so glimpflich abgelaufen ist, war mehr Glück als unserer guten Planung zu verdanken. Schon die Ausstattung unserer Gegner zeigte, dass es sich hier um Profis handelte. Ihrer präzisen Vorgehensweise und ihrer Ausrüstung nach zu schließen, führten sie eine solche Aktion nicht zum ersten Mal durch.

Aber unser Trumpf war es, dass sie uns als Amateure eingestuft hatten und uns so völlig unterschätzten. Sie rechneten mit Sicherheit nicht mit unserem kleinen Team und unserer neu geschaffenen Allianz mit von Oppenheim.

Wir verließen die Suite nun rasch und fuhren die vier Etagen hinab zu Claude und Logan. Mit einem charmanten Lächeln stellten sich die beiden Ines vor. Claude sagte ihr, dass er gut verstehen könne, warum wir so viel riskiert hatten. Ines lächelte leicht verlegen. Sie war sichtlich erschöpft, aber auch erleichtert über den geglückten Austausch.

Wir konnten Ines die Strapazen der letzten Tage ansehen. Sie sah völlig erschöpft aus. Ihre Kleidung war verschmutzt, sie hatte dunkle Ringe unter den Augen. Wir waren aber überglücklich, dass man ihr nichts Schlimmes angetan hatte.

Niklas, Philippe, Jack und auch Mike standen schon bereit. Sie sicherten die jeweiligen Ausgänge am Hotel. Claude hatte ihnen bereits die Beschreibung der Männer durchgegeben. Es dauerte auch nicht lange, da meldete sich Mike von seiner Position an der Garagenausfahrt des Hotels: Ein dunkler Mercedes mit zwei Personen, auf die die Beschreibung passte, fuhr gerade recht zügig in nördliche Richtung. Das GPS-Signal, das wir von der »Greenbox« empfingen, bestätigte Mikes Beobachtung. Mike verfolgte den Mercedes bereits mit seinem Motorrad. Er war ein Profi und würde sich wie eine »Zecke im Pelz« nicht mehr so leicht abschütteln lassen.

Auch wenn Ines am liebsten zuerst unter die Dusche gesprungen wäre, mussten wir jedoch hier schnellstens verschwinden. Im Aufzug bestätigte sie uns von Oppenheims Vermutung, dass sie die letzten Tage zusammen mit Sabrina Bremer und zwei weiteren Geiseln in einem Kellergewölbe in Käfigen gefangen gehalten worden war – in Käfigen, die wie im Mittelalter aufgehängt waren. Ich war überglücklich, dass sie unversehrt war.

Im Aufzug hielt ich sie im Arm und streichelte ihr liebevoll über ihre Hände, die vor Aufregung immer noch zitterten. Zusammen fuhren wir auf das Dach des Hotels, wo bereits ein gemieteter Helikopter mit laut drehenden Rotoren auf uns wartete. René und Ines sollten zusammen mit Logan zum Flughafen zurückfliegen. Dort stand immer noch der Learjet, mit dem wir eingeflogen waren. Logan flog zum Schutz der beiden mit.

Ines schaute mich bittend an und ich blickte in ihre tieftraurigen Augen. Mir schmerzte das Herz, sie so gehen zu lassen. Dass ich zurückblieb, trieb ihr die Tränen in die Augen. Auf dem gut beleuchten Heliport sah ich nur allzu deutlich, wie sie ihr über die Wangen liefen.

Ich spürte immer noch Ines' weiche Lippen auf meinem Mund, als der Helikopter mit lautem Dröhnen über uns aufstieg. Sie sollten zurück nach Frankreich fliegen, um dort auf dem Weingut eines Freundes von René erst einmal unterzutauchen. Diese Adresse kannte niemand; dort wären sie sicher.

Als der Helikopter abhob, winkte ich ihnen noch hinterher. Vielleicht wäre ich auch besser mitgeflogen? Zweifel machten sich wieder in mir breit, denn das, was jetzt kam, konnte auch noch ganz gewaltig schiefgehen.

Jedoch wollte ich es nicht allein Claude und seinen Kameraden überlassen, diese Verbrecher zur Strecke zu bringen. Es war wie ein innerer Zwang, der mich antrieb, diese Typen zu jagen. Auf keinen Fall wollte ich zulassen, dass diese Organisation mich so einschüchterte, dass meine Ängste mich lähmten.

Gerade hatte ich Ines zurück, und schon waren wir wieder getrennt. Schwermütig blickte ich dem Helikopter hinterher, wie er am nächtlichen Himmel immer kleiner wurde. Nur sein Positionslicht blinkte noch als winziger Punkt am nächtlichen Himmel über Kairo.

Claude zog mich leicht am Arm und machte mir damit klar, dass wir nun schnellstens los mussten. Vor dem Hotel parkte bereits der Nissan mit Philippe, Niklas und Jack. Kaum saßen Claude und ich, da trat Philippe auch schon das Gaspedal durch. Hupend und fluchend reihte er sich in die schier endlos dahinkriechende Blechkarawane in Richtung Norden ein.

Es war ein sternklarer Himmel und der Verkehr auf den Straßen von Kairo wurde nicht weniger. Die Lichter der unzähligen Fahrzeuge formten eine weiß-rote »Lichterschlange«, die sich träge durch die Straßen schlängelte.

Über Funk erfuhren wir von Mike, in welche Richtung der Mercedes unterwegs war.

Sie fuhren zuerst nach Banha, dann weiter nach Damanhur. Jetzt war es klar: Sie wollten nach Alexandria.

Es war immer noch stockdunkel, als wir in Alexandria ankamen. Wir trafen Mike in einer ruhigen Seitenstraße eines ärmlichen Vorortes von Alexandria. Philippe parkte den Patrol in einigem Abstand zu Mike am Straßenrand.

Damit wir nicht unnötig auffielen, ging Claude alleine zu Mike. Mike beobachtete aus einem unbeleuchteten Hauseingang heraus ein Gebäude auf der gegenüberliegenden Straßenseite.

Aus dem Gebäude heraus empfingen wir das GPS-Signal der manipulierten »Greenbox«. Die Fenster waren verdunkelt und das Metalltor ließ auch keinen Blick ins Innere des Hofes zu.

Bis auf Philippe und Mike waren wir anderen ausgeruht. Zwar waren die beiden die halbe Nacht durchgefahren, aber sie waren dennoch hellwach. Claude und Mike kamen zurück zum Transporter. Niklas übernahm ab jetzt die Beobachtung des Gebäudes.

Früh am Morgen wollten sie ins Gebäude eindringen, um auch Bremers Tochter zu befreien. Da ich nicht für solche Aktionen trainiert war, fiel mir die Aufgabe zu, am Fahrzeug zu warten, um so unseren Rückzug zu sichern. Das war mir, ehrlich gesagt, auch ganz recht. Nicht, dass ich mich drücken wollte, aber für eine solche Aktion brauchte man nicht nur Glück, sondern auch ein gutes Training. Die Jungs waren ein eingespieltes Team, da wäre ich bei der Erstürmung des Gebäudes vermutlich eher eine Belastung als eine Hilfe gewesen. Mein bisheriges Glück seit dem Beginn dieser Geschichte hatte ich bereits genug strapaziert.

Im Wagen herrschte Ruhe; jeder versuchte, sich noch etwas auszuruhen. Ich beobachtete die Straße und Niklas, der immer noch versteckt im dunklen Hauseingang das Gebäude beobachtete.

In Gedanken freute ich mich schon auf mein nächstes Wiedersehen mit Ines. Bei diesem Gedanken fielen mir irgendwann die Augen zu, bis mich Mike recht unsanft weckte. Ich bekam die Augen kaum auf und mir war, als ob ich noch müder war als vor diesem kurzen Schlaf. Gerade einmal zwei Stunden waren vergangen.

Kurz erklärte Claude allen noch einmal die nächsten Schritte und verteilte die Ausrüstung, die er über seinen Kontaktmann organisiert hatte. Unglaublich, was Claude innerhalb kürzester Zeit alles auf die Beine stellen konnte! Ich hatte mittlerweile den Eindruck, je kürzer die Zeit zur Vorbereitung war, umso besser und präziser wurde er.

Bis jetzt hatten wir noch keinen Stress mit den örtlichen Behörden bekommen. Nach der nun kommenden Aktion würde sich dies vermutlich schlagartig ändern.

Wir hatten alle ein kleines Headset auf und konnten uns so untereinander verständigen. Jeder hatte eine kleine Maschinenpistole sowie eine weitere Pistole mit Schalldämpfer erhalten. Claude sagte nur kurz »Go!« und es ging los.

Alle stiegen aus dem Patrol aus und schlossen leise die Türen hinter sich. An dem dunklen Hauseingang trafen sie Niklas. Ich konnte noch sehen, wie Claude ihm seine Ausrüstung gab, dann verschwanden sie aus meinem Blickfeld. Nur per Funk konnte ich jetzt noch verfolgen, was passierte.

Viel gesprochen wurde nicht. Sie waren ein eingespieltes Team, jeder kannte seine Position. Ich hörte als Erstes Mikes Stimme: »Tor offen.« Ohne ein Geräusch zu verursachen, hatte Mike das Tor geöffnet.

Im schwachen Schein des Mondes beobachtete ich die Straße und die kleinen Seitengassen. Nirgends konnte ich auch nur eine Menschenseele entdecken. Nur einige Straßenköter durchstreiften im Schutze der Nacht die Straßen, um nach etwas Essbarem zu suchen, bevor sie am Tag wieder von den Bewohnern des Viertels vertrieben wurden.

In einiger Entfernung rief der Muezzin zum ersten Gebet des Tages auf. Das war eine gute Zeit, um in das Gebäude einzudringen. War es Zufall, dass Claude gerade diesen Zeitpunkt gewählt hatte, oder war das bereits Teil seines Planes? Ich wusste es nicht.

Dann hörte ich die ersten dumpfen Schüsse. Einige Schreie auf Arabisch und Claudes Anweisung, die Räume einzeln nach und nach zu durchsuchen. Es herrschte eine Zeit lang eine gespenstische Stille. Plötzlich ein lauter Aufschrei auf Arabisch: »Allah bakwa«, dann eine heftige Explosion.

Bald danach gab jeder nacheinander seinen Codenamen durch: Blue 1, Blue 2, Blue 3, Blue 4 und Blue 5. Ich war jedes Mal erleichtert, wenn ich die Zahl 5 hörte! Keiner war getroffen oder durch die Explosion verletzt worden.

Nach Claudes späteren Schilderungen hatte sich der Anführer mit der »Greenbox« in die Luft gesprengt, als er keinen Ausweg mehr sah. Im Untergeschoss des Gebäudes fanden sie dann auch die vier Metallkäfige, die knapp einen Meter über dem Boden hingen – genau so, wie Ines es uns bereits beschrieben hatte: Käfige, wie man sie im Mittelalter benutzte, um Menschen während ihrer Gefangenschaft zu foltern.

Ein Käfig war leer und in den anderen fanden sie Sabrina Bremer, ein weiteres junges dunkelhäutiges Mädchen sowie einen jungen europäisch aussehenden Mann. Alle waren zwar unverletzt, aber in keinem guten körperlichen Zustand. Zu lange waren sie vermutlich schon in dieser unbequemen und menschenverachtenden Haltung gefangen.

Claude gab mir über Funk die Anweisung, bis zum Tor vorzufahren. Als ich dieses erreichte, stand es offen und Philippe saß am Steuer des Mercedes. Der Motor lief bereits. Niklas half zuerst einer jungen dunkelhäutigen Frau und dann einem jungen weißen Mann auf die Rückbank des Mercedes. Claude sprang zu mir auf den Beifahrersitz und Sabrina saß zwischen Mike und Jack eingekeilt auf der Rückbank. Wir waren startklar.

Ich legte den Gang ein und trat das Gaspedal kräftig durch. Laut dröhnte der Motor vor uns. Philippe folgte uns im Mercedes. Keine Sekunde zu spät, denn in der Nachbarschaft wurde es hektischer. Aufgeschreckt von der Explosion, wurden die Ersten neugierig und schauten aus ihren Fenstern. Einige Männer traten mit ernsten Blicken und laut gestikulierend auf die Straße. Auf keinen Fall wollten wir mehr als nötig riskieren, und so fuhr ich zügig um die nächste Kurve. Claude sagte nur: »Zum Hafen!«

Zu dem Muezzin, der immer noch schrie, kamen nun auch noch die Sirenen der herannahenden Polizei dazu.

Ich folgte den Anweisungen des Navis, das Claude bereits vorsorglich eingeschaltet hatte. Um diese Uhrzeit waren die Straßen noch nicht überfüllt. Nur wenige Mopeds, Fahrräder und Autos waren unterwegs. »In Deutschland sollte man die morgendlichen Gebete auch einführen«, sagte ich mit einem erleichterten Lachen im Gesicht, »dann sind die Straßen wenigstens während des Gebetes einmal leer.«

Etwas Verhalten, noch voller Anspannung, lachten die Jungs mit. Zwar waren sie für solche Aktionen ausgebildet, aber kaltblütige Killer waren sie nicht. Auch wenn Sie wussten, dass sie das Richtige taten und für die gute Seite kämpften, so fiel es ihnen dennoch nicht leicht, Menschen zu töten. Das war ja auch einer der Gründe, warum ich diese Jungs von Anfang an so mochte.

Im Rückspiegel konnte ich Bremers Tochter sehen. Sie wirkte recht verstört. Mit weit aufgerissenen Augen verfolgte sie unsere Flucht zum Hafen. Recht rasant nahm ich mit dem alten Nissan die nächste Kurve und trug somit auch nicht gerade zu ihrer weiteren Beruhigung bei.

Ohne auf die Polizei zu stoßen, erreichten wir den Containerhafen. Dieser Teil des Hafens lag etwas vorgelagert vor der Anlegestelle der Kreuzfahrtschiffe. Claude schaute auf das Navi und sagte zu mir: »Direkt auf den blinkenden Punkt zufahren!«

Erst jetzt sah ich den kleinen, gelb blinkenden Zielpunkt. Als wir ihn erreichten, erblickten wir einen Mann, der uns von einem High-Tech-Offshorespeedboot aus zuwinkte. Er wirkte an diesem Ort ziemlich deplatziert. Wäre dies Saint-Tropez oder Cannes gewesen – o. k., dann hätte es gepasst. Aber nicht hier in Alexandria und nicht in diesem Teil des Hafens.

Claude hatte wieder einmal eine seiner Vorsichtsmaßnahmen getroffen. Er hatte bereits einen seiner Kameraden zu dem Fischer geschickt, um das Boot abzuholen. Als klar war, wo unser Ziel lag, hatte Claude es mit einer SMS zum Hafen geordert. Ich muss gestehen, ich hatte davon nichts mitbekommen. Im Grunde habe ich mich die ganze Zeit auf Claude verlassen.

Nachdem alle an der Anlegestelle ausgestiegen waren, parkte ich den Wagen versteckt zwischen mehreren Hochseecontainern. Überrascht sah ich, dass auf einem der Container in großen Buchstaben »Lohr Group« stand.

Philippe parkte den Mercedes gleich hinter dem alten Nissan und ich prüfte noch einmal sehr sorgfältig den Innenraum beider Fahrzeuge. Ich wollte sicher sein, dass wir nichts Verräterisches im Wagen vergessen hatten.

Im Hafen selbst war schon einiges los. Geschäftig gingen hier nur Männer ihrer Arbeit nach. Von meiner Position aus hatte ich einen guten Blick über den Hafen bis hin zu den unzähligen Türmen der Moscheen, die hoch über die Häuser der Stadt hinausragten.

Claude und Niklas halfen den beiden Frauen an Bord. Der Mann schaffte es schon wieder aus eigener Kraft. Neben dem modernen Speedboot wirkten die älteren Fischerboote wie aus einer anderen Zeit. Auch ich kletterte nun rasch über die rostige Eisenleiter hinunter auf das Boot. Da es nicht vertäut war, schwankte es ganz schön gegen die Kaimauer. Als alle an Bord waren, gab Claude seinem Kameraden ein Zeichen und dieser legte nun rückwärts ab. Der Bug lag bereits in Richtung Hafenausfahrt.

Mit einer für den Hafenbereich viel zu hohen Geschwindigkeit verließen wir rasch das Hafenbecken entlang des künstlichen, mit Felsen aufgeschütteten Schutzwalls.

Die Sonne ging auf und erleuchtete Alexandria in einem wunderschönen Morgenrot. Unter anderen Umständen hätte man diesen Ausblick richtig genießen können. Doch wieder einmal war ich nur froh darüber, ein Land recht schnell und unerkannt verlassen zu können. Hoffentlich änderte sich dies bald wieder …

Mit reichlich Tempo und dem Dröhnen von eintausendzweihundert PS unter uns, nahm unser Kapitän eine scharfe Rechtskurve am Ende des Walls. Das Boot kippte bedrohlich zur Seite und etwas Wasser schwappte über die Deckkante hinein. Beide Gashebel des Speedbootes lagen am Anschlag und ließen die beiden Motoren unter uns aufheulen. Das Boot steuerte auf das offene Meer hinaus, und Alexandria wurde beim Zurückblicken rasch kleiner.

Ich ging zu Sabrina Bremer, die mich trotz ihrer Erschöpfung gleich in die Arme schloss. Auch in ihrem Blick war die Erleichterung über die geglückte Befreiungsaktion deutlich zu sehen. Sie schilderte mir ihre gemeinsame Zeit mit Ines in der Gefangenschaft. Aber für eine vernünftige Unterhaltung dröhnten die Motoren unter uns einfach viel zu laut.

In der kurzen Zeit der Gefangenschaft sind sich die beiden Frauen rasch näher gekommen. Umso schwerer war die Zeit für Sabrina Bremer, als Ines nicht mehr da war. Ich erzählte ihr in wenigen Sätzen, dass Ines bereits in Sicherheit war und was Sabrinas Vater alles unternommen hatte, um auch sie zu befreien. Als ich ihren Vater erwähnte, blickte sie mich plötzlich an, als ob ich Luft wäre. Sie blickte einfach durch mich hindurch. Ich ließ Sabrina Bremer mit ihren Gedanken alleine und ging zu Claude.

Wir waren schon auf unserem Kurs, und bei unserem Tempo würden wir den Hafen von Heraklion auf Kreta in etwa sechs Stunden erreichen. Die Überfahrt verlief recht unspektakulär.

Philippe kümmerte sich unterdessen um die befreiten Geiseln. Sie erhielten Vitamindrinks, Müsliriegel und eine Aufbauspritze, um ihren Kreislauf zu stabilisieren.

Das Meer vor uns war recht ruhig, sodass sich der Wellengang in Grenzen hielt. Das Boot schoss regelrecht über das Wasser hinweg und hinterließ hinter uns eine durch die beiden Propeller aufgewühlte See.

Als wir am Hafen von Heraklion angekommen waren, wartete auch schon ein kleiner Bus auf uns. Der Fahrer hatte den Auftrag, uns direkt zum Flughafen zu bringen. Es war bereits Mittag und wir hatten alle noch nichts Richtiges im Magen. Ich ging zum Fahrer und forderte ihn auf, am nächsten Hotel oder Restaurant zu stoppen. Es war höchste Zeit, unsere hungrigen Mägen zu besänftigen.

Zuerst protestierte er noch, nachdem er aber sah, wie ernst es mir war, lenkte er ein und informierte die wartende Maschine am Flughafen. Wir alle hatten die Aktion unversehrt überlebt, da konnte der Flieger ruhig einmal eine Stunde länger warten.

Claude amüsierte sich darüber und meinte nur, dass ich schon fast wie ein Franzose denken würde. Alle stimmten meinem Vorschlag freudig zu. Die beiden Frauen und der befreite Mann waren sehr froh darüber, dass zu dem Lokal auch ein kleines Hotel gehörte. Schnell waren drei Zimmer organisiert, damit alle vor dem Flug noch einmal duschen konnten.

Am Flughafen angekommen, gelangten wir direkt über einen Nebeneingang auf das Flugfeld. Nur kurz zeigte unser Fahrer an dem Kontrollposten seinen Ausweis, und schon öffnete sich die Schranke vor uns. Mit laufenden Turbinen stand auf dem Flugfeld bereits die wartende A 310 der Bundeswehr zum Abflug bereit. Ohne Wartezeit flogen wir nach Düsseldorf los.

Ich legte den Sicherheitsgurt an und nach nur wenigen Minuten schlief ich zufrieden ein. Den kompletten Start hatte ich glatt verschlafen. Mit unserer Sondergenehmigung konnten wir in Düsseldorf auch sofort landen.

Auf dem Flughafen trennten sich dann die Wege von Sabrina Bremer sowie den beiden anderen befreiten Geiseln und uns.

Fern begleitete die befreiten Geiseln zu einer Untersuchung in ein nahe gelegenes Krankenhaus. Wie ich später erfuhr, stammten sie aus sehr wohlhabenden Familien. Das Gebäude, aus dem wir sie befreit hatten, wurde von der Organisation schon seit Jahrzehnten für solche Geiselnahmen genutzt. Man konnte nur erahnen, welch grausame Szenen sich im Laufe der Jahre dort abgespielt haben mussten.

Die Frau kam aus Nigeria und der Mann aus England. Beide wurden entführt, um von ihren reichen Familien Lösegeld zu erpressen. Ihre Entführer, so stellte sich später heraus, waren nur Sub-Unternehmer. Ein raffiniert angelegtes Netzwerk verschiedener Gruppen arbeitete nach dem Prinzip der Arbeitsteilung zusammen. Die eine Gruppe entführte und die andere schleuste die Entführten durch die halbe Welt. Eine weitere Gruppe versteckte die Geiseln und wieder eine andere verhandelte mit den Familien.

Sobald die Familien das Lösegeld gezahlt hatten, bekamen sie die GPS-Koordinaten und konnten ihre Angehörigen irgendwo auf dieser Welt wieder einsammeln. Mittlerweile hatten auch diese Verbrecher das Internet für sich entdeckt und sich entsprechend vernetzt. Außerhalb einer Gruppe kannte sich keiner und zwischen den verschiedenen Gruppen lief alles anonym ab.

Früher, ohne Internet, dauerten die Botschaften zwischen den einzelnen Gruppen schon einmal etwas länger. Oft kam es dann dazu, dass die Geiseln schon einmal ein paar Jahre versteckt und eingesperrt waren. Das bedeutete: jahrelang von ihren Familien getrennt. Jahrelang in Gefangenschaft.

Im schlimmsten Fall wurden sie während ihrer gesamten Zeit in einem solchen Käfig gefangen gehalten. Nur die körperlich und psychisch Starken überlebten diese harte und beschwerliche Tortur unversehrt. Dies alles geschah für die Öffentlichkeit im Verborgenem. Nur wenige Fälle wurden je öffentlich. Je mehr ich über diese Verbrechen erfuhr, desto zorniger wurde ich.

Für uns stand neben der gelandeten A 310 ein VW-Bus bereit. Steif wie ein britischer Aristokrat stand von Oppenheim an der Schiebetür und beglückwünschte uns zu der erfolgreichen Mission. Von Oppenheim begleitete uns höchstpersönlich in ein Landhotel im Neandertal. Welch eine Ehre!

Als ich das Ziel unserer Fahrt erfuhr, sagte ich: »Zurück zu den Wurzeln!«, und musste sogleich über meine eigenen Worte lachen. Claude saß mir im Bus direkt gegenüber und fragte, worüber ich nun lachte. Ich antworte kurz: »Das mit den Neandertalern erkläre ich dir gleich im Hotel«, und musste weiter und vor allem vor Erleichterung über unsere erfolgreiche Aktion in Ägypten lachen. In diesem Moment spürte ich, wie angespannt meine Nerven die ganze Zeit doch gewesen waren.

Als die anderen sich auf den Weg zu ihren Zimmern machten, hielt mich Claude am Arm fest und zeigte mir auf seinem Handy Fotos der getöteten Männer aus dem Haus in Alexandria. Auf dem Display erkannte ich zwei der Männer an ihrer Kleidung wieder. Es waren die beiden aus dem Hotel Four Seasons. Der eine war der Typ in der traditionellen Kleidung, der die »Greenbox« an sich genommen hatte, und der andere war der Techniker mit dem Koffer. Auf dem vorletzten Bild erkannte ich noch das Gesicht des Anzugstypen aus der Türkei wieder – der, mit dem ich telefoniert hatte. Die anderen hatte ich noch nie gesehen. Ich war erleichtert – es hatte die Richtigen erwischt.

Das Hotelzimmer im Neandertal glich eher einer Suite. Von Oppenheim hatte sich wirklich nicht lumpen lassen.

Mit René und Ines hatte ich bereits vor unserem Start in Zypern telefoniert. Wie glücklich Ines doch am Telefon klang! Wenn ich ihre Stimme hörte, durchströmte meinen Körper eine wohlige Wärme. Eine Wärme der Geborgenheit und der Sehnsucht, Ines schnellstmöglich wieder in meine Arme zu schließen.

Es war Montag und bereits später Nachmittag, als ich mich nach dem Duschen auf das Bett legte und gegen die Decke blickte. Unglaublich, was alles in der kurzen Zeit passiert war – einfach unglaublich! Obwohl ich ja schon zuvor im Flugzeug geschlafen hatte, schlief ich sofort wieder ein.

»SPINNENJAGD«

Erst am nächsten Morgen traf ich die Jungs beim Frühstück wieder. Alle waren putzmunter und es schien so, als ob sie gestern nur kurz beim Golfen gewesen wären. Wir saßen zusammen an einem großen Tisch im Speisesaal und unsere Stimmung war ausgelassen. Mike machte wieder seine Späße und ich erklärte Claude die Geschichte der Neandertaler.

Keiner der übrigen Gäste im Frühstücksraum des Nobelhotels hätte bei unserem Anblick auch nur erahnen können, dass wir gestern noch in Nordafrika Geiseln aus den Händen ihrer skrupellosen Entführer befreit hatten. Von außen sah es so aus, als säße hier eine Gruppe zusammen, die auf einer ausgelassenen Männertour war. Nach dem dritten Kaffee fühlte ich, wie meine Lebensgeister zurückkehrten.

Ich genoss gerade mein drittes Marmeladenbrötchen und war bei meiner vierten Tasse Kaffee angelangt, als von Oppenheim sich zu uns an den Tisch setzte. Er hatte in der Zwischenzeit Bremer weiter bearbeitet und wusste nun, wo der Kurier in Kanada seinen Unterschlupf hatte, der die Obersten der Organisation mit den wichtigsten Informationen versorgte und den sie »die Spinne« nannten. Was für ein passender Name: Spinne! Er spinnt den Faden, über den sich das Verbrechen verbreitet.

Seit Langem war ich das erste Mal wieder entspannt und erleichtert. Eine innere Zufriedenheit umgab mich. Ines war in Sicherheit, Sabrina Bremer war unversehrt. Und wir hatten noch zwei weitere Geiseln aus den Händen ihrer Entführer befreit. Claude und seine Kameraden hatten trotz einiger kritischer Situationen nichts abbekommen. Wir alle waren gesund und unversehrt zurückgekehrt.

Aber ich wusste: Für mich war das Ganze noch nicht vorbei. Zwar hatten wir einen kleineren Sieg gegen diese Organisation erzielt und Ines und Sabrina befreit. Ja, selbst die begehrte »Greenbox« war nicht in die Hände unserer Widersacher gelangt, aber ich wusste auch, dass unsere Gegenspieler nicht so leicht aufgeben würden.

Mein nächstes Ziel war nun Kanada. Ich wollte unbedingt dichter an die Hintermänner dieser Organisation heran. Ich wollte nicht länger nur die Handlanger erwischen. Nein, ich wollte unbedingt die Köpfe, den inneren Kreis dieser skrupellosen Organisation zur Strecke bringen. Mich interessierten die Köpfe derer, die den Auftrag zur Ermordung von Inge und Horst erteilt hatten.

Hatten wir die »Spinne«, hatten wir die Verbindung zum inneren Kreis – die Verbindung zu den obersten Köpfen der Organisation. Folgten wir dem Faden der Spinne, so würden wir auch die oberste Riege dieser mächtigen Organisation finden.

Das war der Plan. Zwar würden die einzelnen Gruppen in den Ländern weiter bestehen, aber der Kopf der Organisation wäre erst einmal abgeschlagen. Ich hoffte nur, dass die Informationen, die Bremer an von Oppenheim gegeben hatte, auch der Wahrheit entsprachen. Was, wenn es noch andere Vernetzungen gab? Was, wenn Bremer uns nur an der Nase herumführte?

Ines war verständlicherweise überhaupt nicht davon begeistert, als ich ihr am Telefon meinen Entschluss mitteilte, nun auch noch mit Claude und den Kameraden nach Kanada zu reisen. Sie reagierte richtig sauer. So ernst hatte ich sie noch nie erlebt. Sie redete sich förmlich in Rage. Was für eine blöde Idee dies wäre und dass es doch die Aufgabe anderer sei, sich um diese Kriminellen zu kümmern.

Mitten in Ihrem Redeschwall stockte sie und fing herzzerreißend an zu weinen. Wie gern hätte ich sie jetzt fest in meine Arme geschlossen! Begleitet von ihrem intensiven Schluchzen versuchte ich ihr zu erklären, warum ich unbedingt mit nach Kanada musste. Ich könnte es mir für den Rest meines Lebens einfach nicht verzeihen, wenn ich nicht alles versucht hätte, um die Drahtzieher am Mord von Inge und Horst zu fassen. Nie würde ich sonst zur Ruhe kommen …

Für mich hatte jeder Mensch eine Bestimmung auf diesem Planeten, in seinem Leben. Meine sah ich derzeit in der Bekämpfung dieser Organisation. Ich wusste, Ines verstand mich, aber ihr Herz fühlte etwas völlig anderes. Nach all den Jahren hatten wir endlich zueinandergefunden, und jetzt stand alles wieder auf dem Spiel. Mein Herz schmerzte, mein Hals war trocken, meine Augen waren feucht. Ich war gerührt davon, dass sich ein anderer Mensch solche Gedanken um mich machte und sich so sehr um mich sorgte, mich so sehr liebte.

Natürlich war auch René besorgt um mich, als ich ihm meine Entscheidung mitteilte. Ihm fiel es jedoch wesentlich leichter, meinen Entschluss nachzuvollziehen – warum ich so handelte, so handeln musste.

Zwei Tage später saßen wir in einem regulären Linienflugzeug nach Kanada, getarnt als Radsportteam auf dem Weg ins Trainingslager. Um unsere Tarnung perfekt zu machen, hatte uns Fern noch an einem Radrennen in Vancouver angemeldet. In Calgary hatte Fern bereits zwei große Wohnmobile für uns gemietet. An einem befand sich der Anhänger mit unseren Rennrädern. Ausgerechnet Rennräder! Hätten es nicht wenigstens Mountainbikes sein können? Viel lieber wäre ich mit einem solchen querfeldein durch die Wälder Kanadas geradelt.

Auch wenn das Ganze wie Urlaub aussah, so hatten wir doch ein ernsthaftes Ziel vor Augen. Die offizielle Teilnahme an dem Radrennen nach unserem Trainingslager war die perfekte Tarnung. Wären wir in offizieller Mission in Kanada eingereist, wäre die Gefahr einer Enttarnung viel zu groß gewesen. Nicht einmal die kanadischen Behörden waren jetzt über unsere Mission informiert. Unser kleiner Trupp war wieder einmal ganz auf sich alleine gestellt.

Nach unserer Ankunft konnten wir die Wohnmobile sofort übernehmen. Normalerweise musste jeder nach einem Transatlantikflug zuerst eine Nacht im Hotel verbringen, bevor die Vermieter einem die Wohnmobile übergaben. Aber Fern hatte ihre ganze Überzeugungskraft genutzt und so konnten wir gleich nach einer kurzen Einweisung starten.

Im ersten Supermarkt konnten wir uns mit den wichtigsten Dingen eindecken. Mike und Niklas schoben zwei vollgepackte Einkaufswagen über den großen Parkplatz zu den am Rande geparkten Wohnmobilen. Philippe war der Koch der Truppe. Für den ersten Abend standen saftige und riesige Steaks auf der Speisekarte.

Unzählige Dosen Heineken-Bier fanden ihren Platz in den äußerst geräumigen Kühlschränken der Fahrzeuge. Dies war zwar nicht sehr sportlich, würde aber hervorragend zu den gegrillten Steaks schmecken.

Die beiden Wohnmobile, die hier Camper genannt wurden, waren komplett ausgestattet und hatten starke V6-Motoren mit einem Automatikgetriebe. Langsam reihten wir uns in den Nachmittagsverkehr von Calgary ein und fuhren in Richtung Banff, einem der ältesten Nationalparks Kanadas – der richtige Ort für unseren ersten Zwischenstopp und um sich einen entspannten Grillabend zu gönnen.

Um unsere Tarnung aufrechtzuerhalten, hatten wir für den nächsten Morgen auch gleich eine Trainingseinheit mit den Fahrrädern eingeplant. Beim örtlichen Ranger erkundigte sich Claude nach einer idealen Trainingsrunde, bei der wir auch Tiere beobachten könnten. Zwar wäre der späte Nachmittag die bessere Zeit zur Tierbeobachtung, erklärte uns der Ranger. Aber auf den kleineren Nebenstrecken mit wenig Straßenverkehr hätten wir auch um diese Uhrzeit gute Chancen.

Claude hoffte darauf Bären, zu sehen. Ich schaute ihn ungläubig an: »Bären?« – »Ja«, meinte er nur lachend, »so hautnah kann man frei lebende Bären nur noch in Kanada oder Russland erleben.«

Ich schaute den Ranger fragend an und wollte nun wissen, wie wir uns verhalten müssten, wenn wir einmal auf einen mürrischen Bären treffen würden. Er grinste breit, zog seine Jacke zur Seite, und wir blickten auf einen recht großen silbernen Trommelrevolver.

»Nicht jeder Tourist hat ja seinen eigenen Revolver dabei«, antworte ich ihm etwas beunruhigt. Immer noch lachend antwortete er mir: »Tja, ab und an enden auch einmal ein paar Touristen als Bärenfutter!« Unser Ranger hier – so schien es – war ein richtiger Spaßvogel.

Nach gut zwei Stunden Bergaufradeln durch eine wirklich atemberaubende Naturlandschaft war ich ganz schön abgekämpft. An den Aussichtspunkten hatten wir eine unglaubliche Fernsicht über eine grandiose Landschaft. Nur Claude und Mike waren ganz enttäuscht. Das Einzige, was wir in den letzten zwei Stunden zu sehen bekommen hatten, waren ein paar kanadische Wapitis. Claude und Mike ließen ihren Frust an den Rädern aus und machten am Berg nun richtig Tempo. Beide schossen förmlich an Niklas, Philippe, Logan und mir vorbei. Jack war auf dem Campingplatz geblieben und kümmerte sich um die Vorbereitungen für Vancouver.

Uns reichten das Tempo und die Trainingseinheit völlig aus. Nur Claude und Mike schienen einfach nicht genug zu bekommen. Unermüdlich traten sie in die Pedale und verschwanden dann auch recht schnell aus unserem Blickfeld. Nach der nächsten lang gezogenen Kurve sahen wir die beiden schon nicht mehr. Hier, auf einer kleinen und wenig befahrenden Seitenstraße im Banff-Nationalpark gab es so gut wie keinen Autoverkehr. Die meisten Touristen hielten sich, wie der Ranger uns ja mitgeteilt hatte, auf den breiteren Nationalstraßen auf.

In Gedanken war ich gerade bei Ines, und in mir keimten erneut Zweifel auf. War es nicht ziemlich unvernünftig, dies hier durchzuziehen? Wäre es nicht doch klüger gewesen, bei meiner ersten wahren und großen Liebe zu bleiben? Ich hatte den Gedanken kaum zu Ende gedacht, als plötzlich Claude und Mike mit irrem Tempo und wie ein Blitz an uns vorbei den Berg hinab schossen. Sie riefen nur: »Bär – Bär!«

Wir schauten den beiden irritiert hinterher und fuhren weiter bergauf. Natürlich hielten wir das für einen Spaß, den sich die beiden mit uns erlauben wollten. Dies wäre ja nicht Mikes erster Scherz auf unsere Kosten gewesen ...

Zuerst hörten wir ihn nur, aber dann sahen wir ihn auch schon. Ein wilder und wütend schnaubender riesiger Schwarzbär kam um die Kurve gestürmt und sah recht aggressiv aus. Ich dachte an die Worte des Rangers: »Ruhig verhalten!«. So ein blöder Idiot! Das hätte er mal besser diesem Bären erklären sollen. Nie zuvor hatten wir die Fahrräder so schnell gewendet, und zum Glück ging es bergab. Ich war das erste Mal richtig froh darüber, auf einem schnellen Rennrad zu sitzen. Viel Zeit blieb uns auch nicht mehr

Nur noch wenige Meter trennten uns von dem sich rasend nähernden und noch immer wütend schnaufenden Bären. Immer lauter wurde das Geräusch seiner auf den Asphalt schlagenden Krallen. Sein wildes Schnaufen kam immer dichter und bedrohlicher an uns heran. Wir legten den ganzen Druck unserer Beinkraft in die Pedale. Der Abstand zwischen dem Bären und uns wurde dadurch langsam, aber stetig immer größer.

Schnell kamen wir wieder an Claude und Mike heran. Ich rief laut und immer noch nach Luft schnappend: »Merde!« Wir mussten alle erleichternd und herzhaft lachen. Was für eine unvergessliche Trainingseinheit …! Als der Bär aus unserem Blickfeld verschwunden war, verlangsamten wir unser Tempo wieder.

Dieser außerplanmäßige Sprint hatte uns alle ganz schön gefordert. Als wir wieder dicht zusammenfuhren, meinte Philippe nur zu Mike, ob er wieder versucht hätte, dem Bären einen seiner blöden Witze zu erzählen. Alle mussten laut lachen – nur Mike nicht. Denn Mike hielt seine eigenen Witze für die besten.

Keiner unserer Spurts war je schneller. Wie verrückt musste jemand eigentlich sein, um in dieser Gegend Rad zu fahren – in einer Gegend, in der noch wilde Bären frei herumliefen! Was hätten wir bloß gemacht, wenn wir gejoggt wären? Ich beschloss, mich nie wieder über freilaufende und aggressive Hunde beim Joggen in Deutschland zu beschweren.

Am Abend grillten wir wieder vor unseren Campern ein paar saftige Steks und genossen unser Heineken aus der Dose. Nach dem heutigen Training hatten wir uns dies, weiß Gott, verdient. An dem gemütlich knisternden und wärmenden Lagerfeuer hatten wir uns vom heutigen Tage ja reichlich zu erzählen. Ich schaute Claude an, der immer noch breit lachte, und meinte: »Wer kommt auch schon auf eine so blöde Idee, Bären vom Fahrrad aus zu beobachten!« Ein herzhaftes Lachen machte die Runde. Nach der heutigen doch eher außergewöhnlichen Sprinteinlage genehmigten wir uns noch eine Extradose Bier. Dieses doch sehr hautnahe Naturerlebnis werden wir alle wohl so schnell nicht mehr vergessen.

Am nächsten Tag fuhren wir weiter nach Vancouver und mieteten uns für drei Tage auf einem etwas außerhalb gelegenen Campingplatz kurz vor der »Bay Bridge« ein.

Noch am gleichen Abend fuhren wir mit einem von dem Campingplatzbesitzer ausgeliehenen Jeep nach Downtown zum Essen. Zu Fuß und vorbei an einer noch aus dem Jahre 1895 stammenden mit Dampf betriebenen Uhr in Downtown, fanden wir schnell das uns empfohlene gemütliche Lokal »The Mill Marine« mit einem herrlichen Ausblick auf den Hafen. Hier wurden die verschiedensten Biersorten angeboten. Den Blick auf die Bay Bridge gab es gratis dazu. Gerade landete ein Wasserflugtaxi unweit des Lokals. Vancouver war eine nordische Stadt mit südländischem Charme.

Wir trugen unser weißes Team-Shirt mit Aufdruck »Bike-Club Wuppertal« und der Wuppertaler Schwebebahn als Logo. Zuerst wollte uns von Oppenheim als Düsseldorfer Team losschicken. Unter meinem lautstarken und hartnäckigen Protest hatte er es schließlich doch in ein Wuppertaler Trikot ändern lassen. Wenn schon, dann wollten wir wenigstens für Wuppertal antreten.

In dem Lokal erzielten die T-Shirts die beabsichtigte Wirkung. Schnell kamen wir mit den übrigen Gästen ins Gespräch. Wieder einmal musste ich erklären, was die Wuppertaler Schwebebahn eigentlich war. Am Gesichtsausdruck meines Gegenübers konnte ich erkennen, dass es wohl eher wieder vergebens war.

In diesem Lokal gab es hervorragende Speisen und ein wohlschmeckendes Bier. Das Lokal war nicht umsonst bei vielen internationalen Touristen und den ortsansässigen Kanadiern angesagt. So aufgeschlossen und freundlich, wie die Kanadier nun einmal sind, erfuhren wir rasch und reichlich über das »Who's Who« der örtlichen Prominenz. So erhielten wir auch den Hinweis auf einen ausländischen Geschäftsmann, der eher zurückgezogen in einem Vorort von Vancouver lebte und gelegentlich mit seinem Wasserflugzeug auftauchte. Die Beschreibung passte genau auf die Person, die wir suchten. Wir wussten ja bereits von Fern, wo wir ihn finden würden. Die »Spinne« wohnte in der Nähe des Capilano Lakes im Norden Vancouvers.

Am nächsten Morgen saßen wir in dem größeren Camper beim Frühstück zusammen. Selbst zu siebt hatten wir hier ausreichend Platz, um am großen Tisch bequem zu sitzen und unsere Lagebesprechung abzuhalten.

Fern hatte uns in einer verschlüsselten E-Mail die neuesten Informationen gesendet. Bremer und Tochter seien in einem Zeugenschutzprogramm untergebracht und wir könnten nun starten. Nur sehr wenige kannten nun noch den Aufenthaltsort der beiden. Bremer musste seine Tochter schon sehr lieben, dachte ich bei mir, wenn er für sie alles aufgab, was er sich in den letzten Jahren aufgebaut hatte.

Wenn die Informationen, die wir erhalten hatten, stimmten, so würden wir spätestens in zwei Tagen den Mann fassen, der in der Organisation nur als die »Spinne« bekannt war. Dieser Mann wäre dann unser Schlüssel – der Schlüssel zu den obersten Köpfen der Organisation.

Bremer war für mich ein Manipulator. Jemand, der sich nur schwer durchschauen ließ. Dass Bremer hervorragend und überzeugend argumentieren konnte, hatte ich ja schon selbst in seinem Büro in Düsseldorf erlebt. Aber von Oppenheim war ja auch kein Anfänger. Ich vermutete, dass die beiden sich in den Verhören ein nervenaufreibendes Katz-und-Maus-Spiel geliefert hatten.

Bei dem Gedanken, so dicht an die Köpfe der Organisation zu gelangen, erhöhte sich mein Pulsschlag deutlich. Ich spürte regelrecht, wie meine Körpertemperatur anstieg.

Nach unserer Lagebesprechung legten wir zur Entspannung noch eine Trainingseinheit mit den Fahrrädern ein. Wir fuhren über die Lions Gate Bridge und bogen dann in den Stanley Park ein – diesmal eine Tour mit einem grandiosen Ausblick auf den offenen Pazifik und die Skyline von Vancouver.

Nach dem Duschen ruhte ich mich auf der Sitzbank des Campers aus und dachte über Ines und mich nach. Welch ein Glück, dass wir nach all den Jahren doch noch zueinandergefunden hatten! Mit diesem schönen Gedanken schlief ich im Sitzen ein. Es war ein langer und erholsamer Schlaf.

Gegen dreiundzwanzig Uhr weckte mich Mike. Es ging los. Niklas war gleich nach unserer Trainingseinheit vorausgefahren und hatte sich vor Ort ein Bild von der Lage gemacht. Die »Spinne« lebte alleine in einem beschaulichen Haus im Glenmore Drive, nahe am Wald und einem See gelegen. Zu dem Haus gehörte ein Bootsanleger, an dem ein Wasserflugzeug und ein kleineres Boot festgemacht waren.

Claude hatte beschlossen, nicht länger zu warten, sondern die »Spinne« noch in der gleichen Nacht zu entführen.

Wir fuhren mit dem erneut ausgeliehenen Jeep zu dem besagten Haus; Niklas saß, verdeckt durch einen Strauch am Waldrand, auf einem Quad und beobachtete das Haus mit einem Nachtsichtgerät. Mit seinem schnellen, geländegängigen Gefährt war er mühelos durch das Waldstück am See entlang bis dicht an das Haus gelangt.

Nach Niklas Ausführungen hatte sich die »Spinne« den ganzen Nachmittag über unauffällig verhalten. Er hatte nur das Wasserflugzeug betankt. Vermutlich wollte er am nächsten Tag wieder auf eine seiner Kurierreisen gehen, doch Claude wollte ihn auf keinen Fall entkommen lassen.

Dann ging alles wieder recht schnell. Genauso schnell wie mit Bremer in Düsseldorf. Mike, Logan und Claude drangen zusammen mit Philippe in das Haus ein und fixierten die »Spinne« so rasch mit Kabelbindern, dass ihm für eine Gegenwehr keine Zeit blieb. Niklas, Jack und ich sicherten die Umgebung. Sofort wurde die »Spinne« zu einem Paket verschnürt und zum Wasserflugzeug gebracht. Diesmal hatten wir mehr Glück als in Düsseldorf. Wir entkamen unerkannt.

Claude und Mike flogen mit unserem Gefangenen zu einer kleinen Bucht auf Nootka Island, einer kleineren Insel, die vor Vancouver Island lag. Hier übergaben sie die »Spinne« an drei

Elitekämpfer der GSG 9, die bereits in einem kleinen Schlauchboot warteten.

Die »Spinne« wurde samt Gepäck und unbemerkt von den kanadischen Behörden auf ein vor der Küste wartendes U-Boot verfrachtet. Dieses gehörte zur deutschen Marine und fuhr in offizieller Mission weiter nach San Diego in den USA. Es sollte dort an einem gemeinsamen Manöver mit der amerikanischen Marine teilnehmen.

Keine sechs Stunden später startete in San Diego ein Learjet mit vier Personen an Board. Alle besaßen diplomatische Pässe. Ihr Ziel war Berlin. An Board des Learjets befanden sich die »Spinne« sowie die drei Männer der GSG 9.

Da sollte mal einer sagen, die Deutschen könnten keine erfolgreichen Geheimoperationen planen. Aber ständen diese Operationen in der Zeitung, wären sie ja schließlich auch keine Geheimoperationen mehr …

Nicht einmal sechzehn Stunden nach seiner Entführung saß die »Spinne« in Berlin von Oppenheim zum Verhör gegenüber.

Wir fuhren unterdessen zurück zum Campingplatz, und Niklas tauschte dort das Quad gegen den Jeep ein und spielte Taxi für Claude und Mike, die mit dem Wasserflugzeug zurück nach Vancouver geflogen waren. Am nächsten Morgen saßen wir wieder alle gemeinsamen beim Frühstück im Camper. Es war so, als ob in der vergangenen Nacht nichts passiert wäre.

Am Nachmittag fand unser Radrennen statt. Wir waren nach solch einer kurzen und aufregenden Nacht zwar nicht in der allerbesten Verfassung, belegten aber immerhin noch den zweiten Platz in der Teamwertung. Ich wusste es ja bereits: Als Team funktionierten wir bestens.

Auch wenn mein persönlicher Beitrag bei dieser Entführung nicht unbedingt von allzu großer Bedeutung gewesen war, so war ich doch sehr froh darüber, dass ich dabei sein konnte.

Mit unseren Silbermedaillen im Gepäck flogen wir noch am gleichen Abend mit einer Linienmaschine zurück nach Deutschland. Tarnung war halt alles. Unbehelligt von den Behörden und sonstigen Organisationen war diese Mission wieder ein voller

Erfolg. Entsprechend zufrieden und entspannt genossen wir den vorzüglichen Service in der ersten Klasse des Airbus 747.

Mike war putzmunter und voll in seinem Element; er versuchte gerade, bei der hübschen Stewardess zu landen. Wir mussten lachen, denn auch diese Dame war gegen seine fürchterlichen Witze immun. Nach einiger Zeit gab er schließlich frustriert auf und schlief leicht verstimmt ein.

Vom Flughafen in Tegel fuhren wir direkt zu von Oppenheim in die BND-Zentrale. In einem großen und modern ausgestatteten Besprechungsraum warteten wir auf ihn und waren äußerst gespannt darauf, was er Neues zu berichten hatte.

Ich war zwar leicht angeschlagen – mir machte der Jetlag zu schaffen; immerhin lagen ja gerade neun Zeitzonen hinter uns –, trotzdem war ich sehr gespannt darauf, was er im Verhör mit der »Spinne« herausgefunden hatte. Eigentlich war es schon sehr ungewöhnlich, dass jemand wie ich – ein eigentlich Außenstehender – so viele Insiderkenntnisse erhielt.

Von Oppenheim war seinem Ziel, der Enttarnung der verantwortlichen Köpfe dieser Organisation, noch nie so nahe gekommen. Er hatte in den letzten Jahrzehnten schmerzlich erfahren müssen, dass er diese Organisation mit konventionellen Methoden nicht zerschlagen konnte. Von Oppenheim benutzte mich und ich benutzte von Oppenheim. Das war der unausgesprochene Deal zwischen uns beiden.

Von Oppenheim und Fern betraten den Raum und begrüßten uns kurz, aber freundlich. Ihren Gesichtern nach zu urteilen, hatten sie keine guten Nachrichten. Und so war es auch …

Wie wir es nicht anders kannten, kam von Oppenheim gleich zur Sache. Alles andere hätte auch nicht zu ihm gepasst.

»Wir haben die falsche Person entführt«, sagte er kurz.

Wir schauten recht verdutzt zu von Oppenheim und Fern. Beide saßen nebeneinander am Ende des großen Besprechungstisches. Das Einzige, was ich noch herausbrachte, war ein kurzes »Wie jetzt?«. Von Oppenheim fuhr mit seinen Ausführungen fort, ohne meine Bemerkung weiter zu kommentieren.

Bremer hatte uns auf eine falsche Spur gesetzt, um uns zu beschäftigen. Die Person, die wir entführt hatten, war zwar ein Mitglied der Organisation, aber nicht die »Spinne«.

Der, den wir entführt hatten, hieß Thomson, Jack Thomson, und er arbeitete für einen amerikanischen Öl-Konzern namens »Eton Technology« in Kanada. Er war spezialisiert auf die Erschließung neuer Ölvorkommen.

Eton Technology war ein erfolgreiches und weltweit agierendes Unternehmen. Ein Unternehmen, das genau in das Beuteschema dieser Organisation passte.

Thomson arbeitete als Landesvorsitzender für den nordamerikanischen Markt der Organisation. Mehr war aus Thomson nicht herauszubekommen. Er hatte sich in seiner Zelle erhängt.

Von Oppenheim berichtete ernst und angespannt weiter. Bremer hatte die Zeit, in der wir mit der Planung und der Entführung der vermeintlichen »Spinne« beschäftigt waren, genutzt und sich mit seiner Tochter nach Chile abgesetzt – sich dem Schutz seiner Aufpasser, zweier BND-Beamter, entzogen.

Von Oppenheims Wortwahl hörte sich meist wie aus einem Lehrbuch für Agenten und Militärs an. Dieser Personenkreis hatte seine ganz eigene knappe Sprache entwickelt. Ich kannte dies noch von meiner eigenen Zeit bei der Bundeswehr, als ich meinen Wehrdienst absolvierte: »Feind auf drei Uhr – Angriff!«.

Das wirklich Ärgerliche an der ganzen Situation war, dass wir einen der Köpfe der Organisation, Manfred Bremer, schon in unseren »Händen« hatten, denn nach Thompsons Aussage war Bremer einer ihrer obersten Köpfe.

Thompson hatte einmal persönlich eine Nachricht an Bremer überbringen müssen; daher rührte die Verbindung zwischen den beiden. Bremer hatte dies dann auch gleich ganz geschickt für sich ausgenutzt und Thompson für sein Ablenkungsmanöver ans Messer geliefert.

Äußerst schlau hatte er uns für seine Zwecke benutzt, um seine Tochter zu befreien. Wieder einmal hatte Bremer seine Cleverness bewiesen und war uns erneut mehr als nur einen Schritt voraus.

Von Oppenheim war stinksauer und ärgerte sich dabei wohl am

meisten über sich selbst. Ausgerechnet er hatte ja dafür gesorgt, dass Bremer ins Zeugenschutzprogramm kam und Deutschland mit einer neuen Identität unbemerkt verlassen konnte.

Von Thomson hatte von Oppenheim noch erfahren, dass Bremer sich mit einem der führenden Köpfe in der Organisation, einem Chinesen, einen erbitterten Machtkampf lieferte. Der oberste Kreis dieser Organisation war schon seit längerer Zeit zerstritten. Sie waren sich uneinig über die neue Aufteilung ihrer Märkte. Im Zuge der allgemeinen Globalisierung forderten die Asiaten mehr Macht innerhalb der Organisation. Bremer wollte dies jedoch nicht zulassen.

China machte mittlerweile mehr Geschäfte mit Afrika als Europa und die USA zusammen. Über diese Verbindungen hatten sich die Chinesen mit den Terrorgruppen in Nordafrika zusammengeschlossen. Gemeinsam hatten sie dann Bremer hart zugesetzt.

Der Deal, den sie geschlossen hatten, war der, dass die Chinesen Nord-Europa und die Afrikaner das südliche Europa erhalten sollten. Noch nie zuvor in der langen Geschichte dieser Organisation kam es dazu, dass sich die führenden Köpfe gegenseitig bekriegten.

Diese Organisation war mit dem Aufbau der weltweiten Handelswege entstanden, quasi noch vor Marco Polo. Und dieser reiste ja schon in der Mitte des 13. Jahrhunderts durch die Welt. Seit internationaler Handel betrieben wurde, schlossen sich reiche und einflussreiche Personen zu diesem geheimen Kreis, der »Organisation«, zusammen. Sie agierten nie öffentlich. Sie existierten im Schatten der regulären Handelshäuser und der bekannten Unternehmen. Aber diese Organisation zog im Hintergrund immer die entscheidenden Fäden. Nahezu jeder kleine und größere Krieg geht in irgendeiner Art und Weise auf ihr Konto zurück. Mit Kriegen ließ sich viel Geld verdienen – bis vor Kurzem...

Denn heute waren die Kriege eher schädlich für ihre Geschäfte. An den Börsen verdienten sie jetzt in einem Jahr so viel Geld wie zuvor mit den unzähligen geführten Kriegen zusammen. Derzeit waren es Wirtschaftskriege, die geführt wurden. Unternehmen wurden aufgebaut und wieder zerstört. Banken wurden an den Rand des Ruins getrieben, um dann Staatssubventionen zu kassieren. Steueroasen wurden gegründet. Geld verschwand einfach so, als ob ein großer Staubsauger es verschlungen hätte.

All dieses Geld verschwand jedoch nicht in einem dunklen schwarzen Loch. Nein, das Geld floss in die Banken, über die die Organisation die Kontrolle hatten.

Im Chinesischen würde man wohl sagen: »Wie Yin und Yang.« Meine Oma hätte gesagt: »Wo viel Licht ist, ist auch viel Schatten.«

Wo das Gute existiert, gibt es auch das Böse. Wo es den »lieben Gott« gab, war der Teufel nicht weit weg. Jede Kultur hatte einen anderen Namen, andere Geschichten und andere Erzählungen darüber. Diese Organisation war das Übel, das Grundböse. Das, was sie hatten, war Geld, viel Geld. Das, wonach sie strebten, war Macht.

Wir wussten: Es gab nicht nur einen »Teufel«. Es gab gleich mehrere davon.

Als die Afrikaner Bremers Tochter entführt hatten, wurde es für ihn in Deutschland zu eng. Zu dicht waren sie an ihn herangekommen. Kurzerhand und ganz geschickt hatte Bremer die Seiten gewechselt. Einen besseren Security-Dienst als den BND konnte sich Bremer kaum wünschen. Natürlich hatte von Oppenheim die Gelegenheit genutzt – die beste Gelegenheit, die ihm seit Jahren geboten wurde, um die Organisation zu zerschlagen.

Wie sich später noch herausstellte, war auch die Rock-Invest nur ein kleiner Teil der Organisation, und die Lohr-Group gab Bremer nur den seriösen Schein. Die Rock-Invest war sehr verschachtelt und kompliziert aufgebaut. Keiner kannte die wahren Köpfe dahinter.

Das Risiko, das Bremer eingegangen war, bestand darin, dass nun jeder sein Gesicht kannte. Ja, selbst seine Fingerabdrücke und seine Iris waren nun registriert. Wie sagt man so schön: Seine biometrischen Daten waren erfasst.

Bremer wurde aufgrund seiner Flucht nach Chile in Abwesenheit in Deutschland als Mitglied einer kriminellen Vereinigung verurteilt. Seine Unternehmen wurden enteignet und fielen dem Staat zu. Geschickt hatte es von Oppenheim eingefädelt, dass ich recht günstig und weit unter dem offiziellen Marktwert den Zuschlag zum Kauf der Winter AG erhielt. Eigentlich war dies ja genau die Verantwortung, die ich nicht übernehmen wollte ...

Wie enttäuscht war Horst anfangs gewesen, als ich seine Nachfolge nicht hatte antreten wollen. Dieses Mal wollte ich jedoch nicht zulassen, dass sein Lebenswerk erneut in die falschen Hände kam.

Ines war über diese Veränderung zuerst gar nicht glücklich. Sie wusste ja aus meinen Schilderungen, wie viel Zeit Horst in den Aufbau und die Weiterentwicklung der Winter AG investiert hatte. Ich konnte Ines jedoch beruhigen und sie davon überzeugen, dass ich nicht das Ziel hätte, die Mitarbeiterzahl noch weiter zu erhöhen. Vorsorglich verschwieg ich ihr jedoch vorerst, dass der Aufbau des neuen Geschäftsbereiches »Green Power« und die Jagd nach dem Maulwurf nicht ohne einen gewissen Zeiteinsatz zu schaffen war.

Drei Tage später fing ich als neuer Geschäftsführer und Inhaber in der Winter AG an. Am vierten Tag lud ich zu einer außerordentlichen Belegschaftsversammlung ein und stellte mich allen Mitarbeitern der Winter AG ganz offiziell als neuer Geschäftsführer vor. Gleichzeitig präsentierte ich Horsts Erfindung, die »Greenbox«.

Für die Vermarktung dieser Erfindung würde ein eigener neuer Geschäftsbereich gegründet werden, und ich verkündete, dass ich mich sehr über Bewerbungen aus den eigenen Reihen freuen würde. Der Köder für den Maulwurf war ausgeworfen.

Als ich nach der Versammlung wieder in meinem Büro – Horsts ehemaligem Büro – am Fenster stand und meinen Kaffee genoss, den mir Frau Lieder dieses Mal freudestrahlend servierte, überlegte ich, wie sich Horst wohl freuen würde, wenn er mich jetzt als seinen Nachfolger hier sehen könnte.

Ich hatte den Plan gefasst, »zwei Fliegen mit einer Klappe zu schlagen«. Zum einen wollte ich, dass das sagenhafte Erbe, die unglaubliche Erfindung der »Greenbox«, möglichst vielen Menschen zugutekäme, und zum anderen hatte ich den Plan, dem Maulwurf, der seit Jahren in der Winter AG tätig sein musste, eine Falle zu stellen.

Wenn alles wie ausgedacht ablief, würde sich die gesuchte Person bestimmt auf eine der neuen im Unternehmen ausgeschriebenen Stellen bewerben. Diese Chance würde sich der Maulwurf bestimmt nicht entgehen lassen. Nur wenn derjenige, den wir suchten, Mitarbeiter dieses neuen Bereiches würde, hätte er Zugriff auf all die Informationen, nach denen er mit Sicherheit immer noch suchte.

SABRINA BREMER

Jetzt mit Ines in Wuppertal war mir der französische Sonnenschein nicht mehr ganz so wichtig. Nun hatte ich ja meine eigene »Sonne« ständig um mich.

René und ich hatten zusammen ein Weingut im Elsass gekauft – ein Weingut, das bereits Weine mit einem einzigartigen Charakter hervorbrachte. Der Deal war, dass René sich vor Ort darum kümmern sollte und ich regelmäßig zum Verköstigen vorbeikam. Eine wirklich gute Vereinbarung – für mich …

Nachdem René das Haus in Lyon verkauft hatte, meinte Ines nur zu ihm: »Schade, ich mochte den ›Swimming Pool‹ in Lyon sehr!« und lachte dabei. René schaute etwas irritiert, fragte aber nicht weiter nach. Ich versprach Ines, den gleichen Pool in unserem Garten in Beyenburg zu bauen, jedoch mit einer Überdachung und einer Heizung dazu. Ines lachte verführerisch, sodass ich gleich wieder eine Gänsehaut bekam. Gleich morgen wollte ich die Handwerker bestellen …

Von Oppenheim rief mich an und teilte mir mit, dass er nun wieder in Düsseldorf sei. Er bat mich, ihn heute noch aufzusuchen. Ich sagte zu und wollte gerade noch nachfragen, worum es ginge, aber da hatte er auch schon aufgelegt.

Ich beschloss, Ines mit nach Düsseldorf zu nehmen, um ihr mehr von ihrer neuen Heimat zu zeigen. Da es ein schöner Tag war, entschieden wir uns dazu, mit dem Motorrad zu fahren. Nach dem Termin mit von Oppenheim wollte ich mit ihr noch am Rheinufer entlang bis nach Kaiserswerth fahren. Dort kannte ich ein nettes Restaurant mit einem herrlichen Blick auf den Rhein und einem vorzüglichen Flammkuchen auf der Speisekarte – einem Flammkuchen mit reichlich Speck und leckeren Zwiebeln drauf.

Für die Rückfahrt plante ich einen weiteren Stopp in Zons ein.

In einem Altstadtcafé wollte ich unsere kleine Tour dann gemütlich ausklingen lassen.

Äußerst hilfreich war es für Ines, dass sie während ihrer Aupair-Zeit in Deutschland die deutsche Sprache perfekt gelernt hatte. Dadurch war sie hier nicht isoliert, konnte sich hervorragend verständigen und fand mit ihrem so wohlklingenden französischen Akzent schnell Anschluss. Nach meinem Geschmack manchmal ein wenig zu schnell … Ich bemerkte, wie ich gelegentlich ein wenig eifersüchtig wurde. Als ich ihr dies erzählte, lachte sie mich nur mit ihrem bezaubernden Lächeln an und gab mir einen Kuss.

Arbeiten hätten wir beide nicht mehr gemusst; Geldsorgen gab es dank meines Erbes ja nicht. Aber Nichtstun war bei uns beiden auch nicht angesagt. Ines wollte gern die Arbeit von Inge bei der Wuppertaler Hilfsorganisation »Kindertal« fortsetzen. Ich fand dies eine prima Idee und suchte ihr gleich die Kontaktdaten zu den anderen aktiven Unterstützern heraus.

Ein Lächeln formte meinen Mund, als ich Ines in ihrer neuen Motorradkombi vor mir sah. Sie schaute mich kess an und posierte dabei lächelnd wie ein Model auf dem Laufsteg. Ich war glücklich!

Zwar war wieder einmal reichlich Verkehr auf der Autobahn nach Düsseldorf, und wie so oft kam es zu allem Überfluss noch zu einem Rückstau auf der A 46 am Kreuz Hilden. Mit dem Motorrad konnte ich mich jedoch langsam zwischen den Autos hindurchschlängeln, und so kamen wir nur mit fünfzehn Minuten Verspätung in Düsseldorf an.

Sichtlich aufgewühlt kam uns am Treppenaufgang von Oppenheim entgegen. Etwas Außergewöhnliches musste passiert sein. Menschen wie er gerieten nicht so schnell aus der Fassung. Es blieb uns nicht einmal Zeit für eine ordentliche Begrüßung, denn sofort sprudelte es aus ihm heraus.

Sabrina Bremer hatte sich bei ihm gemeldet und wollte wieder zurück nach Deutschland. Sie hatte sich von ihrem Vater losgesagt, nachdem dieser ihr die Wahrheit über seine eigentlichen Geschäfte gebeichtet hatte. Es schien so, als ob sie die ganze Zeit nicht in die verbrecherischen Taten ihres Vaters eingeweiht gewesen war.

Von Oppenheim brauchte nun schnellstens ein sicheres Versteck für Sabrina. Da Bremer seinen eigenen Leuten entkommen konnte, traute von Oppenheim nun der eigenen Organisation nicht mehr. Noch einmal wollte er solch einen Patzer nicht riskieren. Von Oppenheim bat mich, Sabrina auf dem Weingut in Frankreich unterzubringen. Vorher würde er ihr jedoch noch eine neue Identität beschaffen.

Ich versprach ihm, dass ich dies mit René besprechen würde. Niemand außer unserem kleinen Kreis wusste etwas von dem neuen Weingut in Frankreich.

Gleich nach dem Gespräch mit von Oppenheim sprach ich mit René, und dieser stimmte sofort zu.

Wir hatten zwar mit unserer Aktion Bremer in Deutschland ausgeschaltet, aber die Organisation existierte dennoch weiter.

Und es war mit Sicherheit nur eine Frage der Zeit, bis die restlichen Köpfe der Organisation, dass Netzwerk in Deutschland wieder aktiviert haben.

Neben der Zerschlagung der Organisation, wollte ich jedoch auch unbedingt herausfinden, welcher Mitarbeiter in der Winter AG der Maulwurf war. Wer hatte Horst nur die ganze Zeit verraten?

DAHEIM

Ich saß entspannt in meinem Garten und schaute Mr Spock bei seiner Jagd nach einer Libelle zu. Kaum zu glauben, zu welch akrobatischen Sprüngen dieser alte Kater noch fähig war! Nach meiner Einschätzung musste sich sein Alter mittlerweile auf gut sechzehn Jahre belaufen.

Ines war heute bei einer Wohltätigkeitsveranstaltung von Radio Wuppertal, die live übertragen wurde. Sie wurde gerade von Christiane Rüffer als einer der Sponsorinnen interviewt. Eigentlich wollte ich sie begleiten, aber sie hatte dies abgelehnt. Sie fand, dass meine Anwesenheit sie zu nervös gemacht hätte, und so fuhr Ines äußerst aufgeregt zu ihrem ersten öffentlichen Auftritt in eigener Sache.

In den letzten Wochen hatte sie sich voll in ihre Aufgabe als aktives Fördermitglied gestürzt. Ihr Wunsch war es, einen Teil des Erbes von Inge und Horst weiterhin zum Wohl der in Not geratenen Kinder im Tal zu verwenden. Ich fand diese Idee von Anfang an gut und hatte sie gleich mit den notwendigen Bankvollmachten ausgestattet.

Mir war es sehr wichtig, dass sie sich in Wuppertal wohlfühlte, da ich in der nächsten Zeit vermutlich noch einige Reisen unternehmen musste, um nach Bremer zu suchen, der von Oppenheim entwischt war.

Wer hätte vor gut zwei Monaten schon geglaubt, dass einer der Köpfe dieser weltumspannenden Organisation uns so dicht vor der Nase saß! Zwar war es von Anfang an klar, dass Bremer kein »kleines Licht« in dieser weltweit vernetzten Organisation war. Aber dass er einer der führenden Köpfe sein sollte, stellte sich ja erst mit seinem Untertauchen und der Aktion in Kanada heraus. Höchstwahrscheinlich hatte sich Bremer über uns halb tot gelacht, als er in Südamerika untergetaucht war.

Zwar hatten wir in Kanada und auch in Deutschland »Informationsfäden« der Organisation durchtrennt, aber wir machten uns nichts vor: Diese Fäden waren nicht so stark zerstört, als dass sie nicht wieder hätten repariert werden können. Die Frage war nur: wie schnell? Wie schnell konnten die verbliebenen Köpfe dies bewerkstelligen? Denn auch sie waren sich ja untereinander nicht mehr einig. Dies war die Chance für von Oppenheim und uns.

Aber leichter gesagt als getan, zumal von Oppenheim die Spur von Bremer ja in Chile verloren hatte. Von Oppenheim hatte dafür gesorgt, dass Sabrina unter dem neuen Namen »Bianca Vollmer« nach Deutschland reisen konnte. Von hier wurde sie von Fern höchstpersönlich nach Frankreich zum Weingut begleitet. Der Kreis der eingeweihten Personen sollte so klein wie möglich bleiben.

Ines hatte ihr erstes Radiointerview mit Bravour gemeistert. Mit ihrem französischen Akzent hätte sie eh alles erzählen können. Ich konnte ihr stundenlang zuhören

Selbst wenn sie einmal mit mir schimpfte – was Gott sei Dank selten vorkam –, klang dies für mich immer noch wie ein Liebesschwur. Ich saß auf der Holzterrasse und schaute Mr Spock zu, wie er nun vollkommen entspannt nach seiner erfolglosen Jagd auf der Hollywoodschaukel auf dem Rücken lag – die hinteren Beine komplett ausgestreckt und die vorderen leicht angewinkelt. Der Kater hatte es einfach drauf, sich richtig zu entspannen. Die einen machten Yoga oder Tai-Chi. Ich brauchte nur Mr Spock beim Entspannen zuzuschauen, und schon war ich selbst vollkommen tiefenentspannt.

Bevor Ines vom Interview wieder nach Hause kam, wollte ich unbedingt noch etwas für meine Kondition tun. Rasch zog ich mir die Trainingskleidung an und streifte mir die Joggingschuhe über. Ich hatte ja den Wald direkt vor meiner Haustür und entschloss mich zu meiner Standardrunde – zuerst an der Wupper entlang Richtung Beyenburg, vorbei an der Klosterkirche und dem Stausee. Anschließend ging es dann den recht steilen Gangolfsberg hinauf und über Niedersondern zurück.

Einer der größten Nachteile beim Joggen im Bergischen Land

war es, dass, nachdem man einen Berg hinuntergelaufen war, der nächste Anstieg meist nicht sehr weit entfernt war. Ungünstig für mich war immer nur, dass die falsche Seite des Berges am Schluss meiner Laufrunde lag.

Aber der Vorteil war, dass die Kondition so viel schneller aufgebaut wurde und man nie weit laufen musste, um den gleichen Trainingseffekt zu erzielen wie diese »Flachlandtiroler« in Norddeutschland.

Noch vor Ines kam ich wieder zu Hause an und sprang sogleich unter die Dusche. Ich stand noch nackt im Bad und war gerade dabei, mich abzutrocknen, als Ines noch ganz aufgedreht vom Interview, ins Bad stürmte. In einem Wortschwall, dabei ständig zwischen Französisch und Deutsch wechselnd berichtete sie mir, wie aufregend dies heute doch alles gewesen war.

Immer, wenn Ines aufgeregt oder nervös war, sprang sie zwischen den beiden Sprachen hin und her und mixte die Wörter durcheinander. Gut, dass ich Französisch verstand, sonst hätte ich ihr nie folgen können. Mir wird es ein ewiges Rätsel bleiben, woher sie nur die ganze Luft beim Reden nahm. Hätte ich an einem Stück so viel gesprochen, ich wäre aus Luftmangel glatt in Ohnmacht gefallen.

Ich vermutete ganz stark, dass es irgendwo noch einen anderen biologischen Unterschied zwischen Männern und Frauen geben müsste. Einen, den die Wissenschaft bis heute nur noch nicht entdeckt hatte.

Zur Feier des Tages zauberte Ines wieder einmal ein vorzügliches Essen für uns beide auf den Tisch. Endlich war ich angekommen. Endlich fühlte ich mich richtig zu Hause. Ich hatte nun die Frau an meiner Seite, nach der ich mich in meinen Träumen immer so gesehnt hatte.

Selbst Mr Spock, dieser kleine alte Charmeur, hatte sich richtig an Ines herangeschmissen und schlief fortan an ihrem Fußende des Bettes ein.

Am nächsten Morgen wachte ich auf und schaute direkt auf das Dachfenster über meinem Bett. Ich sah einen wunderschönen blauen Himmel über mir, und neben mir lag Ines, immer noch in ihre Bettdecke gehüllt. Mr Spock lag zusammengerollt und vor Vergnügen leise schnurrend am Ende ihrer Bettdecke.

Ein zufriedenes und angenehmes Gefühl durchströmte mich.

VERZWEIFLUNG

Andrea Wiese stand im Aufzug der Lohr Group in Düsseldorf und fuhr in die oberste Etage des imposanten Bürohochhauses.

Nachdem die Enteignung Bremers gesamter Unternehmen rechtskräftig vollzogen war, wurde auch die Lohr Group zerschlagen und verkauft. Der neue Inhaber hatte Andrea Wieses Arbeitsvertrag zwar verlängert, jedoch die gesamte Führungsmannschaft ausgetauscht.

Als Andrea an diesem Tag aus dem Aufzug trat und die Tür zur Dachterrasse hinter sich schloss, spürte sie deutlich die Morgenkälte, die ihr entgegenschlug. Der Rhein, der weit unter ihr durch die Stadt floss, war nicht zu sehen – er wurde vollständig vom Frühnebel verhüllt.

Mit entschlossenen Schritten trat sie an die Gebäudekante und zog langsam ihre gesamte Kleidung aus. Nur noch ein Schritt trennte sie von dem tiefen Abgrund vor ihr.

Warum nur hatte Lee sie verlassen? Warum nur war sie ohne sie einfach verschwunden? Andrea hätte doch alles für sie getan. Hätte jeden Schmerz, jede weitere Demütigung auf sich genommen. Nur dass Lee sie verlassen hatte, konnte sie nicht länger ertragen. Diesen Schmerz, dieses Leid, konnte sie nicht länger aushalten. Das Leben war wieder sinnlos geworden – war wieder ohne Inhalt.

Eine Leere befiel sie … War dies etwa die letzte Prüfung? Der letzte Liebesbeweis, den Lee von ihr forderte?

Andreas Körper war wieder mit einer Gänsehaut überzogen, und der böig kalte Wind zerzauste ihr dünnes Haar. Ihr kleines silbernes Vorhängeschloss hing immer noch ungeöffnet an ihr und der Wind bewegte es leicht an ihrer glatt rasierten Scham. Etwas, was Andrea jedoch nicht mehr wahrnahm.

Sie hob beide Arme zur Seite, so als ob Lee sie wieder an der Wand fixieren würde, schloss die Augen, dachte an Lee und trat einen Schritt vor …

Die Kälte des Windes umhüllte ihren nackten Körper, als sie in die Tiefe stürzte.

Ein Leben lang war sie eine unauffällige Erscheinung gewesen, schüchtern und leise aufgetreten, aber jetzt setzte sie ihrem Leben ein spektakuläres Ende.

Noch Monate nach ihrem Selbstmord rätselten die Ermittler über die Hintergründe der Tat. Sie waren schockiert über den Zustand ihres geschundenen Körpers – und dies, obwohl bei der pathologischen Untersuchung nur noch wenige ihrer Körperteile überhaupt richtig untersucht werden konnten; so zerstört worden war ihr Körper durch den Sturz vom Hochhausdach.

Ob sie ihren letzten Schmerz beim Aufprall noch als Lust empfunden hat, wird für immer Andrea Wieses Geheimnis bleiben.

MAULWURFSJAGD

Gemeinsam mit meiner Personalmanagerin in der Winter AG, Frau Werner, waren für heute die ersten Bewerbungsgespräche für den neu gegründeten Geschäftsbereich Green Power GmbH geplant. Ich wollte es mir nicht nehmen lassen und mir einen persönlichen Eindruck von den Kandidaten verschaffen.

Schon in der ersten Woche nach der Belegschaftsversammlung waren über achtundsiebzig Bewerbungen eingegangen. Achtundsiebzig Verdächtige.

Ich hasste diese Vorgehensweise einer »kollektiven« Verdächtigung. Ein schwarzes Schaf, und ich musste die ganze Herde verdächtigen. Dabei waren siebenundsiebzig von ihnen loyale und zuverlässige Mitarbeiter.

Aber ich wusste, dass es wichtig war, dieses eine »schwarze Schaf« zu finden, und zwar je früher, desto besser. Auf keinen Fall wollte ich riskieren, dass die undichte Stelle auch nur eine weitere wichtige Information aus dem Unternehmen herausschleusen konnte. Und nicht zu vergessen: Diese Informationen hatten ja schließlich erst dazu geführt, dass die Organisation auf die Winter AG aufmerksam geworden war.

Die am heutigen Tag durchgeführten Vorstellungsgespräche verliefen ohne besondere Erkenntnisse. An jedem weiteren Tag sollten weitere Gespräche stattfinden.

Die Interviews wurden mit einem clever ausgearbeiteten Fragenkatalog durchgeführt, der mit von Oppenheims und Ferns Unterstützung entstanden war.

Frau Werner hatte nicht schlecht gestaunt, als ich ihr den neuen Bewerbungsbogen übergab. Werner war eine Frau um die vierzig Jahre, die immer korrekt und sehr konservativ gekleidet auftrat. Sie führte die Personalabteilung schon seit Jahren und hatte mit ihren Entscheidungen und ihrer Einstellungspolitik mit dafür gesorgt, dass die Winter AG ein attraktiver Arbeitgeber war. Im Laufe der letzten Jahre konnten so viele hoch qualifizierte Mitarbeiter für die Winter AG verpflichtet werden.

Auch eine gute Ausbildungspolitik war Frau Werner und Horst immer sehr wichtig gewesen. Bei Horst war die Aussage »Unser Nachwuchs ist unsere Zukunft« nicht nur ein Spruch. Er handelte, anstatt wie viele andere nur heiße Luft zu erzeugen. Umso erstaunter war Frau Werner natürlich, dass ich mich in diesem Fall einmischte. Jedoch hatte ich nicht vor, sie in meine Pläne einzuweihen. Zu groß war mir das Risiko, dass etwas durchsickern könnte. Zu viel hing für mich von dem Erfolg der Aktion ab.

Ich sah nur diese eine Chance, um den »Maulwurf« möglichst schnell zu enttarnen. Höchstwahrscheinlich war Bremer bereits wieder dabei, sein altes Netzwerk zu aktivieren. Und die übrigen Mitglieder der Organisation würden auch nicht untätig bleiben und weiterhin versuchen, an die »Greenbox« zu gelangen.

Mit Sicherheit wussten Bremer und die Organisation bereits, dass ich nun der neue Besitzer der Winter AG war und dass noch eine zweite »Greenbox« existierte.

Dieses Mal war es unser Netz, unsere Falle, die ich zusammen mit von Oppenheim ausgelegt hatte, um Bremer und die Organisation aus der Deckung zu locken. Ganz gleich, in welcher Ecke dieser Welt sie sich auch versteckt haben sollten – ich wollte sie unbedingt finden.

Nach drei weiteren Wochen waren alle Bewerbungsgespräche abgeschlossen und die Fragebögen von Fern ausgewertet. Da wir insgesamt achtunddreißig offene Stellen im neuen Geschäftsbereich zu besetzen hatten, erhielt ich von meiner Personalchefin genau achtunddreißig Empfehlungen.

Kopien aller Bewerbungsbögen hatte ich zur Auswertung durch BND-Spezialisten an Fern geschickt. Von ihr erhielt ich sieben Namen, die potenziell verdächtig waren. Sieben Personen kamen wegen ihres Profils als vermeintlicher Maulwurf in Betracht.

Ich saß gerade in meinem Büro bei einer Tasse Kaffee und verglich die Listen von Frau Werner und Frau Fern und war nicht sonderlich überrascht, dass sich alle sieben Namen von der »Fern-Liste« auch auf der Liste von Werner befanden. Alle sieben Bewerber kannte ich persönlich.

In der Hoffnung, dass die Person, die wir suchten, sich nun in unserem Netz befand, fuhr ich mit dem Aufzug in die Tiefgarage. Heute war ein schöner Sommertag und ich wollte unbedingt noch eine Motorradtour unternehmen.

Frau Becker an der Pforte hatte heute Morgen nicht schlecht gestaunt, als ich mit meiner GS vor der Schranke stand. Erst wollte sie schon lautstark losschimpfen, da ich nicht – wie dafür vorgesehen – auf dem Motorradparkplatz vor der Pforte parkte. Erst als ich das getönte Visier meines Helmes hochschob, erkannte sie mich und öffnete mit einem verlegenen Lächeln die Schranke.

Ines konnte leider nicht mit mir fahren; sie hatte heute Nachmittag einen Termin mit einem neuen potenziellen Sponsor für »Kindertal«.

Ich beschloss, das gute Wetter zu nutzen, und fuhr zuerst durch das schöne und kurvenreiche Uelfetal zur Bevertalsperre.

Am Motorradtreff, gleich an der Staumauer, fachsimpelte ich noch ein wenig mit einem anderen GS-Fahrer über die besten Reifen, bevor ich mich dann über Bergisch-Born und Lennep wieder auf den Rückweg nach Beyenburg machte.

Jedes Mal genoss ich die Fahrt über die schöne Allee zwischen Lennep und Beyenburg. Bei dem Song von Peter Fox »Das Haus am See« im lokalen Radiosender fuhr ich deutlich schneller als erlaubt und sang unter dem Helm lautstark mit: »… und meine Frau ist schön …« Gut, dass niemand meinen schiefen Gesang hören konnte.

Die nächsten Tage waren geprägt von Routineaufgaben. Es fanden Produktionsbesprechungen und auch Abteilungsleitersitzungen statt. Zwei angekündigte Kundenbesuche mussten organisiert werden und ich leistete unzählige Unterschriften auf Papieren, die mir Frau Lieder, wie immer, gut sortiert und vorbereitet vorlegte.

Ihren Job machte sie wirklich gut. Sehr strukturiert bereitete sie alles generalstabsmäßig für mich vor. Kein Wunder, dass Horst immer große Stücke auf sie gehalten hatte.

Heute fand noch ein Jubiläum statt, zu dem ich besonders gerne ging: Heinz Moll feierte sein 40-jähriges Dienstjubiläum. Die Feier fand in der Kantine statt. Gleich zu Beginn hielt ich eine kurze Rede und überraschte Moll mit einem besonderen Geschenk. Moll war ein eingefleischter Eisenbahnfan und hatte schon unzählige nostalgische Fahrten auf historischen Routen unternommen und so unzählige Länder bereist.

Heinz Moll war völlig aus dem Häuschen über sein unerwartetes Geschenk: einen Lokomotivführerschein für den Rasenden Roland auf der Insel Rügen. Die Freude stand ihm ins Gesicht geschrieben. Er bedankte sich überschwänglich.

Mein Terminplan wurde immer voller, die freie Zeit, die ich mit Ines verbringen konnte, immer weniger. Der Alltag und die Routineaufgaben hatten uns eingeholt. So gut es ging, organisierte und plante ich gemeinsame Termine mit Ines. Ich verlängerte meine Mittagspausen, um meine Hobbys zu pflegen. Joggen und Mountainbike fahren konnte ich direkt vor dem Werkstor, denn hier fing gleich der bergische Wald an.

Nachdem ich meine Pilotenausbildung abgeschlossen und genügend Flugstunden absolviert hatte, kaufte ich mir einen eigenen Firmenhelikopter.

Das Ganze führte zwar anfänglich zu einigem Tumult und zu Gerede in der Belegschaft, ob eine solche Investition tatsächlich notwendig gewesen wäre, aber ich sparte mir mit dem Heli einiges an Reisezeit und konnte so dem einen oder anderen Kunden auch noch eine kleine Freude mit einem Rundflug über das Bergische Land bereiten.

Auch Sänger, der Logistikleiter, war schnell von den Vorteilen des Helis überzeugt. Als bei einem unserer Kunden in Saarlouis ein Produktionsstillstand drohte, da dieser zu wenig Steuergeräte bestellt hatte, flog ich die Teile kurzerhand selbst zum Kunden direkt ins Werk. So konnte ich meine Leidenschaft gleich mit dem Nützlichen verbinden und hatte somit wesentlich weniger Stress.

Die Prozesse und Abläufe in der Winter AG waren sehr gut organisiert. Über die Jahre hinweg hatte Horst stets darauf geachtet, alle wichtigen Schlüsselpositionen mit wirklich fähigen und hoch motivierten Mitarbeitern zu besetzen.
Diese Mitarbeiter waren es gewohnt, eigene Entscheidungen zu treffen. Ihren Handlungsspielraum hatte Horst bewusst breit angelegt. Über ein gutes und durchdachtes Kennzahlensystem ließen sich die wichtigsten Unternehmenszahlen auf Knopfdruck und zu jeder Zeit abrufen. Der »Return of Invest« der Winter AG stimmte. Somit fiel auch der Kauf meiner immerhin gebrauchten BO 105 nicht sonderlich ins Gewicht. Mit knapp einer Million Euro war der Hubschrauber schon fast ein Schnäppchen.
Es war Freitag und die Gründung des neuen Geschäftsbereiches war erfolgreich abgeschlossen. Mit der Eintragung ins Handelsregister war die Firmierung der Green-Power GmbH offiziell abgeschlossen. Zusammen mit der gesamten Belegschaft feierte ich dieses Ereignis bei einem Glas Sekt in den neu geschaffenen Forschungs- und Testlabors.
Nach der Feier hatte ich noch ein Gespräch mit Peter Breitscheid. Breitscheid sollte als Geschäftsführer die neue Sparte führen und war mir direkt unterstellt. So war ich nahe am Geschehen, musste mich aber nicht jeden Tag um alles selbst kümmern.
Ich sprach gerade mit Breitscheid die noch zu erledigenden Aufgaben für die nächsten zwei Wochen durch, als mein Handy klingelte. Ein Bild von Ines mit ihrem zauberhaften Lächeln erschien auf dem Display meines Handys. Ich entschuldigte mich bei Breitscheid und nahm das Gespräch an.
Ines und ich hatten zwei Wochen Urlaub eingeplant, um nach Frankreich zu fliegen. Der Grund der Reise kam für uns beide zwar unerwartet, aber wir waren über den Anlass überglücklich. René und Bianca hatten uns zu ihrer Hochzeit eingeladen.
Ich musste die Glückwunschkarte dreimal schreiben.
Dreimal hatte ich mich bereits verschrieben. Immer schrieb ich noch Sabrina anstelle ihres neuen Namens Bianca. Sie war schwanger, und als sie dies René mitteilte, hatte er sich so sehr da-

rüber gefreut, dass er ihr sofort die entscheidende Frage stellte …
Ines hatte nach dem Telefonat mit René noch Freudentränen in den Augen, als sie mir dies strahlend am Mittwochabend vor gut einer Woche überglücklich mitteilte.

Spontan, wie René nun einmal war, wurde innerhalb kürzester Zeit eine Hochzeitsfeier aus dem Boden gestampft. Das war typisch René. Da hatte doch von Oppenheims Idee, Bianca bei René unterzubringen, gefruchtet – und das im wahrsten Sinn des Wortes. Ich musste lachen, als mir dieser Gedanken durch den Kopf schoss. Ines wollte wissen, warum ich lachte. Ich sagte nur: »Ich freu mich für die beiden« – das mit dem »Fruchten« ließ ich vorsorglich weg.

Ines teilte mir am Telefon mit, dass sie in einer halben Stunde in der Firma sein würde. Ich bat sie noch, unsere Videokamera nicht zu vergessen, damit ich die Hochzeitsfeier auch dokumentieren konnte.

Nach meinem Gespräch mit Breitscheid fuhr ich meinen PC herunter und schaltete die beiden Monitore aus. Frau Lieder hatte sich heute krankgemeldet, sodass ich heute mein Büro selbst abschloss. Ich machte mich auf zum kleinen neu gebauten Hangar und fuhr die BO mit einer elektrisch angetriebenen Plattform auf den Startplatz. Um keine Zeit zu verlieren, ging ich schon einmal konzentriert die Checkliste für den Start durch – Safety first.

Beim Auto stieg man einfach ein, schaute auf die Tankanzeige und fuhr los. Hier im Heli gibt es eine Checkliste, die zuerst abgeprüft werden musste. Eigentlich kannte ich alle Punkte auswendig, aber sicher ist sicher. Ich hatte gerade den letzten Punkt der Liste abgehakt, als Ines auch schon mit unseren beiden Reisetaschen am kleinen Heliport ankam.

Da die beiden Turbinen bereits lautstark liefen, war eine vernünftige Verständigung nicht mehr möglich.

Ich verstaute unsere Reisetaschen auf der hinteren Sitzbank und half Ines auf den Copilotenplatz. Ines vertraute mir zwar, aber das Helifliegen mit mir war ihr immer noch nicht ganz geheuer. Als die Anzeigen der beiden Turbinen sich im grünen

Bereich eingependelt hatten, zog ich leicht am Pitch, und die Maschine wurde leichter. Sanft hoben wir vom Boden ab.

Langsam gewannen wir an Höhe, und Ines' sonst so entspannter Gesichtsausdruck verkrampfte sich, je höher wir aufstiegen. Unter uns wurden die Gebäude der Winter AG immer kleiner.

Wir flogen über die Blombachtalbrücke und dann weiter die A 1 entlang in Richtung Köln. Am Leverkusener Kreuz angekommen, ging es in Richtung Süden.

Es war Freitagnachmittag. Sowohl die Montage als auch die Freitage waren die verkehrsreichsten Tage der Woche, und das nicht nur rund um Köln. Viele Berufspendler machten sich auf die Wochenendheimreise. Wie jede Woche, war der Kölner Ring mit diesem Ansturm immer völlig überfordert. Schnell bildeten sich überall lange Rückstaus an den Zubringern.

Ich führte den Stick leicht nach links, korrigierte ein wenig in den Pedalen, und schon änderte sich unsere Richtung. Nun flogen wir über den Stau auf der A 3 hinweg in südlicher Richtung. Nachdem ich mich beim Tower des Kölner Flughafens über Funk gemeldet hatte, justierte ich die Rotorfläche am Stick und die BO flog fast wie mit einem Autopiloten in Richtung Frankreich.

Langsam fand auch Ines ihre Sprache wieder zurück und wir plauderten vergnügt über das bevorstehende Großereignis und wie schnell sich René und Bianca alias Sabrina doch ineinander verliebt hatten. Eigentlich waren die beiden schon sehr verschieden. Aber vielleicht erklärte sich ja gerade daraus ihre so schnell gefundene Zuneigung zueinander.

BREMER

Auch wenn die Chinesen und Afrikaner in der Organisation im Moment das Oberwasser hatten, so war Bremer noch lange nicht am Ende. Der von ihm kontrollierte Teil der Organisation konnte immer noch auf eine ausreichende Anzahl von bezahlten Söldnern und Auftragsmördern zurückgreifen.

Es war nie eine Organisation wie die der Mafia oder die der Triaden. Öffentlich bekannt waren nur die seriösen Banker und Broker. Keiner in dieser Organisation hatte mehr Informationen, als er für seine direkten Geschäfte wissen musste. Nur der oberste Führungskreis, die obersten Köpfe hatten den gesamten Überblick.

Bremer wusste, welche Knöpfe er drücken musste, um kleine Truppen von Söldnern und Auftragsmördern auf der ganzen Welt gezielt einzusetzen. Geschickt eingefädelt, gerieten so plötzlich Aktienkurse von Weltkonzernen ins Wanken und Regierungen in Schieflage.

Da die führenden Köpfe dieser Organisation nie in Erscheinung traten, gab es auch keine Möglichkeit, nach ihnen zu suchen. Gesucht, verhaftet und eingesperrt wurden nur die, die das Verbrechen direkt ausführten. Jedoch nie die wahren Hintermänner, die Auftraggeber.

Aus dieser Perspektive betrachtet, bekamen auch wieder die Sprüche meiner Oma einen Sinn: »Die Kleinen hängt man, die Großen lässt man laufen.« Aber diesmal wollte ich den großen Fisch. Ich wollte Bremer und die anderen Köpfe der Organisation zur Strecke bringen. Auch wenn Bianca nun glücklich mit René in Frankreich lebte und Bremer ihr Vater war, so wollte ich ihn aus dem Verkehr ziehen und dafür sorgen, dass er für seine Taten zur Rechenschaft gezogen würde. Ich wollte ihn für den Rest seines Lebens hinter Gittern sehen.

Auf dem Flughafen von Saarbrücken mussten wir notgedrungen einen kurzen Zwischenstopp einlegen, um zu tanken. Ines sprach ein leicht gereiztes, aber für mich immer noch sympathisches »Um Himmels willen!« auf Französisch ins Headset, als ich wieder einmal viel zu schnell und recht eng eine Kurve flog, um auf dem zugewiesenen Platz zu landen.

Nach gut dreißig Minuten war die BO wieder startklar und ich freute mich schon auf den Flug übers Elsass in Richtung Riquewihr, einem der reizvollsten Weinorte dieser Gegend.

Da es in Frankreich andere Flugbestimmungen gab als in Deutschland, konnte ich ohne eine behördliche Genehmigung direkt auf unserem Weingut landen. Auf dem großen Areal des Gutes gab es Platz im Überfluss.

Im Landeanflug sahen wir, wie uns Bianca und René freudestrahlend zuwinkten. Ich drehte die BO gegen den Wind und landete dieses Mal deutlich sanfter. Ines warf mir einen erleichterten und dankbaren Blick zu.

Als die Kufen des Hubschraubers wieder fest auf dem Boden standen und die Turbinen langsam herunterliefen, stürmte Ines auch schon aus dem Heli heraus und begrüßte ihren Bruder und Bianca stürmisch. Da Ines' und Renés Eltern früh verstorben waren, hingen beide sehr aneinander.

René hätte mich fast erdrückt, so sehr freute er sich über unser Wiedersehen. Wir waren bereits am Freitag eingetroffen, damit wir noch ein wenig bei der Vorbereitung der Hochzeit helfen konnten. Am Sonntag sollte sie stattfinden.

Den Ausbau des alten Weingutes hatte René gut vorangebracht. Ich konnte ihn zwar nicht so viel unterstützen, wie ich es ursprünglich geplant hatte, aber mit den Beträgen, die ich René überwies, konnte er eine ausreichende Anzahl von ordentlichen Handwerkern beschäftigen.

Bianca hatte zwar eine neue Identität erhalten, aber durch die Enteignung der Lohr Group verfügte sie nun über keine finanziellen Mittel mehr. Zu sehr hatte sie ihrem Vater vertraut. Heute ärgerte sie sich natürlich darüber, dass sie nie eigenes Geld für sich angelegt hatte. Geld war für sie einfach immer da gewesen.

Mit ihrer Platinkarte hatte sie sich früher alles kaufen können – alles, was ihr Herz begehrte. Heute mit Abstand kam ihr der ganze Luxus ganz schön dekadent vor. Immer die neuesten Kleider, immer Designer-Klamotten. Einfach Schuhe für achthundert Euro auf der Kö in Düsseldorf zwischen zwei Geschäftsterminen kaufen.

Wie wenig wir im Grunde doch benötigten, um wirklich glücklich zu sein! Bianca hatte dies erst jetzt und zum ersten Mal in ihrem Leben erfahren. Andere Dinge wurden wichtiger; nicht die erzielten Geschäftserfolge machten richtig glücklich. Nein, Bianca hatte schnell begriffen, wie wichtig Geborgenheit und ein Mann waren, der sie aufrichtig liebte – nicht ihren Status, nicht ihr Geld, nicht ihre Macht, sondern nur sie.

Bianca hatte schnell verstanden, dass das wirklich Wichtige im Leben ein Mensch war, der zu ihr hielt. In guten wie in schlechten Zeiten … Und dieser Mensch war René.

Das Weingut war in einem grundsoliden Zustand gewesen. Eine aufwendige Kernsanierung war nicht erforderlich. Vieles hatten die Vorbesitzer schon modernisiert, bevor sie sich zerstritten hatten. Viele sehen in solchen historischen Anlagen den romantischen Reiz des Alten. Oft werden jedoch in der ersten Euphorie all die Arbeit und die hohen Kosten, die ein solches Gut mit sich bringt, völlig unterschätzt.

Das Weingut war ein Traum. René führte mich über das gesamte Anwesen, zeigte mir die Gebäude, Scheunen, Hallen und erklärte mir dabei seine noch geplanten Investitionen. Er plante, das Weingut wieder zum Leben zu erwecken und hier in Zukunft erneut den erstklassigen Wein zu produzieren, für den das Gut einst berühmt gewesen war. »Einen guten Riesling, dessen Aroma mit zunehmendem Alter die mineralischen Stoffe des Bodens zum Ausdruck bringt«, erklärte mir René.

Als wir um eine Scheune abbogen, blickten wir auf die große romantische Mühle mit intaktem Wasserrad. Dieses wurde über einen Teich angetrieben, den wiederum ein kleiner Bach speiste. Der Bach schlängelte sich über das ganze Anwesen, und selbst die Quelle des Baches lag noch auf dem Grundstück des Gutes.

Als wir näher an den Teich traten, schreckte Otto sofort mehrere Enten auf, die daraufhin wild schnatternd losflogen, um dann gleich wieder in der Mitte des aufgestauten Teiches zu landen.

René legte mir den Arm um die Schulter, kam dicht an mein Ohr und flüsterte: »Für dich und Ines habe ich auch schon alles herrichten lassen; ihr könnt gleich heute einziehen!«

Ich war sprachlos: Er hatte es geschafft, alles einzurichten – und dies trotz der äußerst knapp bemessenen Zeit.

Auf Renés Geschmack konnte ich mich verlassen, und außerdem hatte er ja Bianca als »Designberaterin« zur Unterstützung gehabt. Nicht ganz günstig, dafür aber erstklassig.

Ich hatte René beim Renovieren und Einrichten freie Hand gelassen. Nun blickte ich begeistert auf eine große, romantische alte Mühle, die perfekt renoviert worden war. Mit den drei alten Pinien, die nahe an dem kleinen Teich standen, ergab sich ein Bild, das in einem Hochglanzmagazin nicht besser hätte in Szene gesetzt werden können.

Ich war sprachlos und schaute René an. »Ja«, sagte dieser nun, »alles fertig für den Bezug!« Ich blickte in Renés breit lachendes Gesicht und sagte, immer noch recht überrascht: »Ihr heiratet doch – eigentlich solltet ihr doch die Geschenke bekommen!«

Ich drückte ihn fest am Arm und wusste: Mit René hatte ich einen Freund fürs Leben – einen Bruder fürs Leben gefunden.

Bei beginnender Dämmerung saßen wir noch vor dem Haupthaus, und René schenkte uns allen gerade ein neues Glas Wein ein. Als er nun auch seiner Schwester verkündete, dass die Mühle rechtzeitig fertig geworden sei und wir beide dort schon die erste Nacht verbringen könnten, war Ines begeistert. Sie war, wie ich schon zuvor, sprachlos. Und dies kam bei ihr wirklich selten vor.

Dieses Mal hatte ich den Mund gehalten und Ines nichts verraten. »Wie gut, dass wir den Hubschrauber haben und so immer schnell hier sein können«, sagte ich zu ihr. Sie verdrehte mit einem Lächeln im Gesicht ihre Augen. René und Bianca lachten, als sie Ines' Gesichtsausdruck sahen, denn sie wussten ja, wie ungern sie Hubschrauber flog.

Wir schliefen die erste Nacht in unserer eigenen Mühle. René und Bianca hatten sich viel Mühe gegeben und die Räume liebevoll und passend eingerichtet. Neues war stilvoll mit Altem kombiniert. Ich fragte mich, wie die beiden das alles nur in den letzten paar Wochen hatten schaffen können. Ganz nebenbei mussten sie sich ja schließlich auch noch um ihre Hochzeit kümmern. Für einen Franzosen war René wirklich gut organisiert.

Vom Rotwein leicht benebelt, schlief ich mit Ines im Arm zufrieden ein. Als ich am nächsten Morgen erwachte, schien die Sonne durch das große, schöne Holzfenster und ich hatte vom Bett aus einen fantastischen Ausblick auf den kleinen Teich. Das große, hölzerne Wasserrad drehte sich gleichmäßig wie der Sekundenzeiger einer Uhr. Viele der alten, kleinen Fenster in der Mühle hatte René durch größere, gut isolierte Holzfenster ersetzen lassen.

Ich hörte, wie Otto vergnügt über das Grundstück tobte, und schlenderte ins Bad, um mich zu erfrischen. Frisch geduscht und rasiert machte ich mich auf die Suche nach Ines und den anderen. Sie saßen bereits draußen am Tisch im Schatten der großen Eiche beim Frühstück zusammen.

Otto kam angerannt und stupste mich mit seiner dicken und immer feuchten Nase an. Ich tätschelte ihm seinen großen Kopf und sofort stürmte er vergnügt los, um wieder über das riesige Grundstück zu toben. Ihm gefiel sein neues Heim sichtlich.

Bianca erklärte uns begeistert den Ablauf der morgigen Hochzeitsfeier und René hing ihr an den Lippen. Ich sah in Renés Augen seine Verliebtheit – eine Liebe, wie ich sie ja selbst erfahren hatte, eine Erfahrung, die ich mit nichts mehr auf dieser Welt eintauschen wollte. Mit einem zufriedenen Gesichtsausdruck schaute ich Ines an, wie sie mir gerade lächelnd ein weiteres Croissant auf den Teller legte.

Zur Hochzeit kamen sehr viele Verwandte von Ines und René angereist. Nie hätte ich gedacht, dass der Kreis der Hochzeitsgesellschaft so groß sein würde. Der größte Saal im Ort war für maximal zweihundert Menschen ausgelegt und somit ausreichend für die einhundertfünfzig geladenen Gäste. An einer so großen Familienfeier hatte ich bis heute nie teilgenommen. Wenn ich gefeiert hatte, dann zumeist mit einigen wenigen Freunden aus meinem Verein – und natürlich früher mit Inge und Horst.

Bianca ging es ähnlich wie mir. Anfangs leicht verwirrt, blickte sie auf die große Anzahl von Menschen, die eigens angereist waren, um den schönsten Tag in ihrem Leben gemeinsam mit ihnen zu feiern.

Mit einem Lächeln im Gesicht sagte ich zu Ines: »Da weiß ich aber, warum ich dir noch keinen Antrag gemacht habe!« und blickte auf eine fröhlich feiernde Gesellschaft, die gerade ausgelassen zu »We are the Champions« von Queen tanzte.

Ines schaute mich kess an, gab mir einen leichten Klaps mit der flachen Hand auf den Hinterkopf und zog mich stürmisch auf die Tanzfläche. Wir rockten wild ab. Ich blickte mich um und sah, wie sich René mit seinem Onkel unterhielt, der das Familienweingut in Bordeaux führte. Bianca tanzte ausgelassen mit zwei von Renés Freunden aus dem Fight Club. Es war eine wirklich schöne und ausgelassene Hochzeitsfeier.

Als sich die beiden am Morgen in der örtlichen Kirche das Ja-Wort gaben, sah ich zum ersten Mal, wie eine Freudenträne aus Renés Augen lief. Ein Raunen ging durch die festlich geschmückte Kirche, als Bianca in ihrem Brautkleid, von Renés Onkel geführt, durch das hohe Eingangsportal in die Kirche trat. Ein Traum in Weiß – Bianca sah einfach umwerfend in ihrem eleganten Brautkleid aus. Ein wirklich bewegender Moment für René, der auch mich tief berührte. Ich war sehr glücklich, dass René mein Freund war. Ganz besonders hatte ich mich darüber gefreut, dass er mich gebeten hatte, sein Trauzeuge zu sein.

Auch meine kurze Ansprache vor der Eröffnung des Buffets, in der ich ein paar lustige Anekdoten aus Renés Leben preisgab, kam gut an und wurde mit wildem Applaus kommentiert.

Nachdem ich mir noch ein Stück von der vorzüglichen Hochzeitstorte mit einer Tasse Kaffee genehmigt hatte, kam René zu mir – er suchte Bianca. Ich sagte nur: »Brautentführung«, und lachte ihn dabei an. Bianca hatte sich eine solche klassische Brautentführung gewünscht. René musste sie nun in den umliegenden Gaststätten suchen und auslösen. Er machte sich zusammen mit mir auch gleich auf den Weg, um Bianca möglichst schnell wiederzufinden.

Vorsorglich hatte Bianca mir den Weg beschrieben, den sie gehen wollten. Das Ganze sollte ja auch nicht allzu lange dauern, schließlich stand noch die Hochzeitsnacht auf dem Programm. Bei dem Wort »Programm« hatte sich Bianca fast totgelacht.

Fröhlich zogen wir nun durch die ersten drei Kneipen und bezahlten die Zechen, die Bianca mit ihren beiden Begleitern hinterlassen hatte. Bei dieser Tradition sollten alle einen schönen Tag haben, und so gönnten wir uns und den anwesenden Gästen gleich noch ein weiteres Gläschen. Immer beschwipster und ausgelassener zogen wir weiter.

»Wenn das so weitergeht, wird das wohl nichts mehr mit der Hochzeitsnacht, meine liebe Bianca«, kam mir in den Sinn, als wir leicht schwankend die vorletzte Kneipe auf Biancas Liste verließen.

Zwischen dieser und der letzten Kneipe lag ein kleiner Wald, durch den ein Weg führte. Nicht mehr ganz nüchtern torkelten wir laut und schief singend durch den Wald. Ich scherzte gerade: »Noch ein paar Kilometer, und wir sind wieder nüchtern ...«, wir lachten, und René sang fröhlich weiter: »Le coq est mort, le coq est mort«.

Nur weil wir im letzten Dorf an einem Hühnerstall vorbei gekommen waren, kam René nun auf die Idee, dieses blöde Lied zu singen. Wieder einmal typisch René – wer auch sonst würde auf einer Hochzeitsfeier durch den Wald laufen und »Der Hahn ist tot« singen? Das Ganze, wohl gemerkt, auch noch auf seiner eigenen Hochzeitsfeier ...

Als wir gerade so fröhlich – mehr laut als schön – singend den Wald verließen, um am Friedhof vorbei ins nächste Dorf zu gelangen, in dem wir Bianca und ihre beiden Begleiter treffen sollten, hörten wir plötzlich im Graben ein klägliches Wimmern. Rasch kletterten wir daraufhin einen kleinen Abhang hinunter und fanden James und Normen schwer verletzt zwischen ein paar Sträuchern liegend. Beide sahen böse zugerichtet aus.

James hatte eine Schussverletzung am Bauch und Normen blutete stark aus einer Kopfwunde heraus und hatte dazu noch eine Schussverletzung am Bein.

Schlagartig waren René und ich wieder nüchtern.

René stammelte nur: »Bianca, Bianca, wo ist Bianca?« James, ein guter Freund von René, sah dessen verzweifelten Gesichtsausdruck. Unter Schmerzen stammelte er nur: »Tut mir leid, tut mir leid«, dann verlor er auch schon sein Bewusstsein.

Normen konnte sich wegen seiner Beinverletzung zwar nicht mehr bewegen, war aber ansprechbar. Er berichtete unter Schmerzen und in knappen Sätzen, dass fünf schwer bewaffnete Typen ihnen aufgelauert hätten; die beiden hätten ihr Bestes gegeben, aber es waren einfach zu viele gewesen, dazu noch sehr gut trainiert.

Sofort riefen wir einen Notarzt und die Polizei und schilderten ihnen die Lage. So gut wir konnten, leisteten wir Erste Hilfe. Ich zog mein Hemd aus, faltete es rasch so zusammen, dass ein sauberer Ärmel als Druckverband für den weiterhin bewusstlosen James entstand. Damit drückte ich fest gegen seinen Bauchschuss und stoppte erfolgreich die Blutung. Auch René legte mit seinem Hemd einen Druckverband am Bein von Normen an. Als er diesen fest auf Normens Schussverletzung drückte, stöhnte dieser vor Schmerzen laut auf.

James und Normen wurden sofort ins nächste Krankenhaus gefahren und wir wurden intensiv von der Polizei befragt. Zum Glück lag das nächste Krankenhaus nur knapp fünf Kilometer entfernt. Ihre Verletzungen waren schwer. Gut, dass wir sie so rasch gefunden hatten, denn beide hatten schon reichlich Blut verloren.

Vermutlich hatten sie nur überlebt, weil die Angreifer Bianca schnell in ihren Wagen bekamen und James und Normen den Abhang hinunterstürzten.

Die Feier war schlagartig zu Ende und René war am Boden zerstört. Nicht nur, dass Bianca verschwunden war, nein, auch zwei seiner besten Freunde lagen schwer verletzt im Krankenhaus.

Ines kümmerte sich um René und ich sprach mit den Gästen. Eine so schöne und ausgelassene Feier hatte ein abruptes und grausames Ende genommen.

Die Polizei richtete Straßensperren ein, die Landesbehörden waren informiert. Jeder Flughafen, jeder Schiffsterminal, jeder Bahnhof und sämtliche Autobahnen wurde intensiv überwacht. Falls es der Plan der Entführer sein sollte, Bianca schnell außer Landes zu schaffen, würde sich dies als ein äußerst schwieriges Unterfangen erweisen.

Ines hatte René, der gar nicht mehr zur Ruhe kommen wollte, mit Schlaftabletten ruhiggestellt. Er schlief zum Glück daraufhin langsam ein. Ich saß noch mit Ines am Küchentisch im Haupthaus; wir wollten René diese Nacht nicht alleine lassen.

Wir überlegten bei einer Tasse Kaffee, wer alles ein Interesse an Biancas Entführung haben könnte. Bis auf Bremer konnte dies auch noch mit unserer Aktion in Ägypten zusammenhängen.

In der gleichen Nacht informierte ich noch von Oppenheim. Er versprach, Nachforschungen anzustellen und sich, sobald er etwas herausgefunden hätte, sofort zu melden. Dann versuchte ich, noch Claude zu erreichen.

Claude und die Kameraden waren auch zur Hochzeit eingeladen gewesen, hatten jedoch einen Einsatzbefehl erhalten und mussten daher absagen. Über eine besondere Telefonnummer, die ich von Claude für Notfälle wie diesen erhalten hatte, versuchte ich, den Kontakt herzustellen. Dies erwies sich als äußerst schwierig, da auch Claude und seine Einheit seit gut achtundvierzig Stunden als vermisst galten.

Was für ein Mist! Wieder einmal hatte meine Oma recht: »Ein Unglück kommt selten allein.«

Nun machte ich mir neben Bianca auch noch große Sorgen um Claude und seine Kameraden. Nichts wusste man, alles konnte passiert sein. Ich hoffte nur, dass es ihnen gut ging …

Ich spürte wieder, wie Zorn und diese unglaubliche Wut in mir aufstieg. Bianca entführt und dazu auch noch schwanger! René war an seinem Hochzeitstag in großer Sorge, Claude und seine Kameraden waren verschollen. Grande merde!

Da eine echte Entführung während einer Hochzeit in Frankreich nicht ohne öffentliches Interesse blieb, war klar, dass dies einige Zeitungen am nächsten Tag groß herausbrachten. Zu allem Überfluss war auch noch ein Foto von Bianca und René vor der Kirche abgedruckt – beide jedoch mit einem schwarzen Balken vor dem Gesicht.

Kurz nach unserem gemeinsamen Frühstück klingelte das Telefon. René nahm den Hörer ab und war plötzlich total irritiert. Der französische Staatspräsident war in der Leitung und versicherte ihm, dass alles unternommen würde, um Bianca zu finden. Nicht vergessen sei das, was René und ich für Frankreich riskiert hätten. René bedankte sich und legte, immer noch verstört blickend, den Hörer auf. Mit diesem Anruf hatte keiner gerechnet ...

Die Landesgrenzen waren dicht, niemand kam mehr unbemerkt aus Frankreich hinaus. Biancas Entführung wurde als Terrorakt eingestuft. So konnten Maßnahmen ergriffen werden, die bei einer »normalen« Entführung nicht möglich gewesen wären. Mit Sicherheit hatte von Oppenheim dieses Mal auch wieder seine Finger im Spiel. Unglaublich, welche Verbindungen dieser Mann hatte!

Normale Entführung – gab es so etwas überhaupt? René, Ines und ich waren auf jeden Fall heilfroh darüber, dass alles nur Menschenmögliche unternommen wurde, um Bianca schnell wiederzufinden.

So am Boden zerstört hatte ich René nur ein einziges Mal gesehen, und zwar als Ines in Lyon entführt worden war.

Nicht einmal der Kaffee und die Croissants wollten mir heute schmecken. René stand den ganzen Tag völlig neben sich.

Gegen Nachmittag sollte ein Kommissar von der Sonderkommission, die eigens für diese Entführung gebildet worden war, bei uns eintreffen. Es war vierzehn Uhr, als wir das Dröhnen eines Helikopters hörten. Wir gingen nach draußen und konnten einen sich von Westen nähernden Militärhubschrauber erkennen.

In sicherer Entfernung vom Landeplatz schauten wir erwartungsvoll zu, wie der große Hubschrauber beim Landen die Erde aufwirbelte.

Als die Räder des Helis fest auf dem Boden standen, öffneten sich beide Schiebetüren gleichzeitig und zu unserer Freude stiegen Claude und seine Kameraden aus. Ich war unglaublich erleichtert und froh darüber, sie zu sehen. Nur Philippe hinkte ein wenig.

Wie sich herausstellte, hatte man mit Nachdruck nach ihnen in Afghanistan gesucht. Der Druck war von ganz, ganz oben gekommen. Claude hatte mit seiner kleinen Einheit ein Dorf vor einer Übermacht von IS-Kämpfern verteidigt. Zum wiederholten Male wollte die Terrorgruppe das Dorf überfallen, um die männlichen Bewohner zu entführen – eine Zwangsrekrutierung für ihre absurden Ideologien.

Claude hatte das Dorf, ohne eigene Verluste zu erleiden, erfolgreich bis zum Eintreffen der Verstärkung verteidigt. Ihr einziges Funkgerät mit ausreichender Reichweite wurde jedoch bei dem Beschuss zerstört. Nur Philippe hatte beim Schusswechsel eine Kugel ins Bein abbekommen – zum Glück nur eine »Fleischwunde«.

Als er jedoch hörte, dass René dringend Hilfe brauchte, hatte sich Philippe trotz der hübschen Krankenschwestern im Militärhospital prompt selbst entlassen.

Wir begrüßten uns wie alte Freunde, die sich lange nicht gesehen hatten. Genauso war es auch: Freunde für immer.

Da wir heute alle noch nichts Richtiges im Magen hatten, waren wir sehr froh darüber, dass Ines mit Unterstützung von Philippe einige Köstlichkeiten auf den Tisch zauberte.

Renés Büro wurde zur Einsatzzentrale umfunktioniert, und in den freien Zimmern im ersten Stock quartierte René Claude und die Kameraden ein. Vor einer halben Stunde hatte Kommissar Jean Pierre Chevalier, der die Sonderkommission leitete, sich gemeldet und telefonisch den neuesten Stand übermittelt. Dabei konnte er wirklich Neues nicht berichten.

Chevalier konnte nicht, wie eigentlich geplant, vorbeikommen. Zu viele Dinge mussten gleichzeitig koordiniert werden.

Er stand mächtig unter dem Druck seiner Vorgesetzten. Doch dieser Druck ließ ihn auch wachsam bleiben und mit Nachdruck ermitteln.

Es wurde vermutet, dass Bianca noch nicht außer Landes gebracht worden war. Zu dicht und engmaschig waren die Kontrollen.

Bianca war eine attraktive Frau. Nicht umsonst hatte ich mir bei unserer ersten Begegnung in der Winter AG auch schon den Kopf nach ihr verdreht. Richtig sympathisch war sie mir aber erst geworden, als sie sich von ihrem Vater abgewandt, sein verbrecherisches Erbe ausgeschlagen und sich von Oppenheim anvertraut hatte.

Von Oppenheim war zwar ein knallharter Hund – nicht umsonst war er mit der Ermittlung gegen die Organisation und Bremer betraut. Er hatte die besten Verbindungen in Deutschland und im internationalen Terror- und Spionagegeschäft. Er war jedoch kein Unmensch, und so bot er Bianca eine zweite Chance. Und nun gab er alles und setzte den gesamten ihm zur Verfügung stehenden Apparat in Bewegung, um Bianca schnell wiederzufinden.

Aber auch am zweiten Tag nach der Entführung waren wir nicht viel weiter. Weder von Oppenheim noch Chevalier konnten Hinweise liefern, die auch nur einen Ansatz ergaben, wo wir hätten suchen können. René saß geknickt auf der Bank vor dem Haus im Schatten der alten Eichen. Otto hatte, als ob er alles verstand, mitfühlend seinen großen Kopf auf Renés Oberschenkel gelegt. Instinktiv spürte Otto, dass es ihm nicht gut ging.

Auch am dritten Tag gab es nichts Neues. Es war ganz so, als sei Bianca spurlos von der Erdoberfläche verschwunden. Wir brauchten dringend einen Hinweis, dem wir nachgehen konnten, denn René war vollkommen neben der Spur. Viele seiner Freunde und Verwandten, die extra für die Hochzeit angereist waren, hatten ihm ihre Hilfe angeboten. Aber was sollten sie tun? Selbst die Profis fanden ja keine Hinweise über Biancas Verbleib.

Heute Vormittag hatten wir Jerome und Normen im Krankenhaus besucht. Beiden ging es wieder besser. Es würde jedoch noch einige Wochen dauern, bis alle Wunden wieder völlig verheilt waren. Vermutlich würde es noch Monate dauern, bis sie ihre seelischen Verletzungen überwunden hatten. Ihre Sportlerehre war tief verletzt – tiefer als ihre blutenden Wunden.

Jahrelang hatten sie trainiert – so manchen Fight in ihren zahlreichen Kickbox-Turnieren gewonnen. Doch im Ernstfall, im entscheidenden Moment, hatten sie aus ihrer Sicht versagt. Ich kannte dies schon aus meinen eigenen »Ernstfällen«, und so versuchte ich, den beiden ein wenig Mut zu machen. Aber in ihren Gesichtern konnte ich lesen, dass es noch lange dauern würde, bis sie wieder die Alten waren.

Als wir wieder auf dem Weingut eintrafen, gingen René und ich sofort zu Claude und Philippe in unsere Kommandozentrale. Es gab weiterhin keine neuen Nachrichten über Biancas Verbleib. Ines ging wieder mit Philippe zusammen in die Küche und beide bereiteten etwas fürs Mittagsessen vor.

Es war bereits Donnerstag und wir waren immer noch keinen Schritt weitergekommen. René lenkte sich mittlerweile mit Arbeiten auf dem Gut ab. Er schraubte an einem Zaun, den sich Bianca für ihre eigenen Hühner gewünscht hatte. Wie sich ein Mensch doch in solch kurzer Zeit verändern konnte!

Könnte der Grund für Biancas erneute Entführung der sein, Geld von René zu erpressen? Eigentlich nicht … Schließlich gab es bis heute keine Lösegeldforderung. René war zwar bekannt, aber er war keine Berühmtheit, die groß im Fokus der Öffentlichkeit stand. René war nicht arm, aber er verfügte auch nicht über ein riesiges Vermögen.

Was, wenn es hier um Rache ging und es etwas Persönliches wäre – bei Bianca, René oder mir? Oder sollte es doch, wie ich eher vermutete, mit Bremer und der Organisation zusammenhängen? Wollte sie vielleicht mich treffen, um so an die zweite »Greenbox« zu gelangen? Wenn ja, warum wurden bis jetzt keine Forderungen an uns gestellt?

Ich saß alleine vor dem Fernseher und hing meinen Gedanken nach. Nach den allgemeinen Nachrichten aus aller Welt kamen nun Berichte über den Aktienmarkt, Veränderungen der Aktienkurse einzelner Firmen sowie Hintergrundberichte zu personellen Veränderungen in den aktiengeführten Unternehmen.

Eine Meldung war besonders interessant und erregte sofort meine volle Aufmerksamkeit: Ein Top-Manager eines der größten Ölkonzerne wurde zum neuen Geschäftsführer des Konzerns benannt. Der Name des Konzerns war Eton Technology. Der Top-Manager stammte aus Chile und hatte wohl schon in den letzten Jahren die Konzerngeschäfte in Europa geführt.

Das Interessante an der Meldung war für mich, dass er in der letzten Woche die Leitung der Firmenzentrale in Paris übernommen hatte.

Für mich waren nur einzelne Wörter aus dieser Meldung von Interesse: Chile und Paris, Südamerika und Frankreich, aber vor allem der Name des Konzerns: Eton Technology!

In Chile war Bremer untergetaucht und in Frankreich seine Tochter, Bianca entführt worden. Was, wenn Bremer nicht akzeptieren wollte, dass sein einziges Kind sich für ein anderes Leben, sich gegen ihn und seine Verbrechen entschieden hatte. Hätte er sie deshalb auch entführt?

Irgendwie war ich mir noch unsicher über meine aufkeimende Theorie ... Bremer hatte schon einmal viel riskiert, um Bianca aus den Händen der Organisation in Ägypten zu befreien. Zum ersten Mal war er dabei in die Öffentlichkeit getreten und ist dabei einen Deal mit von Oppenheim eingegangen.

Hätte er so gehandelt, wenn er seine Tochter nicht lieben würde? Oder hatte Bremer seine eigene Tochter auch nur missbraucht, um seine eigene Haut zu retten, da ihm die Chinesen und Afrikaner zu sehr zusetzten? Gönnte er deshalb seiner Tochter kein glückliches Leben mit René?

Ich wusste, dass Bremer ein skrupelloser Geschäftsmann war, der auch über Leichen ging. Aber ich glaubte, seine Schwachstelle, seine Achillesferse, war seine Tochter. Wenn nicht Bremer selbst hinter der Entführung steckte, wer sollte sich seine Schwäche sonst zu nutzen machen?

Eigentlich fielen mir da nur die restlichen Mitglieder der Organisation ein. Oder war es vielleicht doch jemand aus Bremers

Umfeld? Ein bisher völlig Unbekannter, der die aktuelle Situation für sich ausnutzen wollte?

Fragen, Fragen, Fragen, doch wo waren die Antworten?

Natürlich hatten Claude und auch von Oppenheim diese Theorie schon verfolgt, hatten dabei jedoch auch keinen brauchbaren Ansatz gefunden.

Ines kam ins Zimmer, gab mir einen Kuss und sagte: »Das Essen ist fertig.« Nachdenklich folgte ich ihr in die Küche und setzte mich zu den anderen an den Tisch. Es gab kleine Schnitzel mit leckeren Bratkartoffeln. Ein frischer Feldsalat aus dem eigenen Garten sorgte für die Vitamine und war eine gelungene Ergänzung.

Es war ruhig am Tisch. Jeder hing seinen eigenen Gedanken nach und genoss das vorzügliche Essen. Auf einmal, nach dem dritten Schnitzel, fiel mir die Meldung ein, die besagte, dass eine Gruppe aus Afrika, aus Nigeria, die PNC-Bank in Frankreich übernommen hatte. Die Meldung war deshalb so ungewöhnlich, da zumeist die Richtung eine andere war. Meistens übernahmen ausländische Geldinstitute die Banken in Afrika.

Was, wenn die Gruppe, die sich gegen Bremer aufgelehnt hatte, nun nach Europa drängte und die Geschäfte in Europa den Chinesen nicht alleine überlassen wollte, da ihnen Afrika zu klein geworden war? Was, wenn sie Bianca erneut benutzen wollte, um Bremer unter Druck zu setzen? Das machte doch Sinn, oder …?

Natürlich war die Globalisierung den meisten Menschen ein Begriff. Sie kannten die Auswirkungen und profitierten täglich von den günstigen Preisen beim Einkauf.

Weltweit wurden die Waren verschoben. Auf den Meeren dieser Welt kam es sogar schon zu regelrechten Staus von riesigen Containerschiffen. Selbst ein kleines Segelboot kam auf den Weltmeeren kaum noch ohne ein Radar aus. Viel zu hoch war mittlerweile das Risiko, mit einem im Meer treibenden Container zu kollidieren, der im Sturm oder bei rauer See über Bord gegangen war.

Heute unterschieden sich die dubiosen Geschäftsmänner nicht mehr so einfach von den seriösen Geschäftsleuten. Beide trugen einen Markenanzug und beide trugen am Handgelenk eine Omega oder eine Breitling-Uhr. Ihre Schuhe und Anzüge waren Maßanfertigungen. Ihr Auftreten war korrekt und weltmännisch. Beide sprachen ein exzellentes Businessenglisch.

Die großen illegalen Geschäfte wurden nicht mehr in dunklen Hinterzimmern in heruntergekommen Gegenden geschlossen. Diese Geschäfte fanden heute in den nobelsten Hotels dieser Welt statt.

Aber auch ihre Jäger, wie von Oppenheim und Claude, haben sich ihnen angepasst und ihre Methoden verfeinert.

Als wir den Espresso nach dem Essen genüsslich hinuntergeschlürft hatten, gingen wir erneut in Renés Arbeitszimmer und fassten noch einmal unsere bisherigen Ergebnisse zusammen.

Was wir dieses Mal jedoch auf den noch leeren Flipchart brachten, waren offene Fragen und alles, was wir nicht wussten. Diese Liste war deutlich länger als die, die wir zuvor erstellt hatten. Bis jetzt gab es keinen konkreten Hinweis auf Biancas Aufenthaltsort – aber auch rein gar nichts.

Ich konnte sehr gut nachvollziehen, wie sich René gerade fühlte. Auch ich war fast verrückt vor Sorge um Ines geworden, als sie in Frankreich entführt worden war.

Fast jeden Tag riefen Freunde und Verwandte bei René an, erkundigten sich nach Bianca und sprachen René Mut zu. Sie litten mit René und sie meinten es gut, wollten ihre Verbundenheit zeigen. Es war bewegend zu erleben, wie diese Familie zusammenhielt.

Als ich zum Flipchart ging, folgte ich einer Eingebung und riss das zuvor vollgeschriebene Blatt herunter.

Im Mindmap-Stil schrieb ich »Bremer« ins Zentrum, dann die Verzweigungen nach China, Afrika und Südamerika und nach Frankreich. Es ergaben sich Verzweigungen zu dem Öl-Konzern mit seinen Standorten in Chile, Nigeria, Frankreich, Kanada und natürlich in Amerika.

Die Gruppe, die Bianca entführt hatte, waren keine Kleinkriminelle, es waren Profis. Diesen Rückschluss konnten wir aus den Schilderungen von Jerome und Normen ziehen. Mit Kleinkriminellen hätten es die beiden trotz ihres angetrunkenen Zustandes leicht aufgenommen. Aber hier waren fünf gut ausgebildete Kämpfer in Aktion gewesen, und nur mit viel Glück hatten sie diese Begegnung mit ihnen überlebt.

Mir wurde plötzlich klar, dass wir uns die ganze Zeit die falschen Fragen gestellt hatten. Nicht »Wer hat Bianca entführt?«, sondern »Wer profitiert davon?« war die entscheidende Frage. Diesem Ansatz mussten wir folgen.

Wir mussten dem Geld folgen, das die Organisation mit ihren Ölgeschäften verdiente. Einer ihrer Standorte befand sich in Frankreich. Es war eine mögliche Spur. Unsere derzeit einzige Spur, die ich sah. Philippe und Mike sollten die Bank durchleuchten, über die der Konzern seine Ölgeschäfte abwickelte. Claude und Niklas sollten sich die Büros des Ölkonzerns in Paris einmal aus der Nähe anschauen.

Von Oppenheim und Fern, die via Webkonferenz zugeschaltet waren, wollten ihrerseits alle Informationen beisteuern, die sie über die Geschäfte des Konzerns in ihrem Datenspeicher fanden.

Endlich hatten wir einen Ansatz, endlich konnten wir aktiv werden. Auch René wurde wieder etwas munterer und fasste neue Hoffnung. Zwar wussten wir nicht, ob wir auf der richtigen Spur waren, aber alles war besser als dieses Nichtstun.

Oft, wenn die Grundursache eines Problems noch nicht gefunden war, folgte ich einer Eingebung, einem möglichen Ansatz. Dabei musste ich gedanklich flexibel bleiben. Vielleicht einmal meine Richtung ändern, da sich neue Erkenntnisse ergaben. Aber ohne diesen Anfang wäre ich nie auf den richtigen Weg gekommen, hätte nie die Grundursache eines Problems gefunden.

Auf jeden Fall wollten wir »den Baum einmal ordentlich schütteln, um zu schauen, was da so herunterfiel«. Bei dem Spruch musste ich erneut an meine Oma denken. Ich musste lachen. Ich hatte meine Oma geliebt, auch wenn mir ihre Kalendersprüche mehr als nur einmal die Nerven raubten. Aber ihre Art und ihre Erziehungsmethoden hatten mich zu dem gemacht, was ich heute bin. Und ich war durchaus zufrieden mit mir. Dankbar war ich für die Geduld, die meine Oma dabei immer mit mir gehabt hatte.

Am Nachmittag flog ich für zwei Tage nach Wuppertal. Ich wollte mich erkundigen, wie der neue Produktionsbereich lief und ob sich schon eine Spur nach dem Maulwurf abzeichnete. Ines blieb in Frankreich und wollte sich um René kümmern. Sie sollten als Kommandozentrale fungieren. Es war besprochen, alle Informationen bei ihnen zu bündeln.

Nachdem ich einen Wetterbericht eingeholt und dann den Außencheck an der BO durchgeführt hatte, meldete ich den Flug sowohl bei der französischen als auch bei der deutschen Flugsicherung an. Als ich die Checkliste abgearbeitet hatte, ließ ich die beiden Turbinen hochlaufen.

Nie hätte ich es als Jugendlicher für möglich gehalten, dass ich in meinem Leben einmal meinen eigenen Helikopter fliegen würde. Schon als kleiner Junge war ich von diesen Dingern fasziniert, als sie über unser Haus hinweg zu dem damals noch aktiven Bundeswehrstandort in unserer Stadt flogen. Es ist schön, wenn Träume wahr werden.

Aber jetzt mussten wir erst einmal dafür sorgen, dass der Albtraum von René endete und Biancas und Renés gemeinsamer Traum weiterging – ihr Traum von einem glücklichen Leben zu zweit und bald zu dritt.

Ich zog die BO recht zügig in die Höhe und sah im Seitenfenster, wie Ines mir mit beiden Armen eifrig nachwinkte – vermutlich auch vor Erleichterung darüber, dass sie nicht mitfliegen musste. Ich ging mit den Füßen abwechselnd auf die Pedale und winkte ihr so mit dem pendelnden Heckrotor zurück. Viel zu schnell verlor ich sie aus meinem Blickfeld.

Die anderen fuhren gemeinsam mit Renés Jeep nach Paris und wollten sich dort erst einmal in zwei unterschiedlichen Hotels einmieten. Dank Internet waren wir über eine eigene Clouddatenbank untereinander vernetzt und hatten somit den direkten Zugriff auf alle relevanten Daten, die wir dort abspeichern wollten.

Mit der angewendeten Datenverschlüsselung hätten wir selbst

die NSA an den Rand der Verzweiflung getrieben. Aber die NSA war, wie wir durch von Oppenheim wussten, dieses Mal auf unserer Seite. Dafür hatte von Oppenheim mit seinen Beziehungen gesorgt. Die meisten Geheimdienste dieser Welt hatten ein großes Interesse daran, dass diese Gruppen von der Bildfläche verschwanden. Zu lange hatte diese Organisation ihnen schon auf der Nase herumgetanzt.

Zu anfällig ist der internationale Weltmarkt geworden. Etwas, was die letzte Wirtschaftskrise allen noch einmal sehr deutlich gemacht hatte. Wie umfallende Dominosteine hatte sich die letzte Wirtschaftskrise über fast alle Länder dieser Welt ausgebreitet. Nicht einmal die sogenannten Experten hatten sie kommen sehen. Nur die ewigen »Unken« hatten sich, einmal mehr, bestätigt gefühlt – ganz so wie die Anhänger der Weltuntergangstheorie.

Wenn diese »Unken« noch ein paar Jahrtausende, oder hoffentlich Millionen Jahre durchhalten, werden sie sicherlich auch mit dem Weltuntergang recht bekommen … Meist musste man nur lange genug an etwas glauben, dann passierte es auch. Ich glaubte stets an die große Liebe – und sie ist gekommen. Es passierte meistens dann, wenn man schon gar nicht mehr damit rechnete.

Kein Staat dieser Erde mag es, wenn er in Schieflage gerät. Vor allem dann nicht, wenn kriminelle Organisationen dies für ihre Zwecke ausnutzen. Zu verflochten sind mittlerweile die wirtschaftlichen Beziehungen aller Länder untereinander.

In einer Vorlesung an der Uni machte uns der Professor an einem Spruch sehr deutlich, was hinter dieser Weisheit in Wirklichkeit steckte: »Was interessiert es mich, wenn in China ein Sack Reis umfällt!« Ausnahmsweise mal kein Spruch von meiner Oma.

Kippte heute der besagte Sack Reis in China um, so würden wir diese Erschütterung noch sehr deutlich in allen Ländern dieser Erde spüren – und zwar bis in die hinterletzten Ecken. Nur Afrika würde vermutlich davon verschont bleiben. Korruption und Ausbeutung bestimmten hier den Alltag der Menschen. Die Afrikaner hatten gar keine Zeit, sich mit der Weltpolitik zu beschäftigen. Mit sich selbst hatten sie ja schon genug zu tun. Nur die Staaten mit Ölförderung, wie Nigeria, sahen dies anders. Diese hatten bedingt durch ihre reichhaltigen Ölvorkommen schnell dazugelernt, um von der internationalen Weltwirtschaft zu profitieren.

All die Banker und Broker, die behaupteten, dass sie die Wirtschaft verstünden und die besten Anlagen ohne Risiko hätten, hatten bereits gelogen, bevor sie unser Geld auf den Aktienmärkten dieser Welt verbrannten. Für meine Oma waren dies immer die kleinen Jungs, die schon beim Monopoly betrogen. Nur – bei dieser Art von Monopoly verloren alle.

Die BO war dieses Mal vollgetankt, und so konnte ich ohne Zwischenlandung zurück nach Wuppertal fliegen. Auf dem Heliport in der Winter AG landete ich dicht am neu gebauten kleinen Hangar.

Philippe rief auf meinem Handy an, als ich gerade in das Hauptgebäude ging. »Wir haben uns die Bank einmal von außen angeschaut. Alles sah so wie bei einer normalen Bank aus, nichts Auffälliges war zu erkennen«, erklärte er mir.

Wie besprochen hatten sie bereits einen ersten Blick auf den Firmensitz der Bank geworfen. Da es aber schon nach einundzwanzig Uhr war, war natürlich schon alles verschlossen. Von außen war es eine ganz normale Bank, mit einer normalen Schalterhalle im Erdgeschoss und den Büros darüber. Philippe schickte mir ein Bild via WhatsApp auf mein Smartphone. Ein historisches und aufwendig renoviertes fünfgeschossiges Gebäude. Es wirkte von außen wie ein seriöses Bankhaus.

Auch Claude und Niklas meldeten sich und gaben einen kurzen Lagebericht durch. Das Verwaltungsgebäude der Ölgesellschaft war ebenfalls im Zentrum von Paris angesiedelt. Es wunderte uns nicht, dass ihr Sitz auf den Champs-Élysées lag, in unmittelbarer Nachbarschaft zu den teuersten Nobelboutiquen. Hier musste man reichlich Geld besitzen, sonst war man bedeutungslos. Hier regierte und bestimmte das Geld das Leben der Menschen.

Ich hatte ja gut reden – zwar war ich nicht im Reichtum geboren, musste aber nie wirklich auf etwas verzichten. Meine Oma erhielt zu ihrer geringen Rente noch zusätzliche Gelder aus einer Lebensversicherung meiner Eltern. So konnte sie mir eine angenehme, sorgenfreie Kindheit und Jugend bieten. Aber viel wichtiger aus heutiger Sicht war mir, dass mir meine Oma erfolgreich vermittelt hatte, dass ich es selber war, der es schaffen musste, sich seine eigenen Ziele zu suchen und dann auch zu realisieren.

Geld alleine machte nicht glücklich, wenn es nicht Menschen wie Inge, Horst, Ines und René gegeben hätte und – nicht zu vergessen – Freunde wie Claude, Mike, Jack, Niklas, Logan und Philippe. Freunde, die da sind, wenn man sie brauchte. Freunde, die sogar bereit sind, ihr eigenes Leben für einen zu riskieren. Dies ist es, was ein wirklich glückliches Leben ausmacht. Und das kann sich niemand mit allem Geld der Welt erkaufen – wahre Liebe und echte Freundschaft. Selbst wenn Schicksalsschläge wie diese Entführung einen treffen, so war es um so wichtiger, Freunde an seiner Seite zu haben – gute Freunde.

Ich erreichte mein Büro, ohne auf jemanden zu treffen. Die Büros waren nach achtzehn Uhr meistens leer. Nur die Mitarbeiter im Schichtbetrieb gingen in den Fertigungsbereichen noch ihrer Arbeit nach.

Ich startete meinen Computer und machte mir in der Zwischenzeit einen Espresso an meiner kleinen Kaffeebar. Meine Augenlider waren immer schwerer geworden und ich brauchte dringend einen Espresso als »Wachmacher«.

Ich liebte das Fliegen und genoss es sehr, nun Besitzer eines Helikopters zu sein. Ein Kindheitstraum hatte sich erfüllt. Was ich jedoch vollkommen unterschätzt hatte, war die Konzentration, die ich beim Fliegen noch aufbringen musste – gerade weil ich noch nicht über viel Routine verfügte. Das Fliegen des Helikopters forderte meine ganze Aufmerksamkeit. Beide Beine, beide Hände waren ständig im Einsatz, um den Heli auf Kurs zu halten. Meine Augen pendelten ständig konzentriert über sämtliche Instrumente. Einen Helikopter zu fliegen ist fast so wie ein rohes Ei auf einem Löffel über einen Hindernisparcours zu balancieren. Ich liebte diese Herausforderung, diese Form des Fliegens.

Ich schaute meine E-Mails durch und fand nichts wirklich

Dringendes, was ich sofort hätte erledigen müssen. Erfreulich war: Breitscheid hatte mir mitgeteilt, dass der Ausbau der neuen Produktionshalle für die »Green Power« im Zeitplan lag. Auch in allen anderen Abteilungen lief alles so, wie es sein sollte. Die Mannschaft der Winter AG war eingespielt, jeder kannte seine Aufgabe, jeder arbeitete gerne hier.

Das Klingeln des Telefons riss mich aus meinen Gedanken. Es war Malte – er hatte noch Licht in meinem Büro gesehen. Er meinte, es wäre gut, wenn ich mir den neuesten Testbericht zu einem Steuergerät, das im nächsten Monat in die Serienproduktion ging, einmal persönlich anschauen würde. Dann fügte er noch hinzu, dass vermutlich erneut jemand die bisherigen Untersuchungsergebnisse bewusst positiver dargestellt hätte, als sie tatsächlich waren.

»Unglaublich«, sagte ich, »ich bin schon unterwegs!«, und legte den Hörer auf. Vollkommen in Gedanken und dabei angestrengt grübelnd, was es damit wohl auf sich hatte, machte ich mich auf den Weg ins Testlabor. Bloß nicht wieder so ein Desaster wie bei dem letzten Schaden! Noch eine solche Reklamation mit diesem Kunden und wir konnten die nächsten bereits anvisierten Projekte vergessen.

Zwar wunderte ich mich ein wenig darüber, dass Malte um diese Uhrzeit noch arbeitete, aber ich wusste auch: Wenn er sich einmal in etwas verbissen hatte, konnte er unermüdlich sein.

Als ich das Labor betrat, brannte überall noch Licht und die Tür zum Testraum stand weit offen. Malte war nirgends zu sehen. Ich rief seinen Namen, erhielt jedoch keine Antwort.

So ging ich in den Raum, in dem sämtliche Klimakammern standen. An meinem letzten Aufenthalt hier erinnerte ich mich nur äußerst ungern. Zu bewusst war mir noch das Bild vor Augen, wie Sorwa erfroren auf dem Stuhl gesessen hatte.

Alle Klimakammern bis auf eine waren verschlossen.

Die Kühlaggregate und Lüfter liefen. Ich rief erneut Maltes Namen, erhielt jedoch auch dieses Mal keine Antwort. So ging ich zu der offenen Klimakammer, die die Größe eines Hochseecontainers hatte. In dieser Klimakammer wurden die Steuergeräte direkt in den Fahrzeugen getestet. Dieses Mal befand sich jedoch nur ein fast zwei Meter hohes Testgestell samt Vibrationsvorrichtung mit über vierzig Steuergeräten in der Kammer, die gerade lautstark durchgeschüttelt wurden.

Ich ging in die Kammer hinein und vermutete Malte hinter der Vorrichtung. Kaum war ich jedoch drin, wurde die Tür hinter mir zugeschlagen. Ich drehte mich blitzartig um, schlug fest mit der Faust gegen die Tür und sah noch durch ein kleines Fenster in der Tür, wie ein Schatten aus dem Raum verschwand.

Die Tür war verschlossen, und als ich versuchte, sie über die Notentriegelung zu öffnen, fiel der ganze Mechanismus klirrend auf den mit Aluminiumblechen ausgekleideten Boden der Kammer.

So ein Mist, nun war ich selbst in der Falle …

Das Licht wurde ausgeschaltet und lautstark fing das Kühlgebläse an, die kalte Luft in der Kammer zu verteilen. Unweigerlich musste ich erneut an Sorwa denken, wie wir ihn vor Monaten in einer dieser Klimakammern erfroren gefunden hatten – ein Bild, das mir in meiner Situation nicht gerade Mut machte.

Nur mit einem leichten kurzärmeligen Hemd bekleidet, waren meine Unterarme schnell mit einer Gänsehaut überzogen.

Das Gebläse verteilte die polare Luft in jeden Winkel dieser Kammer. Je kälter es wurde, umso schwerer fiel es mir, mich zu konzentrieren. An einem innen angebrachten, großen Display sah ich, dass die Temperatur schon bei minus zehn Grad angelangt war. Die Kammer konnte bis auf minus fünfzig Grad heruntergekühlt werden

Um diese Uhrzeit war der gesamte Bereich menschenleer. Frühestens morgen um sieben Uhr würden hier wieder die ersten Mitarbeiter erscheinen. Bis dahin wäre ich jedoch wie Sorwa erfroren. »Warum nur Malte?«, schoss es mir in den Sinn.

War er etwa doch der Maulwurf, nach dem wir die ganze Zeit suchten? Aber warum nur gerade jetzt? Warum gab er seine Tarnung gerade jetzt auf? Bis jetzt hatte weder Fern noch ich irgendetwas Konkretes gegen ihn in der Hand.

Noch war ich nicht tot, noch konnte ich klar denken. Auch

wenn dies angesichts der rasch sinkenden Temperatur immer schwieriger wurde ... Mein Körper fing an zu zittern und meine Zähne klapperten schon leicht aufeinander.

Im schwachen Licht der Leuchtdioden sah ich die Kabel, die von außen in die Kammer führten und mit der Testvorrichtung verbunden waren. Diese Kabel führten durch eine gummierte Membran, die in einem Rahmen von knapp vierzig mal vierzig Zentimetern mit der Seitenwand verschraubt war – die einzige Schwachstelle, die ich in dieser massiven und robusten Kammer ausmachen konnte.

Mit aller Kraft trat ich gegen den Rahmen. Wieder und wieder. Erst bewegte sich nichts; je fester und länger ich jedoch dagegentrat, desto mehr spürte ich, wie sich der Rahmen langsam aus der Verschraubung löste. Motiviert von diesem Ergebnis, verstärkte ich meine Bemühungen und Tritte. Trotz meiner Kraftanstrengung wurde es mir immer kälter. Das Thermometer stand bereits auf minus neunzehn Grad und sank kontinuierlich weiter. Plötzlich und mit einem lauten Geschepper riss der Rahmen samt Verschraubung aus der Seitenwand heraus.

Um nicht noch mehr Zeit zu verlieren, legte ich mich sofort auf den kalten Aluminiumboden und robbte rückwärts durch die schmale Öffnung hinaus. Mir zitterten noch die Hände vor Kälte, als ich den Nottaster für das Kühlaggregat drückte.

Ich ging zum nächsten Telefon und drückte die Null; sofort meldete sich Müller von der Pforte. Noch außer Atem von der Kraftanstrengung fragte ich ihn: »Ist Malte Steinberg schon raus?« Anscheinend überrascht von meiner Frage sagte er nur: »Ja, er hat das Firmengelände vor ungefähr zehn Minuten verlassen.«

STEINBERGS FLUCHT

Aufgewühlt stürzte Malte Steinberg aus dem Gebäude und ging zügig in Richtung Pforte. Ohne Müller zu grüßen, was er sonst immer tat, schritt er eilig zu seinem geparkten Wagen.

Um diese Uhrzeit waren nur noch wenige Fahrzeuge auf dem großen eingezäunten und gepflasterten Parkplatz. Nur die Fahrzeuge der Spätschicht standen hier noch geparkt und warteten auf ihre Besitzer. Rasch stieg Steinberg ein, und als er sein Gesicht im Rückspiegel sah, entspannten sich seine Gesichtszüge und er freute sich über den gelungenen Schachzug. Stern war nun Geschichte – langsam würde er in der Kammer erfrieren und so nicht mehr weiter nach ihm suchen.

Er wusste, dass er nun schnellstens das Land verlassen musste. Zwar hatte er alles geschickt als Unfall dargestellt, aber es war ihm auch klar, dass die Ermittler der Polizei nicht so blöd wären, um nicht doch früher oder später dahinterzukommen, dass es sich hier nicht um einen reinen Arbeitsunfall handelte. Rasch würden sie dann eins und eins zusammenzählen und auf ihn als Tatverdächtigen stoßen. Aber bevor dies passierte, wollte er schon längst in einem anderen Land unter einer anderen Identität untertauchen und für die Organisation erneut in einem neuen Unternehmen spionieren.

Zwar konnte er dieses Mal das gewünschte Objekt nicht direkt liefern, aber schließlich war er es ja gewesen, der überhaupt die Kenntnis von dieser Erfindung übermittelt hatte.

Steinberg wusste, dass er von der Winter AG nur abgezogen wurde, da seine Enttarnung vermutlich nur noch eine Frage von wenigen Tagen gewesen wäre. Von seinem direkten Kontakt, dem Landesvorsitzenden, hatte er auch erfahren, dass die Organisation bereits einen anderen Plan verfolgte, um Winters Erfindung auf jeden Fall doch noch in ihren Besitz zu bringen. Die »Greenbox« wollten sie sich auf keinen Fall entgehen lassen …

Steinberg beschleunigte seinen 5er-BMW und fuhr mit reichlich überhöhter Geschwindigkeit in den Tunnel Burgholz hinein. Kurvig und abfallend schlängelte sich der Tunnel durch den Berg. Sein Zeitplan war zwar eng ausgelegt, aber es war nicht unmöglich, ihn einzuhalten. Da er mit kleinem Handgepäck unterwegs war, würde er die Sicherheitskontrollen zügig hinter sich lassen und Deutschland so schnellstens den Rücken kehren.

In den USA erwartete ihn schon ein neuer Auftrag – ein Auftrag bei einem Softwareentwickler für Steuerungssysteme in der Luft- und Raumfahrtindustrie. Die letzten Jahre hatte er bereits für unzählige Unternehmen gearbeitet, in die die Organisation ihn geschickt platziert hatte. In vielen dieser Unternehmen gab es jedoch nichts, was wirklich von Interesse wäre. Er war ständig auf der Suche nach neuen Technologien und Informationen, die der Organisation ein Vermögen einbringen sollten – Geld, das auch er dringend benötigte, um weiterhin seiner Leidenschaft ausgiebig nachgehen zu können – seiner Spielsucht.

Fast hatte er schon geglaubt, dass auch in der Winter AG nichts Erfolgversprechendes zu holen wäre, bis ihm dann doch noch durch einen glücklichen Umstand die entscheidenden Unterlagen in die Hände gefallen waren.

Einen solchen Glücksgriff hatte ein Spion wie er meist nur einmal in seinem Leben. Mit dieser Information war er in der Gunst der Organisation auf jeden Fall aufgestiegen – hatte er gedacht.

Seine Flucht war gut vorbereitet, nichts hatte er dabei dem Zufall überlassen. Zufälle hasste er. Zufälle führten immer dazu, dass er improvisieren musste, und oft führte dies dann zu neuen, weiteren Komplikationen. Er liebte es, wenn seine gut durchdachten und raffiniert eingefädelten Pläne funktionierten.

Natürlich hatte er gewusst, dass Stern nach ihm suchte und ihm dabei schon gefährlich nahe gekommen war. Aber da war auch noch dieses undefinierbare Gefühl, das er im Umgang mit Freitag hatte. Freitag, der immer so merkwürdige Fragen stellte und der äußerst schwer zu durchschauen war. Ein äußerst fragwürdiger Charakter ...

Oft hatte Steinberg das Gefühl gehabt, dass Freitag an ihm wie sein eigener Schatten klebte. Aber genau auf diese Gefühle, seine Intuition, konnte sich Steinberg bisher immer verlassen, sie waren bei seinem Job lebenswichtig – überlebenswichtig.

Ohne über seine Aktionen großartig nachzudenken, trat Steinberg leicht auf die Bremse, als er den Tunnel verließ und die Baustellenschilder im Halbdunkel vor ihm auftauchten.

In nur wenigen Millisekunden erfolgte die Reaktion auf seinen Bremsvorgang.

Steinbergs Pupillen weiteten sich, Adrenalin schoss durch seinen Körper, als der Wagen plötzlich die Bodenhaftung verlor. Schon im Flug wusste Steinberg, dass er nicht überleben würde. Viel zu schnell war er mit seinem Fahrzeug für diese kurvige Engstelle unterwegs. Von einem Moment zum anderen veränderte sich alles. Der Situation vollkommen ausgeliefert und bei verschärftem Bewusstsein hörte er, wie ihm das Herz wild gegen den Brustkorb schlug, seine letzten Gedanken sich klar formierten, sein Puls deutlich gegen seinen Kehlkopf hämmerte. Was war nur passiert? Warum schoss er durch die Luft? Sein leichter Fußdruck auf das Bremspedal hätte niemals diese harte Bremsung einleiten dürfen.

Dann wurde es vor Steinbergs Augen für immer dunkel.

MACHT

Um meinen Kreislauf wieder in Schwung zu bekommen und meinen Körper auf Betriebstemperatur zu bringen, lief ich über das Treppenhaus in mein Büro. Gerade, als ich zum Hörer greifen wollte, um Fern anzurufen, klingelte mein Handy. Es war Fern.

Etwas erregt in der Stimme sagte sie mir, dass Malte Steinberg gerade mit seinem Wagen tödlich verunglückt sei. Malte stand ja immer noch unter der Beobachtung des BNDs. Seine Bewacher hatten Malte, nachdem er das Werksgelände so eilig verlassen hatte, sofort verfolgt, ohne auch nur zu erahnen, was sich gerade im Testlabor abgespielt hatte. Auf dem Autobahnzubringer in Richtung Düsseldorf, direkt hinter dem Tunnel Burgholz, war er dann in eine Baustellenabsperrung gerast und hatte dabei anscheinend die Kontrolle über sein Fahrzeug verloren. Fern vermutete, dass er auf den Weg zum Düsseldorfer Flughafen gewesen sei.

Das konnte doch nicht wahr sein! Gerade hatte er sich, aus welchen Gründen auch immer, als Maulwurf in der Winter AG geoutet, und nun war er auch schon tot – eine Befragung über das Wieso und Warum nicht mehr möglich. Gerne hätte ich mehr über seine Beweggründe erfahren, gerne verstanden, warum er Horst und mich so hintergangen hatte.

In der Kurzversion erzählte ich nun auch Fern, was mir gerade passiert war.

Ich hing meinen Gedanken nach, als ich über die Blombachtalbrücke fuhr und in Richtung Lüttringhausen abbog.

Noch immer hatten wir keine Spur zu Biancas Entführung. Wieder standen wir vor einer Herausforderung, die uns kalt erwischt hatte. Waren wir zu leichtsinnig geworden? Ich wusste, dass wir unsere Gegenspieler nicht unterschätzen durften und dass diese gut organisiert waren.

Nachdem ich mir einen heißen Kaffee gemacht hatte, rief ich Ines an und erzählte ihr, was sich gerade ereignet hatte und dass Malte umgekommen sei. Ines hatte gerade mit Logan die neuesten Infos über die Entführung in Renés Büro an die Pinnwand geschrieben und in die Cloud geladen.

Als ich in dieser Nacht plötzlich mitten in einem wirren Traum aufwachte, schaute ich in die Augen eines aufgeschreckten Mr Spock. Ich drehte mich im Bett um und suchte Ines, aber dann fiel mir ein, dass sie ja noch in Frankreich war. Immer, wenn ich wilde und unruhige Träume hatte, passierte es mir, dass ich morgens die Orientierung verlor. Dann brauchte ich immer einige Sekunden, um zu erfassen, wo ich mich gerade befand.

Wenn ich aufgewühlt war, einen aufregenden Tag erlebt hatte, schlief ich in der Nacht oft unruhig. Ich hatte dann oft Träume, bei denen ich mich am anderen Morgen selbst fragen musste, ob ich das Ganze nun wirklich erlebt hatte oder ob es nicht doch nur ein Traum war – so real waren diese Träume.

Mein Kopf kam einfach nicht zur Ruhe, meine Gedanken kreisten immer wieder um die gleichen Punkte … Was, wenn sich das Ganze wiederholte? Was, wenn die damaligen Entführer nun auch wieder hinter Biancas Entführung steckten? Was, wenn sie erneut als Druckmittel gegen Bremer eingesetzt werden sollte?

Was, wenn Bremer diesmal das Leben seiner Tochter egal war? Bianca hatte ja schließlich mit ihrem Vater gebrochen und sich für René entschieden. Etwas, was Bremer bestimmt nicht gefallen haben dürfte. Sie sollte ja schließlich sein Erbe antreten.

Ein verbrecherisches Erbe.

Im Grunde war Bianca auch schon auf dem besten Weg dorthin. Rechtzeitig hatte sie sich jedoch noch für ein anderes Leben entschieden. Hätte Bremer Bianca entführen lassen, hätte er bestimmt, um endgültige Tatsachen zu schaffen, René töten lassen. Männer wie Bremer ließen töten. Nie würde er sich selbst die Hände schmutzig machen. Er hatte das Geld und die Macht, um sich alles kaufen zu können.

Diese Menschen waren besonders gefährlich. Sie verhandelten öffentlich als seriöse Geschäftsleute und zogen im Hintergrund die schmutzigen Fäden. Nie standen sie in direktem Zusammenhang mit der eigentlichen Tat, dem Verbrechen. Aber sie waren die eigentlichen Täter und »Nutznießer«. Nie gab es einen Zusammenhang zwischen ihren Geschäften und den vermeintlichen Ereignissen, die ihre Geschäftspartner heimsuchten, wenn sie sich einmal nicht so verhielten, wie sie es sollten, sich nicht kooperativ zeigten.

Da verschwanden schon einmal Dinge aus dem Haus. Das Haustier der Familie verschwand spurlos. Unfälle passierten, plötzliche Krankheiten traten auf. Die Steigerung war, dass ein Familienmitglied bei einem vermeintlichen Unfall starb. Die Nachrichten waren voll von ihren Taten. Man musste die Nachrichten nur richtig lesen und deuten. Da verschwand oder stürzte schon einmal ein Flugzeug ab oder ein Schiff ging unter.

Alles hatte scheinbar nichts mit dem eigentlichen Geschäft zu tun. Die Aufmerksamkeit und die Konzentration der Geschäftspartner waren jedoch geschwächt. Resigniert gaben sie dann meist nach.

Die Opfer wurden ausspioniert und waren gläsern für ihre Widersacher. Je besser man seine »Gegenspieler« kannte, desto verwundbarer waren sie. Wenn nichts half und ihre Geschäftspartner stur blieben, wurden die »Handlanger« der Organisation deutlicher. Um nur einen einzigen Menschen zu töten, ließen diese skrupellosen Verbrecher auch schon einmal ein ganzes Passagierflugzeug abstürzen. Hunderte Menschen mussten sterben, um nur einen zu töten. Der wahre Grund des Absturzes wurde nie aufgeklärt.

Mit meinem heutigen Wissen lese ich die Nachrichtenmeldungen anders. Ich lese den Wirtschaftsteil einer Zeitung genauer, auch das, was zwischen den Zeilen steht. Heute weiß ich, wer hinter den sogenannten Firmenübernahmen und sinkenden oder steigenden Aktienkursen von Unternehmen steht. Eine »Macht«, die die Weltwirtschaft zu ihren Gunsten veränderte. Eine »Macht«, die keiner sah.

Es gab keinen Namen, kein Gesicht und auch keine Firmenadresse. Aber es gab diese Macht, und dass es sie gab, war das Erschreckende daran.

Die Nachrichten waren voll von Kriegsmeldungen. Hier schlugen sich wieder einmal die Israelis mit der Hamas. Dort ließ Nordkorea wieder einmal die Ketten rasseln. Im Jemen wurden wieder einmal Touristen entführt. In Nordafrika entführten die Krieger des IS wieder einmal junge Frauen aus einem Dorf. In Mexiko starben Unschuldige im Kugelhagel, einem Krieg der Drogenbarone. Die Boko Haram führte einen gnadenlosen Kampf gegen Andersgläubige, und, und …

Dies waren die Meldungen, die wir kannten. Dies waren die Meldungen, die wir glauben sollten. Nicht, dass es diese Taten hinter den Meldungen nicht gab. Nein, es gab sie natürlich.

Etwas, wofür sich die gesamte doch so zivilisierte Welt eigentlich schämen sollte. Dafür, dass es diese Krisenherde heute überhaupt noch gab, und das Ganze auch noch im einundzwanzigsten Jahrhundert. Etwas, was bei intensiverem Nachdenken einfach unglaublich ist. Eine wirklich schöne Zivilisation, die die Menschheit da bis heute geschaffen hatte… Würden heute alle Kriege dieser Welt beendet, so müsste morgen kein Mensch mehr verhungern.

Aber alle Meldungen in den Medien sollten nur von den wahren Geschäften, den wahren Machenschaften dieser für die Öffentlichkeit unsichtbaren Macht ablenken – der Macht nur einer Organisation.

Nie würde es all diese Konflikte geben, wenn das Geld nicht fließen würde. Das einzige Ziel dieser Organisation war es, ihre Macht immer weiter zu vergrößern. Sie wollte sich die Welt so zurechtbiegen, wie es ihr gefiel, und ihre eigenen Grenzen ziehen. Sie wollte ihre Moralvorstellungen umsetzen und ihre Wertvorstellung ausleben. Ganz gleich, mit welchen Mitteln.

Es gab nur sehr wenige Menschen, die überhaupt Kenntnisse von dieser »Organisation« hatten. Die, die öffentlich über sie berichteten, wurden als Spinner dargestellt. Ihr Ruf und ihre Glaubwürdigkeit wurden systematisch demontiert. Zum Schluss nahm sie keiner mehr ernst und sie wurden als Verrückte abgestempelt, die Außerirdische getroffen hätten.

Aber Bremer war kein Außerirdischer, er war real. Er war der Erste dieser Organisation, der sich je so weit in die Öffentlichkeit gewagt hatte. Er war der Erste und Einzige, dem von Oppenheim je so nah gekommen war. Wenn ich daran denke, dass wir diesen Mann schon gefesselt in unserem Transporter hatten – unglaublich.

Nur wenige wie von Oppenheim kannten die Wahrheit. Eine Wahrheit, die hinter dem scheinbar Offensichtlichen steckte. Von Oppenheim kämpfte engagiert mit seinen Mitstreitern aus anderen Nationen, um diese Organisation endlich zu zerschlagen.

Jedoch schien es ein Kampf wie der von Don Quichotte gegen die Windmühlen zu sein. Ein Kampf, der nie gewonnen werden konnte. Aber deshalb aufgeben – nein! Wenn Menschen wie von Oppenheim aufgeben würden, dann »Gute Nacht!«.

Irgendwann hörten meine Gedanken auf zu kreisen, und erschöpft schlief ich wieder ein.

DER ABSTURZ

Am nächsten Morgen, noch im Traum, fiel ich plötzlich in ein tiefes Loch – ich war schlagartig hellwach …
Mr Spock schaute mich ziemlich angesäuert an. Seine »Sorgenfalte« auf der Stirn war deutlich zu sehen. Bestimmt hatte ich ihn wieder mit einem Bein im Schlaf angestoßen und ihn so unsanft aus seinen eigenen Träumen gerissen.

Zur Versöhnung bekam er auch gleich sein Lieblingsfutter, Huhn mit Eiersoufflé. Er nahm meine Entschuldigung dankend an und schmatzte genüsslich den ganzen Inhalt der Dose auf, ohne auch nur eine Unterbrechung einzulegen.

Es war sechs Uhr am Sonntagmorgen. Ich duschte rasch und trank, was ich morgens eigentlich nie tat, meinen Kaffee im Stehen, schrieb schnell noch eine Notiz für meinen Nachbarn und fuhr dann wieder zurück zur Winter AG.

So schnell wie möglich wollte ich zurück zu Ines und René fliegen, denn ich hatte mir einen Plan überlegt, wie wir die Spur zu Bianca aufnehmen konnten.

Als die Turbinen die volle Leistung brachten und die Rotoren mit höchster Geschwindigkeit drehten, zog ich am Pitch, und die BO stieg auf.

Der Wetterbericht war gut und die Flugsicherung hatte meinen Flugplan sofort genehmigt. Ich flog wieder in Richtung Köln und dann weiter den Rhein entlang. Bei Koblenz sah ich von oben das Deutsche Eck mit dem Kaiser-Wilhelm-Denkmal und folgte nun weiter dem Verlauf der Mosel. Der Himmel war klar und wolkenlos und bot mir so einen wundervollen Ausblick auf die Steilhänge mit den Weinbergen, die rechts und links das Moseltal säumten.

Etwas wehmütig dachte ich an einen Ausflug mit Inge und Horst vor ein paar Jahren zurück, als wir hier zusammen bei einer Weinprobe auf dem Weingut Langguth richtig »abgestürzt« waren. Zu köstlich war dieser Wein und so ausgelassen die Stimmung im gemütlichen Weinkeller!

Mein Lächeln, das ich bei dieser schönen Erinnerung auf den Lippen hatte, verlor ich schlagartig, als urplötzlich die Turbinen laut aufheulten. Es gab ein lautes metallisches Geräusch und die Leistungsanzeigen beider Turbinen fielen gleichzeitig ab.

Das war etwas, was normalerweise nie passieren sollte. Dafür hatte man ja schließlich die Redundanz zweier Turbinen in der BO 105. Viel Zeit zum Grübeln und Nachdenken blieb mir jedoch nicht.

So, wie ich es einige Wochen zuvor noch gelernt hatte, kuppelte ich die Turbinen vom Antriebsstrang des Hauptrotors ab und versuchte mein Glück mit der Autorotation.

Jetzt ging es wie ein rotierender Ahornsamen nur noch nach unten. Meine Prüfung zur Pilotenlizenz war bis auf diese verflixte Autorotationsübung glatt verlaufen. Ausgerechnet bei dieser Übung patzte ich während meines Prüfungsfluges. Viel zu schnell sank ich dabei und nur mit viel Glück, aber wenig Können, setzte ich den Heli auf einer Wiese zur Notlandung auf. Der Prüfer drückte noch einmal beide Augen zu, meinte jedoch, dass ich dies unbedingt noch einmal üben sollte. Recht hatte er, nur jetzt war es definitiv zu spät für diese Erkenntnis.

Ich konzentrierte mich und gab mein Bestes, aber ich bekam die BO einfach nicht mehr in den Griff. Verbunden mit einem weiteren lauten Knall drehte sich nun auch der Heckrotor nicht mehr. Eine kontrollierte Steuerung war nicht mehr möglich.

Der Helikopter drehte sich nun spiralförmig um die eigene Achse. Aus Verzweiflung versuchte ich zu steuern, aber nichts zeigte die erhoffte Wirkung. Ich schoss weiter und viel zu schnell der Erde entgegen.

Innerhalb nur weniger Sekunden kam der Aufschlag, dann nur noch Dunkelheit. Nicht einmal Schmerzen nahm ich noch wahr.

Ich verlor mein Bewusstsein …

Ines und René wussten, dass ich morgens bei ihnen eintreffen wollte. Nachdem sie verzweifelt versucht hatten, mich auf meinem Handy zu erreichen, erkundigte sich René bei der Flugsicherung. Dort bestätigte man ihm, dass ich frühmorgens meinen Start gemeldet hatte.

Wieder einmal hatte ich jedoch Glück im Unglück. Mein Absturz erfolgte in der Nähe eines kleinen Dorfes, und so blieb er auch nicht lange unentdeckt. Rasch war die Polizei samt freiwilliger Feuerwehr zur Stelle. Etwas aufwendig gestaltete sich meine Bergung. Der Hubschrauber, eher das Wenige, was davon noch übrig war, hatte sich in mehreren Bäumen verkeilt. Mit viel Mühe und unter Einsatz mehrerer Kettensägen befreiten meine Retter mich aus meiner misslichen Lage.

Ich war mitten in einem kleinen Tannenwald abgestürzt, und die Bäume hatten dabei den Absturz abgedämpft. Vier Tage nach dem Absturz erwachte ich morgens in der Universitätsklinik von Mainz aus dem Koma.

Ich erblickte Ines und René schlafend im Zimmer. Angezogen teilten sie sich in einer recht unbequemen Haltung ein Bett.

Durch meine etwas unverständlichen Geräusche bei dem ersten Sprechversuch wachten sie auf. Mein Hals war so trocken wie die Wüste Gobi. Beide sprangen noch total verschlafen auf und kamen freudestrahlend an mein Bett gestürmt. Ines drückte mir sofort einen dicken Kuss auf die Lippen und René strahlte vor Freude. In ihren Gesichtern sah ich die Erleichterung über mein Erwachen.

Wie sich herausstellte, hatte ich mir bei dem Sturz den Kopf verletzt, den Brustkorb gequetscht und einige Schürfwunden zugezogen. Jedoch, wie durch ein Wunder, hatte ich mir nichts gebrochen und auch keine ernsthaften inneren Verletzungen davongetragen.

Ich schaute Ines in die Augen und sah, wie ihr vor Freude Tränen über ihre hübschen Wangen liefen. Meine erste Frage war: »Bianca?«

René schüttelte traurig den Kopf.

Dann schaute ich Ines an und fragte: »Kaffee?«

Ines lachte, wischte sich ihre Tränen aus dem Gesicht und machte sich sogleich auf dem Weg, um mir einen Kaffee zu besorgen.

René hatte all seinen Charme bei der Stationsleiterin spielen lassen, damit beide bei mir im Zimmer übernachten konnten. Endlich hatte es sich für mich einmal gelohnt, jahrelang die hohen Beiträge für meine private Krankenversicherung zu zahlen. Das erste Mal seit Jahren, dass ich sie wirklich brauchte. Bei diesem Gedanken musste ich lachen und spürte dabei nur allzu deutlich meine schmerzhaften Prellungen im Brustbereich. Ich bekam zwar Luft zum Atmen, aber je tiefer ich die Luft in meine Lungen zog, je höher und tiefer sich mein Brustkorb bewegte, desto schmerzhafter wurde es.

Immer noch strahlend vor Erleichterung kam Ines ins Zimmer zurück und brachte mir einen Kaffee und sogar ein Croissant mit. Wo sie das nur wieder hergezaubert hatte?

Nach weiteren drei Tagen verließ ich das Krankenhaus auf eigene Verantwortung. Claude und sein Team hatten zwischenzeitlich die Bank und das Unternehmen in Paris observiert und weitere Erkundigungen eingezogen.

Die Erkenntnis aus allen diesen Aktionen war jedoch ernüchternd. Alle nun vorliegenden Informationen sagten nur, dass es sich um eine Bank handelte – was es augenscheinlich auch war –, die den üblichen Bankgeschäften nachging, und um ein Industrieunternehmen, das seine internationalen Ölgeschäfte abwickelte.

Nicht die kleinste Spur, nicht der kleinste Hinweis auf die Machenschaften der Organisation oder von Bremer. Nicht der geringste Hinweis über den Verbleib von Bianca.

Auch von Oppenheims Nachforschungen brachten keine neuen Erkenntnisse oder Hinweise auf irgendwelche dubiosen Aktivitäten und Machenschaften der PNC-Bank und des Ölkonzerns.

Von Oppenheim machte auch Druck bei der Luftfahrtbehörde, die mit der Untersuchung meines Absturzes betraut war. Schnell bestätigte sich meine Vermutung: Der Absturz wurde nicht durch einen technischen Defekt verursacht – nein, der Helikopter war sabotiert worden!

Nun stand es offiziell fest: An der Turbine war bewusst manipuliert worden. Auch der zeitlich verzögerte Ausfall des Heckrotors war kein Zufall. Hier hatte jemand ganz offensichtlich eine kleine Sprengladung so geschickt platziert, dass diese, nachdem die Turbinen ausgefallen waren, gezündet wurde. So hatte dann auch der Heckrotor seine Funktion zur Steuerung komplett verloren.

Nachdem wir in der großen Runde die Geschehnisse in der Winter AG und den anschließenden Tod von Malte Steinberg diskutiert hatten, kamen wir zu der Erkenntnis, dass an dem Abend, als Steinberg mich in der Klimakammer eingesperrt hatte, noch eine weitere Person in der Winter AG gewesen sein musste.

Steinberg war davon ausgegangen, dass ich den Aufenthalt in der Klimakammer nicht überleben würde. Warum sollte er also noch den Helikopter manipulieren? Das ergab doch keinen Sinn…

Auch war sein vermeintlicher Autounfall kein solcher. Sein Wagen war genauso manipuliert worden wie der Hubschrauber. Als Malte Steinberg mit überhöhter Geschwindigkeit in einer lang gezogenen Kurve weiter beschleunigte, bremste plötzlich die ABS-Steuerung einseitig die am Fahrzeug außen laufenden Räder. Steinberg hatte keine Chance – er schoss mit über einhundertundzwanzig Stundenkilometern in eine Baustelle hinein.

Was, wenn es einen zweiten Maulwurf gab?

Auf jeden Fall wollte jemand ganz sichergehen, dass Steinberg und ich umkamen.

Derjenige, der diese Manipulationen durchgeführt hatte, musste über ein wirklich gutes technisches Verständnis verfügen. Mehr noch, er musste auch die Gelegenheit gehabt haben, diese Manipulationen durchzuführen. Die Sabotage an der BO war so geschickt ausgeführt, wie es kein Laie hätte tun können.

Ab dem Zeitpunkt meiner Landung am Freitagnachmittag bis zum Start am Sonntagmorgen waren nur drei Leute auf dem Firmengelände der Winter AG gewesen, die aus meiner Sicht dafür infrage kamen. Aber keine dieser drei Personen hatte einen direkten Zugang zu dem Hangar, in dem der Heli stand.

Nur der Pförtner und ich hatten einen Schlüssel.

Es war bestimmt auch kein Zufall, dass ausgerechnet am Samstag die Überwachungskameras im Zugangsbereich des Hangars ausgefallen waren. Solche Zufälle gab es einfach nicht.

Von Oppenheim ließ, nachdem er alle Fakten zusammengetragen hatte, nun die verbliebenen beiden Verdächtigen rund um die Uhr überwachen: Müller von der Pforte und Steffen Freitag, den Leiter des Gebäudemanagements. Freitag hatte Zugang zu nahezu jedem Bereich im Unternehmen und verfügte zudem über eine technische Ausbildung. Steffen Freitag war jemand, mit dem ich bisher wenig zu tun hatte.

Zwar traute ich keinem der beiden eine solche Tat zu, aber von Oppenheim hatte seine eigene Sichtweise auf die Welt und ihre Menschen: immer allen gegenüber misstrauisch. Jeder stand bei ihm unter ständigem Generalverdacht. Ich glaube, selbst ich stand bei ihm immer noch unter Verdacht. Was war das nur für ein Job … Eine Arbeit mit wenig Freude und Freunden im Leben.

Von Oppenheim war nur kurz auf dem Weingut, dann machte er sich auch schon wieder auf den Weg zurück nach Paris. Dort wollte er sich mit seinen französischen Geheimdienstkollegen austauschen und auch die neusten Informationen von Claude erfahren.

Für den nächsten Tag hatte Ines ein Essen organisiert, um den glücklichen Ausgang meines Absturzes zu feiern. Dazu hatte sie auch Claude und die Kameraden eingeladen.

Ich wollte eigentlich nicht feiern – zu schmerzhaft war es für mich, René so leiden zu sehen. Aber wenn sich Ines einmal etwas in den Kopf gesetzt hatte, hätte sie nichts wirklich stoppen können.

Trotz meiner Prellungen und der dadurch verursachten Schmerzen war mein Verlangen, Ines' Körper endlich wieder zu spüren, nahezu unerträglich. Und dann lächelte mich Ines am Abend auch noch so verführerisch an. Es wurde eine aufregende Nacht mit viel zu wenig Schlaf …

Am nächsten Morgen beim Frühstück saßen wir alle erneut am großen Tisch in der Küche. Mir schmerzten meine Prellungen nun zwar noch mehr, aber dieses Opfer brachte ich doch gerne für eine solch atemberaubende Nacht.

René war sehr glücklich darüber, dass ich den Absturz so glimpflich überstanden hatte. Auch freute er sich sehr darüber, dass Ines und ich nun endlich ein Paar waren. Aber dass ausgerechnet an dem Tag, der eigentlich der schönste Tag seines Lebens werden sollte, Bianca verschwunden war, machte ihm immer mehr zu schaffen.

René wollte nun von mir wissen, welchen Plan ich mir ausgedacht hatte, von dem ich noch vor meinem Absturz am Telefon gesprochen hatte. Ich schaute ihn fragend an: »Welcher Plan?« Ich konnte mich einfach an keinen erinnern. René sah, dass ich ernsthaft versuchte nachzudenken, aber da war nichts, nur Leere. Vermutlich eine Folge des Absturzes und des Komas, in dem ich gelegen hatte.

Meine besten Ideen kamen mir meist beim Joggen, und daher beschloss ich, gleich eine Runde zu drehen, um so den Kopf freizubekommen. Ich lief zusammen mit Claude und Philippe ungefähr acht Kilometer. Danach gönnte ich mir eine erfrischende Dusche.

Diese Laufrunde war mir wesentlich schwerer gefallen als sonst, zu sehr schmerzten noch meine Verletzungen. Aber nach dem Duschen fühlte ich mich deutlich besser. Ich war froh darüber, dass ich trotz aller Schmerzen gelaufen war.

Bis heute gab es keine neuen Hinweise über den Verbleib von Bianca. Es war ganz so, als habe sie sich förmlich in Luft aufgelöst.

Ich erhielt einen Anruf von Heise.

Heise hatte sich mit der Versicherung meines verunglückten Hubschraubers in Verbindung gesetzt, und da der Abschlussbericht der Luftfahrtbehörde vorlag, gab die Versicherung grünes Licht für die Erstattung des Verlustes.

Noch nie hätte diese Behörde einen Bericht so schnell erstellt, erklärte mir Heise am Telefon. Ich freute mich über von Oppenheims Unterstützung. Lange hatte ich nach diesem Hubschraubertyp, einer BO 105, gesucht, um sie dann auch noch zu einem äußerst günstigen Preis kaufen zu können. Dass ich dieses Glück noch einmal haben würde, daran glaubte ich nicht.

Auch wies ich Heise an, der an meiner Rettung beteiligten Freiwilligen Feuerwehr eine Spende zukommen zu lassen. Ich fand, das war das Mindeste, was ich tun konnte, um mich bei ihr für meine Rettung zu bedanken.

LEE WU

Lee Wu saß nachdenklich auf dem obersten Deck ihrer gigantischen Luxusjacht und trank einen Tee, der aus ihrem kleinen Heimatdorf im Osten Chinas stammte.

Eigentlich war ihr Plan, die Organisation zu übernehmen, anfangs sehr gut verlaufen. Erst, als Bremer anfing, sich für die Winter AG in Wuppertal zu interessieren, lief ihr gut eingefädelter Plan »aus dem Ruder« und sie musste improvisieren.

So hatte sie beschlossen, die Sache selbst in die Hand zu nehmen. Bremer kannte nur ihren Vater persönlich, nicht sie. Geschickt von ihr eingefädelt und mithilfe dieser naiven Andrea Wiese, hatte sie sich ohne große Probleme in Bremers Nähe platziert.

Auch wenn ihr Bremer selbst mithilfe des BNDs entwischt war, so hatte sie doch seinen Maulwurf, diesen Malte Steinberg, durch Steffen Freitag eliminieren lassen. Freitag war ihr vollkommen hörig, wie Andrea auch. Lee Wu hatte im Laufe der Jahre ihre eigene Methode entwickelt, um sich der Loyalität ihrer »Werkzeuge« zu versichern. Für andere wären es Mitarbeiter, für Lee Wu waren es nur Werkzeuge.

Fast hätte sie bereits in Ägypten ihr Ziel erreicht, die »Greenbox« in ihren Besitz zu bringen. Als man ihr jedoch mitteilte, dass die Box bei der Befreiung der Geiseln zerstört worden sei, hatte sie vor Zorn gleich einen ihrer Dienstboten zu Tode geprügelt. Dies war ihre einzige Schwäche. Bei diesem Gedanken lächelte sie in sich hinein. Sie wusste: Sie konnte ihre Wutausbrüche nicht kontrollieren. Sie mussten einfach aus ihr heraus.

Jetzt, mit der Allianz der Afrikaner, hatte sie erneut Bremers Tochter als Druckmittel in ihre Gewalt gebracht. Sie wusste, dass sie nur so Bremer unter Kontrolle bringen und die Führung innerhalb der Organisation endgültig übernehmen konnte.

Aber sie wusste auch, dass Bremer, auch wenn er in Südamerika dem deutschen BND entwischt war, ausreichende Finanzreserven hatte, um mit seinen Kontakten ihren Plan kurz vor dem Ziel noch zu vereiteln.

Bremer war der Einzige innerhalb der Organisation, der ihrem Plan, die Organisation zu übernehmen, wirklich gefährlich werden konnte. Nie zuvor in der langen Geschichte dieser Organisation war je ein Mitglied des Führungskreises öffentlich enttarnt worden.

Nie hätte Lee erwartet, als sie Bremers Tochter hatte entführen lassen, dass er so sehr an ihr hängen würde und sich deswegen gleich dem BND anvertrauen würde. Bremer hatte alles aufgegeben, seine Tarnung als Geschäftsführer der Lohr Group, seine führende Position innerhalb der Organisation, einfach alles.

Das würde sie nie tun. Im Gegenteil! Ihr eigener Vater hatte sie schon früh in seine Geschäfte eingeweiht. Ganz Asien beherrschte er als Mitglied der Organisation, deren führender Kopf in Asien er war. Nur strebte er nie nach mehr – sein Imperium weiter auszudehnen. Nach Europa auszudehnen.

Auch wollte er ihr nicht schon jetzt mehr Verantwortung übertragen. »Du musst warten, bis ich sterbe, dann kannst du machen, was du willst – aber nicht vorher!«, sagte er ihr einen Tag, bevor er starb.

Sie hatte gewartet. Nur hatte sie dabei seinen Tod etwas beschleunigt. Sie wollte jetzt herrschen!

Die Saat ihres Vaters war aufgegangen – nur früher, als er es geplant hatte.

Der Einzige, der sie im Moment wirklich nervte, war dieser Paul Stern. Er hatte jetzt schon mehr als einmal ihren Plan gestört.

Sie wusste: Sie hatte nur noch wenige Tage zur Verfügung, um bei der jährlichen Zusammenkunft ihre Übernahme der Organisation zu verkünden.

Schon früh hatte sie erkannt, dass Energie das Gold der Zukunft ist. Das Solargeschäft hatten sie bereits erfolgreich übernommen. Dieses Geschäft wurde nun von China aus kontrolliert. Viel zu unbedeutend waren mittlerweile diese sogenannten Industriestaaten der »Ersten« Welt. Lächerlich ihre Umsätze. Selbst die Amerikaner glaubten noch, sie wären eine Weltmacht.

Dabei wurden schon jetzt alle strategisch wichtigen Unternehmen wie Eton Technology von ihr kontrolliert.

Die westlichen Staaten hatten die immensen Entwicklungskosten aufgebracht, und in ihrer Profitgier hatten sie dabei China als ihre Werkbank benutzt. Was sie dabei jedoch vollkommen unterschätzt hatten, waren der Einfallsreichtum und der Geschäftssinn im Land: Die »Chinamethode« war geboren.

Wenn diese verfluchte »Greenbox« jedoch schon jetzt auf den Markt käme, so würde dies ihre eigenen Investitionen gefährden. In zehn Jahren würde diese Erfindung keinen Schaden mehr anrichten. Spätestens dann hätte sie eine neue Energiequelle geschaffen, eine, die sie endgültig zur mächtigsten Frau auf diesem Globus machen würde.

Dann würde sie die Bedingungen diktieren. Sie alleine würde eine unglaubliche Macht besitzen. Eine Macht, die niemand je zuvor innerhalb der Organisation erreicht hatte.

Eine Energiequelle, die außerhalb der Erde lag und eine schier unerschöpfliche Ressource war: die direkte Sonnenenergie aus dem All!

In zehn Jahren, so die Prognose der von ihr bezahlten Wissenschaftler und Techniker, hätten sie die Möglichkeit geschaffen, diese Energie ohne Risiko und ohne Verluste auf die Erde zu leiten.

Doch dafür benötigte sie weiterhin Geld, viel Geld – ein unglaubliches Vermögen, das sie aus ihren jetzigen Energiegeschäften erhielt. Die »Greenbox« gefährdete dies und würde ihren Zeitplan um Jahre zurückwerfen! Zu günstig würde dann die Energie auf dem Weltmarkt werden.

Aber anscheinend hing Bremer wirklich sehr an seiner Tochter, und genau das war ja auch der Grund, warum sie Sabrina erneut hatte entführen lassen. Wie dilettantisch der BND sie doch auf einem Weingut in Frankreich als Bianca Vollmer versteckt hatte!

Sie hätten ihr jede neue Identität geben können, sie hätte seine Tochter dennoch gefunden, dachte Lee bei diesem Gedanken.

Wieder ärgerte sie dieser Paul Stern! Wieder wirbelte er Staub auf und lenkte die Öffentlichkeit auf die Geschäfte der Organisation. Aber auch dies würde sich bald ändern, wenn sie seine Freundin Ines erneut als Druckmittel in ihren Händen hätte.

Danach würde sie sich eine endgültige Lösung für beide einfallen lassen.

Raffiniert, wie dieser Winter sie mit den Plastikattrappen getäuscht hatte! Doch so etwas würde ihr nicht noch einmal passieren.

Um Steffen Freitag würde sie sich auch noch kümmern. Erneut hatte er versagt, erneut hatte er Paul Stern entwischen lassen. Sie wusste: Wenn etwas Wichtiges richtig erledigt werden musste, musste sie es selbst erledigen.

DIE FALLE

René hatte sich zurückgezogen; er brauchte etwas Zeit für sich. Ich verstand ihn nur zu gut und konnte nachfühlen, was gerade in ihm vorging. Auch für mich war es eine Höllenfahrt der Gefühle gewesen, als Ines entführt worden war.

Auf der einen Seite mussten wir besonnen bleiben, um die richtigen Entscheidungen treffen zu können, auf der anderen Seite hätte ich vor Wut und Verzweiflung alles kurz und klein schlagen können.

Ich saß nach dem Duschen unter der großen alten Eiche vor dem Haus, hielt eine Tasse Kaffee in der Hand und schaute zu, wie Otto über die Wiese rannte, um einem Ball nachzujagen, den Ines ihm zugeworfen hatte.

Und da war plötzlich – wie aus dem Nichts – alles wieder da! Genau das hatte ja auch der Arzt im Krankenhaus bei der Abschlussuntersuchung gesagt: Mein gesamtes Erinnerungsvermögen könnte plötzlich und unerwartet wieder zurückkehren. Meist dann, wenn man gar nicht mehr damit rechnet. Und so war es auch …

Alles war wieder da, so als ob überhaupt nichts vergessen worden war. Ich hatte meinen gesamten Plan wieder im Kopf.

Voller Euphorie rief ich alle in der Küche zusammen. Als wir vollzählig waren, schauten mich alle gespannt an. Mein Plan war eigentlich ganz einfach, nichts Besonderes …

Kurz malte ich die einzelnen Orte des Geschehens auf – angefangen mit Düsseldorf, der Türkei, der Provence, Ägypten und Kanada, und kurz die Namen dazu. Da wir die richtigen Namen zum Teil ja nicht kannten, bekamen sie von mir einfach ein Synonym verpasst – Verbrecher eins in der Türkei gleich VT1, Verbrecher Provence gleich VP1 und VP2 und so weiter.

Dies waren alles Orte, an denen wir mit der Organisation in

Kontakt geraten waren. Und nicht zu vergessen Wuppertal – hier befand sich ja immer noch das Objekt ihrer Begierde: die »Greenbox«, die sich die Organisation anscheinend nicht entgehen lassen wollte.

Mit einer Frage hatten wir uns die ganze Zeit nicht ausreichend beschäftigt: Warum wollten sie diese Erfindung unbedingt haben? René warf etwas verwundert in die Runde: »Natürlich, um noch mehr Geld zu verdienen!«

»Nein«, widersprach ich René, »genau das ist es ja, was wir glauben sollen; etwas, was wir die ganze Zeit ja auch dachten. Nein, sie wollen diese Erfindung wegschließen. Es geht ihnen nur darum, ihre jetzigen Geschäfte, die sich um Energie drehen, zu schützen«, sagte ich. Sie hatten vermutlich bereits hohe Summen in die Erschließung neuer Ölfelder investiert. Investitionen, die es jetzt zu schützen galt.

Ich formulierte meine nächste Frage offen:

»In welchen Sparten kann mit Energie viel Geld verdient werden?« Schnell kamen die Antworten: »Erdgas, Solar, Öl, Wind, Atomkraft!«

»Genau«, sagte ich.

»Mit Sicherheit haben sie auch unglaubliche Summen in die Erschließung neuer Energiefelder gesteckt. Millionen in den Ausbau erneuerbarer Energien. Auch der Crash der europäischen Solarhersteller kam daher, dass ganz bewusst der Ausbau der wesentlich günstigeren Solarzellen in China unterstützt wurde. So wurde aus einer eher kleinen Anzahl ein Massenprodukt. Und mit der Masse lässt sich nun einmal wesentlich mehr Geld verdienen«, fuhr ich fort.

Da waren die aufstrebenden Staaten wie Indien, China und Pakistan, ja selbst Russland – alle wollten etwas vom »Kuchen« abbekommen. China wollte unbedingt die Weltmacht USA ablösen.

Zu verschieden waren beide Systeme. Zahlenmäßig hatte China bereits gewonnen. Der amerikanische Präsident war nur noch eine Marionette. Eine Marionette seiner Wählerschaft.

»Viel zu oft hat mittlerweile die selbst ernannte »Weltpolizei«

versagt. Mit Vietnam fing ihr Untergang an. Korea war kein Erfolg. Afghanistan war noch lange nicht befriedet, der Irak und auch Syrien werden noch viele Opfer hervorbringen. Und was machen die UN oder gar die NATO?«, warf ich in die Runde.

»Keine Ahnung?«, warf Philippe fragend ein.

»Auch sie lässt die Menschen in ihrer größten Not im Stich. Alleine am Beispiel der Kurden in ihrem Kampf gegen den IS zeigt sich die Unfähigkeit der NATO, der UN und der USA. Irgendwann wird sich ihr ›Nichtstun‹ rächen. Dann werden sie es bereuen, nicht ausreichend und konsequent gegen diese Verbrecher vorgegangen zu sein. Irgendwann in naher Zukunft wird es sich rächen!«, redete ich mich vollkommen in Rage.

Als ich es selbst bemerkte und alle mich leicht irritiert anschauten, da ich vollkommen vom eigentlichen Thema abgeschweift war, sagte ich: »Zurück zu meinem Plan.«

»Auch die Afrikaner wollen nun endlich die schier endlose Ressource der Sonnenenergie nutzen, um ihren eigenen Energiehunger zu stillen und so den versiegenden Ölquellen vorzubeugen, und genau hier liegt die Lösung für unsere Suche nach Bianca – unsere Suche nach Bremer und den Köpfen dieser Organisation«, alle schauten mich völlig ungläubig an.

Die »Greenbox« lag gut geschützt in Wuppertal. Selbst für diese Organisation mit all ihrer Macht und ihren Möglichkeiten war sie nicht zu erreichen.

»Mich hatte es von Anfang an gewundert, warum man Bianca und nicht erneut Ines entführt hat.« Ines schaute mich etwas irritiert an. Ich lachte sie an und ihr Gesichtsausdruck entspannte sich gleich wieder.

»Die Organisation oder Bremer hatten bereits einen oder mehrere ihrer Leute in die Winter AG eingeschleust, und über diese Quellen wussten sie, dass sie früher oder später an die Box gelangen würden. Nein, Bianca brauchen sie für etwas völlig anderes. Bianca brauchen sie erneut, um an Bremer heranzukommen. Es herrscht Krieg innerhalb dieser Organisation. Es geht um Macht. Und zwar darum, welche Macht die Organisation in Zukunft maßgeblich führen soll. Was, wenn Bremer tatsächlich einer der führenden Köpfe ist, und was, wenn dies nun jemand ändern möchte?« Alle hörten mir interessiert zu.

»Und genau dieser ist jetzt untergetaucht. Daher ist er im Moment der Einzige, der ihnen mit seinem Wissen und seinen Verbindungen wirklich gefährlich werden kann. Er kennt nahezu alles, vermutlich auch sämtliche Köpfe der Organisation, den Geldfluss, die Firmen, die Maulwürfe und Unterorganisationen in den verschiedenen Ländern. Und nicht zu vergessen vermutlich auch die echte ›Spinne‹. Bremer hat direkte Kontakte zu den verschiedenen Terrororganisationen und Verbrechersyndikaten. Bremer kann der Organisation im Moment wesentlich gefährlicher werden als zehn von Oppenheimer zusammen. Also, angenommen, nicht Bremer hat seine Tochter entführt, sondern die restlichen Köpfe der Organisation selbst, dann müssen wir nur Bremer finden und einen Austausch herbeiführen.« Alle schauten mich gespannt an.

»Ja«, sagte ich, »wir dachten immer, Bremer hätte seine Tochter entführt, aber angenommen, die Organisation wäre es gewesen, um Bremer aus seinem Versteck zu locken. Was, wenn Bremer noch gar nicht weiß, dass Bianca – für ihn natürlich immer noch Sabrina – erneut entführt worden ist? Was, wenn Bremer so tief abgetaucht ist, dass er nicht mehr auf dem neusten Stand ist?« Ich nippte an meinem inzwischen kalt gewordenen Kaffee.

»Und nun zu meinem Plan! Wir verbreiten eine Pressemeldung, dass Bianca mit einer Amnesie aufgefunden wurde und sich nun wieder zur Erholung auf dem Gut befindet. Mit einer breit gestreuten Anzahl von Zeitungsmeldungen, die wir in allen möglichen regionalen und internationalen Zeitungen platzieren, sorgen wir dafür, dass Bremer die Information auch garantiert erhalten wird. Wenn er nicht der Entführer von Bianca ist, wird er mit Sicherheit hier nach ihr suchen. Und wenn er kommt, stellen wir ihm eine Falle.«

Zwar waren René und die anderen nicht vollkommen überzeugt von meinem Plan, aber etwas Besseres hatten wir im Moment nicht. Traurig, aber wahr …

Die erneute Entführung hatte nur deshalb gelingen können,

weil diese Organisation mit Sicherheit ihre Maulwürfe und Spione auch bei der Polizei, den Regierungen und den Geheimdiensten hatte.

Dieses Mal planten wir alles in einem extrem kleinen Kreis. Nur sehr wenige wurden eingeweiht.

Mit dieser Aktion würden wir bei den Entführern von Bianca auf jeden Fall für reichlich Verwirrung und Aufsehen sorgen. Sie wussten ja, dass sie die richtige Bianca in ihrer Gewalt hatten. Der Plan bestand im Grunde darin, Bremer aus seinem Versteck zu locken, um ihn dann als Lockvogel einzusetzen.

Mir war Bremers Leben so ziemlich egal; ich wollte Bianca wiederfinden, damit René wieder ganz der Alte würde. Er litt sehr unter der Entführung von Bianca! Er sollte unbedingt wieder der fröhliche und ausgeglichene Mensch werden, den ich so sehr zu schätzen wusste. Ein Freund, der für einen da war, wenn man ihn brauchte, und den ich so nie wieder finden würde.

Wir hatten einen kleinen Vorsprung vor der Organisation, denn wir wussten ja, wo von Oppenheim die Spur von Bremer verloren hatte.

Was wir aus der Entführung von Bianca schmerzlich lernen mussten, war, dass es keine einhundertprozentige Sicherheit gab. Viel zu tief waren wir mittlerweile im Machtkampf mit der Organisation verstrickt.

Am nächsten Tag machten wir uns an die Umsetzung meines Planes. Wir hatten ein Alarmsystem rund um das ganze Weingut errichtet, und keiner bewegte sich mehr alleine auf dem Grundstück.

Wir nahmen die Bilder der Hochzeit und bearbeiteten sie ein wenig. Dann schickten wir die Meldung an von Oppenheim und er sorgte dafür, dass sie über die »dpa« weiterverbreitet wurde. Innerhalb von nur zwei Tagen war es eine internationale Meldung. Auch hier erwiesen sich von Oppenheims gute Kontakte erneut als äußerst nützlich.

Die Pressemeldung besagte, dass Bianca in einem Krankenhaus aufgefunden worden sei und unter einer Art Amnesie gelitten hätte. Jetzt könnte sie sich wieder an fast alles erinnern und erholte sich von der Entführung und den Strapazen auf dem Weingut. Die genauen Umstände ihres Verschwindens während der Hochzeitsfeier vor ein paar Wochen konnten jedoch aufgrund ihres partiellen Gedächtnisverlustes bis heute noch nicht vollständig aufgeklärt werden.

Selbst im »Stern« und in der Bildzeitung wurde diese Meldung gebracht. Geschickt platziert, erschien sie in nahezu allen Ländern, in denen wir Bremer vermuteten.

Sicherlich bestand das Risiko, dass die Entführer »kalte Füße« bekamen und Bianca schnell loswerden wollten, da nach ihnen mittlerweile international und mit Nachdruck gefahndet wurde. Aber wir bezweifelten dies, denn das waren keine normalen Entführer …

Auf dem Weingut sah es nun so aus, als ob alles seinen alltäglich, gewohnten Gang gehen würde. Claude und die Kameraden hatten sich unsichtbar auf dem ganzen Gelände verteilt.

Auch in der Dunkelheit konnten sie mit ihren Nachtsichtgeräten alles genau beobachten. Die Infrarotbewegungsmelder zeigten sofort an, wenn sich jemand unangemeldet und unbemerkt näherte. Das französische Militär sicherte und überwachte den Luftraum. So waren wir auch von oben bestens geschützt.

Ines hatte sich ihre Haare dunkel gefärbt und trug nun Biancas Kleidung, und selbst mit einem Fernglas hätte ein Beobachter kaum einen Unterschied ausmachen können. Von Weitem sah es so aus, als ob Bianca und René einen ganz normalen Tag verbrachten. Trotz aller Sicherheitsvorkehrungen trugen beide vorsichtshalber eine leichte, aber effektive schusssichere Weste.

Ich saß in Renés Büro und schaute auf die Monitore, mit denen wir die Aufnahmen der Überwachungskameras beobachten konnten. Die spannendsten Fragen waren nun: Wie lange mussten wir warten, und wird der Plan auch funktionieren?

Wir hatten Zeit und Arbeit in diese PR-Kampagne investiert. Aber das Gute war, dass wir einen neuen Plan hatten und nicht weiter zur Untätigkeit verdammt waren.

In den letzten zwei Tagen erhielt René einige Anfragen für Interviews. Eine kam sogar von einer großen indischen Tageszeitung. Unsere PR-Aktion zeigte also weltweite Beachtung, und René lehnte verständlicherweise ab.

Unser ganzer Plan basierte ja nur darauf, dass Bremer diese Information erhielt. Gleichzeitig rechneten wir damit, dass wir mit unserer Aktion auch die Entführer von Bianca beunruhigen würden.

Etwas, was schneller eintrat, als wir erwartet hatten ...

Gegen achtzehn Uhr, drei Tage nach dem Erscheinen der ersten Meldung, machte sich plötzlich Logan von seinem Beobachtungsposten aus bemerkbar. Er saß versteckt auf einem Hochsitz, von dem aus er einen ungehinderten Blick über das ganze Areal hatte. So war es ungebetenen Gästen nicht möglich, sich unbemerkt dem Hauptgebäude, den angrenzenden Ställen und Lagerhallen zu nähern. Das ganze Anwesen wirkte von außen betrachtet fast wie ein kleines Dorf, nur ohne Kirchturm.

In einem angrenzenden kleinen Wald hatten sich sechs dunkel gekleidete Gestalten versteckt. Vermutlich wollten sie noch bis zur Dunkelheit warten, bis sie aktiv werden würden. Schon gestern hatten bereits einige Fahrzeuge die Gegend umkreist. Sicherlich hatten sie die Gegend erkundet.

Das Sondereinsatzkommando war informiert und hatte, da die Maus schon fast in der Falle war, den äußeren Ring um das Anwesen unauffällig abgeriegelt. Sollten die sechs jetzt noch flüchten, liefen sie direkt den Spezialkräften in die Arme.

Unser vorrangiger Plan war es jedoch, sie alle ins Hauptgebäude zu locken, um sie dort in Empfang zu nehmen. Und dazu hatte ich mir etwas Feines überlegt ...

Gegen einundzwanzig Uhr war noch alles ruhig und Ines und René schauten zur Tarnung TV.

Alle waren recht angespannt und hoch konzentriert. Zu viel hing von dem Erfolg unserer Aktion ob. Es ging um nichts Geringeres als um das Leben von Bianca.

Von außen sah alles so aus, als wollte sich ein frisch verheiratetes Pärchen entspannen. Die beiden Angestellten auf dem Hof kamen aus dem Dorf und waren in den Plan eingeweiht. Sie hatten den Hof schon gegen achtzehn Uhr verlassen.

Ich war äußerst beruhigt darüber, dass wir Claude und seine Kameraden und insgesamt fast vierzig gut ausgebildete Spezialkräfte zur Unterstützung hatten. Aber wie im besten Film – es konnte immer noch etwas schiefgehen, und das machte mich nervös.

Das Schlimmste war das Warten darauf, dass etwas passierte …

Unser Ziel war es, die Eindringlinge unverletzt zu überwältigen, um sie anschließend zu verhören. Schließlich wollten wir Bremers Aufenthaltsort erfahren. Mit Bremer selbst rechneten wir nicht. Er gehörte nicht zu den Typen, die sich selbst die Finger schmutzig machten.

Im ganzen Haupthaus waren nur zwei Türen unverschlossen, und genau hier, so hofften wir, sollten die Angreifer eindringen.

Als gegen zweiundzwanzig Uhr dreißig das Licht im Haus erlosch und es draußen immer dunkler wurde, dauerte es noch eine weitere Stunde, bis sich die Gruppe auf den Weg zum Haupthaus machte. Die sechs teilten sich in drei Gruppen von je zwei Personen auf und näherten sich dem Gebäude im Schutz der Dunkelheit aus drei Richtungen.

Ich saß mit Claude im Büro und verfolgte das Geschehen an den Monitoren.

Schon aus ihren Bewegungen konnte Claude schließen, dass sie über eine militärische Ausbildung verfügten. René und Ines hatten sich über einen Kellergang in ein Nebengebäude in Sicherheit gebracht.

Zwei der Eindringlinge postierten sich hinter der Hauptscheune. Philippe und Mike lagen hier schon auf der Lauer. Flink wie zwei Wiesel schossen sie aus ihren Verstecken hervor und schlugen die beiden Angreifer mit gezielten Schlägen bewusstlos. Das Ganze lief so schnell ab, dass keiner auch nur einen Mucks von sich geben konnte.

Die beiden wurden geknebelt, mit Kabelbindern fixiert und unter einer Plane versteckt.

Nun galt unsere gesamte Aufmerksamkeit den vier anderen. Wie geplant, drangen die beiden Zweierteams über die unverschlossenen Türen in das Haus ein.

Als alle im Gebäude waren, drückte ich gleichzeitig zwei Schalter. Mit einem lauten Knall schlossen sich die Außentüren und das Licht wurde in beiden Räumen eingeschaltet.

Die »Mäuse« waren im Käfig gefangen.

Ich war erleichtert, dass alles so reibungslos abgelaufen war. Über zwei Monitore konnten wir beobachten, wie überrascht die vier waren und wie verzweifelt sie in den Räumen nach einem Ausgang suchten. Es war ihr Pech, das wir beide Räume zuvor so abgeriegelt und vergittert hatten, dass sie nicht mehr herauskamen.

Ich drückte auf zwei weitere Auslöser, und ein Betäubungsgas strömte in die beiden Räume hinein. In nur wenigen Sekunden lagen alle vier auf dem Boden, und das Ganze, ohne dass auch nur ein einziger Schuss abgegeben worden war.

Niklas und Jack kümmerten sich um die beiden im Hauptflur, Mike und Philippe um die beiden, die in einem Nebenraum, der zur Küche führte, lagen. Mit ihren Gasmasken konnten sie ohne Risiko in die beiden Räume eintreten. Schnell hatten sie auch diese vier, immer noch betäubten Eindringlinge entwaffnet und mit Kabelbindern fixiert.

Claude gab dem Einsatzleiter des Spezialkommandos Entwarnung, und bis auf einige wenige Sicherungskräfte, die schon vor unserer PR-Aktion das Areal gesichert hatten, zogen sich die restlichen Kräfte zurück.

Alle sechs Angreifer wurden in den Weinkeller verfrachtet. Die Räume hier hatten dicke Eichentüren und dienten nun als Arrestzellen.

Claude war zuerst sehr skeptisch gewesen, ob mein Plan mit dem Betäubungsgas und dem automatischen Verschließen der Türen funktionieren konnte. Jetzt, da alle Angreifer überwältigt und im Keller waren, war er begeistert: »Wenn du einmal Lust hast, die Branche zu wechseln – wir halten dir einen Platz in unserem Team frei!« Die anderen nickten zustimmend.

»Welch eine Ehre!«, sagte ich lachend. Schließlich hatte ich einmal erfahren, was die Jungs alles draufhaben mussten, um überhaupt zur Aufnahmeprüfung in diese Spezialeinheit zugelassen zu werden.

Während wir in der Küche zusammensaßen, machte es sich Niklas im Keller mit dem vermeintlichen Anführer der Eindringlinge gemütlich. Gemütlich für Niklas, jedoch sehr unangenehm für den anderen. Claude hatte zuvor noch von allen sechs ein Foto gemacht und die Fingerabdrücke abgenommen. Nachdem er alles eingescannt und im PC gespeichert hatte, sendete er die Daten sofort seinem Chef Dupont und auch von Oppenheim zu. Nach weniger als einer Stunde erhielten wir eine Rückmeldung.

Alle sechs waren Söldner und bezahlte Auftragskiller. Drei von ihnen waren schon einmal bei Aktionen im Irak und Afghanistan auffällig geworden. Auch in Afrika waren sie schon aktiv gewesen und hatten dort eine blutige Spur hinterlassen.

Nach einer Stunde kam Niklas schweigend und mit ernstem Blick aus dem Keller zurück. Seine Hände waren blutverschmiert und auch sein schwarzer Kampfanzug hatte einige Blutflecken abbekommen. Ganz ruhig wusch er sich zuerst seine Hände und setzte sich dann zu uns mit an den Tisch.

Ich traute mich nicht zu fragen, aber es stellte sich heraus, dass der Anführer die Befragung nicht überlebt hatte.

Niklas erzählte uns nun, was er erfahren hatte.

Es war die gleiche Gruppe, die Bianca schon einmal vor Wochen nach Ägypten entführt hatte. Damals noch unter ihrem Namen Sabrina Bremer. Und ihnen war schon klar, dass sie bereits die Richtige entführt hatten. Ihr neuer Auftrag war, auch noch Ines zu entführen. Mit der Entführung von Ines wollten sie uns ruhigstellen. Sie wollten uns unter Druck setzen, damit wir nicht noch mehr öffentliches Interesse erregten.

Das Wichtigste für uns jedoch war, dass wir jetzt Biancas Aufenthaltsort kannten.

Trotz der engmaschigen Grenzkontrollen hatten sie es dennoch geschafft, sie in einem Container aus Frankreich herauszuschmuggeln. Über Spanien war sie dann direkt nach Simbabwe geflogen worden. Seitdem wurde sie am Kariba-Stausee in einer stillgelegten Safari-Lodge festgehalten, die einem Ölkonzern gehörte.

So war es natürlich verständlich, dass wir sie in Frankreich nicht mehr finden konnten, und Spuren hatten sie bei der Entführung keine hinterlassen. Es wunderte mich schon gar nicht mehr, dass die Lodge in Afrika dem Eton-Technology-Konzern gehörte.

Da die Wirtschaft und der Tourismus in Simbabwe schon seit Jahren am Boden lagen, war dieses Land nahezu ideal, um Geiseln zu verstecken – in einem Land, in dem nur noch wenig los ist und die Gefahr einer Entdeckung daher fast gegen null ging.

In Renés Gesicht machte sich zum ersten Mal der Ausdruck von echter Hoffnung breit. Nun wussten wir wenigstens, wo wir nach Bianca suchen mussten.

Gerade als ich Ines vor Freude über diese gute Nachricht umarmte und ihr einen Kuss auf ihre so sinnlichen Lippen drückte, meldete sich ein Wachosten über Funk bei Claude. Er meldete, dass drei weitere Personen aus einem Fahrzeug ausgestiegen waren und sich nun recht zügig auf den Weg zum Haupthaus befanden.

Die drei waren ebenfalls dunkel gekleidet, und bei dem Tempo, das sie hatten, wären sie vermutlich in acht Minuten am Haus. Nicht gerade viel Zeit, um alles wieder herzurichten.

Claude sagte nur: »Jeder wieder auf seinen Posten!«

Schnell hatten Claude und ich die beiden Räume wieder präpariert und die Kameraden draußen ihre Position eingenommen.

Die beiden Außentüren waren erneut offen und die Gasflaschen wieder scharf. Nach gut fünf Minuten waren wir alle wieder auf unserer Position, und Claude und ich beobachteten wieder äußerst angespannt die Monitore.

Wer konnte das nur sein? Wir hatten doch eigentlich schon unsere »Mäuse« gefangen. Auf einem der Monitore konnten wir beobachten, wie die drei Gestalten sich der offenen Küchentür näherten.

Sie gingen hintereinander und der Letzte schaute sich immer wieder vorsichtig nach hinten um.

Claude sagte: »Profis.«

Langsam kamen sie der Tür zur Küche näher.

Vorsichtig drehte der Erste in der Reihe den Türgriff um. Langsam, ohne auch nur das kleinste Geräusch zu erzeugen, öffnete er die Tür. Einer nach dem anderen traten sie mit ihren Waffen im Anschlag in den Raum. Was sie nicht wussten, war, dass sie direkt in unsere Falle liefen.

Als alle drei im Raum waren, drückte ich den Knopf, und alle Türen schlossen sich wie von Geisterhand. Erschrocken und panisch drehten sich die drei nun wie Tiere in der Falle um.

Mit dem zweiten Knopf, den ich drückte, strömte das Betäubungsgas erneut in den Raum hinein. Binnen Sekunden sanken alle drei bewusstlos zu Boden. Niklas und Philippe traten wieder, mit ihren Gasmasken geschützt, in den Raum ein. Schnell hatten die beiden auch diese drei mit Kabelbindern fixiert. Nach nur wenigen Minuten war der Raum gut durchgelüftet und so konnten wir ihn erneut ohne Risiko betreten.

Niklas beatmete die Eindringlinge gerade mit einem Sauerstoffgerät. Nach nicht einmal zwei Minuten waren sie wieder hellwach.

Mike scherzte schon: »Wenn das so weitergeht, haben wir im Keller keinen Platz mehr frei und müssen ein Schild aushängen ›Wegen Überfüllung geschlossen!‹« Ein freudiges und erleichtertes Lachen machte die Runde.

Claude und ich schauten uns die drei genauer an. Zwei von ihnen waren recht durchtrainierte Typen. Nur der dritte passte irgendwie nicht zu ihnen. Er war zwar groß und schlank, aber nicht durchtrainiert. Von allen nahm Claude wieder Fingerabdrücke und fotografierte die Gesichter.

Alle drei blieben erstaunlich ruhig. Aber ihre Blicke verrieten uns ihre Verärgerung darüber, dass ihr nächtlicher Einbruch so schnell vereitelt worden war.

Keiner sagte auch nur ein Wort.

Ich schaute mir den Mann, der nicht so durchtrainiert war, genauer an. Es schien mir so, als ob mit seinem Gesicht etwas nicht stimmte – ich konnte mein Gefühl nur noch nicht richtig in Worte fassen …

Auch er schaute mich abschätzend an – und dann erkannte ich die Augen wieder. Es war Bremer!

Völlig erstaunt wiederholte ich nun laut meinen Verdacht: »Bremer!« Alle schauten mich irritiert und ungläubig an – auch Bremer.

»Ja«, wiederholte ich, »das ist Manfred Bremer!«

Zwar sah nichts mehr nach dem alten Bremer aus, doch seine Augen und seinen Blick hatte ich mir bei meinem Besuch in Düsseldorf eingeprägt. Seinen Blick konnte er sich nicht wegoperieren lassen, er blieb durchdringend und fordernd.

Alle betrachteten die Person nun genauer. Bremer sagte immer noch nichts.

»Ja«, sagte ich zu René, »darf ich dir deinen Schwiegervater vorstellen? Manfred Bremer.«

Als er merkte, dass er nun enttarnt war und dass all die teuren und schmerzhaften Operationen nichts gebracht hatten, sagte er resigniert: »Tja, das war anders geplant.«

»Das dachte ich mir«, gab ich ihm als Antwort zurück.

Die ganzen letzten Wochen hatten wir verzweifelt nach einem Ansatz gesucht, um Bianca und Bremer zu finden. Alle westlichen Geheimdienste sowie die restlichen Köpfe der Organisation waren auf der Suche nach Bremer, und an nur einem einzigen Abend ging er uns in die Falle, und gleichzeitig hatten wir auch noch Biancas Aufenthaltsort erfahren.

Bremer hatte sein Aussehen verändert. Auf seine Fingerkuppen waren neue Abdrücke geklebt, Abdrücke, die von einem Toten stammten. Mit einer Schönheitsoperation hatte er sein Gesicht komplett verändert. In Südamerika konnte sich jeder – mit den richtigen Kontakten und genügend Geld – fast alles kaufen.

Im gesamten Team machte sich eine spürbare Erleichterung breit. Bei René kam noch die Hoffnung dazu, möglichst schnell die Frau zurückzubekommen, in die er verliebt war und die die Mutter seines ungeborenen Kindes war. Zwar kannten sich Bianca und René noch nicht so lange, aber ihre Gefühle füreinander waren tief und aufrichtig. Jedem, der die beiden zusammen gesehen hatte, war dies klar.

Auch diese drei wurden nun sicher im Keller verstaut. Claude übermittelte die Neuigkeiten an Dupont und von Oppenheim.

Zwei Stunden später hörten wir einen Helikopter im Landeanflug. Es waren von Oppenheim und Dupont, der Chef der französischen Terrorabwehr.

Ich hatte frischen Kaffee aufgesetzt und mir einen Keks aus Renés Vorratsschrank genommen. Schließlich musste die gelungene Aktion gebührend gefeiert werden.

Nachdem sich von Oppenheim und Dupont im Keller davon überzeugt hatten, dass uns tatsächlich Bremer ins Netz gegangen war, saßen wir alle beim Kaffee in der Küche zusammen und besprachen die nächsten Schritte.

Eigentlich hatten René und ich ja ganz andere Berufe … Nie hätten wir auch nur ansatzweise gedacht, dass wir einmal mitten in einer Spezialeinheit landen würden, die sich mit internationalem Terrorismus beschäftigte. Wenn überhaupt, kannten wir dies nur aus Zeitungen, Büchern oder Filmen, die wir uns im Kino gern ansahen.

Aber seit dem Tod von Inge und Horst hatten sich meine Weltanschauung und mein Leben in erschreckender Weise verändert. Ich war nun nicht mehr der unwissende und unbelastete Bürger. Nicht mehr der, der einer normalen Arbeit und einem geregelten Tagesablauf nachging.

Mir war immer schon klar gewesen, dass es diese »Parallelwelt« gab, in die wir so unbedarft hineingestolpert waren – eine »Parallelwelt«, in der es andere Spielregeln und Gesetze gab.

KARIBA-SEE

In einer atemberaubenden und unglaublichen Geschwindigkeit hatten wir noch in der gleichen Nacht alles Erforderliche geplant, um Bianca schnellstmöglich zu befreien.

Damit wir nicht frühzeitig entdeckt würden, wollten wir nicht gemeinsam nach Simbabwe, früher Rhodesien, einreisen. Wir teilten uns dieses Mal auf und reisten getrennt, als Touristen getarnt, in das Land ein.

Von Oppenheim und Dupont wollten René und mich eigentlich nicht mit dabei haben, da das Risiko für uns einfach viel zu groß wäre. Unter lautstarkem Protest und der Fürsprache von Claude ließen sie sich dann doch noch umstimmen. Ines war davon gar nicht begeistert. Nur mit viel Mühe und Überzeugungsarbeit ließ sie sich einigermaßen beruhigen, und wir versprachen ihr hoch und heilig, uns im Hintergrund zu halten. Sauer war Ines trotzdem.

Ich konnte René doch nicht alleine mit Claude und seiner Truppe losziehen lassen, nie hätte ich mir dies verziehen. Wenn das alles hier vorbei wäre, müsste ich mir dringend etwas einfallen lassen, um Ines wieder zu besänftigen. Ich wusste auch schon, was …

Jack und Logan blieben zum Schutz bei Ines, und so reisten wir in Zweierteams in Simbabwe ein. Dabei mussten wir äußerst vorsichtig und stets auf der Hut sein. Zu korrupt war das ganze Regime in diesem Land. Die Regierung hatte es innerhalb nur weniger Jahre geschafft, durch Korruption und Misswirtschaft das einstige Vorzeigeland Afrikas vollkommen herunterzuwirtschaften. Nun herrschten im Land nur noch Angst, Armut, Landflucht und Schrecken. Hunger und Krankheiten begegneten uns an jeder Straßenecke. Der Präsident hatte das Land fest im Griff, aber nichts wirklich unter Kontrolle.

Viele der Bezirksvertreter mussten sich etwas dazuverdienen, da ihre staatliche Bezahlung unregelmäßig kam und eher mager ausfiel. Das meiste von dem wenigen Geld, das überhaupt noch floss, steckten sich die Staatsbediensteten in der Hauptstadt in die Tasche. Sie gehörten alle in irgendeiner Form zum regierenden Clan.

Wieder einmal stopften sich hier wenige ihre Taschen richtig voll, und wieder einmal musste der größte Teil der Bevölkerung darunter leiden.

Claude und René reisten über Südafrika ein, Niklas mit Mike über Botswana, Philipp und ich flogen über Nairobi direkt nach Harare, der Hauptstadt von Simbabwe, und übernachteten im Stadthotel Monomatapa.

Von der achten Etage des Hotels aus hatten wir einen unglaublichen Ausblick über die ganze Stadt. Wie hatte man dieses einst so schöne Land nur heruntergewirtschaftet! Die weiße und die schwarze Bevölkerung hatten sich hier nach dem Bürgerkrieg erfolgreich zusammengerauft und lange Zeit friedlich miteinander gelebt. Bis, ja bis der Präsident beschloss, dies zu ändern und das ganze Land durch eine beispiellose Korruption auszubeuten.

Die Touristen blieben aus, weiße Farmer wurden enteignet. Nun ist das Land ruiniert, und es würde wohl noch Jahre, wenn nicht Jahrzehnte dauern, bis sich das Land davon wieder erholen wird. Aber zuerst einmal müssten sie diesen Präsidenten loswerden. Solange dieser und sein Clan an der Macht waren, würde sich in diesem Land rein gar nichts verändern. Das Schlimme war jedoch: Der alte Knochen war zäh.

Eigentlich wollte die Mehrheit der Bevölkerung in diesem Land auch nur das, was sich die Mehrheit der Menschen in allen Ländern wünscht: In Frieden mit ihren Familien leben.

Oft, wenn ich die ganzen erschreckenden Nachrichten dieser Welt sah, wünschte ich mir, dass die UN nicht so viel reden, sondern auch einmal konsequenter handeln würde. Erst wenn die ersten einhunderttausend Menschen starben, fing die UN an, sich zu bewegen. Dies war ein Thema, bei dem ich mich jedes Mal so richtig in Rage reden konnte. Diese verdammten Resolutionen! Mal blockierte die eine Nation, mal die andere. Aber das Ergebnis war immer das gleiche ...

Die Menschen in den betroffenen Ländern litten und starben. Starben, weil ihre machtversessenen Führer sich persönlich bereicherten. Immer ging es um Macht und damit auch immer um viel Geld.

Viel zu wenige Regierungen in dieser Welt nahmen ihre Aufgabe wirklich noch ernst und handelten so, wie sie es eigentlich sollten: den Menschen im Land zu dienen und zu ihrem Wohle zu regieren.

Da nicht mehr allzu viele Touristen ins Land reisten, mussten wir unglaublich aufpassen, um nicht frühzeitig aufzufallen. Wir beschlossen, die meiste Zeit im Hotel zu bleiben und hier auf unseren Kontaktmann zu warten. Dupont hatte ein Treffen für uns eingefädelt und seine Kontakte im Land genutzt.

Wir fuhren gerade mit dem Aufzug in die erste Etage, wo sich das Hotelrestaurant befand. Der Hunger stellte sich nach einer so langen Reise meist von selbst ein, und dieser wollte nun befriedigt werden. Wir suchten uns in dem recht leeren Restaurant einen schönen Platz am Fenster. Von hier aus hatten wir einen hervorragenden Blick auf die Straße vor dem Hoteleingang. Nur wenige Autos waren auf den Straßen unterwegs, da das Benzin in diesem Land äußerst knapp war.

Als Vorspeise empfahl uns der aufmerksame und ständig lächelnde Kellner in seiner roten Hoteluniform, eine »Red-Pepper-Suppe«. Da wir in Afrika waren, wollten wir natürlich nicht kneifen und stimmten zu.

Als Hauptgang gab es dann Kudu mit Gemüse und Maisbrei. Willkommen in Afrika: Augen zu und durch.

Wir lachten uns an und prosteten uns mit einer Flasche Heineken-Bier zu. Ich glaube, ich war noch in keinem Land, in dem es dieses Bier nicht gab. Selbst als es mich einmal während einer Urlaubsreise in den Dschungel Sumatras verschlagen hatte, bekam ich in einem der abgelegensten Dörfer, die ich je bereist hatte, ein Heineken und eine Cola.

Nicht, dass es nicht bessere Biere gab, aber wenn ich die Wahl zwischen irgendeinem undefinierbaren Gebräu und diesem hatte, dann war mir ein Heineken doch wesentlich lieber. Wahnsinn, wie die es schafften, ihre Produkte bis fast ans Ende der Welt zu liefern. Egal, Hauptsache unser Durst wurde jetzt gelöscht.

Nach dem zweiten Löffel der Red-Pepper-Suppe stellte sich die Wirkung schlagartig ein. Erst fing es im Rachenraum an und dann zog es sich immer weiter die Speiseröhre hinunter bis in den Magen hinein. Ein langer Weg, und dieser brannte nun höllisch. Aus all meinen Poren schoss mir der Schweiß schlagartig heraus. Mir war gerade so, als ob jemand den Gartenschlauch aufgedreht hätte und ich der Brausekopf war.

Ich fing an zu röcheln und griff instinktiv zur Wasserflasche. Das war ein Fehler, wie sich herausstellte.

Philippe lachte sich wieder einmal halb tot. Ihm schien diese Suppe anscheinend nichts anzuhaben. Ich hatte jedoch das Gefühl, dass ich binnen Sekunden all meine Körperflüssigkeit über die Hautporen verlor.

Immer noch lachend reichte mir Philippe nun das Weißbrot über den Tisch. Gierig stopfte ich es in mich hinein und verspürte allmählich, wie sich eine leichte Linderung einstellte.

Ich schaute vorsichtig auf den Boden unter dem Stuhl. Glück gehabt, eine »Schweißpfütze« war nicht zu sehen.

Zur allgemeinen Erheiterung des anwesenden Personals sowie der wenigen anderen Gäste im großen Speisesaal des Hotels aß ich gierig auch noch das letzte Stück Brot aus dem kleinen Korb und schüttete mir den Rest meines Bieres in den Rachen.

Puh – nie wieder diese Suppe!

Zum Glück schmeckte das Kudu, eine Antilopenart, vorzüglich. Auch der Maisbrei war deutlich besser, als ich erwartet hatte.

Nach dem Essen machten wir einen kurzen Verdauungsspaziergang durch den angrenzenden »Harare Gardens Park«. Wir saßen nur kurz auf einer der zahlreichen Bänke, als eine dunkelhäutige Schönheit neben uns Platz nahm.

Gerade als Philippe seine Charmeoffensive starten wollte, nannte die hübsche Frau in feinstem Englisch das Codewort

»Dupont 08«. Philippe blieb der Mund offen stehen – etwas, was ich bei ihm noch nie beobachtet hatte. Um ihn zu überraschen, musste schon wirklich etwas Außergewöhnliches passieren. Umso komischer empfand ich seinen aktuellen Gesichtsausdruck.

Auch ich war überrascht, wie hübsch und jung unser Kontakt hier war. Die junge Dame stellte sich als Malaika vor – ein Name, der zu dieser dunklen und geheimnisvoll wirkenden Schönheit passte.

Sie wartete nicht, bis wir uns vorstellen konnten, sondern sagte nur kurz angebunden, dass sie uns morgen um sieben Uhr vor dem Hotel abholen würde. Bevor wir auch nur etwas sagen konnten, war sie auch schon wieder genau so plötzlich verschwunden, wie sie erschienen war.

Philippe wirkte total enttäuscht, denn er hatte keine Chance bekommen, um sich von seiner allerbesten Seite zeigen zu können.

Es war klar, dass Malaika hier viel riskierte. Denn wenn man sie mit Ausländern sehen würde, stände sie sofort im Fokus der Polizei.

Wir drehten noch eine kleine Runde durch den Park und gönnten uns zum Abschluss des Tages noch einen »Gutenacht-Drink« an der Hotelbar.

Am nächsten Morgen parkte Malaika pünktlich um sieben Uhr mit einem alten geschlossenen Defender etwas abseits vor dem Hoteleingang.

Unser ganzes Gepäck befand sich jeweils nur in einem Rucksack, den wir auch gleich auf die Rückbank des Land Rovers warfen.

Um Philippe einen Gefallen zu tun, setzte ich mich nach hinten. Er verstand und lachte mich breit an, nachdem er auf dem Beifahrersitz Platz genommen hatte. Ohne darauf zu warten, dass die Türen geschlossen waren, trat Malaika auch schon das Gaspedal durch und fuhr recht zügig in Richtung Norden zum Kariba-Stausee.

Während der ganzen Fahrt zum Andora Hafen in der Nähe

des Damms blieb sie schweigsam, und das, obwohl Philippe das Süßholz nur so herunterraspelte. Er gab sein Bestes, aber Malaika blieb stur. Nach einer Stunde sah er es ein und verstummte sichtlich verstimmt.

Nach gut fünf Stunden Fahrt erreichten wir den Kariba-See, und Malaika schwieg immer noch beharrlich.

In einer etwas abgelegenen Bucht abseits des offiziellen Schiffsanlegers trafen wir auf Claude und René.

Wir begrüßten uns und waren froh, dass das Timing gestimmt hatte. Als Claude und René Malaika sahen, zogen sie anerkennend die Augenbrauen hoch. Philippe winkte immer noch verstimmt ab, ging sofort ans Ufer und hielt Ausschau nach Niklas und Mike. Die beiden waren über Botswana ins Land gereist.

Dupont hatte mit einem Fallschirm ein Boot in einer entlegenen Bucht des Kariba-Sees abwerfen lassen. Niklas und Mike hatten es dort in Empfang genommen. Die restliche Ausrüstung, die wir noch benötigten, befand sich bereits im Boot.

Wir mussten noch weitere fünfzehn Minuten warten, und dann sahen wir Niklas und Mike auch schon. Sie steuerten mit einem schwarzen Schnellboot direkt auf uns zu.

Nach einer kurzen Begrüßung verstauten wir die wenigen Dinge, die wir mit uns führten, auf dem Boot, und schon ging es los – dorthin, wo wir hofften, Bianca unversehrt zu finden. Je näher wir dem Ort kamen, desto unruhiger wurde René.

Weltweit gab es Orte wie diesen, an denen Geiseln lange, teilweise jahrelang festgehalten wurden. So lange, bis ihr Lösegeld gezahlt wurde. Wurde einmal nicht gezahlt, dann verschwanden diese Geiseln für immer – und zwar spurlos.

Malaika hatte uns nur kurz aussteigen lassen und war dann auch gleich wieder verschwunden. Im Nachhinein betrachtet, hätten Philippe und ich uns auch einen Jeep mieten können. Den Weg zu diesem Anleger hätten wir auf jeden Fall auch alleine gefunden. Was soll's – Dupont hatte dies organisiert, und wir sind ja schließlich auch gut angekommen.

Niklas übernahm das Steuer und nahm Kurs Richtung Norden. Wir anderen machten uns in der Zwischenzeit mit der Ausrüstung vertraut. Zwar war es etwas eng auf dem schmalen Boot, aber wir hatten ausreichend Platz, um unsere Waffen zu prüfen.

Unsere schwarzen Tarnanzüge hatten wir bereits angezogen, bevor wir ins Boot gestiegen waren.

René und ich steckten unsere Pistole, eine Glock, in unser Schulterholster und hielten eine Maschinenpistole fest in der Hand. Claude blickte auf Letztere und lachte: »Damit trefft ihr auf jeden Fall!«

»Spaßvogel!«, gab ich ihm leicht angespannt als Antwort zurück. Schon vor unserem Abflug hatten wir ein Kurztraining mit den Waffen erhalten. Eine Stunde Einweisung auf einem Schießstand.

Wir saßen schweigend nebeneinander auf dem Bootsrand und schauten über das Wasser und zu den Ufern des Kariba-Sees. Der Motor übertönte alle Geräusche an Bord und die Schiffsschraube wühlte das Wasser hinter uns auf. Auf dem See waren nur noch wenige Fischer mit ihren floßähnlichen Booten unterwegs. Zu wenig Fische gab es mittlerweile in dem einst so fischreichen See.

Vor unserem Abflug hatten wir alles genauestens durchgesprochen. René und ich durften nur unter der Bedingung mitreisen, dass wir uns bei der eigentlichen Befreiungsaktion im Hintergrund hielten. Besonders René. Keiner konnte vorhersehen, wie jemand, der so persönlich betroffen war wie er, in diesem kritischen und hochemotionalen Moment reagierte. Claude wollte auf Nummer sicher gehen, und so kam René und mir die Aufgabe zu, den Rückzug zu sichern.

Auf dem dahingleitenden Boot hing nun jeder seinen Gedanken nach. Die Sonne ging langsam unter und verzauberte den Himmel in ein atemberaubendes Bild. Die Wasseroberfläche spiegelte die Landschaft und die wunderschöne rötliche Verfärbung des Himmels wider. Was für ein schönes Land, was für ein friedlicher Moment!

Ich schaute zu René, der mir direkt gegenüber auf dem aufgeblasenen Schwimmkörper des Bootes saß. Er hatte die Augen geschlossen und wirkte hoch konzentriert und angespannt. Für ihn ging es hier schließlich um seine Frau, die ihm gewaltsam entführt worden war – um Bianca, die ihr gemeinsames Kind in sich trug. Wie ruhig kann man dabei wirklich bleiben?

Ich hatte ja selbst erfahren, was es bedeutete, in eine Ausnahmesituation zu geraten. In eine Situation, in der man plötzlich persönlich betroffen ist. Die Situation in der Türkei, in der es um mein eigenes Leben ging. Die Entführung von Ines, bei der ich das Gefühl hatte, mir würde mein Herz bei vollem Bewusstsein herausgerissen.

Die Nachricht, dass Inge und Werner ermordet worden waren, und als ich Mr Spock so schwer verletzt auf dem Boden liegend vorfand.

All dies waren extreme Momente für mich gewesen. Momente, in denen meine Gefühle Achterbahn gefahren waren und in denen es mir schwergefallen war, rational zu denken, geschweige, wohl überlegt zu handeln. Es ist immer sehr leicht zu beurteilen, was alles falsch ist, wenn man selbst nicht betroffen ist. Im Nachhinein zu beurteilen, wie man hätte reagieren müssen, ist einfach.

Der Fahrtwind blies uns die warme Nachtluft Afrikas um die Nase. In einer kleinen Bucht stand ein einsamer Elefantenbulle am Ufer. Verärgert über die Störung, hob er erbost seinen Rüssel und stellte die Ohren weit ab. Lautstark trompetete er seinen Ärger hinaus.

Etwas weiter und auch nicht weit vom Ufer entfernt hielt sich eine Gruppe grasender Flusspferde auf. Sie waren gerade dabei, genüsslich ihr Abendessen zu verspeisen.

Als die Sonne vollkommen am Horizont verschwunden war, wurde es schlagartig dunkel, und nun war nur noch das schwach beleuchtete Display von Niklas' GPS-Gerät zu sehen. Niklas steuerte das Boot trotz der Gefahr einer Kollision mit den aus dem Wasser ragenden Ästen abgestorbener Bäume sicher zum Ufer.

Der ganze Kariba-See war vor Jahrzehnten aufgestaut worden, als es dem Land wirtschaftlich noch gut ging. Damals wurden alle in diesem Gebiet lebenden Tiere in einer spektakulären Aktion eingefangen und später am Rande des aufgestauten Wassers wieder ausgesetzt.

Im Fernsehen hatte ich einmal eine Dokumentation über diese aufwendige Fangaktion gesehen. Ich weiß noch, wie beeindruckt ich von dem großen Aufwand war, der hier zum Schutz der Tiere betrieben wurde – für Afrika nicht unbedingt selbstverständlich.

Viel zu korrupt ging es in einigen Ländern zu. Unter der jetzigen Regierung hätte man vermutlich den See bedenkenlos aufgestaut und die hier lebenden Tieren einfach ertrinken lassen. Anschließend hätten sie sich das dadurch gesparte Geld in die eigenen Taschen gestopft. Es überraschte mich immer wieder, wie kurzsichtig die Menschen doch aus Gier handelten.

Das Kostbarste, was Afrika besitzt, ist doch seine Vielfalt, eine unglaubliche Vielfalt an verschiedenen Bevölkerungsgruppen mit eigenen langen und interessanten Traditionen, Pflanzen, Landschaften und vor allem die Artenvielfalt an Tieren, die es zu schützen galt.

Für mich persönlich war dies nicht Eigentum eines Einzelnen oder eines Staates. Für mich gehörte dies der gesamten Menschheit. Etwas, was es zu schützen galt, um es auch noch für die zukünftigen Generationen zu erhalten.

In einigen Bereichen des Sees ragten immer noch die abgestorbenen Äste der überfluteten Bäume heraus. Jeder Fotograf wäre von diesen wunderschönen Bildern, die sich durch den Sonnenuntergang und die aus dem Wasser ragenden Baumkronen ergaben, vollkommen begeistert gewesen.

Niklas fuhr mit dem Bug auf das Ufer auf, und der abrupte Stopp riss mich aus meinen Gedanken heraus. Schnell hatte jeder seine wenigen Sachen in der Hand und wir sprangen aus dem Boot ans Ufer. Wir prüften unsere Ausrüstung erneut und testeten den Sprechfunk. Jeder von uns hatte einen »Knopf« im Ohr, und die Verständigung war klar. Wieder bekam jeder, wie schon in Alexandria, eine Nummer. René war Nummer fünf, ich war Nummer sechs. Gemeinsam zogen wir das Boot weiter ans Ufer und deckten es sorgfältig mit einem Tarnnetz ab. Ohne dieses Boot, so wussten wir, würde unser Rückzug nicht stattfinden.

Jetzt hatten wir noch einen kleinen Marsch über eine Anhöhe

von kalkulierten zwanzig Minuten vor uns. Wir klappten unsere Nachtsichtgeräte herunter und schalteten sie ein. Das Bild vor uns änderte sich sofort in eine schwarz-grüne Ansicht. Trotz der Dunkelheit um uns herum hatten wir mit diesen Geräten auf einmal ein klares Bild der Umgebung vor Augen.

Wir waren angespannt und hoch motiviert. Unser Ziel vor Augen, schafften wir die ganze Strecke in nur fünfzehn Minuten, und von einer kleinen Anhöhe aus sahen wir die Lodge, verdeckt von einigen Sträuchern. Sie war halbrund auf einem kleinen Berg angelegt: ein größeres Gebäude, das vermeintliche Haupthaus, und acht kleinere Nebengebäude, die im Halbkreis auf dem Plateau lagen.

Von allen Gebäuden aus hatte man bei Tageslicht bestimmt einen wunderschönen Ausblick auf den tiefer liegenden Kariba-See. Schnell erreichte man diese abgelegene Gegend nur mit einem Boot oder einem Flieger. Ein idealer Ort zum Entspannen oder um jemanden zu verstecken.

Eine Landebahn, die auch zur Lodge gehörte, lag etwas abseits auf der vom See abgewandten Seite. Zwar führte auch eine Straße zur Lodge, aber es würde mehr als einen ganzen Tag dauern, um die unzähligen kleinen und größeren Buchten zu umfahren.

Auf der Landebahn stand eine größere Cessna, und am Ufer waren mehrere Aluminiumboote mit Außenborder festgemacht.

Dieses Nachtsichtgerät war klasse, man hatte eine fast perfekte Sicht. Nur das Sichtfeld war etwas eingeschränkt. Um das Blickfeld zu erweitern, musste ich ständig den Kopf hin und her bewegen.

Wir gingen weiter bergauf auf die Lodge zu. Nur drei Gebäude waren beleuchtet – das Haupthaus und zwei der Bungalows. Normalerweise würde Claude dieses Objekt erst einmal ein bis zwei Tage lang beobachten, bevor er zuschlagen würde. Das Risiko unliebsamer Überraschungen würde so erheblich reduziert. Jetzt jedoch wollte er nicht riskieren, hier mitten auf dem Präsentierteller frühzeitig entdeckt zu werden. Noch war das Überraschungsmoment auf unserer Seite. Diesen Vorteil wollte Claude auf jeden Fall für uns ausnutzen.

Bianca vermuteten wir im Haupthaus, aber sie konnte natürlich genauso gut in einem der Bungalows gefangen sein.

Wie zuvor besprochen, teilte uns Claude in Gruppen auf, als wir das Plateau des kleinen Berges erreicht hatten. Ein breiterer Weg führte zum Pool und von dort aus mehrere Abzweigungen zum Haupthaus und zu den einzeln gelegenen Bungalows.

René und ich blieben im Schutz einiger Büsche und Bäume, am Rand des Plateaus zurück. Von hier aus sollten wir unseren Rückweg sichern und die Gebäude fest im Blick behalten.

Der Pool lag im Zentrum der kleinen Anlage. Nur wenige Bäume und Buschwerk konnten hier als Deckung dienen. Zum Glück war es Nacht. Nur der Mond stand gut sichtbar am Himmel und reflektierte ein wenig Sonnenlicht auf die Erde zurück.

Aus den Informationen, die Niklas von dem Söldner erhalten hatte, wussten wir, dass Bianca von mindestens vier Personen bewacht wurde. Die Lodge war, seitdem der Tourismus in Simbabwe am Boden lag, offiziell geschlossen.

Claude und Mike erkundeten das Haupthaus. Niklas ging zu Bungalow 3 und Philippe zu Bungalow 1. Jeder Bungalow hatte zuvor zur besseren Orientierung von Claude eine eigene Nummer erhalten.

Über Funk verfolgten René und ich nun die weiteren Aktionen von unserem Beobachtungsposten aus. Philippe meldete sich: »Zwei.« Dann Niklas: »Eins.« Dann Claude: »Zwei, plus Ziel.«

Als René »Ziel« hörte, musste ich ihn wieder am Arm festhalten. Am liebsten wäre er sofort losgestürmt, blieb aber dann zum Glück ruhig und hockte sich wieder neben mir hin. »Ziel« bedeutete Bianca. Wir hatten sie gefunden!

Die Anspannung bei René und mir war fast unerträglich. Noch fester hielten wir die Maschinenpistolen umklammert – sie standen bereits auf Dauerfeuer. In gebückter Stellung beobachteten wir mit den Nachtsichtgeräten das offene Gelände, besonders die Gebäude. Es waren nach wie vor nur die drei Häuser beleuchtet, die wir im Fokus hatten; die anderen blieben dunkel.

Über den Kopfhörer hörten wir Claude sagen: »Blue 2«; Philippe war gemeint. Kurz darauf hörten wir über unseren Kopfhörer nur ein dumpfes zweimaliges Geräusch und dann Philippes Stimme: »Minus eins, minus zwei.«

Dieser recht kurze Kommentar besagte, dass gerade zwei Menschen ihr Leben verloren hatten. Ich wusste, dass wir mit Diskutieren hier nicht weiterkamen. Jedem seine Sprache, und diese Söldner und Terroristen verstanden nur diese Sprache.

Dann das Gleiche bei Niklas, mit nur einem dumpfen Geräusch des Schalldämpfers: »Minus eins.« Eine nüchterne Zahl, die jedoch den Tod eines weiteren Menschen verkündete.

Philippe und Niklas gingen nun zur weiteren Unterstützung von Claude und Mike zum Haupthaus. Hier durfte nichts schiefgehen; sie mussten schnell handeln, um Biancas Leben nicht zu gefährden.

René und ich wurden immer unruhiger. Ich drückte Renés Schulter, um ihn zu beruhigen. René verstand, und ich hörte ihn neben mir einmal tief durchatmen.

Dann ein heller Blitz im Hauptgebäude. Eine Blendgranate erhellte das ganze Gebäude, und für einen Moment, konnten auch wir nichts mehr sehen. Zu hell war das Licht, das aus den Fenstern nach außen drang, für unsere Nachtsichtgeräte.

Geschützt mit Spezialbrillen, drangen die vier in das Gebäude ein. Dann hörten wir wieder, so schnell, dass wir nicht einmal die Stimmen richtig zuordnen konnten: »Minus eins« – »zwei« – »Ziel gesichert.«

René und ich sprangen auf und rannten zum Haupthaus, für René gab es kein Halten mehr. Gerade als wir Gebäude 5 passieren wollten, öffnete sich plötzlich die Tür und drei dunkel gekleidete Männer stürmten aus dem Gebäude. Das Gleiche auch noch fast zeitgleich bei Gebäude 4.

»So eine Scheiße …!«, rief ich mitten im Lauf und ohne jegliche Deckung. Noch im Laufen rissen René und ich fast synchron die Maschinenpistolen herum und drückten den Abzug durch.

Jeweils ein volles Magazin schoss binnen Sekunden durch den Lauf und zersiebte die Front von Gebäude 5. Die ersten zwei Gestalten sackten tödlich getroffen zu Boden. Der dritte, geschützt von dem Körper seiner Kameraden, duckte sich sofort und schoss mehrmals mit einem Revolver zurück. Mehrere Kugeln flogen an uns vorbei und trafen Blumentöpfe, die auf einer Mauer neben uns aufgereiht standen. Laut zerplatzten sie in tausend Stücke. Ich zog die Glock aus dem Holster, schoss mehrmals in Richtung Gebäude 5 und traf die dritte Person.

Gleichzeitig fingen auch die Typen aus Gebäude 4 an, auf uns zu feuern. Diese zielten leider besser und trafen mich. Zuerst bemerkte ich, dass etwas in mich eindrang, dann die Feuchtigkeit meines Blutes, und zum Schluss kam der Schmerz hinzu.

Auch René hatte Pech: Ihn traf eine Kugel in den linken Oberschenkel.

Alles lief so unglaublich schnell ab.

Wir hatten kaum Zeit zu reagieren und ließen uns vor Schmerzen, auf den Boden fallen. Unzählige Kugeln trafen den Baum, der uns Schutz bot. Die splitternde Rinde flog nur so durch die Luft.

Dann, wenige Sekunden, nachdem wir getroffen worden waren, hörten wir eine laute Explosion. Niklas war uns zu Hilfe geeilt, hatte eine Granate geworfen und dabei sehr gut getroffen. Das Feuer der Angreifer verstummte augenblicklich, und Bungalow 4 stand nur noch zur Hälfte. Die vordere Hälfte hatte sich regelrecht in Luft aufgelöst.

Dann über Funk Niklas' Meldung: »Sauber.«

Wir meldeten uns kurz: »Sind getroffen.« Claude und Niklas kamen zu uns gerannt, halfen uns auf und schleppten uns zum Haupthaus. Mein Adrenalinspiegel ließ mich den heftigen Schmerz etwas verdrängen, aber das Brennen wurde immer stärker.

Wir sahen Bianca, Mike und Philippe im Restaurant des Haupthauses stehen. Bianca sah zum Glück unverletzt aus. Als sie René, gestützt von Niklas, humpelnd in den Raum kommen sah, gab es für sie kein Halten mehr. Sie stürmte auf ihn zu, umklammerte ihn fest und küsste ihn stürmisch. René vergaß sein verletztes Bein und umarmte Bianca liebevoll. Fest umschlungen liefen den beiden die Freudentränen über die Wangen.

Claude lege mich unterdessen vorsichtig auf einem breiten

Tisch ab und öffnete meine Schutzweste. Mit seinem Messer schnitt er mir vorsictig das Hemd auf. Die Kugel, abgelenkt von der Weste, war in meine linke Seite eingedrungen und gleich hinten wieder herausgeflogen. Es brannte höllisch – mein erster Durchschuss. Das war nun schon die zweite Kugel, mit der mein Körper Bekanntschaft gemacht hatte.

Philippe als ausgebildeter Sanitäter und halber Chirurg – er hatte einmal Medizin studiert – versorgte meine Wunde. Er desinfizierte sie von beiden Seiten mit einer Lösung; es brannte höllisch. Tränen drückten sich aus meinen geschlossenen Augen. Ich biss die Zähne zusammen, um nicht zu schreien.

Philippe untersuchte die Wunde vorsichtig und sagte dann: »Du hast Glück gehabt! An der Blutmenge ist zu erkennen, dass höchstwahrscheinlich kein größeres Blutgefäß getroffen worden ist. Ob ein Organ verletzt ist, wird man erst in einem Krankenhaus feststellen können. Wenn du Fieber bekommst, haben wir ein Problem.« Um meine Anspannung und die Schmerzen zu überspielen, antwortete ich lakonisch: »Danke, Herr Doktor …«

Nachdem der Druckverband angelegt war, gab mir Philippe zwei Spritzen: ein Schmerzmittel und ein Antibiotikum. Mit den Worten »Damit es nicht zu einer inneren Infektion kommt …« reichte mir Claude noch einen zwölf Jahre alten Whisky, den er in der noch gut gefüllten Hotelbar der Lodge gefunden hatte.

Philippe genehmigte sich auch gleich noch ein Gläschen und sagte nun breit lachend zu mir: »Willkommen im Club!« Er meinte damit den »Club der Durchlöcherten«. Ich antwortete nur kurz und war froh, dass ich bereits lag, denn meine Knie waren weich wie Butter: »Na, toll!«

Nur schwer konnte Philippe René aus der innigen Umklammerung Biancas lösen, um auch Renés Schussverletzung zu versorgen. Er hatte mehr Glück gehabt, denn er hatte nur eine Fleischwunde.

Bianca kniete sich zu mir und gab mir einen freundschaftlichen Kuss. Sie nahm meine Hand und sagte immer noch schluchzend und mit geröteten Augen voller Erleichterung: »Danke!« Alle bekamen Biancas Dank in Form eines dicken Kusses zu spüren, und alle genossen es sichtlich.

Mike hatte in der Zwischenzeit die restlichen Hütten genauer untersucht – sie waren zum Glück alle leer. Viel Zeit blieb uns jedoch nicht, um uns in dieser tollen Lodge zu erholen. Anscheinend war unsere Aktion nicht so unbemerkt geblieben, wie wir zunächst geglaubt hatten.

Mike kam, in den Raum gestürmt: »Wir bekommen Besuch!« Dann hörten wir auch schon das Dröhnen der Rotoren der sich von der Seeseite her nähernden Hubschrauber. Mike machte drei Maschinen aus.

Trotz Renés und meiner Verwundung mussten wir uns nun beeilen. Unser »Abholpunkt« lag in Botswana und war eine alte Militärbasis in Grenznähe zu Simbabwe. Hier sollte uns eine Transall aufnehmen, um uns zurück nach Frankreich zu fliegen – alles wieder unter dem Deckmantel eines Übungsfluges.

Unser ursprünglicher Plan war, den Rückzug mit dem Boot anzutreten. Aber damit hätten wir nicht die geringste Chance gehabt, den schnelleren Hubschraubern zu entkommen. Die Alternative und schnellere Fluchtmöglichkeit stand auf der Landebahn, am unteren Hang geparkt: die Cessna. Dieses Flugzeug konnte bis zu zehn Personen aufnehmen.

Claude plante rasch um, Niklas blieb zurück und sicherte unseren übereilten Rückzug. Zwar gehörten die Kämpfer des Militärs in Simbabwe nicht unbedingt zu den bestausgebildeten Soldaten Afrikas und auch ihre Ausrüstung war nicht gerade auf dem neuesten Stand. Jedoch schossen auch sie, wie alle Soldaten, mit echten Kugeln, die töteten. Und den Kugeln war es dabei vollkommen egal, ob sie gezielt oder ungezielt verschossen wurden. Getroffen war nun einmal getroffen. Tot war und blieb tot. Gezielt getötet oder nur zufällig getroffen, spielte dabei keine Rolle.

Claude wollte sich auf keinen unnötigen Schusswechsel einlassen und trieb uns zur Eile an. Insgeheim hofften wir darauf, dass die Maschine auch vollgetankt war, denn Zeit zum Tanken blieb uns definitiv keine mehr.

Da die Hubschrauber wegen der vereinzelten Bäume auf dem kleinen Bergplateau nicht landen konnten, waren sie gezwungen, auf der Ebene zwischen dem See und dem Berghang zu landen.

Uns blieben so knapp zehn Minuten Zeit, bis die Soldaten bei den Gebäuden auf dem Hügel eintreffen und wir in ihre Schussweite geraten würden.

Auch hier bestätigte sich von Oppenheims Vermutung erneut: Die Entführer machten gemeinsame Sache mit dem hiesigen Militär.

Trotz Schmerzmittels brannte meine linke Seite höllisch. René erging es anscheinend auch nicht viel besser und mit Fluchen, gestützt von Bianca und Philippe, humpelte er vor mir her den schmalen Pfad zur Cessna hinunter. Claude war bereits vorausgeeilt, um das Flugzeug zu checken.

Mit unseren Nachtsichtgeräten hatten wir einen guten Blick und kamen daher auch verhältnismäßig zügig den Hügel hinunter. Ich hoffte nur inständig, dass sich nicht gerade ein Löwenrudel in der Nähe befand. Schließlich waren wir in Afrika und nicht in einem Zoo, wo die Tiere hinter einem Gitter lagen.

Ohne dass mein beunruhigender Gedanke Wirklichkeit wurde, erreichten wir die Maschine. Philippe und Bianca halfen zuerst René über die schmalen herausklappbaren Stufen in die Maschine. Dann kletterte Bianca rasch hinterher. Philippe und Mike stützten mich und halfen auch mir hinein. Verzweifelt suchte ich eine Sitzposition, bei der meine linke Seite nicht schmerzte. Ich fand jedoch keine.

Claude hatte zwischenzeitlich die Maschine gestartet und checkte die Instrumente. Zum Glück steckte der Zündschlüssel, denn Zeit, um die Maschine kurzzuschließen, hatten wir nicht. Dann gab es bei der Lodge eine laute Explosion. Die ersten Soldaten, die uns verfolgen wollten, hatten eine der Sprengfallen ausgelöst, die Niklas vorsorglich angebracht hatte.

Etwas außer Atem vom Laufen und kurz nach der Explosion sprang nun auch Niklas laut lachend ins Flugzeug und rief: »Halleluja!« Er warf seine restlichen Ausrüstungsgegenstände nach hinten und ließ sich auf einen freien Sitz fallen. Mike sagte lachend: »Was für ein Feuerwerk!«

Durch die Explosion war das Plateau hell erleuchtet, und die restlichen Soldaten waren vorgewarnt. Sie verfolgten uns nun nicht mehr so schnell. Dies verschaffte Claude mehr Zeit, um die Cessna zu starten und auf der recht kurzen Startbahn zu beschleunigen. Bis auf das schwache Licht des Mondes war die Startbahn dunkel. Claude startete die Cessna daher mit seinem aufgesetzten Nachtsichtgerät. Das musste man ihm lassen: Fliegen konnte er – und dann noch mit fast verbundenen Augen!

Aus dem rechten Seitenfenster konnten wir die Positionslichter der drei Hubschrauber erkennen. Sie versuchten, die Verfolgung aufzunehmen. Nachdem Claude jedoch die Cessna steil in den Himmel hochgezogen hatte und die Motoren richtig auf Drehzahl kamen, verschwanden die Lichter der Hubschrauber rasch hinter uns. Claude nahm nun Kurs auf Botswana, dorthin, wo die Transall auf uns warten sollte.

Per Funk versuchte Claude, die Besatzung zu erreichen. Nach dem dritten Versuch kam die Bestätigung: »Der Adler ist gelandet.« Ich musste trotz meiner Schmerzen lachen und wiederholte: »Was für ein Klassiker – ›Der Adler ist gelandet‹!« Vor Erleichterung über die geglückte Flucht stimmten alle in mein Lachen mit ein. René hatte seinen Arm um Bianca gelegt, sie drückte ihren Kopf fest an seine Brust und seufzte tief vor Erleichterung.

Der weitere Flug verlief unspektakulär. Nach nicht einmal einer Stunde Flugzeit sahen wir schon die aufgestellten Positionslichter auf der Landebahn. Geschafft – wir waren in Sicherheit!

Noch in der Transall wurden René und ich von einer Militärärztin versorgt. Gut, dass dieses Flugzeug zugleich ein fliegendes Krankenhaus war; so wurden unsere Verletzungen hier sofort und erstklassig versorgt.

Unsere Ärztin war nicht nur äußerst kompetent, sondern sah auch noch attraktiv aus, hatte jedoch ordentlich »Haare auf den Zähnen«. So gut aussehend und dann die meiste Zeit unter Männern – das färbte halt ab. Diese raue Schale war vermutlich ein unabdingbares Muss, eine Art Überlebensstrategie in diesem doch eher raueren Umfeld.

Diesmal war es Claude, den es traf. Unsere Ärztin, so stellte sich heraus, hieß Karin und kam aus Leipzig. Claude lief zur Höchstform auf, und im Gegensatz zu Philippes Bemühungen bei Malaika hatte er anscheinend echte Chancen bei Karin.

Nachdem René und ich ausreichend versorgt waren und – dem Schmerzmittel sei Dank – keine allzu heftigen Schmerzen mehr hatten, flirtete Claude nun heftig und erfolgreich mit Karin. Bianca lag unterdessen wieder in Renés Armen. Beide schliefen zufrieden und fest aneinander gekuschelt ein.

Mit dem, was Niklas aus dem Typen herausbekommen hatte, konnten wir Bianca zum Glück finden und befreien. Mit Absicht hatte uns dieser vermutlich die Stärke ihrer Bewacher in der Lodge verschwiegen. Er ahnte bestimmt, dass er das Verhör mit Niklas nicht überleben würde, und so war es vermutlich seine Rache und Hoffnung, dass wir die Befreiungsaktion nicht überleben würden. Aber wir hatten es wieder einmal geschafft!

Zwar war es ganz schön knapp gewesen, denn schnell hätte uns der Kugelhagel töten können, aber umso glücklicher und erleichterter waren wir nun wieder. Alle hatten überlebt, und unser Ziel, Bianca unverletzt zu befreien, war erreicht. René hatte seine Bianca wieder.

Dieser Gedanke erfüllte mich mit einer unglaublichen inneren Zufriedenheit. Ich schloss die Augen und sah Ines vor mir. Ich sehnte mich danach, sie wieder in den Armen zu halten.

Wie geplant brachte uns die Transall zurück nach Frankreich. Unbemerkt von der Öffentlichkeit, landeten wir auf einer Militärbasis nahe Metz. Bekannt werden durfte diese Aktion nicht. Dies waren die Arten von Nachrichten, die in einer Parallelwelt stattfanden, einer Welt, die ich bis vor Kurzem noch nicht kannte.

Gut beschützt von Logan und Jack, war Ines auf dem Weingut in Sicherheit gewesen. Außerdem war da ja noch Bremer, eine Spielkarte, die von Oppenheim erneut in der Hand hielt und von der er sich dieses Mal nicht mehr so schnell trennen würde.

Die Untersuchung in der Transall durch »Frau Dr. Karin« hatte ergeben, dass keine unserer Schussverletzungen ernsthaft war.

Am Flughafen empfingen uns von Oppenheim und Dupont und – von Oppenheim sei Dank – er hatte auf dem Weingut gleich zwei Krankenzimmer eingerichtet.

Dupont, der Lockerere der beiden, sagte: »Eine zweite Krankenschwester ist ja auch schon organisiert«, und schaute mich dabei lachend an. Alle fingen an zu lachen, und ausgerechnet mir schmerzte dabei meine ganze linke Seite. René hatte es ja gut, er hatte seine private Krankenschwester schon die ganze Zeit dabei gehabt.

Claude, Niklas, Philippe und Mike zogen sich mit von Oppenheim und Dupont zurück. Sie müssten dringend noch ein paar wichtige Dinge besprechen. Bianca, René und ich wurden von einer kleinen Eskorte zum Weingut gefahren.

Der Wagen hatte kaum angehalten, da kam Ines auch schon auf mich zu gerannt. Sie stoppte zum Glück rechtzeitig, sonst hätte sie mich mit ihrem Schwung glatt umgehauen. Sie küsste mich lang und intensiv – ich genoss ihre Wärme und Liebe. Otto tänzelte unterdessen wild um René herum und freute sich gerade ein »Loch ins Fell«.

Nach dieser herzlichen und stürmischen Begrüßung gingen wir ins Haus. Schon am Eingang roch es herrlich und vertraut – nach Kaffee und frischen Croissants. Ich liebte diese Frau, denn sie wusste, wie sie mich glücklich machte.

Ich hatte gerade mein erstes Croissant gegessen, da bekamen René und ich auch gleich eine Standpauke gehalten. Warum wir nicht besser aufgepasst und uns nicht wie verabredet zurückgehalten hätten? René und ich schwiegen. Das war das Beste, das wir jetzt tun konnten. Einmal in Fahrt, und Ines war nicht mehr zu bremsen.

Zum Glück beruhigte sie sich aber auch wieder genauso schnell. Insgeheim fand ich es toll, dass sie sich um mich so sorgte. Es war ein unbeschreibliches Gefühl, jemanden an seiner Seite zu haben, dem man etwas bedeutete, jemanden, der sich um einen sorgte. Das gleiche Gefühl hatte ich auch bei meiner Oma, bei Inge und Horst empfunden – bei Menschen, die ich sehr liebte.

René und ich genossen unseren herrlichen, aromatischen und frischen Kaffee mit den köstlichen Croissants dazu. Eifrig und zustimmend nickten wir unterdessen Ines zu.

Nach einem schmackhaften Abendessen mit einem vorzüglichen Wein ging ich abgekämpft und müde ins Bett. Ines räumte noch etwas in der Küche auf.

Ich lag nackt und entspannt auf der Bettdecke, als plötzlich »Be happy« von Pharrell Williams aus den Lautsprechern drang. Die Tür öffnete sich langsam und Ines stand im Türrahmen. Sie trug nichts weiter als weiße Strapse, rote High Heels und ein weißes Schwesternhäubchen im Haar. Ich war sofort hellwach und erregt von diesem hoch erotischen Anblick.

Passend zur Musik machte Ines ein paar erotische Bewegungen auf mich zu und hauchte mit ihrem unglaublichen französischen Akzent: »Jetzt werden wir den Patienten erst einmal richtig untersuchen – ob auch wirklich alles heil geblieben ist!« Sie beugte sich über mich, und ihre prallen, wunderschönen festen Brüste berührten zuerst meine Beine. Ihre steifen Brustwaren drückten sich dabei leicht in meine Haut hinein – dann kam Ines langsam höher …

Am Morgen wachte ich völlig erschlafft, wie nach einem Marathonlauf, auf. Das Erste, was ich spürte, war etwas Feuchtes an meiner Hand. Unter erheblichen Anstrengungen zog ich meine immer noch tonnenschweren Augenbrauen hoch und blickte in die großen Augen von Otto. Der saß gut gelaunt und schmatzend vor dem Bett und lutschte fröhlich sabbernd an meiner Hand herum. Ich werde mich nie wieder über die Aufweckversuche von Mr Spock beschweren …

So angesabbert schleppte ich mich aus dem Bett und war froh über die erfrischende und aufbauende Dusche. Was für eine Nacht – was für eine Frau! Ich war förmlich von Ines verschlungen worden – so intensiv hatten wir uns in der letzten Nacht geliebt.

Eigentlich wusste ich es ja schon seit unserer ersten Begegnung vor nun mittlerweile acht Jahren in Düsseldorf: Ines war die Frau meines Lebens. Viel zu lange hatte es jedoch gedauert, bis wir beide endlich zueinandergefunden hatten.

Dank eines wasserfesten Verbandes konnte ich duschen und fühlte mich, abgesehen von den immer noch leicht brennenden Schmerzen an meiner linken Seite, danach fast wie neu geboren.

Ich telefonierte äußerst gut gelaunt mit Frau Lieder. Alles war trotz meiner Abwesenheit gut gelaufen. Das Team war super – langjährig eingespielt und erfahren. Nur Frau Werner benötigte dringend einige Unterschriften für Personaleinstellungen. Eine Änderung, mit der ich Werner verärgert hatte. Unter Horsts Leitung hatte sie alle Vollmachten, auch die über Neueinstellungen.

Dies hatte ich mir jedoch nun vorbehalten; schließlich wollte ich sichergehen, dass sich keine weiteren »Maulwürfe« in die Winter AG einnisten konnten. Die Jagd nach dem noch vorhandenen Maulwurf war schon aufwendig genug, und es sollten schließlich nicht noch mehr werden. Alle Neueinstellungen und internen Bewerbungen für das »Greenbox-Projekt« wurden gründlich durch den BND durchleuchtet – was Werner ja nicht wusste.

Leider fehlte mir die Zeit, einen neuen Hubschrauber zu suchen, und umso überraschter war ich, dass Heise hier für mich aktiv gewesen war. Er hatte den kompletten Unfall mit der Versicherung und der Luftaufsicht geklärt und war so gleich mit den richtigen Leuten in Kontakt gekommen. Heise schickte mir per E-Mail ein Datenblatt und einige Fotos über eine blau lackierte BK 117 zu, die in Belgien zum Verkauf stand. Eine super Maschine mit einer klasse Ausstattung. Und das Beste: Der Preis stimmte auch noch – ich gab Heise sofort die Freigabe zum Kauf. Zwar erhielt ich keine neue BO 105 mehr, dafür aber eine noch modernere BK 117. Wieder mit zwei Turbinen und je 500 PS.

Wie sollte ich das nur wieder Ines beibringen? Ich beschloss, damit noch ein wenig zu warten …

René und ich hatten uns eine Auszeit gegönnt und ließen uns nun wie Paschas richtig von Bianca und Ines verwöhnen.

Die beiden Frauen verstanden sich untereinander sehr gut,

schließlich teilten sich beide ein Erlebnis, das sie für immer verband. Gemeinsam hatten sie ihre Gefangenschaft in Alexandria unbeschadet überstanden. Eine extreme Erfahrung, die verbindet!

René und ich lagen im Schatten der Bäume und Otto hatte es sich derweil unter Renés Liegestuhl bequem gemacht. Sichtlich genoss er das gemeinsame Abhängen an diesem herrlichen Sommertag. Ob sich Otto und Mr Spock wohl verstehen würden? Ich bezweifelte dies und stellte fest, wie sehr ich den kleinen alten Kerl doch vermisste.

Zur Ablenkung las ich einen Roman von Jonas Jonasson, »Die Analphabetin, die rechnen konnte«, ein Buch, das ich schon seit Monaten einmal lesen wollte – jetzt nahm ich mir die Zeit dafür. Auf Seite einhundertsiebenundvierzig angekommen, wurden meine Augen jedoch trotz der gut erzählten Geschichte müde. Ich schlief völlig entspannt im Liegestuhl ein.

DER ZWEITE MAULWURF

Was Steffen Freitag nicht wusste: Er stand schon seit Wochen unter der Beobachtung von Fern. Nachdem sich die Ereignisse überschlagen hatten und Malte Steinberg bei dem vermeintlichen Autounfall umgekommen war, konzentrierten sich die Ermittlungen nun stärker auf Müller und Freitag.

Als feststand, dass sowohl die ABS-Sensoren am Wagen von Steinberg manipuliert als auch der Hubschrauber bewusst zum Absturz gebracht worden war, war nun mehr als klar, dass es in der Winter AG einen zweiten Maulwurf geben musste. Nur: Dieser Maulwurf wurde nicht von Bremer geführt, dieser Maulwurf musste einen anderen Chef haben.

An dem Abend, als Steinberg umgekommen war, war Müller an seinem Arbeitsplatz gewesen. Auch erschien er am nächsten Tag wieder pünktlich zur Arbeit. Nur Freitag nicht, er war spurlos verschwunden. Er hatte sich noch am gleichen Abend, als die BND-Beamten Steinberg verfolgten, aus dem Staub gemacht. Seine Wohnung war verlassen, und bis auf einige wenige Utensilien, die von seiner masochistischen Neigung zeugten, fanden die Beamten bei der Wohnungsdurchsuchung nichts wirklich Verdächtiges.

Steffen Freitag war Lee Wu's Augen und Ohren in der Winter AG. Er war ihr willenloses Werkzeug. Freitag war sehr intelligent, körperlich trainiert, technisch äußerst versiert, und er führte schon seit Jahren ein gefährliches Doppelleben.

Seine größte Leidenschaft war es jedoch, seine masochistische Ader auszuleben, eine Veranlagung, die es Lee leicht gemacht hatte, ihn für ihre Verbrechen einzuspannen – ein weiteres willenloses Werkzeug in ihren kalten Händen. Wie Andrea Wiese auch, sehnte er sich nach Unterwerfung, nach Schmerzen und Demütigungen, nach einer Herrin, die ihm zeigte, wie seine Fantasien

Wirklichkeit werden konnten. Er war jedoch wesentlich intelligenter als Andrea Wiese und Lee so um ein Vielfaches nützlicher.

MALAIKA

Was sich zwischenzeitlich ereignet hatte, erfuhr ich erst eine Woche später. Nach dem erfolgreichen Einsatz in Simbabwe hatten sich alle einen wohlverdienten Urlaub gegönnt. Nur Philippe war gleich zurück nach Simbabwe gereist, um Malaika zu suchen. Diese Frau hatte es ihm richtig angetan und ließ ihn einfach nicht mehr los. Er reiste über Namibia und Botswana nach Harare und begab sich dort auf die Suche nach ihr.

Recht schnell konnte er am Rande des Mbare Township ihre Hütte ausfindig machen. Doch sie selbst war bereits spurlos verschwunden. Aber Philippe wäre nicht Philippe gewesen, wenn er so leicht und schnell aufgegeben hätte.

Er erfuhr, dass ihr Name »Malaika« auf Swahili, einer Bantusprache in Ostafrika, »Engel« oder auch »Guter Geist« bedeutete. Das war sie auch für Philippe, ein guter Engel, der ihm erschienen war und den er jetzt unbedingt wiederfinden musste.

So fing er an, weitere Nachforschungen anzustellen, und merkte recht schnell, dass Malaika nicht verschwunden, sondern untergetaucht war. Sie wurde von der Polizei und auch vom Militär gesucht. Vor Wochen war ihr Mann ermordet worden, da er sich öffentlich, gegen das regierende Regime gestellt hatte. Öffentlich hatte er die im Land herrschenden Missstände angeprangert. Bei den in diesem Land herrschenden Zuständen war das sein Todesurteil.

Mit Kritikern und Andersdenkenden wurde hier hart und nicht gerade zimperlich umgegangen. Es herrschten Angst und Schrecken im ganzen Land. Sich öffentlich gegen dieses Regime zu stellen, war zwar mutig, führte aber zur sofortigen Verfolgung, Verhaftung und nicht selten zum Tod. Dabei wurde oft gleich die ganze Familie mit bestraft.

Malaikas Mann, so fand Philippe heraus, war schwer misshandelt und eines Nachts wie ein Stück Vieh als Warnung für andere vor ihre Hütte geworfen worden. Noch in der gleichen Nacht starb er in ihren Armen und vor den Augen seiner kleinen achtjährigen Tochter.

Eigentlich war es Philippe untersagt, auf eigene Faust in ein Land zu reisen, in dem sie zuvor eine Operation durchgeführt hatten. Zu groß war das Risiko der Entdeckung und Verhaftung. Sollte er hier auffallen oder verhaftet werden, so konnte er auf keine offizielle Unterstützung hoffen. Er nutzte dennoch seinen Urlaub und machte sich auf die äußerst riskante und schwierige Suche nach Malaika. Er riskierte einiges, und das alles für eine Frau, mit der er, wenn es hochkam, gerade einmal drei Wörter gewechselt hatte.

Philippe hatte es richtig erwischt. Er war dieser Frau regelrecht verfallen. Selbst nachdem er erfahren hatte, dass Malaika verheiratet war, eine Tochter hatte und auf der Flucht war, gab er nicht auf.

Geschickt befragte er die Menschen, und so erfuhr er schnell, dass Malaika, wie viele andere auch, von Simbabwe nach Südafrika geflohen war. Eine gefährliche Flucht für eine hübsche Frau mit einem kleinen Kind dabei. Eine Flucht durch die Wildnis Afrikas und ein Land, in dem marodierende und mordende Banden umherzogen. Ganz zu schweigen von den zahlreichen korrupten Polizisten und Militärs. Ein Menschenleben war hier nicht viel wert. Menschen verschwanden spurlos. Auf dieser Route wurden die Flüchtlinge als »Löwenfutter« bezeichnet.

Ohne groß aufzufallen, war Philippe, als Reporter getarnt, Malaikas Spur gefolgt. Sein Glück war es, dass man sich an eine so hübsche Frau erinnerte und er so recht schnell auf der richtigen Spur war. Ihr gutes Aussehen war jedoch auch eine besonders große Gefahr für Malaika. Schnell verschwanden Frauen und Kinder in solch einsamen Gegenden spurlos.

Wer sollte sie auch suchen? Sie verschwanden einfach. In diesem Land gab es keine unabhängigen Medien, wie wir sie von unseren doch mehr oder weniger demokratisch geführten Ländern in Europa kannten. Hier wurde über die staatlichen Medien nur das verbreitet, was sich positiv für das Land und damit seine korrupten Machthaber verkaufen ließ – nichts als Lügen.

Von diesem Land gab es in Wahrheit nichts Positives mehr zu berichten. Es gab nur noch eine geschundene, ausgebeutete und unterdrückte arme Bevölkerung. Eine Bevölkerung, die so geschwächt war, dass sie nicht einmal mehr die Kraft besaß, sich gegen diese Ungerechtigkeit aufzulehnen.

Die wenigen Weißen, die noch im Land waren, lebten in der ständigen Angst der Enteignung oder, schlimmer, ihrer Ermordung. Eine umgesetzte Landreform, bei der die meisten weißen Farmer enteignet worden waren, war voll nach hinten losgegangen. Viel zu wenig wurde nun noch im eigenen Land erwirtschaftet. Eine hungernde Bevölkerung war die Folge.

Philippe folgte einer Spur des Elends und Leidens. Er kam durch Dörfer, in denen die Menschen so gut wie nichts mehr zu essen hatten. Selbst für das Jagen des Wildes besaßen sie keine Kraft mehr. Geschwächt von Krankheit und Hunger warteten sie auf die Erlösung. Die wenigen Jungen und Kräftigen hatten sich schon längst auf den gefährlichen und ungewissen Weg nach Südafrika gemacht. Aber auch die Südafrikaner hatten kein großes Interesse daran, noch mehr Arme im Land aufzunehmen. Ihre Townships waren ja bereits mit den eigenen Leuten überfüllt.

So war auch die Grenze nach Südafrika unsicher, und selbst wenn die Flüchtlinge die mittlerweile schwer bewachte Grenze überschritten hatten, waren sie noch lange nicht in Sicherheit. Eine ungewisse Zukunft in den Townships war ihr Ziel. Ein Ziel, das aus ihrer Sicht vielversprechender war als das Verhungern in Simbabwe.

Philippe erreichte Malaikas Spur folgend die größte Township Südafrikas in Pretoria. Getarnt als Journalist und mithilfe der Hilfsorganisation »Ärzte ohne Grenzen« konnte er sich dort relativ unauffällig bewegen und seine Nachforschungen anstellen.

Er befragte die Menschen äußerst geschickt und erfuhr so immer mehr über die internen Strukturen und das Leben in der Township. Erstaunlich, wie gut durchorganisiert das Ganze war!

Hier gab es gleich vier gut organisierte Banden. Diese vier hatten die Township unter sich nach den vier Himmelsrichtungen aufgeteilt.

Die Polizei traute sich in diese eigene Welt schon lange nicht mehr hinein. Warum auch, ihnen war das Leben dieser Menschen sowieso egal. Nur wenn ein ausländisches Fernsehteam auftauchte, zeigten sie hier noch ihre Präsenz.

An diesem Ort gab es einfach alles, Ausbeutung, Glücksspiel, Drogen und noch Grausameres als Sklaverei: Kinderhandel und deren Missbrauch.

Das Einzige, was es hier jedoch nicht gab, war eine Perspektive auf eine glückliche Zukunft. Eine Perspektive auf eine ehrliche Arbeit, um seine Familie zu ernähren. Das, was hier reichlich gezeugt wurde, gewollt und ungewollt, waren Kinder. Kinder ohne Hoffnung auf eine bessere Zukunft.

Die Banden hatten rasch diesen lukrativen Markt des Kinderhandels erkannt und sich sofort international vernetzt. Dies war ihre Eintrittskarte in die Welt der großen Syndikate und ihrer Verbrechen. Niemand interessierte sich hier wirklich für das Schicksal dieser verschwundenen Kinder. Diese Kinder hatten keinen Pass, nur einen Namen, und die meisten kannten nicht einmal ihren Vater.

Nach nur drei Tagen Recherche hatte Philippe den entscheidenden Tipp erhalten: Malaika würde gemeinsam mit ihrer Tochter in einem Haus der südlichen Bande festgehalten. Ausgerechnet bei der brutalsten und am besten organisierten Bande! Gut organisiert nach dem Maßstab einer Organisation in solch einem Land.

Jeder normale Mensch wäre spätestens jetzt wieder nach Hause geflogen. Sein Leben für eine Frau riskieren mit der »man« – also Philippe – nicht einmal drei Wörter gewechselt hatte.

Aber Philippe war nicht normal, er war gut ausgebildet und hatte in seinem Leben schon so manche riskante und scheinbar ausweglose Situation gemeistert.

Da es für Geld in diesem Land alles zu kaufen gab, hatte er rasch die notwendigen Ausrüstungsgegenstände zusammen. So hatte er reichlich Sprengstoff, eine Pistole und ausreichend Munition schnell organisiert. Für seine Flucht buchte er sich einen Hubschrauber. Sein Plan stand fest.

In der Nacht drang er unbehelligt in die südliche Township ein, und um für die nötige Ablenkung bei seiner Flucht zu sorgen, legte er an verschiedenen Stellen, dort wo die Wirkung am größten war, seine Sprengstoffpäckchen ab. Alle waren mit einem Fernzünder versehen. Das dickste Päckchen mit der größten Sprengkraft brachte er an dem Versammlungshaus dieser Bande an.

Was Philippe jedoch zu diesem Zeitpunkt nicht wusste, war, dass sich ausgerechnet unter diesem Gebäude die Tanks für den gestohlenen Treibstoff befanden. Treibstoffhandel war in dieser Township ein weiteres lukratives Geschäft.

Philippe zündete sein erstes Paket, und das sorgte gleich für die nötige Ablenkung, um unbemerkt ins Hauptgebäude der Bande eindringen zu können. Philippe gelangte über eine unverschlossene Hintertür lautlos und unentdeckt in das Versammlungsgebäude der Bande. Warum auch abschließen – wer würde schon so verrückt sein und hier einbrechen!

Das Gebäude stand etwas abseits der restlichen Hütten, war im Gegensatz zu diesen aus Stein gemauert und hatte zwei Stockwerke. Das erste Sprengstoffpäckchen hatte Philippe so platziert, dass es für die größtmögliche Panik und Verwirrung in diesem Viertel sorgte. Das halbe Viertel war bereits in heller Aufregung und mit dem Löschen des ausgebrochenen Brandes beschäftigt.

Philippe achtete darauf, dass es möglichst nur die Bandenmitglieder traf. Die übrigen Bewohner sollten verschont bleiben.

Als Philippe in das Haus eindrang, gelangte er zuerst in einen Raum, in dem mehre Tote übereinander lagen. Beim genaueren Betrachten und im Schein seiner Taschenlampe sah er, dass es ausschließlich jüngere Frauen waren. Sie waren übel zugerichtet und den meisten fehlten sogar einige Gliedmaße. Fliegen summten umher und der Geruch von fauligem Fleisch durchzog bereits den Raum. Des Teufels Küche könnte nicht schlimmer aussehen …

Jemand ohne die Erfahrung von Philippe wäre schreiend aus diesem Raum herausgerannt, und selbst er musste bei diesem Gestank und Anblick schlucken. Er leuchtete mit seiner Taschenlampe in jedes einzelne Gesicht der toten Frauen – Malaika war nicht unter ihnen. Trotz des grausamen Anblicks war er erleichtert.

Er schwor sich, mit diesen miesen, perversen Typen keine Gnade zu haben.

Im Drogenrausch rasteten diese Irren bei ihren Sexorgien aus und schlugen dabei wie von Sinnen wild mit ihren Macheten um sich. Sie hatten keine Moral, sie kannten kein Mitleid. Sie nahmen für sich das Recht des Stärkeren in Anspruch.

Er betrat vorsichtig den nächsten, größeren Raum.

Hier lagen auf einer verdreckten auf dem Boden liegenden Matratze zwei noch von Drogen völlig zugedröhnte Typen. Von diesem Raum aus gelangte er unentdeckt über eine schmale Steintreppe in die erste Etage des Gebäudes.

Im ersten Raum, den er betrat, fand er drei junge dunkelhäutige und verängstigte Mädchen. Sie saßen zusammengekauert und nackt auf einem verschmutzten Bett. Sie blickten verängstigt zu ihm, als er durch die Tür trat. Er legte seinen linken Zeigefinger vor den Mund und deutete den Mädchen an, sich ruhig zu verhalten. In der rechten Hand hielt er seine schussbereite Pistole.

Dann sagte er leise, aber deutlich: »Zieht euch rasch an!« Die Mädchen verstanden, verhielten sich ruhig und begannen, sich anzukleiden.

Im nächsten Raum fand er eine ebenfalls dunkelhäutige Frau, die nackt und waagerecht, an Armen und Beinen befestigt, aufgehängt war. Ihm bot sich ein weiteres grausames Bild, das aus einer Folterkammer des Mittelalters stammen könnte. Das Gesicht der Frau blickte auf den Boden und war von ihren langen schwarzen Haaren völlig verdeckt. Sie blutete aus mehreren über ihren Rücken und Oberschenkel verteilten Schnittwunden. In ihrem Unterleib steckte noch ein dicker Holzstab – ein Holzstab, der wie ein Baseballschläger aussah. Über diesen Stock lief ihr Blut bis ans Ende und tropfte dann auf den dreckigen Boden unter ihr ab.

Philippe bückte sich und strich der Frau die Haare aus dem Gesicht. Er wich für einen kurzen Moment vor Entsetzen zurück. Er musste schlucken und brachte kein Wort heraus. Es war Malaika! Mit schmerzverzerrtem Gesichtsausdruck blickten ihre tränendurchtränkten Augen ihn müde an.

Er musste erneut schlucken und sein Rachen schmerzte ihm vor Trockenheit. Obwohl er schon viel gesehen und erlebt hatte, zog sich sein Magen bei diesem Anblick heftig zusammen.

Unglaublicher Zorn und Wut stiegen in ihm auf – aber Malaika lebte! Philippe hatte seine Rettungsaktionen unbewusst im richtigen Moment gestartet und so Malaikas Peiniger durch die Explosion weggelockt.

Diese Folterknechte hatten sie einfach sich selbst überlassen und waren ihrer Neugier folgend aus dem Gebäude gerannt, um zu sehen, was draußen vor sich ging.

Vorsichtig, um Malaika möglichst keine weiteren Schmerzen zuzufügen, zog Philippe nun behutsam und äußerst langsam den Holzstab aus ihrem Unterleib heraus. Aufgewühlt und angespannt zwang er sich dabei zu äußerster Ruhe. Für niemanden sichtbar, rannen Philippe erstmalig in seinem Leben Tränen über die Wangen. Malaika stöhnte vor Schmerzen leise auf. Sie war viel zu kraftlos, um ihren Schmerz noch herausschreien zu können.

Philippe war mehr als sauer. Er war in seinem ganzen Leben noch nie so zornig und wütend gewesen. Sein Wiedersehen mit Malaika hatte er sich anders vorgestellt, sich andere Umstände gewünscht. Behutsam und schon liebevoll löste er nun ihre Fußfesseln und stellte ihre Füße ganz langsam auf dem Boden ab. Rasch durchtrennte er mit seinem scharfen Messer die Seile der Handfesseln. Malaika stützend, setzte er sie vorsichtig auf das klapprige Metallbett im Raum ab. In einem Schrank fand er Kleidung und reichte ihr eine Wasserflasche.

Ihre Hände und ihr ganzer Körper zitterten noch, als sie die Wasserflasche zum Mund führen wollte. Philippe sah es und half ihr. Nachdem sie die halbe Flasche des belebenden Wassers geleert hatte, sagte sie, mit einem traurigen und fragenden Blick: »Mary?«, und meinte damit ihre Tochter. Verängstigt schaute sie ihn dabei an, so als ob sie Angst vor der Antwort hätte. Ruhig und mit leiser Stimme antwortete er: »Nicht hier.« Verzweiflung lag in ihrem Blick.

»Wir werden sie finden!«, sagte er mit zuversichtlicher Stimme, um ihr Mut zu machen. Sie war viel zu schwach, um sich noch selbstständig auf den Beinen halten zu können. Nachdem er noch einen kleineren Sprengsatz an einer offenen Verteilerdose platziert und die drei Mädchen aus dem Haus geschickt hatte, hob er nun Malaika behutsam auf und trug sie vorsichtig die Treppe hinunter.

Ohne auf weitere Mitglieder der Bande zu treffen, ging er mit ihr rasch zu dem in sicherer Entfernung und am Rande der Township wartenden Helikopter. Als sie dort ankamen, zündete er die letzten Sprengsätze.

Am Horizont wurde es noch heller. Die große Explosion ließ die Nacht fast taghell erscheinen. Ein Feuerstrahl schoss in den Nachthimmel hinauf, als der Benzinvorrat unter dem Haus explodierte. Alle Bewohner der südlichen Township waren immer noch in heller Aufregung und mit dem Löschen der brennenden Häuser beschäftigt, als der Helikopter abhob. Hier gab es keine Feuerwehr, hier gab es nicht einmal genügend Wasser zum Löschen.

Philippe änderte seinen ursprünglichen Plan; zu schlecht ging es Malaika. Mit dem Hubschrauber flogen sie zu einer Privatklinik, einer Klinik, die keine Fragen stellte, wenn die Kasse stimmte. Der Pilot stellte eh keine Fragen, Philippes Bezahlung war gut. Verschwiegenheit war hier inklusive.

Malaika wurde unverzüglich medizinisch versorgt und eine aufwendige, aber zum Glück nicht lebensbedrohliche Unterleibsoperation war erforderlich. Auch einige ihrer Schnittwunden am Körper mussten aufgrund ihrer Tiefe genäht werden. Aus ihrer Scheide heraus hatte sie zwar stark geblutet, aber man hatte ihr bei dieser menschenverachtenden Folter zum Glück keine ernsthaften Verletzungen zugefügt.

Sie war noch in Narkose, als Philippe neben ihr am Bett saß und ihr liebevoll über die Haare strich. Philippe ging bedrückt, aber auch erleichtert aus dem Zimmer. Er hatte sie zwar nur kurz in Simbabwe kennengelernt, sie aber als starke Frau erlebt. Wie schnell sich doch ein Leben innerhalb so kurzer Zeit verändern kann …

Ihre Wunden würden heilen, das wusste er. Auch dass sie das grausame Erlebnis nach einer gewissen Zeit verarbeiten würde, wusste Philippe. Aber er wusste auch, dass wenn sie Mary nicht rechtzeitig fänden, Malaika daran zerbrechen würde.

Nach zwei weiteren Tagen sah sie schon wesentlich erholter aus. Philippe hatte sich zwischenzeitlich auf die Suche nach Mary gemacht. Wieder einmal war sein Talent von großem Nutzen. Philippe konnte die Leute so geschickt befragen, dass sie ihm unbewusst nahezu alles anvertrauten.

Seine Aktion hatte für einen ganz schönen Wirbel gesorgt. Die Bande in der südlichen Township war nicht auf der Suche nach einer Person, sie suchten mehrere und hatten dabei viel mehr die anderen Banden in der Township in Verdacht. Zwischen den Banden wurde der Kampf nun noch erbitterter, noch härter. Einem Einzigen hätten sie nie diese tollkühne Tat zugetraut.

Das Misstrauen unter den verfeindeten Banden war nun noch weiter gestiegen, jeder misstraute nun jedem. Die Bilanz der Aktion waren acht tote Bandenmitglieder und ein paar leicht verletzte Bewohner, die sich bei den schwierigen Löscharbeiten verletzt hatten.

Die drei gesprengten Gebäude waren völlig zerstört worden. Da von dem Haus, in dem Malaika gefangen gehalten worden war, nicht viel übrig geblieben war, ging man davon aus, dass sie im Haus verbrannt war. Genau so wie die Mädchen, die Philippe aus dem Haus geschickt hatte. Diese drei waren nicht so dumm, dass sie in der Gegend geblieben wären. Rasch machten sie sich mit dem Geld, das Philippe ihnen noch gegeben hatte, zurück auf den Weg in ihre Dörfer. Selbst der ständige Hunger war besser als das, was sie hier erlebt hatten.

Über die verschiedenen Hilfsorganisationen erfuhr Philippe

später mehr über den florierenden Kinderhandel in den Townships. Gern ließen sich die perversen Reichen und Mächtigen ihre »Spielzeuge« einfliegen, und diese Kinder sah niemand je wieder.

Getrieben vom Zorn und Ekel fand Philippe einiges über die Vertriebswege heraus. So bekam er auch den Tipp, dass Mary höchstwahrscheinlich in einer kleinen Gruppe von circa vier Mädchen im Alter zwischen sechs und zehn Jahren in einem Privatjet in den Jemen geflogen worden war. Der Jemen war eine Hochburg für Entführungen und der Umschlagplatz der »Spielzeuge« nach Europa.

Als Philippe Malaika dies erzählte und obwohl Marys Schicksal noch vollkommen ungewiss war, legte sie seine Hand dankbar in die ihren. Die Hoffnung, Mary wiederzufinden, gab ihr neuen Lebensmut.

Diese Verbrecher mit ihren vermeintlichen weißen Westen wussten es zwar noch nicht, aber sie hatten nun einen unerbittlichen Feind mehr. Hatte Philippe einmal eine Spur, war er wie ein Bluthund, und es gab für ihn nur eins – seine Beute aufzustöbern und zu stellen, oder selbst dabei zu sterben.

Bisher hatte diese Organisation nur im Hintergrund agiert. Sie wurde für ihre Taten nie zur Verantwortung gezogen. Dies hatte sich nun geändert. Nun gab es eine weltweit gut vernetzte Antiterroreinheit, die es sich zur Aufgabe gemacht hatte, genau diese Drahtzieher zur Strecke zu bringen.

Ich persönlich war auf jeden Fall wesentlich beruhigter, da ich wusste, dass es Menschen wie Claude, Mike, Logan, Philippe, Niklas und Jack gab, die – von den von Oppenheims und Duponts dieser Welt geführt – diese Verbrecher jagten.

Es gab nun auch für die Jäger keine Ländergrenzen mehr, hinter denen sich die Bin Ladens dieser Welt verstecken konnten.

Auch wenn die sogenannten und selbst ernannten Glaubenskrieger überzeugt waren, dass sie auf dem richtigen Weg waren, so zeigten ihre Taten doch ihr wahres Gesicht.

In Wirklichkeit waren es nur Verbrecher und Terroristen, die Macht über andere Menschen ausüben wollten.

Die Großen mit dem wahren Glauben – wie Mahatma Gandhi, Nelson Mandela, Mutter Theresa und auch die vielen weniger bekannten, die ihr eigenes Leben zurückstellten und so den Armen und Hilfsbedürftigen eine Stimme gaben – waren doch die Menschen, die unsere Welt wirklich veränderten und menschlicher machten. Sie bewegten die Menschen und erreichten ihre Herzen.

Solange jedoch noch unschuldige Kinder durch die Terrorgruppe Boko Haram entführt und misshandelt wurden, solange es Verbrecher und Gruppierungen gab, die Unschuldige brutal benutzten, um ihre Ziele durchzusetzen, und dabei auch vor Mord und Terror nicht zurückschreckten, war es gut zu wissen, dass da Menschen wie Claude und seine Kameraden waren – Männer, die die wahren Werte notfalls auch mit ihrem eigenen Leben verteidigten. Solange es sie gab, war ich jedenfalls wesentlich beruhigter.

AUF EINER LUXUSJACHT IM GOLF VON ADEN

Er schlug wieder und wieder zu. Das klägliche Wimmern des kleinen zierlichen Jungen wurde immer schwächer – er war kaum noch bei Bewusstsein. Die Kabine im Inneren der Jacht war zwar hell erleuchtet, doch die Atmosphäre war düster und beklemmend. Die Ausstattung des Raumes entsprach eher der einer Folterkammer als der einer Jachtkabine.

Durch die Helle des Raumes konnte er das schmerzverzerrte Gesicht des gepeinigten Jungen genauestens beobachten und saugte diesen Anblick mit weit geöffneten Augen förmlich in sich auf. Es war fast so, als ob er sich von dem Schmerz des Jungen nährte. Er genoss ihn wie ein Drogensüchtiger, der sich seinen Schuss setzte. Wie ein Alkoholiker, der seinen Schnaps hinunterkippte.

Seine Lebensdevise war: »Wer Macht besitzt, sollte seine Macht auch ausleben« – und er hatte Macht, viel Macht, und noch viel mehr Geld.

Je mehr der Junge unter seiner Folter litt und je kläglicher er jammerte, desto geiler und erregter wurde er, desto größer und dunkler verfärbten sich seine großen Pupillen. Außenstehende würden ihn als Perversen, gar als Sadisten bezeichnen, doch er sah sich anders – allmächtig, gottgleich.

In Wahrheit war er jedoch ein Teufel – einer von mehreren Teufeln, die sich regelmäßig in diesem Teil des Vorderen Orients trafen. Er liebte es, seine Macht auszuleben. Spürte dabei Gefühle, die ihn vollkommen erregten – ja förmlich in den Zustand höchster Ekstase katapultierten. Gefühle, die er nur so empfinden konnte.

Mit seinem nackten fülligen Körper verdeckte er nahezu den schmächtigen und vor sich hinwinselnden Jungen auf dem großen und mit einer weißen Latexdecke bespannten Bett. Die Decke und der dicke Körper des Mannes waren blutverschmiert. Mit seinem gierigen, schon irren Blick spielte der Mann mit dem Jungen wie mit einer Puppe.

Er quälte ihn und genoss dabei die Macht, die er über ihn hatte. Er konnte hier über Leben und Tod entscheiden. Nicht nur hier, auf dem Schiff, war er Präsident, Richter, Henker – ja Gott gleich. Niemand würde es auch nur wagen, ihn in seiner wilden Geilheit zu stoppen. Ihn in seine Schranken zu weisen – niemand.

Reglos, schon mehr tot als lebendig, lag der schwarze Junge blutend auf dem Bett.

Ein sehr junges hellhäutiges Mädchen mit leichtem Brustansatz stand die ganze Zeit vollkommen nackt am Rande des Bettes und musste dem Leiden des Jungen zusehen. Völlig verstört und zu Tode verängstigt blickte sie, starr vor Angst, auf den fetten Mann und den fast zu Tode geprügelten schwarzen Jungen. Sie stand mit ihren kleinen Füßen in einer Pfütze ihres eigenen Urins.

Sichtlich erregt über den verängstigten Blick des Mädchens zog der fette Mann sie nun mit ins Bett hinein und ließ nicht von ihr ab, bis er förmlich in seiner Lust explodierte …

SUCHE NACH PHILIPPE

Nachdem Bianca sich erholt hatte und unsere Schusswunden verheilt waren, flogen Ines und ich wieder zurück nach Wuppertal. Zu lange hatte ich die Winter AG vernachlässigt, zu lange meinen alten Kater nicht gesehen. Es gab noch einiges, was ich unbedingt regeln musste.

Ich saß gerade im Garten, als Mr Spock, wie ein »junger Blitz« über den Rasen schoss – er war auf der Jagd nach einem dicken weißen Schmetterling, der über den Rasen flatterte.

Wie ein junger Grashüpfer sprang Mr Spock hoch und versuchte den wild flatternden Falter mit seinen vorderen Pfoten zu schnappen. Doch der Schmetterling hatte Glück und konnte sich im letzten Moment über die Zypressenhecke retten.

Mr Spock konnte jedoch nicht mehr rechtzeitig stoppen, landete in der Hecke und wurde sofort von dem Grün der Zypressen verschlungen. Ines und ich mussten herzlich lachen, es sah einfach zu albern aus, wie der Kater in der Hecke verschwand. Als ich mir gerade einen weiteren Kaffee aus der Küche holen wollte, klingelte mein Handy und riss mich aus meinen Gedanken.

Ich nahm das Handy und hatte einen ernsten Claude in der Leitung. Seine Stimme war ungewöhnlich angespannt und er sprach wesentlich ernster als sonst: »Philippe ist verschwunden!«

Als er es aussprach, bemerkte ich, wie ich eine Gänsehaut bekam. Von einem Moment auf den anderen änderte sich die Situation – änderte sich die Welt. Philippe war immer der Besonnenste in Claudes Truppe. Er war derjenige, der immer zuerst mit Worten überzeugte, bevor er die Waffe zog.

Philippe sei, obwohl es für ihn verboten war, in seinem Urlaub zurück nach Simbabwe gereist. Offiziell konnte Claude nichts unternehmen. Er hatte bereits einen neuen Einsatzbefehl erhalten, und der duldete keinen Aufschub. Dieses Mal brauchte Claude meine Hilfe.

Ich sagte sofort zu und war insgeheim froh darüber, endlich einmal eine Gelegenheit zu erhalten, Claude zu helfen. Ohne ihn und seine schlagkräftige Truppe hätten Ines, Bianca, René und auch ich selbst die letzten Monate mit Sicherheit nicht überlebt.

Ich versprach Claude, mich darum zu kümmern, und wir beendeten das Gespräch. Jetzt kam der schwierigere Teil – jetzt musste ich es noch Ines beibringen.

Frau Lieder war wie ausgewechselt zu mir. Nach Horsts Tod war sie geknickt und geschockt gewesen und wollte eigentlich kündigen, als sie für Bremer arbeiten musste. Als ich ihr jedoch mitteilte, dass ich das Unternehmen gekauft hatte, war sie wie ausgewechselt und blieb – zum Glück für mich.

Seitdem hatten wir beide ein super Arbeitsklima. Sie war mein wichtigster Kontakt ins Unternehmen. Sie hielt mich auf dem Laufendem und nahm mir die meisten Aufgaben ab. Während meiner Abwesenheit steuerte ich über sie meine Aktivitäten. Frau Lieder, meine »Miss Moneypenny«, war mit allen Abläufen im Unternehmen bestens vertraut. Nicht umsonst war sie die engste und vertrauensvollste Mitarbeiterin von Horst gewesen.

Am zweiten Tag telefonierte ich mit Fern. Sie war immer noch mit der Suche nach dem zweiten Maulwurf, Steffen Freitag, beschäftigt. Von Oppenheim war noch bei Dupont in Frankreich und die Befragung von Bremer zeigte erste Erfolge. Er gab bereits Aufenthaltsorte einiger Kontaktleute der Organisation preis. Spezialeinheiten waren damit beschäftigt, diese Personen und ihr Umfeld zu beschatten und aus dem Verkehr zu ziehen.

Nachdem mir Fern die neusten Informationen mitgeteilt hatte, beendeten wir das Gespräch. Am nächsten Tag schien die Sonne, und so fuhr ich mit meinem Motorrad zur Winter AG.

Die meisten Mitarbeiter hatten sich bereits daran gewöhnt, dass das Unternehmen nun einen neuen Inhaber hatte. Einen, der auch schon einmal mit dem Motorrad vorfuhr. Ich hielt an der Pforte und ging zu Müller. Ich wünschte ihm, wie sonst auch, einen guten Tag und erkundigte mich nach seinem Befinden. Wie immer lächelte er mich zufrieden an und sagte, dass alles in Ordnung sei.

Ich bat ihn, mir den Zentralschlüssel zu geben, da ich meinen vergessen hätte. Etwas irritiert von meiner Bitte, händigte er ihn mir aus. Ich bedankte mich, fuhr mit dem Motorrad weiter zum Hauptgebäude und parkte die GS auf dem reservierten Parkplatz für den Geschäftsführer – für mich immer noch ein äußerst eigenartiges und schwer beschreibbares Gefühl, nun hier auf Horsts Parkplatz zu parken.

Erst jetzt nahm ich bewusst all die Überwachungskameras wahr, die an allen wichtigen Stellen im Unternehmen angebracht waren. Horst hatte diese Kameras mit Zustimmung des Betriebsrates anbringen lassen, um das Wissen des Unternehmens besser zu schützen. Ich fuhr mit dem Aufzug in den fünften Stock, grüßte Frau Lieder und erhielt von ihr eine Mappe mit gut vorsortierten Dokumenten, die ich unterschreiben musste.

Als ich das Unternehmen nach vier Stunden verließ, stoppte ich kurz an der Pforte und gab Müller den Zentralschlüssel zurück. Er nahm ihn entgegen und legte ihn zurück in den Safe. Müller wünschte mir noch einen schönen Tag und setzte sich dann wieder auf seinen bequemen Bürostuhl. Nie hätte ich es für möglich gehalten, dass ihn sein Profil einmal in den Kreis der Verdächtigen bringen würde.

Ich fuhr ins Zentrum von Wuppertal, nach Elberfeld, und parkte mein Motorrad am Rande der Fußgängerzone. Mein Ziel war ein Schmuckgeschäft, das für seine große Auswahl von Ringen bekannt war. Über dem Geschäft in der Fußgängerzone war ein Glockenspiel angebracht, das zu jeder vollen Stunde erklang. Dies war ein weiteres beliebtes Ziel der Touristen, die in Wuppertal einmal mit der Schwebebahn fahren wollten.

In diesem Schmuckgeschäft suchte ich nach etwas ganz Speziellem für Ines. Etwas, was ich schon längst hätte machen sollen. Ich kaufte für sie einen Ring mit einem sehr schön eingearbeiteten Saphir in der Mitte, der wiederum von einer aufwendig gearbeiteten Fassung ins rechte Licht gerückt wurde. Er würde zu

Ines und ihren wunderschönen, blau funkelnden Augen passen, in die ich mich so verliebt hatte.

Auf der Rückfahrt nach Beyenburg hielt ich noch am Waldfriedhof an – einem Friedhof, auf dem sich jedermann in einer Urne unter Bäumen oder auf einer Wiese beerdigen lassen konnte.

Ich parkte die GS nahe am Eingang und ging zu einem schönen großen Baum am Rande der großen Wiese. Hier war die letzte Ruhestätte von Inge und Horst. Ich bin nicht tief gläubig und mit Sicherheit auch nicht spirituell angehaucht, aber dennoch spürte ich die besondere Atmosphäre, die von diesem Ort ausging. Ich hatte das Gefühl, dass ich den beiden hier am nächsten war. Wie sehr ich sie doch vermisste!

Dass ich wusste, dass beide ermordet worden waren und keinen Selbstmord begangen hatten, machte es für mich nicht unbedingt einfacher. Zwar hatte ich die eigentlichen Täter ja bereits bestraft, aber die Drahtzieher dieser Tat, die Auftraggeber, liefen immer noch frei umher, und ob sie sich je für ihre Taten verantworten mussten, war immer noch äußerst fraglich.

Ich setze mich auf den Rasen vor dem Baum und tat etwas, was ich noch nie in meinem Leben gemacht hatte: Ich sprach zu den Toten. Ich sprach zu Inge und Horst.

Natürlich erhielt ich keine Antwort, aber es fühlte sich gut an, zu ihnen zu sprechen. Ich erzählte ihnen, was passiert war und was ich vorhatte. Ich sprach zu ihnen so, als ob sie mir gegenübersitzen würden und mir, wie früher auch, aufmerksam zuhörten. Einige andere Besucher schauten mich irritiert an, wie ich da mit meiner Motorradkleidung auf der grünen Wiese im Schatten der großen, alten Eiche saß.

Es war ein schöner Septembertag. Ich freute mich schon auf den »Indian Summer« im Bergischen Land. Andere flogen dafür extra nach Kanada, und ich hatte dieses schöne Farbspiel der Bäume direkt vor meiner Haustür. Ein Farbspiel, bei dem sich die Blätter der Bäume in den unterschiedlichsten Rot-, Gelb- sowie Braun und Grüntönen verfärbten. Hier in der Gegend gab es Aussichtspunkte, bei denen ich nicht mehr so einfach unterscheiden konnte, ob ich in Kanada oder im Bergischen Land war.

Einer der größten Vorteile im bergischen Wald ist es jedoch, dass ich hier nicht mit wilden Bären rechnen musste. Bei dem Gedanken musste ich lachen … Wie aufregend war doch unsere Fahrradtour in Kanada gewesen! Auch diese Geschichte erzählte ich Inge und Horst.

Nachdem ich alles berichtet hatte, stand ich mit einem guten Gefühl auf. Ich glaube, sie wären zufrieden mit mir gewesen und hätten sich mit mir gefreut, dass nun auch ich endlich die richtige Frau gefunden hatte. Eine Frau, die auch mich liebte. Mit Sicherheit hätten sich Inge und Ines sehr gut verstanden. So ähnlich waren sich die beiden in vielen Dingen.

Ich fuhr über die Talstraße entlang der Wupper zurück nach Beyenburg. Immer noch strahlten die Wälder rund um Wuppertal in einem satten Grün. Auf dem Radweg, in etwa auf der Höhe von Laaken, waren gleich mehrere Jogger unterwegs. Dies erinnerte mich daran, mir selbst wieder einmal die Laufschuhe anzuziehen, und zwar, bevor ich meine Kondition noch vollständig verlor.

Ines saß im Garten auf der Holzterrasse und genoss die letzten Sonnenstrahlen des Tages. Mr Spock hatte sich bei ihr quer über den Schoß gelegt. Seine langen Beine hingen lässig herunter und sein großer Kopf lag gestützt auf Ines rechten Unterarm. Vor Vergnügen laut brummend ließ er sich seinen Kopf und die viel zu langen Ohren kraulen. Der alte Kater hatte auch seinen Gefallen an Ines gefunden. Ich konnte ihn gut verstehen. Mr Spock, der Champion in der Königsklasse der Entspannung.

Jetzt kam der schwierigste Teil des Tages. Ich erklärte Ines, dass ich Claude versprochen hatte, Philippe in Afrika zu suchen. Ruhig erklärte ich ihr die ganze Situation mit der Bitte, dass sie während meiner Abwesenheit bei Bianca und René in Frankreich bleiben sollte, damit ich sie in Sicherheit wusste. Zuerst war sie überhaupt nicht begeistert – nur äußerst knapp war ich ja beim letzten Mal aus Afrika zurückgekehrt, und eine kleine Narbe an meiner linken Seite würde mich für immer an diese Reise erinnern.

Mir fiel die erneute Trennung auch nicht leicht. Ich fühlte mich wesentlich glücklicher, wenn ich Ines in meiner Nähe hatte. Aber auf keinen Fall wollte ich sie mit nach Afrika nehmen. Ich wusste ja schließlich nicht, was mich dieses Mal wieder erwarten würde.

Am Abend fuhren wir in die kleine Altstadt von Lennep und genossen in einem guten Restaurant gleich neben der Klosterkirche ein vorzügliches Drei-Gänge-Menü.

Als wir satt und zufrieden wieder zu Hause angekommen waren, öffnete ich eine Flasche Champagner und kniete mich ganz klassisch vor Ines nieder. Noch saß sie entspannt auf dem Sofa und schaute mich irritiert und erwartungsvoll mit großen Augen an.

Ganz kitschig, wie in den schlimmsten Rosamunde-Pilcher-Filmen stammelte ich aufgeregt los: »Meine liebe Ines, ich liebe dich sehr und ich möchte mit dir den Rest meines Lebens verbringen!«

Dann nahm ich den Ring aus meiner Hosentasche und schob ihn ihr über den Ringfinger ihrer linken Hand. Wie gut, dass ich zuvor einen ihrer Ringe gemessen hatte – er passte wie für sie gemacht. Ines sagte nichts, sie konnte nichts sagen.

Ich hatte es geschafft: Sie war sprachlos.

An ihrem Blick konnte ich erkennen, dass sie damit überhaupt nicht gerechnet hatte. Immer noch völlig überrascht, blickte Ines auf den Ring, dann auf mich, und Freudentränen rollten über ihre süßen Wangen. Sie beugte sich zu mir vor und küsste mich leidenschaftlich – so intensiv wie nie zuvor.

Dann hauchte sie mir mit ihrem so eigenen und wundervollen französischen Akzent ins Ohr: »Ja!« Bis ins Bett schafften wir es nicht mehr …

Am nächsten Morgen stand Ines die Freude noch immer ins Gesicht geschrieben. Ich hatte zwar auf ein »Ja« gehofft, aber nach der Erfahrung aus ihrer letzten Ehe hätte es ja auch gut sein können, dass sie auf eine erneute Heirat keine Lust mehr hatte. Ich war völlig erleichtert, dass dem nicht so war.

Am nächsten Tag ging unser Flieger nach Paris, und ich wollte Ines unbedingt persönlich bis zum Weingut begleiten – sicher sein, dass sie in Sicherheit war. Ich wusste, dass wir alle noch im Fokus dieser Organisation standen und wir sie auf keinen Fall noch einmal unterschätzen durften. Zu oft hatten wir dieser Organisation nun schon dazwischengefunkt und mehr als einmal ihre Pläne vereitelt. Auch hatten sie ja noch nicht bekommen, wonach sie trachteten: die »Greenbox«.

Ines hatte keine Lust zum Joggen und packte gerade ihre Kleidung zusammen, als Mr Spock mit einem Satz in den offenen Koffer sprang und sich dort in seiner vollen Länge ausbreitete. Seine Form des Protestes – ganz klar, er wollte mit. Dieser alte Charmeur – bei mir hatte er dies noch nie gemacht …

Ich hing gerade meinen Gedanken nach, als ich den recht steilen Waldweg zum Siegelberg hinauf joggte. Nur noch wenige Meter trennten mich vom Ende des Berges. Abgekämpft erreichte ich, fast am Ende meiner Joggingrunde, die Straße, als dicht neben mir eine Kugel die Seitenscheibe eines geparkten Golfes durchschlug.

Mehr aus Schreck als aus Reflex ließ ich mich hinter dem Wagen auf den Boden fallen, als weitere Schüsse in den Wagen einschlugen.

Als ich mich ein wenig gefangen hatte, schaute ich, geschützt vom Wagen, nach, woher die Schüsse kamen.

Kaum hatte ich meinen Kopf auf Höhe des Rücklichtes herausgestreckt, schlugen auch schon weitere Kugel ins Fahrzeug ein und das Rücklicht zerbarst in tausend Stücke. Sofort zog ich meinen Kopf wieder ein und wie ein Wunder, traf mich keine Kugel und kein Plastiksplitter des Rücklichts. Als sich ein Lastwagen näherte, nutze ich diesen als Deckung und konnte so meine Position unbemerkt verändern. Schnell lief ich im Schutz des LKWs mit, um neuen Schutz hinter einem weiteren am Straßenrand geparkten Wagen zu finden. Der Schütze gab, als der Lastwagen vorbeigefahren war, weitere Schüsse auf den geparkten Golf ab. Zum Glück hatte er nicht bemerkt, das ich meine Position zwischenzeitlich verändert hatte. Aus meiner Deckung heraus konnte ich nun beobachten, wie er mit vorgehaltener Pistole zügig über die Straße auf den Golf zu schritt.

In gebückter Stellung schlich ich mich um den Wagen herum, der mir als Deckung diente. Noch hatte er nicht bemerkt, dass ich mich nun schon sehr dicht hinter ihm befand.

Als er um den Golf herum trat, dorthin, wo er mich ja immer noch vermutete. Schoss er sein Magazin vollständig leer, so lange, bis nur noch ein metallisches Klicken des Schlagbolzens zu hören war. Völlig überrascht davon, dass ich verschwunden war, wollte er nun nachladen. Meine Chance!

Ich sprang hinter dem Wagen hervor und trat ihn mit einem Seiten-Kick in den Rücken. Er stolperte und verlor beim Aufschlagen auf dem Bürgersteig seine Waffe, sprang jedoch überraschend schnell wieder auf und attackierte mich sofort mit einer Serie von Faustschlägen. Erst jetzt sah ich sein Gesicht, es war Steffen Freitag! Nun war ich völlig überrascht – mit ihm hatte ich überhaupt nicht gerechnet.

Aber auch meine Reflexe waren gut trainiert, und so konnte ich seine ersten Schläge erfolgreich abwehren. In seinen Augen spiegelten sich Wut und Aggression wider – dunkel funkelten sie mich an.

Ich war überrascht, dass Freitag so gut trainiert war. Hart und schnell platzierte er einige seiner Schläge und Tritte. Fast sah es so aus, dass er den Kampf für sich entscheiden konnte. Ich war durch meine Joggingrunde zwar geschwächt, wollte ihn jedoch auf keinen Fall gewinnen lassen.

Einige seiner Tritte trafen schmerzhaft meine Brust und meine Beine. Fest schlug ich mit dem Rücken gegen den geparkten Golf. Im Glauben, den Kampf zu gewinnen, setzte Freitag sofort wieder äußerst aggressiv nach. Ich konnte aber ausweichen und seinen erneuten Angriff abwehren.

Mit einigen schnellen Tritten gegen seine Beine und Faustschläge gegen seinen Oberkörper brachte ich ihn ins Stolpern. Aber es schien fast so, als ob ihm die Schmerzen nichts ausmachten, ja, es hatte sogar den Anschein, als genieße er die Schmerzen, die ich ihm zufügte.

Als er wieder einen festen Stand hatte, stürmte er erneut und wie von Sinnen auf mich zu.

Seine Tritte und Faustschläge trafen erneut hart meinen Oberkörper und meine Beine. Ich spürte wie meine Kräfte, geschwächt von meiner Joggingrunde, doch schwanden. Mit einem gezielten Faustschlag traf er mich am Kopf.

Jetzt war ich richtig sauer! Dieses Mal wendete ich das Blatt. Wütend schlug und trat ich auf Freitag ein und traf ihn gleich mehrmals äußerst hart. Freitag fing an zu taumeln und stolperte auf die Straße.

Zur gleichen Zeit kam ein Wagen vorbei. Der Fahrer, ein älterer Rentner in einem Golf Plus, fuhr etwas zu schnell und bremste mit Verzögerung, zu spät für Freitag.

Er wurde von dem Wagen erfasst und schlug heftig auf dem Straßenasphalt auf. Blutend und regungslos blieb er liegen. Ich prüfte seinen Puls, er lebte noch. Mit meinem Handy rief ich den Notarzt, die Polizei und beruhigte den aufgeregten Fahrer des Unfallwagens. Das war knapp, beinahe hätte mich Freitag erwischt. Nur um wenige Zentimeter hatten mich seine Kugeln verfehlt.

Ich rief von Oppenheim an und informierte auch ihn über das Geschehen. Er versicherte mir, dass er sich sofort mit den örtlichen Behörden in Verbindung setzen würde.

Als die Polizei eintraf, schilderte ich ihnen den Ablauf und wurde dann mit einem Streifenwagen zu meinem Haus gefahren.

Von Oppenheim hatte in der kurzen Zeit bereits alles geregelt. Meine weitere Anwesenheit am Tatort war nicht erforderlich. Meine wenigen Schürfwunden, die ich mir zugezogen hatte, wurden von Ines liebevoll verarztet.

Freitag hatte nicht so viel Glück: Er lag im Koma und wurde im Krankenhaus schwer bewacht.

Noch etwas angeschlagen von dem Kampf mit Freitag, fuhr ich am nächsten Tag mit Ines nach Düsseldorf zum Flughafen. Vorher jedoch machten wir noch einen Stopp bei Heise. Er benötigte dringend einige Unterschriften für den Zoll, um meinen neuen Hubschrauber nach Deutschland überführen zu können.

Zwar hätte ich auch von Oppenheim anrufen können, er hätte das mit dem Zoll vermutlich mit einem Anruf geregelt, aber ich wollte von Oppenheim nicht mit solchen Kleinigkeiten belasten. Er hatte andere Sorgen – größere Sorgen.

In Düsseldorf checkten wir im Privatfliegerbereich ein und wurden vom Piloten wieder höchstpersönlich zum Flugzeug begleitet. Es war der Pilot, der mich schon aus Istanbul herausgeflogen hatte. Erfreut über das unverhoffte Wiedersehen schüttelten wir uns lachend die Hände. Das mit dem »Privatflieger« war wirklich ein klasse Luxus.

Ich durfte mich auf den Copilotenplatz setzen und konnte so auch einmal den Start in einem Flugzeug hautnah mitverfolgen – vielleicht mein nächstes Ziel.

Ines saß entspannt im Sitz und trank ein Gläschen Sekt.

SÜDAFRIKAS TOWNSHIPS

Ich wusste, dass Ines bei René und Bianca gut aufgehoben war. Ich selbst saß schon wieder im Flugzeug, diesmal flog ich nach Pretoria in Südafrika.

Warum nur hatte sich Philippe nicht gemeldet? Konnte er sich nicht melden? Um mir nicht noch mehr Sorgen und Gedanken zu machen, wollte ich mich ablenken und dachte dabei an Ines' Gesicht, als ich ihr meinen Heiratsantrag machte. Mit einem Lächeln auf den Lippen schlief ich ein.

Nach einem knapp elfstündigen, ruhigen Flug und einer unkomplizierten Passkontrolle in Pretoria traf ich in der Empfangshalle auf Steve. Er war nicht zu übersehen, er hatte ein Schild mit meinem Namen vor der Brust. Sein Gesicht war braun gebrannt mit markanten Zügen. Ein Gesicht, das einem sagte, dass er schon einiges in seinem Leben erlebt hatte.

Steve war ein ehemaliges Mitglied von Claudes Truppe, und nach einem Einsatz war er einfach in Südafrika geblieben – der Liebe wegen. Claude hatte Steve gebeten, mich bei der Suche nach Philippe zu unterstützen. Er kannte sich im Land bestens aus und hatte gute Kontakte, auch und vor allem zu den Behörden. Steve betrieb eine kleine Safarifarm am Rande der Kalahari.

Die Einheit, in der Claude und seine Kameraden dienten, hatte einen Ehrenkodex, der da lautete: »Wir lassen keinen Kameraden im Stich und nie einen Kameraden zurück.« Dieser Kodex galt ein Leben lang – ganz gleich, ob der Kamerad noch im aktiven Dienst war oder sich bereits ins Privatleben zurückgezogen hatte.

Genau wie die anderen, so trug auch Steve das auffällige Tattoo auf seinem rechten Oberarm. Das Tattoo zeigte zwei schwarze Skorpione, die ihre gefährlichen Schwänze kreuzten. Einer der Stachel war größer als der andere – dies war der Beweis über die

Echtheit des Tattoos. Es zeigte aber auch, dass diese Jungs gefährlich waren und für immer zusammenhielten.

Umso ungewöhnlicher war es ja, dass sich Philippe nicht bei Claude gemeldet hatte. Claude hätte für jedes Problem eine Lösung gefunden und Philippe wusste dies eigentlich auch.

Was war nur passiert? Ich machte mir große Sorgen um Philippe!

Steve war mir von Anfang an sympathisch, wie eigentlich alle in Claudes Einheit. Hatte man sie einmal als Freunde gewonnen, konnte man sich glücklich schätzen. Steve sprach mich auf unsere erste Begegnung mit Claude an und ich erzählte ihm die ganze Geschichte während der Fahrt.

Steve war ein Kerl wie ein Baum, einen ganzen Kopf größer als ich, und hatte ein Kreuz wie ein Catcher. Durchtrainiert vom Kopf bis zur Sohle. Vermutlich hatte er kein Gramm Fett zu viel an seinem Körper. Mit Steve wollte ich nicht unbedingt in den Ring steigen, nicht einmal zu einem Trainingsfight.

Er hatte trotz seines markanten Äußeren ein gewinnendes Wesen. Wir plauderten – obwohl die Umstände unserer Mission äußerst ernst waren – locker und ungezwungen und unaufhörlich. Ines und er hätten sich bestimmt prächtig verstanden. Bei diesem Gedanken musste ich lachen.

Wir fuhren mit seinem Land Rover Discovery direkt nach Pretoria. Dort hatte er uns in das gleiche Hotel eingebucht, in dem vor knapp zwei Wochen schon Philippe eingecheckt hatte.

Über eine gut ausgebaute Schnellstraße ging es direkt zum Hotel. Es herrschte wenig Verkehr auf den Straßen, es war Samstagmorgen, und die meisten waren ohnehin mit ihren Wochenendeinkäufen beschäftigt. Überall das gleiche Wochenendprogramm auf der Welt …

Ich war noch nie zuvor in Pretoria gewesen, und umso überraschter war ich von der Infrastruktur, die ich erblickte.

Ich hatte mir Afrika unbewusst immer noch so vorgestellt, dass die Einheimischen in ihren Dörfern in Hütten lebten. Das war ganz schön naiv … Gerade Südafrika besitzt mittlerweile wesentlich mehr Infrastruktur als nur Steinhäuser. Hier sah ich alles, was es in unseren europäischen Städten auch gab – mit all seinen Vor- und Nachteilen. Nur die Townships waren hier deutlich größer, gefährlicher und gnadenloser.

Wir fuhren an einigen Industrieparks vorbei, und an den Firmenlogos erkannte ich viele international bekannte Unternehmen, die sich hier bereits angesiedelt hatten, um am aufkeimenden südafrikanischen Wohlstand und Wachstum mitzuverdienen.

Wir checkten im Burges Park Hotel ein, das in der Nähe zum gleichnamigen Park lag. Steve parkte in der Tiefgarage, und über eine Treppe gelangten wir direkt in die Lobby des Hotels.

Steve erzählte, dass er die Spur von Philippe bereits von Simbabwe aus bis nach Pretoria nachvollziehen konnte. Philippe hatte, obwohl er sehr vorsichtig war, doch einige Spuren hinterlassen. So konnte Steve seine Spur bereits bis nach Pretoria in die südliche Township verfolgen.

Hier hatte es vor einigen Tagen nach einer Explosion einen Großbrand gegeben. Die Einwohner der Township waren immer noch aufgebracht und Fremden gegenüber nun noch misstrauischer. Steve erklärte mir die Besonderheit der Township und die Aufteilung, die die Banden unter sich ausgemacht hatten. Die südliche Gang war nun äußerst misstrauisch, und dies besonders Fremden gegenüber.

Es war extrem schwierig, unauffällig mit den Menschen zu sprechen. Für morgen Vormittag hatte es Steve jedoch irgendwie geschafft, ein Treffen mit jemandem zu vereinbaren, der beobachtet haben will, wie ein weißer Mann eine schwarze Frau aus einem Haus gebracht hat, bevor das ganze Haus anschließend in die Luft geflogen war. Könnte es sich hier womöglich um Philippe handeln? Wenn ja, wer war dann die Frau? Wir hofften, dass wir morgen schlauer sein würden.

Am Abend genossen wir noch ein Bier an der Hotelbar. Hier bemühten sich zwei aufreizend gekleidete und durchaus hübsche schwarze Frauen um die Aufmerksamkeit der anwesenden Männer. Das Hotel duldete dies, solange es nicht zu laut und unseriös wurde. Die Frauen und ihre Familien mussten ja schließlich auch irgendwie überleben, und einige einsame Herren schienen nicht abgeneigt zu sein, ihnen dabei zu helfen.

Es waren zumeist ausländische Geschäftsleute, die aus aller Herren Ländern kamen und versuchten, hier ihre Geschäfte zu tätigen. Ich sah südamerikanische, chinesische, europäische, aber auch russische Geschäftsleute.

Nach dem dritten Bier wurden meine Augenlider immer schwerer. Ich zog mich auf mein Zimmer zurück und rief Ines an. Ich vermisste sie. Nach dem Telefonat schlief ich bald ein.

Nach einem ausgiebigen englischen Frühstück fuhren wir mit dem Wagen durch recht leere Straßen. Es war Sonntag. Es ging vorbei an einem Fußballstadion, wo bereits einige jüngere Ballkünstler eifrig trainierten. In einem Randbezirk der Township fuhr Steve den Wagen unter eine Brücke, über die eine recht breite Schnellstraße führte. Noch im Schatten, nahe der Ausfahrt, hielt er an.

Die Sonne stieg unaufhaltsam auf und es wurde recht schnell richtig heiß. Nach weiteren zehn Minuten tauchte eine dunkle Gestalt am Eingang zur Brücke auf. Wir stiegen aus und traten auf ihn zu.

Es war ein Mann um die fünfzig. Er war äußerst schlecht gekleidet und auch sein Gesundheitszustand schien nicht der beste zu sein. Als er dicht vor uns stand und das Geld forderte, das Steve ihm zugesagt hatte, konnte ich den katastrophalen Zustand seiner Zähne sehen.

Er kam ohne Umschweife direkt zum Wesentlichen: »Habt ihr die fünftausend Rand dabei?« Dies waren umgerechnet dreihundertfünfzig Euro und hier ein kleines Vermögen. Steve gab ihm das versprochene Geld und er fing sofort mit einem fast zahnlosen Lächeln im Gesicht an, das Geld zu zählen.

Nachdem er zu seiner Zufriedenheit die vereinbarte Summe in den Händen hielt, schilderte er uns nun, wie ein Mann, dessen Beschreibung auf Philippe passte, eine schwer verletzte schwarze Frau aus einem Haus trug. Wenige Minuten später sei das Haus dann explodiert.

Er sei beiden gefolgt und habe gesehen, wie der Mann die Frau zu einem Hubschrauber am Rande der Township getragen habe. Auf dem Hubschrauber befand sich ein roter Adler als Logo.

Er wollte gerade noch etwas hinzufügen, als ein lauter Schuss die Stille in der Unterführung beendete. Wir drehten uns blitzartig um und sahen zwei dunkle Gestalten am anderen Ende der Unterführung. Sie hatten beide Pistolen in den Händen und feuerten auf uns.

Zum Glück für uns waren es jedoch miserable Schützen, und sie verfehlten uns um mindestens einen Meter.

Steve und ich ließen uns sofort zu Boden fallen. Noch im Fallen zog Steve seine Waffe und feuerte gezielt in Richtung unserer Angreifer. Steve war ein hervorragender Schütze. Jede seiner beiden Kugeln traf.

Jedoch zu spät für unseren Informanten, der getroffen zu Boden fiel. Steve fühlte seinen Puls und schüttelte den Kopf. Wir nahmen das Geld wieder an uns, Steve wischte seine Fingerabdrücke von seiner Waffe ab, drückte sie unserem Informanten in die Hand und schoss erneut zweimal in Richtung der Angreifer.

Rasch stiegen wir daraufhin in den Wagen, fuhren zurück zum Hotel und checkten sofort aus. Wir wussten schließlich nicht, wem die Unbekannten gefolgt waren – uns oder unserem toten Informanten.

Ines wollte ich auf keinen Fall etwas von dem Zwischenfall berichten. Wieder einmal hatte ich das Gefühl, dass sich eine schützende Hand über mich gelegt hatte.

Steve war immer noch verärgert über sich selbst. Aus seiner Sicht hätte ihm dies nicht passieren dürfen. Normalerweise meldeten sich seine antrainierten Instinkte rechtzeitig, wenn Gefahr im Anflug war. Claude hatte mir Steve wie einen Jaguar beschrieben, der auf der Jagd war. Geduckt, getarnt und im höchsten Maße wachsam. Diesmal hatte er die drohende Gefahr jedoch nicht wahrgenommen und das ärgerte ihn sichtlich.

Leise stammelte Steve vor sich hin: »Ich werde wohl zu alt für den ganzen Mist!«

Ich hoffte doch sehr, dass Steve mich trotz dieses Zwischenfalles nicht im Stich ließ. Ich brauchte ihn hier. Er kannte sich in Afrika aus, kannte die Mentalitäten und hatte die Kontakte. Meine Sorge war jedoch völlig unbegründet – nie würde Steve jemanden im Stich lassen. Hatte er einmal die Witterung aufgenommen, so konnte ihn keiner mehr stoppen, schon gar nicht zwei Amateurkiller. Steve und Philippe kannten sich noch aus ihren gemeinsamen vergangenen Missionen und hatten sich dabei gegenseitig mehr als einmal das Leben gerettet. Sie waren Freunde für immer!

Gut für uns war: Wir hatten von dem Informanten den entscheidenden Hinweis auf den Helikopter erhalten. Für Steve war es ein Leichtes, den Besitzer auszumachen und seine Adresse herauszufinden. Philippe hatte auch dies clever arrangiert. Da man in Afrika vor Korruption und Vetternwirtschaft nie sicher sein konnte, hatte er einen Piloten aus Johannesburg engagiert. So konnte er einigermaßen sicher sein, dass der Pilot keinerlei Kontakte zu den örtlichen Behörden und Organisationen in Pretoria hatte.

Getarnt als Geschäftsflug wurde der Helikopter mit den offiziellen Flugplänen ausgestattet. Die Identifikationsnummer des Helikopters hatten sie bei dem nächtlichen Rettungseinsatz abgeklebt, nur den roten Adler hatten sie wohl vergessen. Gut für uns!

Die Fahrt von Pretoria nach Johannesburg war ein Abenteuer für sich. Die Moloto Road gehörte zu den gefährlichsten Straßen der Welt. Nicht umsonst wird sie auch die »Killer-Road« genannt. Hier rasen die Fahrer der Kleinbusse und der großen Busse wie die Irren, um ihre Kunden möglichst schnell aus den weit verstreut liegenden Dörfern rechts und links der Straße zu ihren Arbeitsplätzen in den größeren Städten zu bringen. Es herrschte jeden Tag ein regelrechtes Rennen auf dieser verkehrsträchtigen Straße, bei denen es keine Gewinner, aber viele Verlierer gab.

Was es hier nicht gab, waren Staus – es gab nur viele Unfälle und noch mehr Verkehrsopfer. Viele Menschen, die sich nicht einmal die Fahrt mit den relativ günstigen Kleinbussen leisten konnten, waren zu Fuß unterwegs. Sie benutzen diese Straße jeden Tag und waren die eigentlichen Opfer in diesem täglichen Wahnsinns-Rennen.

Diese Straße war jedoch die schnellste Verbindung zwischen ihren Dörfern. Fast täglich starben hier Menschen am Straßenrand. Hier gilt ganz klar das Recht des Stärkeren. Oft waren es die Kleinbusse und die großen Busse der Putco-Linie, die in diese dramatischen Unfälle verwickelt waren.

Steve war ein guter Fahrer und wich geschickt den anderen Fahrzeugen immer rechtzeitig aus. Wir erreichten unversehrt unser Ziel, ohne in einen dieser spektakulären Unfälle verwickelt zu werden.

Auf der Kloofzicht Lodge nördlich von Johannesburg machte Steve den Piloten aus und buchte für uns gleich einen Rundflug. Bei einer Landung im Rhino & Lion Naturreservat zog Steve, verdeckt für den Piloten, seinen Revolver und erkundigte sich, ohne lange drum herum zu reden, nach dem nächtlichen Flug in der Township von Pretoria.

Erst wollte der Pilot noch leugnen, nachdem Steve jedoch einige Details nannte und seinen Revolver nun offen zeigte, knickte der Pilot ein und erzählte die ganze Geschichte. So wussten wir nun, dass Philippe mit einer schwarzen, sehr gut aussehenden, aber schwer verletzten Frau in eine Privatklinik nach Phalaborwa geflogen war. Dort trennten sich dann ihre Wege.

Wir hatten einen neuen Hinweis und ließen uns daraufhin auch gleich zum Hendrik Van Eck Airport nach Phalaborwa in der Nähe des Krüger-Nationalparkes fliegen. Mit dem Helikopter erreichten wir den Airport in gut zwei Stunden. Mit dem Wagen wären wir über sieben Stunden unterwegs gewesen.

Regelmäßig rief ich Ines und René an und gab ihnen den Stand meiner Recherchen durch. Da Claude irgendwo im Einsatz war, sendete ich ihm ebenso regelmäßig gut verschlüsselte E-Mails über unsere neusten Erkenntnisse.

Als der Pilot die gut aussehende Frau erwähnte, war mir klar, was passiert war. Schon als Claude mich angerufen und mir mitgeteilt hatte, dass Philippe zurück nach Harare geflogen sei, keimte in mir ein Verdacht auf. Hatte es ihn etwa so arg erwischt, dass er nun seinen Job und sogar sein eigenes Leben für diese Frau riskierte – eine Frau, die ihn auf unserer gemeinsamen Fahrt zum Kariba-Stausee doch eigentlich ganz deutlich hatte abblitzen lassen? Deutlicher hätte man es niemandem sagen und zeigen können, dass man kein Interesse an jemandem hatte.

Wieder einmal zeigte sich, dass Philippe nicht so leicht aufgab. So hatte er tatsächlich seinen Urlaub genutzt, um Malaika zu suchen. Franzosen halt …

Dies war im Grunde seine Privatangelegenheit und, so gesehen, nicht weiter dramatisch für ihn. Dass er das Ganze jedoch dort durchführte, wo er zuvor einen Einsatz gehabt hatte, machte es für ihn ganz schön riskant. Eigentlich war es für ihn verboten. Ich hoffte für ihn nur, dass es Malaika auch wert war, dafür seinen Job oder sogar sein Leben zu riskieren. Ich persönlich verstand Philippe nur zu gut; auch ich würde immer wieder und zu jeder Zeit alles für Ines riskieren.

Noch am frühen Abend erreichten Steve und ich den Ortsteil von Phalaborwa, in dem die Privatklinik lag. Die Sonne ging langsam unter, und um diese Uhrzeit war es recht ruhig auf den Straßen. Nur sehr wenige Anwohner waren jetzt noch unterwegs. Schon an den Häusern und Vorgärten erkannten wir, dass hier keine armen Leute wohnten. Große und exotische Palmen säumten die Vorgärten.

Als wir zum Eingang einer Pension gingen, kam uns eine ältere Frau entgegen, die gerade ihren Hund, einen kleinen Rehpinscher, ausführte. Ich musste unweigerlich lachen, da der Hund deutlich kleiner als Mr Spock war. Er war so klein, dass Mr Spock ihn nicht einmal zum Frühstück verspeist hätte, so wenig war an dem kleinen Hündchen dran. Wir checkten in der Pension ein und wollten gleich am nächsten Morgen zur Klinik fahren.

In dieser Nacht schlief ich äußerst unruhig. Die Klimaanlage funktionierte nicht, und so war es für einen entspannten Schlaf viel zu warm im Zimmer. Schweißgebadet wurde ich wach und war sehr erleichtert darüber, dass es nur ein Traum war. Im Traum hatte ich die weit aufgerissenen und ins Leere blickenden Augen des Mannes gesehen, den ich in dem Keller in der Türkei an der Wand aufgespießt hatte. Ich war froh, als die Nacht vorbei war und ich zum Frühstück gehen konnte.

Nach dem Auschecken fuhren wir sofort zur Privatklinik. Diese war gut gesichert, schon fast wie ein Hochsicherheitsgefängnis. Hier hieß es bestimmt: Erst die Rechnung bezahlen und erst dann wurde der Patient entlassen. Auch der Sicherheitsmann, auf den wir am Eingangstor trafen, hatte den typischen ernsten Blick eines Wachmannes drauf.

Gestern hatte Steve bei dem Leiter der Klinik unter einem Vorwand einen Termin für uns beide vereinbart – ein Beratungsgespräch für eine angebliche Gesichtsoperation war unsere Eintrittskarte in die gut gesicherte Klinik. Nach diesem Telefonat scherzten Steve und ich noch etwas herum, wer von uns beiden die Operation denn nun nötiger hätte.

Dies war eine Klinik für alle möglichen Operationen. Ihr Spezialgebiet jedoch waren Schönheitsoperationen. Immer mehr wohlhabende Südafrikaner wollten den Europäern und den anderen Nationen in nichts nachstehen. So wurden hier zumeist ältere Frauen »aufgefrischt«, damit sie für ihre reichen Männer möglichst lange attraktiv blieben. Aber auch jüngere Mädchen, die sich größere Brüste oder eine glatte Nase wünschten, wurden hier operiert.

In den letzten Jahren ließen sich hier auch immer mehr Männer operieren. Die einen wünschten sich ein markanteres Gesicht, die anderen eine neue Nase. Das Aussehen wurde zu einem immer zentraleren Thema der Menschen. Intelligenz alleine reichte nicht mehr aus. Das gute Aussehen nahm an Bedeutung immer mehr zu.

Wir saßen im Büro des Chefarztes, und Steve drückte ihm gerade seinen Revolver ins rechte Nasenloch. Aber auch nach dem dritten und äußerst energischen Nachfragen wollte der Arzt einfach keine Informationen über Malaika und Philippe preisgeben. Anscheinend nahm er seine ärztliche Schweigepflicht wirklich sehr ernst. Er stammelte immer wieder und verschreckt vom Anblick des Revolvers in seinem Nasenflügel: »Schweigepflicht … Schweigepflicht«, als mein Handy klingelte.

Es war Fern. Sie teilte mir in ihrer ruhigen und sachlichen Tonlage mit, dass Steffen Freitag aus dem Koma erwacht sei, aber beharrlich schwieg. Als es ihm besser ging, hatte man ihn in die JVA Düsseldorf verlegt. Wir beendeten das Gespräch.

Nachdem der Revolver bei dem Chefarzt keinen großen Eindruck machte und wir nie die Absicht gehabt hatten, ihn ernsthaft zu verletzen, legte ich ein Geldbündel von tausend Dollar auf die Glasscheibe des modernen Schreibtisches.

Die Pupillen des Arztes veränderten sich schlagartig, und die Informationen, die wir suchten, sprudelten plötzlich wie ein Wasserfall aus ihm heraus. Die ärztliche Schweigepflicht war kein Thema mehr …

Wir waren auch ganz schön blöd gewesen – wir hätten gleich das Geld auf den Tisch legen sollen. In einer Privatklinik zählt halt nichts mehr als das liebe Geld.

Eine Krankenschwester hatte einige Gespräche zwischen Philippe und Malaika mithören können und diese später dem Chefarzt berichtet – Philippe war unvorsichtig geworden. So erfuhren wir auch etwas über Mary, die Tochter von Malaika, und dass sie anscheinend schon in Pretoria verschwunden war. Nachdem Malaika sich von ihren Verletzungen erholt hatte, hatte sie sich entgegen der Empfehlung der behandelnden Ärzte vor zwei Tagen aus der Klinik selbst entlassen.

Philippe war, wie wir den Schilderungen entnehmen konnten, unverletzt und wohlauf. Vermutlich jedoch nur so lange, bis Claude mit ihm ein ernstes Gespräch hatte. Ich wollte bei diesem Gespräch nicht dabei sein. Armer Philippe.

Zwei Tage trennten uns nur noch. So dicht waren wir ihnen bereits gekommen. Aber in zwei Tagen konnte auch viel passiert sein; wir mussten uns beeilen, damit die Spur nicht kalt wurde. Die für uns wichtigste Information war jedoch, dass das Wort »Jemen« gefallen war.

Als wir die Klinik wieder verlassen hatten, rief Steve einen Freund an. Wie ich später erfuhr, war dieser Freund ein echter Top-Hacker, einer unter den Top Ten der Welt. Um auf diese

Rankingliste zu kommen, musste man schon wirklich gut sein, denn sie wurde von der NSA geführt.

Dieser Freund war einer der wenigen, der alle Firewalls dieser Welt hacken konnte. Wenn es nötig gewesen wäre, hätte er sogar ein Gespräch mit dem US-Präsidenten innerhalb nur weniger Minuten herstellen können. Ich musste, wenn das hier überstanden sein würde, unbedingt noch einmal mit Steve sprechen, damit er mir die Handynummer der Bundeskanzlerin besorgt. Dann hätte ich einen »direkten Draht« nach Berlin ... Mal sehen, wie lange sie dann noch die gleiche Handynummer haben würde. Die NSA lässt grüßen. Ich überlegte, welches Gesicht sie wohl bei meinem Anruf machen würde ...

»Hallo, Frau Bundeskanzlerin, hier ist Paul – Paul Stern aus Wuppertal. Wie – Sie kennen mich nicht? Der Paul aus Beyenburg im schönen Bergischen Land. Wie? Sie kennen das Bergische Land nicht?«

Ich musste selbst über meine fantasiereiche Vorstellung dieses Telefonates schmunzeln. Dies würde bestimmt ein interessantes, aber vermutlich eher kurzes Gespräch werden. So schnell hätte ich meine SIM-Karte gar nicht wechseln können, wie von Oppenheim vor meiner Haustür aufgetaucht wäre ...

Für Steves Hackerfreund war es ein Leichtes, den Flughafenrechner von Johannesburg zu hacken. Innerhalb nur weniger Minuten hatte Steve die gesuchten Informationen – die Flugnummer mit Datum und Uhrzeit und dass der Flug heute mit zwanzig Minuten Verspätung in Sanaa gelandet war.

Der Jemen war nicht gerade mein Traumland, kein Land, in das ich unbedingt gern reisen wollte. Zu unsicher und zu unübersichtlich waren die Verhältnisse dort. Immer wieder flackerten die Kämpfe zwischen den schiitischen Huthi-Rebellen und den Sunniten auf. Dagegen waren Ägypten und Südafrika geradezu ein Musterland an Demokratie und Sicherheit. In keinem Land fanden mehr Entführungen statt. Entführungen, besonders von Ausländern, gehörten hier schon fast zum guten Ton. Zu präsent sind mir noch die Bilder der letzten Entführung einiger Rotkreuzmitarbeiter.

Die Warlords im Land hatten damit ein florierendes Geschäft aufgebaut. Sicher war hier niemand, gleich ob Ausländer oder Einheimischer.

HEISSER WÜSTENWIND

Ich war heilfroh, dass ich auch im Jemen nicht ganz auf mich allein gestellt war, Steve kam mit. Wir mieteten in Johannesburg einen Learjet, der uns direkt nach Sanaa, der Hauptstadt des Jemen, flog.

Philippe und Malaika mussten mit ihrem Linienflug über Addis Abeba in Äthiopien nach Sanaa fliegen. So gewannen wir Zeit und verkürzten den Abstand zwischen uns um gut einen halben Tag. Als wir auf dem Flughafen El Rahaba etwas außerhalb von Sanaa landeten, begleitete uns unser Pilot noch bis zur Passkontrolle und verabschiedete sich dann.

Er musste sich noch um seine Starterlaubnis für den Rückflug kümmern. Das Klima im Jemen war noch einmal eine Spur heißer als in Südafrika, der Wüstenwind noch trockener. Steve und ich waren froh, dass wir durch das klimatisierte Flughafengebäude zur Passkontrolle gehen konnten. In einem äußerst schlechten Englisch fragte uns der Beamte nach dem Grund unseres Aufenthaltes. Wir antworteten im Chor: »Urlaub.«

Da wir über Südafrika eingereist waren, konnten wir das Visum direkt vor Ort kaufen. Für umgerechnet fünfundvierzig Euro erhielten wir sofort das notwendige Touristenvisum. Schnell tauschte ich an einer Wechselstube noch fünfhundert Euro in die Landeswährung Dira. Bei einer der wenigen Mietstationen am Flughafen konnten wir auch unseren aus Südafrika vorgebuchten Geländewagen in Empfang nehmen. Deutlich spürten wir den Temperaturunterschied zwischen Südafrika und dem Jemen in Vorderasien.

Die Traditionen und der Koran prägten das Land. Ein Land, in dem die Clanchefs noch etwas zu sagen hatten. Die Oberhäupter hatten hier die Macht über ganze Dörfer, ja zum Teil ganze Regionen. Wir wussten, dass wir uns hier noch wesentlich vorsichtiger bewegen mussten. Hätte ich es mir aussuchen können, ich wäre am liebsten über dieses Land nur hinweggeflogen. Viel zu unsicher war die Lage hier, zu groß die Spannung zwischen den einzelnen Bevölkerungsgruppen.

Dabei ist es wie in den meisten Krisenländern dieser Erde: Nur wenige machtgierige Egomanen terrorisierten das gesamte Land und somit die Mehrheit der Bevölkerung. Wie überall auf der Welt hatten die friedlichen Menschen unter dieser Unterdrückung zu leiden und mussten den Terror ertragen.

Dabei waren es doch die friedlichen Menschen, die ein Land ausmachten. Bei ihnen gibt es noch die viel gepriesene Gastfreundschaft, von der wir in unserer doch so hoch gelobten westlichen Welt nur träumen können. Menschen, die selbst nicht viel zum Leben hatten, teilten hier ihr Weniges, und das auch noch mit einem Lächeln im Gesicht, mit für sie völlig fremden Menschen.

Wir fuhren auf direktem Weg zu unserem ebenfalls vorgebuchten Hotel im Zentrum von Sanaa. Es war ein modernes, nach westlichen Standards ausgestattetes Hotel. Wir checkten kurz ein und mussten dann auch schon gleich los zu unserem Treffen, das Steve mit einem seiner Kontaktleute arrangiert hatte. Obwohl nicht mehr im aktiven Dienst, so hatte Steve immer noch die besten Kontakte in ganz Afrika.

Wir verließen das Hotel Old Sanaa Palace und gingen trotz der unglaublichen Hitze die kurze Strecke zum Treffpunkt zu Fuß. Unser Treffpunkt war ein Café, das direkt im Souk Al-Milh lag. Der Souk Al-Milh gehört zu den schönsten und farbenfrohesten Märkten im ganzen Orient. In diesem Gewirr von endlosen Gassen und den schönen Minaretten erhob sich lautstark die Geräuschkulisse der beschäftigten Händler und Besucher in den stahlblauen jemenitischen Himmel.

Nach nur wenigen Metern bemerkte Steve, dass wir nicht nur von der Sonne zwei »Schatten« hatten. Gern hätte ich diese wunderschöne Stadt mit ihren Lehmhochhäusern, weiß abgesetzten Fenstern und Moscheen noch länger bewundert. Da wir aber nicht noch einmal das Gleiche wie in Südafrika erleben wollten, beschlossen wir, unsere Verfolger schnellstmöglich wieder loszuwerden. Rasch bogen wir in eine Gasse ein und drängelten uns durch eine Vielzahl von Händlern hindurch, die hier im Schutz der schattigen Gassen ihre Waren anboten.

Da wir uns jetzt schneller als die meisten der Besucher des Suks bewegten, mussten wir einige der übrigen Passanten unsanft zur Seite schieben. Flüche und strafende Blicke waren die Antwort auf unsere Drängelei.

In jeder dieser Gassen gab es weitere Abzweigungen, von denen viele in ruhigere, noch dunklere Gassen führten. Die Gassen der Altstadt waren wie ein großes verwirrendes Labyrinth. Dicht hinter uns sahen wir bereits unsere Verfolger, die uns dicht auf den Fersen waren.

Nach einem weiteren Abzweig, ohne dass uns unsere Verfolger sehen konnten, versteckten wir uns in einem dunklen und nicht einsehbaren Hauseingang. Es dauerte nur wenige Sekunden, da rannten unsere drei Verfolger auch schon an uns vorbei. Wir warteten einige Sekunden und liefen dann wieder in die Richtung zurück, aus der wir zuvor gekommen waren. Dreimal schlugen wir in diesem unübersichtlichen Labyrinth noch Haken, dann waren wir uns relativ sicher, dass wir unsere Verfolger erfolgreich abgehängt hatten.

Mit nur zehn Minuten Verspätung erreichten wir unseren vereinbarten Treffpunkt. Nach den hiesigen Verhältnissen waren wir immer noch überpünktlich.

An einem Tisch im hinteren Teil des Cafés wartete auch schon Steves Kontaktmann auf uns. Es war ein älterer, nicht sonderlich gut gekleideter Einheimischer. Wie sich herausstellte, hatte Steve bereits mehrmals mit ihm zusammengearbeitet, aber mehr wollte oder durfte Steve dazu wohl nicht sagen. Er sagte nur, dass man ihn trotz seines etwas heruntergekommenen Erscheinungsbildes nicht unterschätzen sollte. Im Kopf war er hellwach und man konnte sich, was noch viel wichtiger war, zu einhundert Prozent auf ihn verlassen.

Überraschend erfuhren wir nun von Hassan, so hieß Steves Kontaktmann, von einem Sondereinsatzkommando aus Europa, das seit einigen Tagen im Land operieren sollte. Es wurde spekuliert, dass eine Befreiungsaktion für die vor drei Monaten verschleppten Ärzte geplant war. Was für eine tolle Geheimoperation, kam mir in den Sinn, wenn diese Nachricht schon in den Café s in Sanaa herumerzählt wird!

Ich erinnerte mich daran, dass die Meldung vor einigen Wochen durch die Medien gegangen war: Zwei Ärzte, die für das Rote Kreuz arbeiteten, waren im Bergdorf Al Manacha südwestlich der Hauptstadt, wo sie eine Schutzimpfung für Kinder durchführten, verschleppt worden. Ich weiß noch genau, wie ich mich über diese Nachrichtenmeldung aufgeregt hatte. Diese Ärzte arbeiteten unbezahlt und opferten ihren eigenen Urlaub, um in den Krisengebieten dieser Welt den bedürftigen Menschen zu helfen. Einen Urlaub, den sie bei ihrem stressigen Job eigentlich dringend selbst zur Erholung benötigten.

Sie opferten ihr eigenes Familienleben, um anderen selbstlos zu helfen. Als Lohn des Ganzen werden sie dann auch noch entführt und verschleppt. Alleine bei dem Gedanken kochte bei mir schon wieder unglaubliche Wut über diese Ungerechtigkeit hoch. Zur Beruhigung bestellte ich mir schnell noch einen weiteren höchst aromatischen Kaffee und einen köstlichen jemenitischen Pfannkuchen mit Bananen dazu.

Zwar wurde im Jemen selbst mehr Tee als Kaffee getrunken, aber dennoch verstanden sie sich auf den Anbau und die Zubereitung eines äußerst schmackhaften und bekömmlichen Kaffees.

Das kleine Café war zumeist mit Einheimischen gut gefüllt, und entsprechend laut war die Geräuschkulisse. Nur sehr wenige Touristen verirrten sich zurzeit in diese typischen Cafés der Altstadt.

Der Kaffee und der schmackhafte Pfannkuchen brachten meinen Zuckerspiegel wieder ins Gleichgewicht und ich wurde gleich entspannter. Unsere heutige Verfolgung hätte, wie in Johannesburg, auch ganz schön schiefgehen können. Aber Steves Instinkte waren wieder »hellwach«. So etwas wie in Johannesburg sollte ihm nicht noch einmal passieren.

Nachdem Steve Hassan unser gerade erfolgreiches Entkommen geschildert hatte, schlug dieser spontan vor, doch besser eine neue Unterkunft zu suchen, da das Hotel mit Sicherheit nun überwacht würde. Hassan zog sein Handy heraus und rief seinen Onkel an, der noch zwei Zimmer in seinem Haus frei hatte. Er bot sich an, unsere wenigen Sachen im Hotel abzuholen und für uns auszuchecken.

Als Ausländer konnte man sich in dieser Stadt nicht wirklich unbemerkt bewegen. Zu viele wachsame Augen gab es hier.

Unsere heutigen Verfolger könnten zu einer Bande gehören, die sich auf das Überfallen und Entführen von Ausländern spezialisierte hatte, meinte Hassan mit einem ernsten Gesichtsausdruck. Nicht umsonst warnte das Außenministerium in Deutschland ja eindringlich vor Reisen in den Jemen. Jedoch konnte unsere heutige Verfolgung natürlich auch mit unserer Suche nach Philippe zusammenhängen.

Nachdem wir unseren Kaffee getrunken hatten und Hassan uns von seiner Recherche nach Philippe erzählt hatte, fuhr er uns in seinem Wagen in unsere neue Unterkunft. Er fuhr laut schimpfend und wild gestikulierend durch die überfüllten und engen Straßen der Altstadt. Ebenso laut schimpfend und mit den Händen wild gestikulierend reagierten die Händler und Suk-Besucher, die dem Wagen langsam auswichen.

Auf den engen Straßen der Altstadt schoben sich die Fahrzeuge nur im Schritttempo durch die dichten Menschenmassen. Hupend und nicht wirklich schnell kamen wir mit dem alten zerbeulten Nissan Patrol durch die Menge. Zum Glück funktionierte die Klimaanlage in der alten Kiste.

Nach zwanzig Minuten Fahrzeit, für gefühlte drei Kilometer Strecke, erreichten wir in einem ruhigeren Viertel unsere neue Unterkunft. Hassan hupte dreimal kurz und ein großes verrostetes Blechtor wurde vor uns geöffnet.

Mir kamen die ersten Bedenken. Wären wir nicht doch besser in unserem komfortablen Hotel geblieben? Dann blickten wir jedoch in einen von außen nicht einsehbaren großen Innenhof und waren vollkommen überrascht, wie grün es hier war – der absolute Kontrast zu den Straßen, durch die wir zuvor gefahren waren.

Unter einer großen Palme saß Hassans Onkel – ein älterer Mann, der schon beim bloßen Anblick eine innere Ruhe ausstrahlte. Wir wurden vorgestellt und begrüßten den Onkel mit einem freundlichen Guten Tag auf Arabisch: »Salam Aleikum«.

Hassan fuhr sofort wieder los, um unsere Sachen aus dem Hotel abzuholen. Unseren gemieteten Land Rover ließen wir von der Mietgesellschaft am Hotel abholen.

Die Frau des Onkels servierte uns, ihr Gesicht verschleiert, einen süßen schwarzen Tee zur Begrüßung und zog sich dann aber auch gleich wieder zurück.

Mit einem solchen Garten mitten in Sanaa hatte ich nicht gerechnet. Er sah aus wie der Garten in der Alhambra in Granada. Alles zwar wesentlich kleiner, aber nicht weniger schön und reizvoll.

Ich äußerte dem Onkel gegenüber, der uns als Ali-Ben Jusuf vorgestellt wurde, meine Freude und mein Erstaunen über seinen sehr schönen Garten. Er nickte mir freundlich zu und schenkte uns einen weiteren Tee ein. Zwar wäre mir ein Kaffee viel lieber gewesen, aber der Gastfreundschaft zuliebe trank ich hier den Tee mit. »Andere Länder, andere Sitten«, hörte ich meine Oma noch sagen, als ich einmal beruflich einen Chinesen zu Besuch mitgebracht hatte und dieser dann doch glatt Omas selbst gemachten Kuchen mit seinen Stäbchen aß.

Ali-Ben Jusuf sprach ein hervorragendes Englisch, und so war eine Konversation zwischen uns auch ohne einen Dolmetscher möglich. Ali war ein zierlicher und gebildeter Mann, der, nach seinem Äußeren zu urteilen, die siebzig Jahre schon überschritten haben musste. Er erzählte von seiner Großfamilie und darüber, welche Macht und Stellung sein Clan einmal im Jemen hatte.

»Heute«, sagte er mit traurigen Augen und leiser Stimme, »haben andere die Macht im Jemen und unterdrücken das Land im Namen Allahs.«

Mit kräftiger Stimme fügte er noch hinzu: »Aber eines Tages wird sich der Wind in der Wüste drehen und ein Sandsturm wird die wahren Gläubigen von den Scheinheiligen trennen, die den Namen Allahs für ihre Zwecke missbrauchen!«

In seiner Stimme lag Gewissheit und keinerlei Zweifel. Immer noch hatte er als Oberhaupt der Familie im ganzen Land seine Kontakte und großen Einfluss.

Ali Ben Jusuf wusste, warum wir im Land waren und dass wir nach Malaika und Philippe suchten. Hassan hatte uns bereits im Café mitgeteilt, dass eine unbekannte Gruppe Philippe und Malaika gleich nach ihrer Ankunft am Flughafen entführt hatte. Sie hatten nicht so viel Glück gehabt wie wir.

Gleich nach ihrer Ankunft hatte man sie in den Süden des Landes nach Al Mukalla verschleppt. Ali Ben Jusuf hatte dort einen Bruder, und an ihn sollten wir uns wenden – er würde uns weiterhelfen.

Da war ich Zigtausende Kilometer von zu Hause entfernt und traf hier auf Menschen, die mich überhaupt nicht kannten und mir dennoch ihr Vertrauen und ihre Gastfreundschaft schenkten. Dies taten sie, ohne dafür auch nur irgendeine Gegenleistung zu erwarten. Ich war davon völlig überwältigt und zugleich äußerst beschämt.

Wäre Ali Ben Jusuf mit seiner traditionellen Kleidung mitten in einer deutschen Stadt gestrandet und hätte nur nach dem Weg gefragt, man hätte ihn vermutlich gleich als Landstreicher angesehen oder als möglichen Sympathisanten des IS verhaftet.

Und wieder fiel mir so ein Spruch meiner Oma ein: »Reisen bildet.« Aber leider reisen die meisten Menschen nur zur Erholung und nicht gerade der Bildung wegen. Meine Oma und ihre Sprüche … Damit hatte sie mich großgezogen, und durch ihre ständigen Wiederholungen kannte ich sie alle auswendig. Omi hatte es nicht böse gemeint. Dies war ihre Art gewesen, die Dinge zu beschreiben und zu erklären. Sie kannte es ja auch nicht anders. Als sie als kleines Mädchen aufwuchs, erzählten die Älteren noch Geschichten von Waldgeistern und dass die Raben die Todesvögel seien. Nie wäre sie zu Lebzeiten in einem schwarzen Kombi mitgefahren, in ihren Augen waren dies Leichenwagen.

Ich wusste es nicht genau, aber ich glaubte, meine Oma war in ihrem gesamten Leben nicht einmal alleine im Wald unterwegs gewesen. Viel zu tief saßen die Geschichten aus ihrer Kindheit.

Leute, die nur zum Vergnügen im Wald spazieren gingen, waren ihr suspekt. Sie sagte dann immer in ihrer eigenen brummigen, aber durchaus sympathischen Art: »Haben die denn nichts Besseres zu tun, als ›mir nichts, dir nichts‹ durch den Wald zu laufen?«

Aber es war nun einmal so, dass sie mit ihren Sprüchen oft den Kern des Ganzen traf. Ja, Reisen bildet. Auf den Reisen in andere Länder lernen wir die Menschen viel besser kennen. Viel besser als aus den zumeist zu kurzen und oft negativen Meldungen in den Medien. Im Land selbst merken wir schnell, dass auch diese Menschen nur glücklich und zufrieden leben möchten.

Gleich ob Moslems, Juden, Jesiden, Hindus oder Palästinenser: Vorurteile entstehen zumeist aus Unwissenheit und der Angst vor dem Unbekannten, dem Fremden. Und genau diese Vorurteile nutzen diejenigen gnadenlos für sich aus, die ihre eigene Macht ausbauen wollen und nur ihre eigenen Ziele verfolgen. Sie nutzen ganz bewusst die Unwissenheit der Menschen aus, um die Massen gegeneinander aufzubringen.

Wir verbrachten den restlichen Abend im Garten unter der Palme. Hier war es angenehm kühl, und das Essen, das uns serviert wurde, schmeckte vorzüglich. Es gab kleine schmackhafte Hackbällchen mit Reis und einen gut gewürzten Paprikasalat dazu. Zu essen gab es reichlich und alles schmeckte hervorragend.

Beeindruckt war ich von der Bildung, dem Wissen und der Güte, die Ali Ben Jusuf besaß und ausstrahlte. Alleine die kurze Zeit, die ich mit ihm verbrachte, reichte aus, dass ich von diesem Mann und seinem scharfen Verstand tief beeindruckt war. Ich verstand, warum er das Oberhaupt der Familie war.

Wir sprachen an diesem Abend noch über Gott – beziehungsweise Allah – und die Welt. Es war ein angenehmes Gespräch und ich vergaß für einen Moment den ernsten Grund für unseren Aufenthalt in diesem Land, vergaß die Sorge und Unruhe, die mich seit Monaten von einer kritischen Situation in die nächste trieb.

Menschen wie Ali sollten in der Führung des Jemens das Sagen haben. Mit Sicherheit wäre dieses Land dann eines der sichersten dieser Erde. Leider bewahrheitete es sich auch hier wieder einmal mehr, dass es zumeist die Führung eines Landes ist, die aus Machtgier und Geltungssucht ein ganzes Volk leiden ließ. In einem Land, in dem sich noch die Religion mit der Macht vermischte, wurden nur den Menschen Recht gesprochen, die den Herrschenden nahestanden.

Nicht viele Begegnungen in meinem bisherigen Leben haben mich so tief beeindruckt wie diese mit Ali Ben Jusuf.

Am nächsten Morgen fuhren Steve und ich mit dem etwas in die Jahre gekommenen Toyota 4Runner der Familie Jusuf nach Al Mukalla an den Golf von Aden. Die Fahrt führte anfangs durch eine kahle, aber durchaus reizvolle Wüstenlandschaft, und auf der halben Strecke wechselte diese Landschaft dann plötzlich in eine ebenso trostlose, aber nicht weniger beeindruckende Gebirgslandschaft. Die breite, asphaltierte Schnellstraße war gut ausgebaut, und wir kamen zügig voran. Unterwegs trafen wir zu unserem Glück auf keine Polizei- oder Militärkontrollen.

Auf der von der Hitze flimmernden Fahrbahn waren zumeist nur schwer beladene Lastwagen unterwegs. Mit viel zu hoher Geschwindigkeit rasten sie an uns vorbei und wirbelten den Wüstenstaub zu einem kleinen Sandsturm auf. Sekundenlang raubte uns dieser dann die Sicht.

Wenige, einfach gekleidete Menschen zogen mit ihren Eselskarren oder bepackten Kamelen trotz der gnadenlosen Mittagshitze entlang der Straße zurück in ihre Dörfer. Diese Dörfer lagen oft verstreut und abseits der großen Straße. Auf den Märkten der größeren Ortschaften hatten sie die wenigen Waren, die sie selbst angebaut hatten, verkauft und dann neue eingekauft. Mit diesem Handel konnten die meisten Familien in diesem Land so gerade überleben.

Um unterwegs nicht an einer der wenigen Tankstellen stoppen zu müssen, hatte uns Ali mehrere Kanister Benzin mitgegeben. Zwar setzten wir uns der Gefahr aus, auf dieser Hauptverkehrsstrecke aufzufallen, aber dies war nun einmal der schnellste Weg nach Al Mukalla.

Mit unseren um den Kopf gewickelten Tüchern und den Sonnenbrillen auf der Nase waren wir von außen jedoch kaum von den Einheimischen zu unterscheiden. So erreichten wir ohne Probleme und Kontrollen das etwas außerhalb von Al Mukalla gelegene Haus von Ali Ben Jusufs Bruder.

Wieder einmal wurden wir hier äußerst herzlich aufgenommen. Ich zeigte Alis Bruder den kleinen, schön verzierten Dolch, den Ali mir als Zeichen seiner Gastfreundschaft und als Erkennungszeichen des Clans der Jusufs mitgegeben hatte. Ganz gleich, wo sich ein Mitglied des Jusuf-Clans befand, demjenigen, der diesen Dolch vorzeigte, wurde nicht nur Gastfreundschaft gewährt, sondern uneingeschränkt geholfen. Selbst wenn man sein eigenes Leben dafür riskieren musste. In meinem ganzen Leben hatte ich noch nie ein Geschenk mit einer solchen Symbolik erhalten.

Ich zeigte Ibrahim Jusuf den Dolch und wir begrüßten den Bruder mit einem freundlichen: »Salam Aleikum.« Wir wurden ins Haus gebeten. Auch hier war alles sehr spartanisch, aber gemütlich eingerichtet. Gern hätte ich jetzt Ines und René angerufen, um ihnen mitzuteilen, dass es mir gut ging. Aber es war einfach zu gefährlich. Unsere Widersacher hätten uns leicht abhören und so auf uns aufmerksam werden können.

Wir wussten ja immer noch nicht, ob wir in Sanaa als Ausländer entführt werden sollten oder ob nicht doch eine Verbindung nach Südafrika existierte und wir deshalb verfolgt wurden.

Nach dem Essen, das wieder sehr reichhaltig und köstlich war, erhielten wir ein Glas eines äußerst guten Rotweines. Ibrahim hielt es nicht ganz so streng mit dem Glauben. Er war wesentlich jünger als Ali und durchaus kräftig gebaut, hatte sechs Söhne und drei Töchter – mit seinen drei Frauen, wie er uns voller Stolz nach dem Essen erzählte.

Nachdem wir die Gläser geleert hatten, wurde Ibrahim ruhiger und ernster. »Im Hafen ankerten seit zwei Tagen wieder mehrere Jachten. Diese Jachten tauchen hier regelmäßig, einmal im Jahr auf«, erzählte er uns.

Wir wurden neugierig, und Ibrahim hatte unsere ganze Aufmerksamkeit. Er erzählte weiter, dass es sich hierbei zumeist um Ausländer handelte, die aber auch im Jemen eine große Macht besäßen und von der derzeitigen Regierung geschützt würden.

Auch die Warlords, die im Land ihr Unwesen trieben, hatten großen Respekt vor diesen Männern – gesehen hatte er sie nie.

Im Hafen lagen acht große Luxusjachten. Auf der größten fanden die Treffen statt. Jede dieser Jachten hatte ein weiteres, kleineres Beiboot dabei. Dabei waren diese Beiboote so groß, dass es schon eher eigene kleinere Jachten waren. Auf jeder dieser Mega-Jachten waren auf dem Oberdeck größere Hubschrauber geparkt. Ibrahim zeigte uns seine etwas unscharf geratenen Handyfotos. Deutlich war die Größe der Luxusjachten zu erkennen.

Regelmäßig fuhren kleinere Boote vom Hafen zu den Jachten hinaus und versorgten sie mit allem Notwendigen. Auch mit – wie sie es nannten – »Frischfleisch«. Gemeint waren junge Mädchen und Jungen.

Er stockte plötzlich und fluchte. Wir spürten deutlich, dass ihm missfiel, was dort passierte. Der Jusuf-Clan ließ diese Jachten schon seit Jahren, immer wenn sie vor Anker lagen, überwachen. So wusste Ibrahim zu berichten, dass vor ein paar Stunden ein europäisch aussehender Mann und eine dunkelhäutige Frau auf eine dieser Jachten gebracht worden waren – eine Jacht mit einem schwarzen Rumpf, von der es nur eine im Hafen gab! Die Beschreibung der Personen passte auf Malaika und Philippe. Wir hatten sie eingeholt, aber dennoch knapp verpasst. Ich ärgerte mich, denn nun wurde es wesentlich komplizierter.

Schon seit unserer Ankunft im Jemen hatte ich versucht, mit Claude in Kontakt zu treten, aber vergebens – er antwortete nicht. Das war für Claude sehr ungewöhnlich. Aber bestimmt steckte er wieder mitten in einer seiner geheimen und riskanten Missionen.

Claude und den Rest der Truppe hätten wir jetzt wirklich gut gebrauchen können, denn die Jachten wurden sehr gut bewacht. Von Land aus, auf dem Wasser und auch auf den Schiffen selbst gab es reichlich schwer bewaffnetes Wachpersonal. Außerdem gab es noch eine nicht zu unterschätzende hohe Anzahl von Militär und Polizei in der Stadt. So viel, dass der Eindruck entstand, dass hier gleich ein Krieg ausbrechen würde.

Wie nur sollten Steve und ich alleine Philippe und Malaika von Bord bekommen? Wie sollten wir überhaupt erst einmal unbemerkt an Bord dieser Jacht gelangen? Und wie kämen wir wieder lebend herunter?

Nur Fragen, aber keine Antworten …

CHAOS-STRATEGIE

Nach einem weiteren Glas Rotwein, das mir der Bruder mit einem leichten Augenzwinkern einschenkte, schlief ich auch gleich auf den Kissen in der gemütlichen Sitzecke ein.

Ein Sonnenstrahl, der durch das kleine Fenster schien, erwärmte mein Gesicht und weckte mich auf. Steve und die anderen männlichen Mitglieder der Familie waren bereits beim Frühstück. Die Frauen frühstückten getrennt in einem Nebenraum. Das war normal für dieses Land und ihren Glauben, aber völlig ungewohnt für mich. Ich liebte die gemeinsamen Morgen mit Ines. Bei dem Gedanken an Ines stieg die Sehnsucht in mir auf und für einen Moment hatte ich das Gefühl, als hätte ich ihr wohlriechendes Parfüm in der Nase. Es war noch früh am Morgen, und ich hatte schon eine »Fata Morgana« ...

Noch etwas gerädert von der ungewohnten Schlafhaltung, rappelte ich mich auf und bekam von Steve einen Kaffee gereicht. Dieser war deutlich stärker als der, den ich in dem Café in Sanaa getrunken hatte. Meine Lebensgeister wurden schlagartig aufgeweckt.

Steve lachte mich an und sagte, er hätte einen Plan ... Er sagte nur. »Chaos-Strategie!« Ich schaute ihn ungläubig an und wiederholte fragend wie ein Papagei: »Chaos-Strategie?« – »Ja«, sagte er vollkommen begeistert und sich immer weiter hineinsteigernd. »Ja, diese Strategie funktioniert immer. Je weniger Mittel und Leute einem zur Verfügung stehen, desto lauter und größer muss es knallen!«

»Na, toll!«, sagte ich, als der älteste Sohn des Bruders uns einen weiteren Kaffee nachschenkte. »Und wie stellst du dir das im Einzelnen vor?«, fragte ich nach. – »Ganz einfach«, sagte er daraufhin und steigerte sich immer weiter hinein, »wir werden an allen strategischen Stellen in der Stadt Sprengfallen anbringen, um so die Polizei und das Militär zu blockieren und abzulenken. Weiterhin werden wir einige der Jachten mit ein paar gezielten Schüssen versenken.«

»Na, das ist ja ein Plan«, sagte ich leicht lakonisch zu Steve. »Und das soll funktionieren? Wir sind doch nur zu zweit?«, fügte ich noch hinzu.

»Ja«, sagte Steve immer noch mit einem Leuchten in den Augen, so als ob ein kleiner Junge das erste Mal vor einem hellbeleuchteten Weihnachtsbaum kurz vor der Bescherung stand. »Das wird funktionieren, und das ›Highlight‹ des Ganzen«, er legte eine kurze Atempause ein, »wird der Feuerring sein, den wir um die ganze Hafenausfahrt legen werden«.

Ich erkannte ihn nicht mehr wieder. Irgendetwas musste Ibrahim ihm in den Kaffee getan haben. Zwar kauten hier viele Koka-Blätter, aber im Kaffee hatte ich noch keine wahrgenommen.

»Woher bekommen wir denn die Ausrüstung, die wir für diesen geplanten Show-Akt brauchen?«, warf ich in die illustre Frühstücksrunde ein. »Kein Problem«, mischte sich sichtlich erfreut nun auch noch Ibrahim in die Unterhaltung ein. »Das können wir innerhalb von nur einem Tag beschaffen«.

Mich wunderte hier so langsam gar nichts mehr. Was hatte ich während meines Schlafes nur verpasst? Es schien so, als ob Ibrahim und Steve bereits alles bis ins Kleinste geplant hatten.

»Und wie sollen wir von hier verschwinden?« Wieder antwortete Steve mit einem breiten Grinsen im Gesicht: »Du hast doch gesagt, dass du Helikopter fliegen kannst!«

»Ja schon, aber nicht jeden Typ«, antwortete ich kurz und fügte noch hinzu: »So viel Routine habe ich nicht, dass ich jeden Typ fliegen kann.« – »Auch kein Problem«, meinte Steve, meinen Einwand nicht gelten lassend, »auf der Jacht steht doch eine Agusta, ein schneller Reisehubschrauber mit viel Power und einer recht flotten Geschwindigkeit. Du machst dich mit dem Vogel vertraut, ›Google sei Dank‹, und ich kümmere mich mit Ibrahim und seinen Söhnen um den Rest.«

Was wir zu dem Zeitpunkt jedoch noch nicht wussten, war, dass Ali Ben Jusuf zwischenzeitlich seinen gesamten Clan mobilisiert hatte. So kam es dazu, dass wir am nächsten Tag mit ungefähr zweihundertfünfzig einsatzbereiten Männern rechnen konnten. Jetzt wurde es logistisch immer schwieriger.

Aber Ibrahim hatte für nahezu jedes Problem auch prompt eine Lösung parat. So wurden alle kurzerhand in der ganzen Stadt bei Verwandten untergebracht. Und Verwandtschaft gab es hier reichlich. Für Außenstehende wurde alles so dargestellt, als ob der älteste Sohn von Ibrahim in zwei Tagen Hochzeit hätte. Zur Freude von Yazan war eine passende Braut auch recht schnell gefunden. Wie gesagt, für jedes Problem gab es sofort eine Lösung … Eine Hochzeitsgesellschaft in dieser Größenordnung war etwas völlig Normales für die hiesigen Verhältnisse.

Einen Tag später blickte ich völlig erstaunt in eine Lagerhalle, die nahe am Haus von Ibrahim lag. Ich sah ein unglaubliches Arsenal an Waffen und Ausrüstung. Sogar eine größere Anzahl von Minidrohnen war hier gelagert. Mit dem, was meine Augen hier erblickten, hätte eine kleine Armee in den Krieg ziehen können. Ich traute mich schon gar nicht mehr zu fragen, wo all die Waffen herkamen.

Steve war nun in seinem Element, er lief geradezu zur Höchstform auf. An einer Wand skizzierte er mit Unterstützung Ibrahims, mithilfe eines Stückes Kreide einen Lageplan der Stadt und des Hafengebietes auf.

Es war, als ob Steve nie im Ruhestand gewesen wäre. Offiziell war Steve für solche Operationen mit seinen achtundvierzig Jahren mittlerweile eigentlich schon zu alt. Jedoch war er immer noch durchtrainierter als so mancher Zwanzigjähriger.

Steve teilte die Männer in kleine Gruppen auf. Die einen sollten sich um die Boote kümmern, die anderen um die Polizei und das Militär. Alle Zufahrtsstraßen nach Al Mukalla sollten ebenfalls abgeriegelt werden.

Bis eine mögliche Verstärkung für die hiesigen Soldaten eintreffen konnte, so hatte Steve ausgerechnet, hätten wir knapp zwei Stunden Zeit. Zwei Stunden, in denen wir Philippe und Malaika sowie die anderen Geiseln befreien und mit dem Helikopter fliehen konnten. Ibrahim und seine Verwandten wollten, wenn es für sie ungünstig laufen sollte, in den Bergen untertauchen. Er versicherte mir, dass sie in der umliegenden Berglandschaft vor dem Militär vollkommen sicher wären. Dort gab es Täler und Höhlen, die nur ihnen bekannt waren. Bis dorthin würden sich die Soldaten nicht trauen, und falls doch, so würden sie dort eine böse Überraschung erleben. Nach dem, was ich in der Lagerhalle gesehen hatte, glaubte ich ihm sofort.

Den Plan, die Schiffe im Hafen zu versenken, mussten wir jedoch fallen lassen. Es stellte sich heraus, dass auf den meisten Schiffen noch weitere Geiseln gefangen gehalten wurden. Somit wurde aus dem Versenken der Schiffe kurzerhand ein Entern. Ganz so, wie in alter und bester Piratenmanier. Ich liebte Piratenfilme. Nie hätte ich gedacht, dass ich nun selbst einmal ein Schiff entern würde.

Das Wichtigste an Steves Plan war jedoch, dass die einzelnen Aktionen zeitlich genau aufeinander abgestimmt ablaufen mussten. Und Aktionen würde es reichlich geben, dafür hatten Steve und Ibrahim gesorgt.

Das Überraschungsmoment war jedoch unsere stärkste Waffe, und diese brauchten wir auch gegen die zahlenmäßig überlegenen Soldaten, Polizisten und die Bewachung auf den Jachten.

Die Männer des Jusuf-Clans waren zwar mit dem Umgang von Waffen vertraut, es gehörte zu ihrer Tradition, aber sie waren nun einmal keine ausgebildeten Soldaten wie die in Claudes Truppe.

Ihre Stärke war, dass sie alle hoch motiviert waren, sich endlich dem korrupten und verhassten Regime entgegenzustellen. Zu lange hatten sie auf eine solche Chance wie diese gewartet, um sich endlich einmal gegen die jahrelange Unterdrückung in ihrem Land zur Wehr zu setzen. Sie sahen unser Kommen als ein Zeichen, sich endlich zu erheben. Ali Ben Jusufs Clan war groß und hatte viele Anhänger.

Wir hatten reichlich zu tun und in meinem Kopf schwirrten tausend Gedanken umher. Einer davon gehörte jedoch stets Ines. Dieser Gedanke führte jedes Mal dazu, dass ich mir immer öfter die Frage stellte, ob ich hier das Richtige tat.

Was machte ich hier bloß? So weit weg von Ines, von meinem

Zuhause … Dies war nicht mein Heimatland, nicht mein Krieg. Es war nicht meine Aufgabe, diese Verbrecher zu jagen … oder doch? Wessen Aufgabe war es? Sollte ich auch wegschauen? … Oder sogar davor weglaufen? Rasch schob ich diese Gedanken wieder beiseite.

Ich dachte wieder an Inge und Horst und die vielen anderen, die im Namen dieser Organisation schon ihr Leben verloren hatten – diejenigen, die Flüchtlinge im eigenen Land waren. Niemand auf dieser Welt beschäftigte sich gern mit diesen Dingen. Kein Mensch riskiert freiwillig gern sein Leben!

Insgeheim war ich aber auch ein wenig stolz. Stolz darüber, an dieser Mission teilzunehmen. Ich war ein Teil des Teams. Ich hatte auf einmal Informationen, die nicht einmal in den Nachrichten dieser Welt auftauchten.

Es taten sich Türen auf, von deren Existenz ich zuvor nichts gewusst hatte, geschweige denn geahnt hätte. Ich lernte beeindruckende Menschen wie Ali-Ben Jusuf kennen und hatte neue, wahre Freunde fürs Leben gefunden.

Sollte ich den nächsten Tag nicht überleben, so wusste ich, dass Ines bei René in Sicherheit und Mr Spock bei meinen Nachbarn gut versorgt wären. Mit diesem Gedanken schloss ich meine Augen und konzentrierte mich auf den Plan …

MARKUS VON OPPENHEIM

Von Oppenheim saß noch in seinem Hotel beim Frühstück mit direktem Blick auf den Eiffelturm. Von Oppenheims Büro hätte im Eiffelturm selbst sein können – für die schöne Aussicht hatte er keinen Blick. Er war nicht verheiratet und hatte keine Familie. Ich vermutete, dass er nicht mal einen Vater und eine Mutter hatte …

Er war einfach da und kannte nur ein Ziel in seinem Leben: die Zerschlagung dieser Organisation! Dies war sein Lebensziel. Ein Ziel, das er die letzten vierzig Jahre verfolgte. Und mit seinen nunmehr siebenundsechzig Jahren war er dabei kein bisschen ruhiger oder gar nachlässiger geworden. Im Gegenteil, er hatte seine Anstrengungen in den letzten Monaten noch intensiviert.

Wie erfreut war er über den Umstand, dass René und ich den gleichen Feind hatten! Hocherfreut war er darüber, dass die Organisation nun erstmalig solche Fehler machte – Fehler, die sie so noch vor einem Jahr nie begangen hätten.

Vierzig Jahre lang hatte von Oppenheim sich bereits ein Katz- und-Maus-Spiel mit dieser Organisation geliefert und trotz seines mittlerweile gut ausgebauten Netzwerkes mit den Geheimdiensten anderer Ländern war er der Organisation noch nie so nahe gekommen wie jetzt.

Mit Dupont als Verbündetem stand ihm jetzt eine schnelle und effektive Eingreiftruppe zur Verfügung. Von Oppenheim hatte auch direkten Zugriff auf die GSG 9 in Deutschland. Er musste nicht um Erlaubnis fragen und Anträge ausfüllen, nein, von Oppenheim rief an und schon waren die Sondereinheiten bis in die hinterletzte Ecke dieser Welt unterwegs. Nur konnte er diesen Anruf noch nie tätigen, da er bisher nie ein konkretes Ziel hatte.

Von Oppenheim konnte auf dem Weingut in Frankreich seinen

ersten großen Erfolg gegen die Organisation verbuchen. Das Desaster, dass Bremer in Südamerika untergetaucht war, war nun vergessen. So etwas würde ihm nie wieder passieren. Entsprechend hart war er nun auch zu Bremer in den Verhören. Von Oppenheim waren die Genfer Konventionen egal …

Hier ging es schließlich nicht um eine kleine Bande oder einen kleinen Diktator. Nein, hier ging es um eine Bedrohung, die den ganzen Globus umspannte. Wenn diese Organisation nicht gestoppt würde, wo sollte das noch hinführen? Schon jetzt besaß sie so viel Macht und Einfluss, dass sie ganze Regierungen stürzen konnte, so viel Geld, dass sie die Weltwirtschaft zusammenstürzen lassen konnte. Ihr Hunger nach Macht und Einfluss war grenzenlos und noch lange nicht gestillt – was ihr immer noch sehr großes Interesse an der »Greenbox« in der Winter AG ja bewies.

Zufrieden saß von Oppenheim mit Dupont beim Frühstück. Gestern war Bremer umgefallen, gestern hatten sie ihn geknackt und es sprudelte nur so aus ihm heraus.

Zum ersten Mal nannte Bremer die Namen der Hintermänner, Pardon: Frauen. Ja, von Oppenheim und Dupont staunten nicht schlecht. Denn der eigentliche Drahtzieher war die kühle Chinesin, die sich in Düsseldorf als seine Assistentin ausgegeben hatte. Sie spielte ihre Rolle so perfekt, dass man sie nie ernsthaft in Verdacht hatte. Mit ihrer genialen Tarnung konnte sie sich frei und unerkannt bewegen.

Diese Organisation war deshalb so gefährlich, weil sie mehr Einfluss als alle bisher bekannten Verbrecher und Terrorgruppen zusammen hatte.

Bremer war der Kopf in Europa, aber der gefährlichere Kopf der Organisation war diese Chinesin, wie sich herausstellte. Kein Wunder, dass Bremer Angst um seine Tochter hatte. Zwar trug auch Bremer die Maske des biederen und anständigen Geschäftsmannes, doch Lee Wu war das noch skrupellosere Gesicht hinter der Maske. Meine Oma würde bestimmt wieder sagen: »Der Teufel ist ein Eichhörnchen!«

Sprich: »Nicht immer ist es so, wie es scheint, und manchmal kann aus etwas vermeintlich Harmlosem etwas Böses erwachsen ...«

Nachdem von Oppenheim nun wusste, nach wem er suchen musste, dauerte es noch eine Weile, bis er die Spur der Chinesin aufgenommen hatte. Von Oppenheim war wie ein bissiger Terrier. Hatte er sich einmal verbissen, ließ er nicht wieder los. Ich war nur froh, dass ich auf seiner Seite stand und er uns in Düsseldorf so schnell wieder hatte laufen lassen.

Von Oppenheim und Dupont hatten, ohne dass Steve und ich dies wussten, inzwischen Claude und seine Truppe heimlich über den Seeweg in den Jemen geschickt. Wir waren Philippes und Malaikas Spur in den Jemen gefolgt und Claude war der Chinesin auf der Spur. Alles lief nun im Jemen zusammen.

SHOWDOWN IM JEMEN

An dem Tag, an dem wir unsere Aktion starten wollten, lief plötzlich eine neunte, noch größere Jacht ein. Wir hatten ein Ziel mehr und mussten rasch improvisieren.

Steve plante eilig alles um, und ich beschloss, mich zusammen mit Atif, dem zweitältesten Sohn von Ibrahim, der Jacht zu widmen, auf der wir Philippe und Malaika vermuteten. Steve wollte sich persönlich um das zuletzt eingelaufene Schiff kümmern.

Auf einmal wurde es in unserer kleinen Kommandozentrale mit direktem Blick auf den Hafen unglaublich laut. Das dröhnende Geräusch kam von den Schiffen her. Auf allen neun Jachten wurden die Turbinen der großen Hubschrauber gleichzeitig gestartet. Die Rotoren fingen langsam an, sich fast zeitgleich zu drehen.

Mit dem Fernglas konnten wir beobachten, wie einige ältere Herren mit ihren Leibwächtern in die auf dem obersten Deck geparkten Helikopter stiegen. Ich traute meinen Augen nicht: Auf der Jacht, die zuletzt eingelaufen war, erkannte ich eine Frau wieder – es war die Chinesin, die mir in Bremers Büro den Anstellungsvertrag ausgehändigt hatte. Was machte die bloß hier?

Da mir von Oppenheim seine neusten Erkenntnisse aus den Verhören mit Bremer noch nicht mitgeteilt hatte, war ich völlig irritiert und mir fiel spontan keine passende Erklärung dafür ein.

Es dauerte nur wenige Minuten und die Hubschrauber starteten gleichzeitig und flogen dann wie eine aneinandergereihte Perlenkette über uns hinweg. Sie flogen ins Landesinnere in Richtung Berge. So ein Mist, damit war die ganze Planung umsonst gewesen.

Was machte bloß diese Asiatin hier? Meine Gedanken rotierten wie die Rotorblätter der Helikopter.

Die Chinesin war auf der größten dieser riesigen Megajachten angekommen, und es sah so aus, als ob sie das Sagen hätte und alle nur auf sie gewartet hätten. Die Bodyguards schützten sie, als sie in den Helikopter stieg.

Ich erzählte Steve von meiner ersten Begegnung mit dieser Frau vor einigen Monaten bei Bremer in Düsseldorf. Er überlegte kurz und meinte dann: »Könnte sie vielleicht einer der Köpfe der Organisation sein?«

Wenn das stimmte, bekäme die Begegnung mit ihr eine völlig neue Bedeutung für mich. Sie saß nicht irgendwo auf der Welt, sie saß quasi vor meiner Haustür. Steve und ich schauten uns etwas ratlos an. Was sollten wir tun?

Wir konnten jetzt zwar noch die Jachten entern, aber dann wären sie mit Sicherheit gewarnt gewesen und würden verschwinden. In mir keimte der Verdacht auf, dass wir hier möglicherweise und unbeabsichtigt auf ein Geheimtreffen der Organisation gestoßen waren. Alles gut getarnt als Jachtausflug der Superreichen.

Obwohl Claude und ich verabredet hatten, von Oppenheim nicht darüber zu informieren, dass ich Philippe suchte, wollte ich von Oppenheim zumindest über meine Entdeckung mit der Chinesin berichten. Von Oppenheim hatte schließlich einen besseren Überblick und mehr Informationen vorliegen als ich. Ich rief ihn an, teilte ihm meine Entdeckung mit und welchen Plan wir hatten.

Für einen kurzen Moment herrschte Totenstille in der Leitung. Dann sagte von Oppenheim, dass wir um Punkt zehn Uhr, wie geplant, losschlagen sollten. Claude und seine Kameraden sowie weitere Spezialkräfte wären bereits im Jemen. Nun war ich völlig überrascht und brachte für einen Moment keinen Ton heraus. Von Oppenheim ließ mir auch keine Zeit, um eine weitere Frage zu stellen. Er legte auf.

Unglaublich! Was war nur in den letzten Tagen passiert? Was machten Claude und seine Kameraden hier?

Auch wenn von Oppenheim ein recht wortkarger Typ war, so konnte ich mich stets auf seine Informationen und Aussagen verlassen.

Es war Viertel vor zehn und wir legten ab. Wir fuhren mit neun kleineren Versorgungsbooten in Richtung der Jachten.

Ich fuhr mit dem Boot zu der Jacht, wo wir Philippe und Malaika vermuteten, der Jacht mit dem schwarzen Rumpf.

Steve war unterdessen mit einem weiteren kleinen Trupp auf dem Weg zur größten Jacht, zu der, die zuletzt im Hafen vor Anker gegangen war.

Alles hing nun davon ab, dass wir blitzschnell und gleichzeitig agierten. Auf jedem der Versorgungsboote waren nur zwölf Männer des Jusuf-Clans, die wie ich auch in traditioneller Kleidung getarnt als Helfer zum Entladen der Boote mitfuhren. Wären wir zu viele auf den Booten gewesen, wären wir sofort aufgefallen.

Alle an Board waren bis an die Zähne bewaffnet.

Unser erstes Ziel waren die bewaffneten Wachen auf den Jachten. Sie galt es als Erstes und vor allem so schnell wie möglich auszuschalten. Und genau dafür hatte ich mir ein nettes Ablenkungsmanöver einfallen lassen.

Wir spekulierten darauf, dass sich die eigentliche Bootsbesatzung aus dem bevorstehenden Kampf heraushalten würde. Falls nicht, waren sie eindeutig in der Überzahl und wir mussten uns einmal mehr auf unser Glück und das Überraschungsmoment verlassen. Eigentlich kein guter Plan. Wie sagte Steve noch so schön? »Chaos-Strategie« halt.

Wir kamen den Jachten immer näher. Je dichter wir kamen, umso größer wurden sie. Aus der Ferne waren es schon prächtige Schiffe, aber aus der Nähe wirkten sie gigantisch. Größere Jachten hatte ich bisher nie gesehen.

Wir machten seitlich fest, und schon öffnete sich der Schiffsrumpf. Eine riesige Klappe, durch die ein Kleinlaster hätte fahren können, wurde hydraulisch geöffnet. Mit einem Elektrogabelstapler fuhr jemand zum Entladen an unser Boot heran. Es war unglaublich, was es hier alles gab …

Die elf anderen und ich entluden nun unsere mitgebrachten Waren auf eine Holzpalette direkt am Gabelstapler. Argwöhnisch wurden wir dabei von drei schwarz gekleideten und finster dreinblickenden Männern mit ihren Maschinengewehren im Anschlag bewacht.

Plötzlich sahen wir eine Signalrakete am Himmel. Der ganze Hafen wurde von dem roten Licht der Rakete hell erleuchtet. Das war das Signal, auf das wir gewartet hatten. Es war Punkt zehn Uhr und das »Chaos« konnte beginnen.

Die drei bewaffneten Männer, noch irritiert von der Signalrakete, waren für einen Moment abgelenkt und hatten dabei gar nicht bemerkt, dass wir uns ihnen bereits unauffällig genähert hatten.

Mein Adrenalinspiegel war wieder auf hundertachtzig. Blitzschnell zog ich mein Messer, das ich unter dem Umhang und am traditionellen Wickelrock trug, hervor und stieß ohne zu zögern zu. Noch völlig irritiert und mit weit aufgerissenen Augen sackte der Wächter zu Boden.

Er gab keinen Laut von sich, mein Messer traf ihn direkt in den Hals. Den anderen beiden erging es nicht besser. Schnell nahmen wir ihnen die Maschinenpistole aus der Hand.

Bis jetzt war kein einziger Schuss gefallen.

Der indisch aussehende Gabelstaplerfahrer gehörte zur Crew und saß mit weit aufgerissen Augen und erhobenen Händen auf dem Sitz des gelben Staplers und bewegte sich nicht. Ich schaute ihn ernst an und hielt einen Finger vor den Mund.

Ein internationales Zeichen – er verstand sofort.

Wir versteckten die drei toten Wachen im Lagerraum, fixierten den Gabelstaplerfahrer mit Plastikbindern am Lenkrad und arbeiteten uns im Schiff weiter vor. Unser nächstes Ziel waren nun die dem Hafen zugewandten Seiten auf Deck drei und vier.

Auch von den anderen Booten hörten wir keine Schüsse. Es blieb gespenstisch ruhig, und jetzt kam Teil zwei des Plans.

Genau im Zeitplan, fünf Minuten nach der Signalrakete, flogen nun laute benzinbetriebene und funkgesteuerte kleine Drohnen auf die Jachten zu. Sie waren so laut, dass man sie überall im Hafen und auf allen Jachten hören musste. Die beabsichtigte Wirkung trat sofort ein. Alle Besatzungsmitglieder einschließlich der Wachen bewegten sich daraufhin wie geplant in Richtung der dem Hafen zugewandten Seiten.

Nach einer Weile fing der erste Wachposten an, auf die kleinen Drohnen zu feuern. Es waren insgesamt zwei Drohnen in Richtung einer jeden Jacht unterwegs. Als nach einer Weile die erste der beiden funkgesteuerten Drohnen abgeschossen war, jubelten sie an Bord und fingen nun alle mit Eifer an, auf die zweite zu schießen. Zu lange hatten sie wohl nicht mehr feuern dürfen. Auf allen Jachten begann ein regelrechtes Wettschießen.

Jeder wollte derjenige sein, der eine dieser Drohnen vom Himmel holte. Laut schallten dabei die Schüsse durch den Hafen. Sie schossen so lange, bis ihre Magazine leer waren und auch die letzte der Drohnen ins Wasser gestürzt war.

Perfekt – jetzt kam unser Auftritt.

Rasch hatten wir uns über die Decks verteilt. Es standen ungefähr zwanzig völlig schwarz gekleidete Wachleute, über zwei Decks verteilt, an der Reling. Wir traten aus den Schatten der Türen hervor und gaben uns zu erkennen. Einige erfassten die Situation sofort, ließen ihre Waffe fallen und streckten ihre Arme gen Himmel. Andere glaubten noch, sie könnten sich den Weg freischießen. Unsere Kugeln trafen sie hart und belehrten sie eines Besseren. Ich brauchte zum Glück nicht mehr zu töten.

Die vier Wachleute, die ich im Blick hatte, streckten ihre Arme sofort hoch. Alle wurden wie kleine Päckchen mit Kabelbindern fixiert. Die Besatzung zeigte sich wie erhofft kooperativ.

An Land wurden zeitgleich die örtliche Polizei und das stationierte Militär außer Gefecht gesetzt. Ibrahim hatte mit seinen Männern die Zufahrten zu den Kasernen und Polizeigebäuden gesprengt.

Mit gut postierten Schützen sorgten nun wenige Männer des Jusufs-Clans dafür, dass keiner mehr aus den Gebäuden herauskam. Gegen die hoch motivierten Männer des Jusuf- Clans und gegen das Überraschungsmoment hatten sie einfach keine Chance.

Die meisten Polizisten und Soldaten ergaben sich und wurden daraufhin in das nun völlig überfüllte Gefängnis der Stadt gesperrt. Wir durchsuchten Kabine für Kabine des Schiffes, und es waren viele Kabinen. Aber nirgends fanden wir eine Spur von Philippe und Malaika. Langsam geriet ich in Panik.

Das konnte doch nicht sein – wir waren uns doch so sicher gewesen ...

Alle Informationen, die wir hatten, besagten, dass sich beide auf diesem Schiff aufhalten mussten. Doch wo waren sie nur?

Ich funkte Yazan an, doch auch bei ihm auf dem Schiff keine Spur von den beiden. Was er mir jedoch mitteilte, war grausam und abscheulich zugleich: In einer Kabine hatten sie die zerstückelten Leichen eines vielleicht zehn Jahre alten schwarzen Jungen und eines weißen Mädchens gefunden. Beide waren grausam zugerichtet. Weitere drei Jungen im Alter zwischen 8 und 11 Jahren waren in einer viel zu kleinen Kabine wie kleine Hamster eingesperrt – Frischfleisch für den alten perversen Eigner der Jacht.

Für diese Personen gab es keine Gesetze, keine Moral, wie wir sie kannten. Sie fühlten sich mittlerweile unantastbar, an keine Gesetze oder moralischen Werte gebunden. Sie glaubten, sie könnten ihre irren Veranlagungen ausleben, wie es ihnen gerade gefiel.

Jahrzehntelang hatten sie unentdeckt agiert. Jahrzehntelang wurden sie für ihre Taten nicht zur Verantwortung gezogen. Ihr uneingeschränktes Handeln hatte sie ja schließlich darin bestärkt, dass es für sie keine Gesetze und Strafen gab.

Ihre Opfer wurden immer unauffällig entsorgt. Es gab Methoden und Wege, Menschen quasi in Luft aufzulösen. Ein Flug oder eine Schiffsreise über das weite Meer ... Das Meer war tief und was es einmal verschlang, war für immer verschwunden.

Auch auf den anderen Booten fanden sie junge Mädchen und Jungen, Lustobjekte dieser skrupellosen Verbrecher. Nur auf dem Boot der kühlen Asiatin war nichts zu finden.

Die Besatzungen auf den Jachten waren ganz normale Matrosen. Sie waren fest davon überzeugt, dass Ihre Eigner »nur« stinkreiche Geschäftsleute seien. Sie wunderten sich lediglich darüber, dass sie die eigentlichen Besitzer so gut wie nie zu Gesicht bekamen.

Diese Jachten hatten so viele Decks, dass wir schon fast ein Navigationsgerät zur Orientierung brauchten. Es gab Bereiche auf den Schiffen, in denen sich das normale Personal nicht aufhalten durfte. Diese waren für sie tabu.

Später stellte sich noch heraus, dass einige der Besatzungsmitglieder schon seit über fünfzehn Jahren auf den Schiffen fuhren und den Eigner noch nie zu Gesicht bekommen hatten. Nur wenige hatten einen direkten Zugang zu den rein privaten Bereichen der Besitzer.

Auf dem mittleren Deck setzte ich mich vollkommen frustriert auf einen Liegestuhl in den Schatten. Die Sonne stieg unablässig dem Zenit entgegen und der Wüstenwind, der über den Hafen wehte, brachte auch keine Kühlung mit sich.

Gefrustet und in Sorge um Philippe und Malaika blickte ich auf die anderen Schiffe und den Hafen. Steve und die anderen hatten bereits damit begonnen, alle von den Schiffen herunter zum Hafen zu bringen.

Dann klingelte mein Handy; es war von Oppenheim. Er berichtete mir, dass sie alle erwischt hätten, alle auf einmal. Dabei verfiel er in einen Ton und eine Tonlage, die ich von ihm bisher noch nicht kannte.

Von Oppenheim, ein eigentlich ruhiger und schweigsamer Typ, berichtete mir nun wie ein Sportmoderator, der ein aufregendes Fußballspiel moderierte, dass alle neun Helikopter in die Berge geflogen seien. In einem versteckt gelegenen Tal waren sie dann gelandet, um in einem großen Beduinenzelt ihre Versammlung abzuhalten. Hier fühlten sie sich anscheinend vollkommen sicher.

Seit Jahrzehnten hielten sie hier, abseits der Zentren der Welt und im Schutz der Berge, ihre eigene Weltkonferenz ab. Eine Konferenz, bei der es nicht um das Wohl der Menschheit oder eines Landes ging, nein, hier ging es um Macht – und zwar ausschließlich nur um ihre Macht. Darum, wie sich ihre Macht ausbauen ließe und sie ihren Einfluss in der Welt weiter vergrößern konnten.

Es war eine Ansammlung von Personen, die nur sich selbst in

den Mittelpunkt stellten. Ihre Macht wurde, wie die der Monarchen, vererbt. Eine Macht, die zurückreichte bis zu einer Zeit, als die Menschheit angefangen hatte, untereinander Handel zu treiben.

Parallel zu der Welt, die wir kannten, deren Geschichtsaufzeichnungen wir in der Schule gelernt hatten, gab es die Welt dieser Geheimorganisation. Die Köpfe dieser Organisation stammten aus den unterschiedlichsten Ländern mit ihren eigenen Glaubensrichtungen, und auch wenn sich ihre Glaubensbrüder offiziell bekriegten, so war der Glaube an sich nie ein Problem zwischen ihnen. Der Glaube war kein Hindernis, um gemeinsame Geschäfte zu betreiben und damit dem Rest der Welt ihre Macht aufzuzwingen.

Nach dem Telefonat mit von Oppenheim brachte Atif den Kapitän der Jacht zu mir. Es war ein Asiat. In perfektem Englisch berichtete er mir von einem U-Boot, das unter dem Schiff angebracht sei. Vermutlich wären dort die Personen, nach denen wir suchten.

»Ein U-Boot?« … ich staunte nicht schlecht. Damit hatte ich nicht gerechnet. Rasch folgte ich dem Kapitän unter Deck und in den Maschinenraum, der zum Schott führte, durch das man trocken in das U-Boot gelangen konnte. Nachdem der Kapitän drei Sicherungsriegel entfernt hatte, betätigte er einen Schalter, und das schwere runde Stahlschott wurde von einem Elektromotor angetrieben geöffnet.

Ich stieg aufgeregt und so schnell ich konnte in das U-Boot hinunter und war überrascht, wie geräumig es hier unten war. Ohne Weiteres hätte man hier vermutlich über zwanzig Personen unterbringen können.

Ich startete meine Suche im vorderen Teil des U-Boots. Nachdem ich einen schweren Kunststoffvorhang beiseitegeschoben hatte, erblickte ich Philippe und Malaika, die mit Handschellen fixiert auf dem Boden lagen. Sie hatten blutige Stellen im Gesicht und ihre Kleidung sah dreckig und zerschunden aus. Wie vermutet, hatte man sie gleich nach ihrer Landung entführt.

Nachdem ich sie aus ihrer misslichen Lage befreit und Philippe freudig umarmt hatte, funkte ich völlig erleichtert die gute Nachricht an Steve. An Deck tranken beide einen Schluck Wasser und dann brach Malaika auch schon in Tränen aus und sagte nur: »Mary, Mary – wo ist nur Mary?«

Ich funkte erneut Steve an und fragte ihn, ob er unter den befreiten Geiseln auch Mädchen entdeckt hätte. »Ja«, antwortete er sofort. Er hätte insgesamt fünf Mädchen von den übrigen Schiffen an Land gebracht, und auf zwei von ihnen könnte Marys Beschreibung passen.

Für Malaika gab es nun kein Halten mehr. Obwohl sie sichtlich geschwächt war, raffte sie sich rasch auf und kletterte ohne Hilfe in das Versorgungsboot. Ihre Aufregung und gleichzeitige Nervosität standen ihr buchstäblich ins Gesicht geschrieben. Philippe und ich begleiteten sie, und wir hofften inständig darauf, Mary zu finden.

Zwar hatten die Qualen und Misshandlungen bei Malaika ihre Spuren hinterlassen, aber ihrer Ausstrahlung und natürlichen Schönheit konnte das nichts anhaben. Ich konnte Philippe nur zu gut verstehen, warum er dieser Frau gleich bei ihrer ersten Begegnung verfallen war.

Wir fuhren rasch an Land und wurden von einem strahlenden Steve empfangen. Steve und Philippe kannten sich ja noch von ihren früheren gemeinsamen Einsätzen, und entsprechend groß war bei beiden die Freude über das Wiedersehen.

Einmal ein Mitglied der Truppe – immer ein Mitglied der Truppe. Wie die Jungs zu sagen pflegten: »Einer für alle – alle für einen«. Wenn sie dies sagten, musste ich immer lachen – Franzosen halt, echte Musketiere.

Malaika stürmte an uns vorbei in den Raum des Hafenmeisters. Hier hatte man alle befreiten Geiseln untergebracht, und die Frauen des Jussuf-Clans waren bereits dabei, die Kinder zu versorgen. Malaika sah Mary auf dem Boden sitzen und einen Tee trinken. Als Mary ihre Mutter sah, sprang sie sofort auf und stürzte auf sie zu. Beide schlossen sich freudig in die Arme und ihnen liefen Tränen übers Gesicht. Alleine dieser Moment war es wert, dass wir das ganze Risiko auf uns genommen hatten.

Was konnte es auf dieser Welt Schöneres geben als dieses Bild – zwei Menschen, die sich liebten, hatten sich wieder gefunden!

Ich dachte an Ines und musste mich zusammenreißen, sonst hätte ich glatt mitgeheult.

Steve brachte Philippe gerade auf den neusten Stand, als mein Handy klingelte. Es war wieder von Oppenheim, der sagte, dass die Operation fast abgeschlossen sei. Ich wiederholte ihn wieder wie ein Papagei: »Fast?« – »Ja«, sagte er, machte eine kurze Gesprächspause und fügte noch hinzu: »Bis auf die Chinesin haben wir alle Köpfe der Organisation erwischt. Nur diese eine Frau ist entkommen. Wie ihr das gelungen ist, ist noch vollkommen unklar.«

Wieder einmal hatte sie es geschafft und war ihren Jägern wie ein glitschiger Aal entkommen.

Nach weiteren zwanzig Minuten hörten wir bereits die Rotoren der ersten Hubschrauber, und auf einmal wurde es auf dem großen Platz vor den Hafengebäuden richtig laut. Drei größere Militärhubschrauber sowie zwei der größeren Hubschrauber von den Jachten landeten nacheinander. Langsam ließen sie die Turbinen herunterlaufen und die Soldaten stiegen aus.

Ich konnte Claude, Logan und Jack erkennen, unverkennbar war ihr Gang. Auch Niklas und Mike kamen auf uns zu.

Das war also ihr streng geheimer Auftrag …

Nachdem wir uns alle herzlich begrüßt hatten, ging Claude mit ernstem Blick auf Philippe zu. Dieser hatte sich etwas im Hintergrund gehalten. Er hatte Claude gegenüber schon ein mächtig schlechtes Gewissen. Claude blieb vor Philippe stehen und schaute ihn ernst an. Ich befürchtete, dass Claude ihm gleich eine reinhauen würde.

Aber im Gegenteil. Claude lächelte und nahm Philippe in den Arm. Das war äußerst ungewöhnlich für Männer, die beim Militär waren und deren Job das Töten war. Claude war nur heilfroh darüber, dass Philippe lebte.

In einem späteren Gespräch sagte Claude Philippe noch, dass er sich, wenn er noch einmal Sorgen und Probleme hätte, doch gefälligst früher an ihn wenden sollte. Das war das Einzige, was

Claude Philippe vorwarf – danach sprachen beide nie wieder ein Wort über dieses Thema.

Ibrahim kümmerte sich unterdessen um die Verwaltung der Stadt. Er sagte uns, dass es in allen anderen größeren Städten des Landes einen Aufstand gegeben hätte. Der Jusuf-Clan hätte zusammen mit seinen Anhängern unter Führung von Ali Ben Jusuf die Macht im Jemen übernommen. Sie hatten nun die Gewalt über die Medien, die Polizei und den größten Teil des Militärs. Es gab nur noch wenige Warlords, die sich widersetzt und sich in die Wüste und in die Berge zurückgezogen hätten. Mit Ali Ben Jusuf an der Spitze hatte dieses Land eine echte Chance auf eine friedliche Zukunft.

Es war zwar sehr ärgerlich, dass ausgerechnet die Chinesin, die vermeintliche Führerin dieser Organisation, verschwunden war. Aber immerhin hatte von Oppenheim der Organisation einen schweren Schlag zugefügt. Mit der Gefangennahme dieser Führungsriege hatte er gute Aussichten, weitere Zusammenhänge aufzuklären und so das gesamte Netzwerk zu enttarnen.

Ich jedenfalls wollte nun so schnell wie möglich zurück nach Frankreich, zurück zu Ines. Ich verabschiedete mich von Ibrahim, seinen Söhnen und den Jungs, ganz besonders von Steve, der in den letzten Tagen wie ein Bruder für mich geworden war. Ein weiterer Bruder in dieser Truppe.

Ich versprach, sie auf jeden Fall alle zu meiner geplanten Hochzeit mit Ines einzuladen – dieses Mal jedoch eine Hochzeit ohne Brautentführung. Die Jungs mussten lachen und versprachen, auf jeden Fall zu erscheinen.

Claude flog mich mit dem schnellsten Hubschrauber, der Agusta, zum Flughafen nach Sanaa zurück. Hier hatte von Oppenheim bereits einen Rückflug der besonderen Art für mich organisiert.

Als wir neben einer F/A18 Super Hornet, einem amerikanischen Kampfjet landeten, staunte ich nicht schlecht. Von Oppenheim hatte alle Hebel in Bewegung gesetzt und alle Knöpfe gedrückt, um mir diesen schnellen Rückflug zu ermöglichen.

Jeff, so erfuhr ich, war nun mein neuer Pilot. Er wurde extra von einem im Golf von Aden liegenden amerikanischen Flugzeugträger für diesen Flug abkommandiert. Jeff war ein Typ, der glatt in dem Film »Top Gun« hätte mitspielen können. Er war groß gewachsen und hatte ein von der Sonne gebräuntes Gesicht, einen markanten Ausdruck und den typischen militärischen Kurzhaarschnitt. Genauso stellte man sich einen amerikanischen Luftcowboy vor.

Es stellte sich heraus, dass dies auch sein erster Flug mit einem »Zivilisten« an Bord war. Mit einem Lächeln im Gesicht erklärte er mir, dass er angewiesen worden sei, mir auf jeden Fall einen unvergesslichen Flug zu bieten. Ich glaube, dies war von Oppenheims Art, Danke zu sagen.

Claude hatte sich bereits verabschiedet, aber nicht, ohne mir vorher zu versprechen, auf jeden Fall mein Trauzeuge zu sein. Ganz gleich, welcher Auftrag anstand, gleich welcher Krisenherd auf der Welt brannte, er würde kommen …

Ich zog mir gerade meinen Fliegeroverall an und benötigte Jeffs Hilfe, um sämtliche mir unbekannten zusätzlichen Ausrüstungsgegenstände richtig anzubringen.

Bei der Anti-g-Hose musste ich besonders aufpassen, sonst wäre die Kinderplanung jetzt schon und im wahrsten Sinn des Wortes in die Hose gegangen – so fest wurde sie angezogen. Diese Hose verhinderte, dass mein ganzes Blut bei der bevorstehenden Geschwindigkeit in meine Beine gedrückt wurde und ich ohnmächtig wurde.

Mit Schwimmweste und Helm sah ich nun aus wie Tom Cruise in »Top Gun«. Wenn das getönte Visier unten war …

Noch nie zuvor, meinte Jeff zu mir, hätte er es erlebt, dass in so kurzer Zeit alle Überfluggenehmigungen vorgelegen hätten. Für einen Moment fühlte ich mich wie ein echter VIP.

Über einen Tritt am Rumpf konnte ich auf den Copilotenplatz klettern – mit der Anti-g-Hose gar nicht so einfach. Jeff erklärte mir nun in der Kurzversion, was ich alles vor mir hatte. Nur vor dem Griff des Schleudersitzes warnte er mich mit einem ernsten Gesichtsausdruck.

Ich blickte vor mir auf einen Monitor und gefühlte tausend

Knöpfen drum herum. Für mich wird es für immer ein Rätsel bleiben, wie hier überhaupt jemand den Überblick behalten konnte. Ich beschloss, auf jeden Fall meine Finger bei mir zu halten und einfach die Aussicht zu genießen.

Als auch Jeff vor mir Platz genommen hatte, senkte sich langsam und automatisch die durchsichtige Haube über meinen Kopf. Über das im Helm eingebaute Headset konnten wir uns ausgezeichnet verständigen, und so konnte ich auch die Gespräche zwischen Jeff und dem Tower mitverfolgen.

Als sein Check abgeschlossen war, bekam er auch sofort die Starterlaubnis. Die Turbine hinter uns lief bereits lautstark und ich versuchte gerade, mich mental auf einen Ritt mit dieser Rakete vorzubereiten.

Jeff rollte langsam zur Startbahn und mir wurde gerade bewusst, was nun kam. Je lauter die Turbine heulte, desto mulmiger wurde es mir. Mensch Paul, worauf hast du dich da nur wieder eingelassen …

Fliegen war cool, klar, aber dies hier war eindeutig etwas anderes als ein Hubschrauber. Dann kam auch schon Jeffs Frage: »Alles o. k.?« Ich sagte, obwohl es nicht stimmte: »O. k.!«

Jeff gab vollen Schub und wir schossen mit einer unglaublichen Beschleunigung nach vorn. Ich wurde so fest in den Sitz gepresst, als ob eine Dampfwalze über mich hinwegrollen würde. Die Startbahn flog förmlich an mir vorbei und ich richtete meinen Blick fest nach vorn. Wenn ich zur Seite geblickt hätte, wäre mir vermutlich richtig übel geworden. Pfeilschnell schossen wir nach vorn und dann ging es plötzlich steil in den Himmel hinauf.

»Jeeeeehh!«, schrie ich vollkommen begeistert und um meine Anspannung zu verdrängen in den Helm hinein. Es war ein supergeiler Flug und meine Anspannung verflog sofort, als wir in die waagerechte Fluglage übergingen.

Ich hatte eine unglaubliche Aussicht und Jeff erklärte mir gerade einiges über die Flugeigenschaften des Flugzeuges, als wir auch schon mit Mach 2 einen Airbus der Lufthansa überholten. Wir schossen so schnell an ihm vorbei, dass man glauben konnte, dass dieser in der Luft stillstünde.

In weniger als zwei Stunden landeten wir auf dem Flugplatz Charles de Gaulle in Paris. Ein Wahnsinnserlebnis! Völlig begeistert dankte ich Jeff für sein Unterhaltungsprogramm während des Fluges.

Nun kannte ich fast sämtliche Flugmanöver, die man mit dieser Rakete fliegen konnte. Jeff war sichtlich erfreut darüber, dass mir der Flug gefallen hatte. Besonders froh wohl auch darüber, dass ich meinen Mageninhalt bei mir behalten hatte …

In seiner lockeren Art verabschiedete sich Jeff von mir und ging wieder zurück zu seinem auf dem Vorfeld geparkten Jet. Sicherlich gab es mittlerweile schon schnellere Kampfjets, aber der Flug in dieser Super Hornet war für mich völlig ausreichend – ein echter »Hammer-Flug«!

Im Privatbereich des Flughafens schauten mich die Beamten nur ungläubig an. Nie zuvor war hier ein amerikanischer Militärjet gelandet. Entsprechend irritiert blickten die Beamten, als ich ohne Gepäck in einem amerikanischen Fliegeroverall meinen deutschen Pass vorlegte und dabei den weißen Fliegerhelm in der Hand hielt.

Der Helm war ein Geschenk von Jeff. Noch vor dem Start hatte er mit einem schwarzen Edding meinen Namen auf den Helm geschrieben. Ein nettes Präsent zur Erinnerung an mein Abenteuer im Jemen und eine Erinnerung an einen unglaublichen Flug in einem Kampfjet.

Ich konnte die Passkontrolle zügig passieren – und da standen auch schon Ines, Bianca und René. Sie hatten auf einem Stehtisch eine Flasche Champagner und mehrere Gläser aufgestellt.

Ich war etwas irritiert, denn der ganze Bereich war menschenleer. Nur Ines, Bianca und René wedelten fröhlich mit den Armen, als sie mich sahen. Ines stürmte gleich auf mich zu und drückte mich fest. Ich war überglücklich, als ich sie endlich wieder in den Armen hielt. Ich roch ihr Parfüm und meine Knie wurden weich …, ich wusste, ich war wieder zu Hause.

Nie zuvor hatte ich eine Frau inniger und aufrichtiger geliebt als Ines. Wir küssten uns und verschmolzen förmlich miteinander. Für einen Moment hatte ich das Gefühl, als würden wir über den Boden schweben. Nach einer gefühlten Ewigkeit rangen wir beide nach Atem.

In der Zwischenzeit hatte sich die kleine Halle ein wenig gefüllt. Im Hintergrund erkannte ich die Bundeskanzlerin, die lachend mit dem französischen Präsidenten unsere wilde Knutscherei kommentierte und erfreut applaudierte.

Was war hier nur los? Ines, Bianca und René lachten ebenfalls breit über ihre Gesichter.

Natürlich ohne Presse erhielt ich von beiden Ländern einen Orden. Nun bereits meinen zweiten und dritten, eine Urkunde dazu durfte es ja immer noch nicht geben. Was passiert war, ist offiziell nie bekannt geworden. Es war und blieb eine Geheimoperation.

Hätte die Öffentlichkeit von dieser Organisation Kenntnis erhalten, wäre das Vertrauen in Recht und Ordnung erschüttert worden. Daher beließen es die Staatsoberhäupter dabei, dass die Verschwörungstheorien in der Öffentlichkeit öfter wild diskutiert wurden, aber sie kommentierten sie nie. Nur kein Öl ins Feuer gießen.

Nach zum Glück kurzen Reden von beiden trank ich mit ihnen noch ein Gläschen des vorzüglichen Champagners. Ines hielt sichtlich stolz und froh darüber, dass ich gesund und heil zurückgekehrt war, die ganze Zeit meine Hand.

René und Bianca sprachen gerade mit dem französischen Präsidenten über mögliche Weinlieferungen an den Élysée-Palast. Das war typisch René – der Vertrieb lag ihm einfach im Blut.

Von der Bundeskanzlerin erfuhr ich noch, wie wichtig ihr trotz Stress und der vielen Reisen, die sie ja regelmäßig machen musste, die Beziehung zu ihrem Mann war. Er war, so sagte sie, ihr aufrichtigster und zugleich wichtigster Vertrauter. Sehr genoss sie ihre freien Tage mit ihm und vor allem das gemeinsame Frühstück an den Wochenenden.

Ines und ich erhielten auch gleich eine spontane Einladung nach Berlin mit einer persönlichen Führung durch den Bundestag. Mehrmals hatte ich zwar schon einen Anlauf zur Besichtigung unternommen, zu lang waren mir jedoch immer die Schlangen von wartenden Touristen davor gewesen.

Extra und nur für meinen Empfang war die Bundeskanzlerin nach Paris geflogen. Ich war beeindruckt – nie hätte ich diese Aufmerksamkeit erwartet. Nun brauchte ich Steves Hacker nicht mehr …

Ich erhielt die Handynummer der Kanzlerin höchstpersönlich von ihr. »Mein Draht nach oben!«, sagte ich lachend zu ihr, die daraufhin auch herzhaft lachen musste.

Die Zerschlagung der Organisation war mir im Grunde ja ein persönliches Anliegen gewesen. Auch wenn die Chinesin weiterhin unauffindbar blieb, so war die ganze Aktion im Jemen doch ein voller Erfolg gewesen.

Auf den Jachten fand man so viele Dokumente und Hinweise auf die weltweiten Aktivitäten der Organisation, dass es wohl noch Monate dauern würde, bis alles ausgewertet wäre – und vermutlich noch Jahre, bis die Organisation vollkommen aufgerieben wäre.

DIE FRAGE

Philippe hatte die Truppe verlassen und war mit Malaika und Mary nach Spanien gezogen. Sie hatten sich in der Nähe von Ronda eine kleine Finca gekauft. Hier sollten sie sich erholen und die schrecklichen Erlebnisse hoffentlich schnell vergessen.

Steve war wieder in Südafrika und kümmerte sich um seine Safari-Lodge. Claude und der Rest der Truppe waren irgendwo auf dieser Welt im Einsatz. Ali Ben Jusuf war nun ein hofiertes Staatsoberhaupt, zumal noch weitere Ölvorkommen im Land entdeckt wurden.

Bremer befand sich im Hochsicherheitstrakt in Stammheim, dort, wo zuvor die RAF-Aktivisten untergebracht waren. Zwar hatte er von Oppenheim einige Informationen über die Organisation geliefert, aber die Identität der »Spinne« hatte er bis heute nicht preisgegeben.

Vermutlich hoffte er, falls er je wieder freikommen sollte, mit diesen Informationen an seine alten Geschäfte anknüpfen zu können. Die Chinesin Lee Wu blieb genauso unauffindbar wie die »Spinne«.

Regelmäßig flogen Ines und ich nun nach Frankreich, um Bianca und René zu besuchen. Mr Spock freute sich sichtlich, dass wir nun wieder mehr Zeit in Beyenburg verbrachten. Drei Tage lang brummte er vor Freude unaufhörlich vor sich hin. Vergnügt und laut schnurrend schlief er nun fortan an Ines' Fußende ein. Nur mich weckte er weiterhin viel zu früh am Morgen – man musste ihn einfach lieben.

Etwas, was ich bis jetzt vor mir hergeschoben hatte, war der Besuch von Steffen Freitag in der JVA Düsseldorf. Da ich Malte Steinberg ja nicht mehr befragen konnte, wollte ich ihm wenigstens die Frage stellen, die mich schon seit Wochen und Monaten bewegte und mich einfach nicht zu Ruhe kommen ließ.

Gleich nach dem Frühstück fuhr ich mit meinem Motorrad nach Düsseldorf, und wieder einmal musste ich mich durch die Blechkarawane auf der A 46 am Sonnborner Kreuz quälen.

Nachdem von Oppenheim gestern meiner Bitte, Freitag zu besuchen, sofort zugestimmt hatte, erfuhr ich auch noch den neuesten Stand aus den Vernehmungen mit ihm. Zwar hatte Freitag lange Zeit beharrlich geschwiegen, doch irgendwann hatte von Oppenheim auch ihn geknackt. So stellte sich heraus, dass Freitag sowohl Sorwa als auch Malte getötet hatte.

Obwohl ich in den letzten Monaten ja selbst viel erlebt hatte und Freitag schließlich auch versucht hatte, mich zu töten, war ich dennoch von dieser Information irgendwie geschockt. Industriespionage war eine Sache, aber Mord war für mich persönlich noch einmal eine völlig andere Kategorie des Verbrechens.

Freitag hatte Sorwa mit Flunitrazepam, also klassischen K.-o.-Tropfen, betäubt und in der Klimakammer erfrieren lassen. Als Grund stellte sich heraus, dass Sorwa Malte auf der Spur war. Malte hatte das Problem mit den fehlerhaften Steuergeräten bewusst herbeigeführt. Nicht Sorwa hatte also den Programmierfehler an den Schweißautomaten verursacht, sondern Malte hatte die Software nachträglich und ganz geschickt manipuliert.

Sorwa war auf der Suche nach Beweisen für seine Unschuld und dabei auf die Spur von Malte und ganz nebenbei auch auf die von Freitag gestoßen. Zwar hatte er noch keinen einhundertprozentigen Beweis gefunden, war aber bereits auf der richtigen Spur.

Für Freitag Grund genug, zu handeln und den Mord an Sorwa geschickt als Selbstmord darzustellen. Das Ganze hatte ja auch schließlich hervorragend funktioniert.

Wäre der gesamte Schaden der Kundenreklamation bei der Winter AG hängen geblieben, so hätte sich Bremer locker weitere Millionen bei der Übernahme sparen können. Als wir vor Monaten noch auf der Suche nach der eigentlichen Grundursache des Problems waren und immer dichter an die Lösung herankamen, hatte Malte uns ganz schnell und clever Sorwa als Problemverursacher präsentiert.

Malte Steinberg und Steffen Freitag hatten die ganze Zeit für die Organisation gearbeitet. So erhielt Malte seine Aufträge direkt von Bremer und die Chinesin Lee Wu kontrollierte Steffen Freitag. So hatte sie auch Freitag den Auftrag erteilt, Malte und mich zu töten. Malte, um Bremer zu schaden, damit dieser nicht die »Greenbox« in die Hände bekam, und mich, da ich ihr unablässig dazwischengefunkt hatte.

Freitag war Lee regelrecht hörig. Vermutlich eine ungesunde Mischung aus Angst und Unterwerfung.

Nachdem ich die Sicherheitsschleuse der JVA passiert hatte, wurde ich von einem Beamten in einen kleineren Raum mit vergitterten Fenstern geführt. An dem Tisch saß Steffen Freitag bereits mit angelegten Fuß- und Handfesseln.

Als ich eintrat, traf mich ein vollkommen leerer Blick. Ich hielt seinem mir vollkommen fremden Gesichtsausdruck stand und setzte mich ihm wortlos gegenüber hin. Schaute ihn fragend an und stellte ihm die für mich so quälende Frage.

Eine Frage, die mich ja schon die ganze Zeit bewegte: »Warum?«

Freitag schaute mich weiterhin mit diesem leeren und emotionslosen Blick an. Es war vollkommen still im Raum und eine unangenehme Ruhe umschlich mich.

Eigentlich rechnete ich schon gar nicht mehr mit einer Antwort und wollte schon nach Minuten des Schweigens den Raum verlassen, als er plötzlich und mit einer mir völlig fremden Stimme sagte: »Weil ich es konnte!«

Noch nachdenklicher fuhr ich wieder zurück nach Wuppertal.

Was ich für mein eigenes Leben in den letzten Monaten dazugelernt hatte, war, dass oft vieles nicht so ist, wie es auf den ersten Blick scheint. Hinter jeder Geschichte steckt eine weitere Geschichte. Negativ wie positiv.

Aber es sind Menschen wie Ali Ben Jusuf und auch Horst, die unsere Welt besser machten. Sie sind das wirklich Gute, das diese Welt hervorgebracht hat.

Und es sind Menschen wie Ines, die die Liebe in mein Herz brachte, damit ich auch in Zukunft das Richtige tun würde.

Mr Spock sprang mir auf den Schoss und drehte sich noch dreimal um die eigene Achse, bevor er sich wieder mit einem tiefen Seufzer und zufrieden auf meine Oberschenkel niederließ.

Ich streichelte ihm mit einer Hand über seinen Kopf und die viel zu lang geratenen Ohren, trank einen Schluck meines Kaffees und schaute zu, wie Ines im Garten das erste Laub der Bäume zusammenharkte.

Es wurde Herbst und ich war glücklich.

MING

Schon aus der Entfernung waren die schrillen Anfeuerungsrufe zu hören, spürte man förmlich die aufgeheizte Stimmung der Menschenmenge. Abgelegen und außer Hörweite der Welt, die wir kennen, fand in einem abgelegenen Dorf im Süden Chinas in der Provinz Yunnan nahe dem »Goldenen Dreieck« ein Auswahlverfahren statt, das nun gar nichts mit unseren Vorstellungen von einem Wettkampf zu tun hat – vielleicht am ehesten vergleichbar mit den blutigen Gladiatorenkämpfe im alten Rom.

Eine Arena, die vielmehr an die in Asien äußerst beliebten Stätten für Hahnenkämpfe erinnert. Eine Arena, umringt von einer Zuschauertribüne die über mehrere Etagen – abenteuerlich aus dicken Bambusrohren errichtet – in die Höhe ragte. Unter einem wolkenlosen Himmel und bei einer gefühlten Luftfeuchtigkeit von einhundert Prozent mussten hier zehn Jungen und zehn Mädchen im Alter von geschätzten fünfzehn Jahren vollkommen nackt um die Aufnahme in einen Geheimbund kämpfen. Jahrelang waren sie körperlich und mental für diesen einen Tag trainiert worden.

In diesem Dorf, das der Ursprung der Organisation in Asien war, fanden diese besonderen Zweikämpfe schon seit Jahrhunderten statt.

In einem geheimen Auswahlverfahren wurde festgelegt, wer gegen wen kämpfen musste. So gab es die Konstellation, dass sowohl zwei Mädchen gegeneinander, als auch ein Mädchen gegen einen Jungen kämpfen musste. Diese Form einer gelebten Gleichberechtigung wirkte vor dieser Kulisse für unser westlich geprägtes Verständnis äußerst deplaziert.

Dieses Jahr gab es nur zwei Kämpfe, in denen ein Mädchen gegen einen Jungen kämpfen musste – und der erste dieser Kämpfe ging nun seinem blutigen Ende entgegen.

Gerade als Ming, die äußerst schlank und zierlich wirkte, wieder einen festen Stand hatte, fixierte sie ihren um einen Kopf größeren und wesentlich kräftigeren Gegner mit einem energischen und festen Blick.

Entschlossenheit funkelte aus ihren schmalen und dunklen Augen. Bereit, nicht zu weichen – ihrem Gegner nicht noch einmal die Gelegenheit zu bieten, sie in solch eine Bedrängnis zu bringen.

Für alle Zuschauer sichtbar, floss das Blut aus den unzähligen und teilweise tief klaffenden Schnittwunden über ihre Haut.

Der trockene Staub des Bodens vermischte sich mit dem Blut auf der Haut und verlieh Ming ein geradezu gespenstisches Aussehen.

Der ohrenbetäubende Jubel der weit über vierhundert Zuschauer gab dem ganzen Spektakel eine schauerliche Jahrmarktsatmosphäre. Viele der beteiligten Zuschauer benutzten diese jährliche Veranstaltung auch gern dazu, die in Asien allseits beliebten Wetten zu platzieren. Sie selbst waren Jahre zuvor noch ein Teil dieses gnadenlosen Auswahlverfahren gewesen.

Für die beteiligten Kämpfer ging es hier um nichts Geringeres als um ihr sprichwörtlich nacktes Leben. Aufgepeitscht von der grölenden Menge und dem kokainhaltigen Drink, der beiden vor dem Kampf verabreicht wurde, stürmte Ming erneut auf ihren Gegner zu. Dieser wich jedoch geschickt aus und trat ihr mit dem an der Ferse befestigten kleinen rasiermesserscharfen Messer in den Rücken. Ming spürte diesen tiefen Stich jedoch nur noch so, als ob sie eine Wespe gestochen hätte. Viel zu aufgeputscht und berauscht war sie bereits durch den seit zehn Minuten dauernden Kampf.

Trotz seiner körperlichen Überlegenheit überraschte Ming ihren Gegner durch ihre Ausdauer und Zähigkeit. Mental war sie ihm haushoch überlegen.

Gerade als er erneut mit den an seinen Handgelenken befestigten Messern auf sie zustürmte, ließ sich Ming geschickt auf den Boden fallen, zog die Beine dabei blitzartig an und stemmte ihrem Gegner die beiden auch an ihren Fußgelenken befestigten Messer tief in den Hals.

Er hatte keine Chance mehr, ihrem Tritt auszuweichen – viel zu viel Schwung lag in seiner Vorwärtsbewegung. Mit weit aufgerissenen Augen starrte er sie nun an – und konnte dabei beobachten, wie sich sein eigenes Blut über Ming ergoss.

Seine Halsschlagader war durchbohrt.

Das Grölen und der Jubel der Menschenmenge wurde nun noch ohrenbetäubender. Immer noch berauscht von dem Adrenalin und Kokain und völlig erschöpft, genoss Ming den Beifall der tosenden Menge.

Wenn auch geschwächt und selbst nahe am Ende ihrer Kräfte, schritt Ming aufrecht und selbstbewusst zur Ehrentribüne. Sie wusste, was ihre Mutter von ihr erwartete.

Ein älterer Mann trat auf sie zu und drückte ihr mit einem glühenden Eisen ein Brandmal auf die linke Schulter. Ming zuckte nicht einmal, als das heiße Metall zischend in ihre junge Haut eindrang. Der Geruch ihres eigenen verbrannten Fleisches umhüllte sie.

Dies war das Zeichen der asiatischen Organisation. Ein Zeichen, das jedem zeigte, dass sie nun zum Kreis der Eingeweihten gehörte. Nun war sie eine Elitekämpferin in der Organisation, die ganz besondere Aufgaben erhielt. Ninjas waren gegen diese gut ausgebildeten Kämpfer nur Amateure. Wenn diese auserwählten Elitekämpfer einen Auftrag erhielten, hieß es nur: den Auftrag erfolgreich abschließen oder sterben – und oft war dabei das eine auch gleichzeitig mit dem anderen verbunden.

Ihre schmerzenden Wunden nahm Ming nicht wahr. Ihre Augen strahlten, als ihre oberste Herrin vor ihr stand und ihr den schwarzen Umhang mit einer silbernen Kette umlegte.

Lee Wu sah Ming in die Augen und wusste, dass ihre Brut aufgegangen war ... dass sie in Ming eine weitere, bedingungslose und gehorsame Dienerin hatte. Den Gedanken noch gar nicht richtig zusammengefasst, wusste Lees finsteres Unterbewusstsein schon, welche große Aufgabe sie ihrer Tochter in baldiger Zukunft erteilen würde.

Lee Wu sah sich noch die restlichen neun Kämpfe an, und am Ende gab es fünf tote Mädchen und fünf tote Jungen.

Aber – und das war das Wichtigste bei diesem Ritual – es gab fünf Jungen und fünf Mädchen, die ihr vollkommen hörig waren und ihr Leben ohne zu zögern für sie opfern würden.

Die Tradition verlangte bedingungslose Gefolgschaft, und Lee Wu war die unangefochtene Anführerin dieser Organisation – in diesem Teil der Welt.

Lee Wu war wütend und voller Hass auf von Oppenheim und Paul Stern. Beide hatten der Organisation einen gewaltigen Schaden zugefügt, der so schnell nicht zu beheben war. Aber – und das war gewiss – sie war noch lange nicht am Ende und besiegt.